1 결함 없는 영혼이 어디 있으랴
프랑스 현대 시 155편 깊이 읽기

제1판 제1쇄 2023년 11월 16일

지은이   오생근
펴낸이   이광호
주간   이근혜
편집   김현주 최대연 홍근철
마케팅   이가은 최지애 허황 남미리 맹정현
제작   강병석
펴낸곳   ㈜**문학과지성사**
등록번호   제1993-000098호
주소   04034 서울 마포구 잔다리로7길 18(서교동 377-20)
전화   02)338-7224
팩스   02)323-4180(편집) 02)338-7221(영업)
대표메일   moonji@moonji.com
저작권 문의   copyright@moonji.com
홈페이지   www.moonji.com

ISBN 978-89-320-4229-9 04860
ISBN 978-89-320-4228-2(세트)

프랑스 현대 시 155편
깊이 읽기

오생근 지음

Charles Baudelaire
Stéphane Mallarmé

Paul Verlaine
Arthur Rimbaud

문학과지성사

서문

보들레르는 프랑스 문학사에서 최초의 현대 시인이다. 그는 시와 예술의 현대성 문제를 누구보다 앞서서 깊이 있게 성찰한 시인이자 예술비평가였다. 『보들레르에서 초현실주의까지De Baudelaire au Surréalisme』를 쓴 마르셀 레몽에 의하면, 보들레르의 원천에서 두 갈래 줄기가 흘러나온다. 하나는 보들레르에서 말라르메로 그리고 다시 발레리로 이어지는 예술가 시인들이고, 다른 하나는 '견자見者, le voyant'들로서 랭보를 거쳐 20세기의 초현실주의자들과 그 밖에 대부분의 시인들, 특히 이브 본푸아다. '견자'는 탁월한 직관과 상상력으로 보이지 않는 미지의 세계를 보는 시인이다. 또한 발레리는 이렇게 단언한다. "베를렌과 말라르메 그리고 랭보가 결정적인 시기에 『악의 꽃』을 읽지 않았다면, 그들은 자신들이 도달한 자리에 결코 이르지 못했을 것이다. 〔……〕 베를렌과 랭보가 감정과 감각의 차원에서 보들레르를 계승한 반면, 말라르메는 시의 순수성과 완성의 영역에서 보들레르의 작업을 이어갔다."(「보들레르의 상황La situation de Baudelaire」)

보들레르의 시는 그 이전의 낭만적 서정시와 구별된다. 초기 낭만주의자들의 시가 독자의 가슴에 호소한다면, 보들레르의 시는 인간의 영혼에 혹은 심층적 자아에 울림을 준다. 그것은 현대인의 사랑과 고통, 우울과 광기의 모든 형태를 영혼의 밑바닥에서 경험하게 한다. 보들레르뿐 아니라 대부분의 현대 시인들은 시가 인간으로 하여금 자기 자신을 돌아보고 삶의 진실을 대면하게 만드는 가장 좋은 예술적 방법이라고 생각했다. 그들은 또한 시가 삶을 바꾸고 인간을 변화시킬 수 있다고 믿었다.

보들레르는 최초로 대중과의 결별을 선언한 시인이다. 그는 대중에게 이해받는 시인이 되려고 하지도 않았고, 대중을 위한 시를 쓰지도 않았다. "이해받지 못하는 데 영광이 있다"는 그의 말은 고독한 시인의 자존심을 드러내는 것이었지만, 대중의 이해보다 그가 추구하는 '언어의 경험les expériences langagières'이 훨씬 더 중요하다는 것을 보여주는 말이기도 했다. 그는 현대 세계가 새로운 언어를 필요로 한다는 것을 알고, 모든 '표현 불가능한 것'을 '표현 가능한 것'으로 만드는 언어의 모험을 초인적으로 감행했다. 그러므로 그의 새로운 시학은 20세기 시인들에게 그대로 살아 있는 전통이 되었다.

보들레르부터 이브 본푸아에 이르기까지 프랑스 현대 시 155편을 골라서 '깊이 읽기'를 시도한 이 책은 '쉽게 이해되지 않는 시'를 '쉽게 이해되는 언어'로 환원시킨 작업이 아니다. 이 책은 프랑스 현대 시인들의 예술가적 탐구와 '견자'의 시적 모험에 공감하기 위해서 그리고 시적 언어의 진실과 아름다움에 투영된 그들의 열정과 고투의 발자취를 충실히 따라가기 위해서 만들어졌다. 모든 시는 책의 정지된 언어가 독자의 정신 속에서 살아 있는 언어로 변화할 수 있는 운명을 갖는다고 할 수 있다. 시의 언어는 나무처럼 자라서 꿈을 꾸게 하거나 희망의 불빛처럼 인간에게 삶의 위기에서 좌절하지 않을 수 있는 용기와 위안을 갖게 한다. 그것이 바로 시의 힘이다. 필리프 자코테가 한국 시인의 시에 관해 말했던 것처럼, 시의 힘은 공간과 시간을 초월하여 모든 사람에게 희망을 줄 수 있는 것이다. 이 책이 프랑스 현대 시의 축제 혹은 축제의 한 마당이 되어 모든 시에 내장된 불꽃의 언어가 때로는 따뜻한 등불로, 때로는 폭죽을 터뜨리는 눈부신 섬광으로 떠오를 수 있기를 바란다. 그러면 우리의 마음속에서 잠시라도 삶의 모든 무게와 굴레를 잊을 수 있는 자유의 축제는 계속될 것이다.

2023년 10월
오생근

차례

스테판 말라르메

샤를 보들레르

Charles Baudelaire
1821~1867

알바트로스

흔히 뱃사람들은 장난삼아
거대한 바닷새 알바트로스를 잡는다.
시름없는 항해의 동반자처럼
깊은 바다 위를 미끄러져가는 배를 따라가는 새를.

갑판 위에 일단 잡아놓기만 하면,
이 창공의 왕자들은 서툴고 창피스러운 몸짓으로
가련하게도 거대한 흰 날개를
노처럼 양쪽으로 질질 끄는구나.

날개 달린 이 여행자, 얼마나 어색하고 나약한가!
전에는 그렇게 멋있던 그의 모습 얼마나 우습고 추한가!
어떤 사람은 파이프로 부리를 건드려 괴롭히고,
어떤 사람은 절뚝거리면서 불구자가 된 새를 흉내 내는구나!

시인은 이 구름의 왕자와 같아서
폭풍 속을 넘나들며 사수射手를 비웃었건만,
지상에 유배되어 야유에 둘러싸이니
거인의 날개는 걷는 데 방해가 될 뿐.

L'albatros

Souvent, pour s'amuser, les hommes d'équipage
Prennent des albatros, vastes oiseaux des mers,
Qui suivent, indolents compagnons de voyage,
Le navire glissant sur les gouffres amers.

À peine les ont-ils déposés sur les planches,
Que ces rois de l'azur, maladroits et honteux,
Laissent piteusement leurs grandes ailes blanches
Comme des avirons traîner à côté d'eux.

Ce voyageur ailé, comme il est gauche et veule!
Lui, naguère si beau, qu'il est comique et laid!
L'un agace son bec avec un brûle-gueule,
L'autre mime, en boitant, l'infirme qui volait!

Le Poète est semblable au prince des nuées
Qui hante la tempête et se rit de l'archer;
Exilé sur le sol au milieu des huées,
Ses ailes de géant l'empêchent de marcher.

알바트로스는 생존하는 동물 중에 날개가 가장 긴 동물이자, 날 수 있는 조류 중에서 제일 큰 새이다. 펼친 날개 길이는 3미터가 넘는다고 한다. 보들레르의 가장 유명한 시로 꼽을 수 있는 이 시는 시인을 알바트로스에 비유하고, 그 새를 잡아서 괴롭히는 뱃사람들을 천박한 대중으로 표현한다. 이런 점에서 뱃사람들과 알바트로스를 대립시켜보면 다음과 같이 정리할 수 있을 것이다.

뱃사람들	알바트로스
흔히 뱃사람들은 장난삼아 알바트로스를 잡는다.	거대한 바닷새 알바트로스는 시름없는 항해의 동반자처럼 깊은 바다 위를 미끄러져간다.
산문적인 범속함 또는 대중의 저속함	시적인 고귀함 또는 시인의 존엄성

여기서 알바트로스가 "시름없는 항해의 동반자"로 표현되는 점에 주목할 필요가 있다. 동반자로 번역한 compagnon은

본래 빵pain을 나누어 먹는 사람이란 뜻으로서 공동체적 일체감을 느끼는 관계를 상징하기 때문이다. 다시 말해서, 알바트로스는 인간이 아닌 동물이면서도 동반자처럼 인간에게 신뢰감을 갖고 배를 따라 날아가던 새이다. 그렇게 무심하게 날아가는 새를 뱃사람들이 "장난삼아" 잡아서 괴롭혔다면, 그들에게 새가 느낀 배반감이 어느 정도일지 짐작해볼 수 있다.

또한 2연에서 '갑판planhches'이란 명사와 '잡아놓다déposer'라는 동사도 유념해야 할 부분이다. 여기서 planches를 갑판이라고 번역한 것은 의역이다. 본래 이 단어는 판자나 널빤지를 뜻하고 복수로 쓰였을 때는 연극 무대를 의미한다. 연극 무대를 나타내는 다른 단어로는 plateau가 있다. 이 두 단어의 차이는 전자가 코미디 같은 대중적인 무대를 가리킨다면, 후자는 고급한 예술로서의 연극과 관련해서 사용되는 단어라는 점이다. 그러므로 우리는 뱃사람들이 고귀하고 존엄한 존재를 대중의 무대 위에 올려놓고 웃음거리로 삼는다는 의미를 읽을 수 있다. 또한 '잡아놓다déposer'는 '퇴위시키다'라는 정치적 의미를 갖기도 한다. 'déposer un roi'는 '왕을 폐위하다'이다. 다시 말해서 대중은 '창공의 왕자들'을 폐위하여, 군주의 절대적 권위를 무법하게 무너뜨리면서, 시인의 정신적 권위와 존엄성을 희화하는 것이다.

3연을 중심으로 알바트로스에 대한 표현을 시인의 관점과 뱃사람의 관점으로 나누어보면 다음과 같다.

알바트로스

시인의 관점	뱃사람의 관점
"날개 달린 여행자voyageur ailé" "그렇게 멋있던si beau" "날아다니던qui volait"	"어색하고 나약한gauche et veule" "우습고 추한comique et laid" "절뚝거리는boitant"
"전에는naguère" 과거	지금은 현재
고귀한 존재가 연민을 불러일으키는 대상으로 변함	대중의 웃음을 자아내는 조롱의 대상으로 변함

　보들레르에 의하면, 시인은 대중의 이해를 받지 못하고 오히려 조롱의 대상이 되는 알바트로스와 같은 존재이다. 시인의 이러한 인식은 그의 산문시 「후광의 분실」에서도 확인된다. 그는 이 산문시에서 후광으로 상징되는 시인의 권위와 역할이 자신의 시대에서는 마치 "머리에서 〔……〕 미끄러져 내려와 마카담 포장도로의 진창 속에 떨어"진 것처럼 그린다. 자존심이 없고 명예만 누리려는 권위적인 시인이라면, 부끄러움도 모르고 잃어버린 후광을 찾으려 안간힘을 쓸 것이다. 그러나 이 시의 화자는 잃어버린 후광을 기꺼이 포기한다. 보들레르는 후광에 기대지 않고, 도시의 "좋지 않은 곳un mauvais lieu"과 아름답지 않은 비시적非詩的인 장소에서 새로운 시적 요소를 발견하려고 한다. 그는 현대 세계의 혼란과 무질서, 급격한 변화와 가치관의 붕괴 속에 창조력의 원천이 있음을 파악한 것이다. 다시 말해서 보들레르는 뱃사람들에게 붙잡힌 알바트로스가 현대적 '시인'의 상황임을 인식하고, '창공을 날던' 시인의 영광을 그리워하기는커녕, 냉철한 현실 인식을 바탕으로 새로운 시 쓰기를 개척한다. 이것이 바로 보들레르의 위대성이라고 할 수 있다.

상응

자연은 하나의 신전, 살아 있는 그 기둥들에서
때때로 어렴풋한 말소리 새어 나오고,
인간이 그곳 상징의 숲을 지나가면,
숲은 친숙한 눈길로 그를 지켜본다.

어둠처럼, 빛처럼, 광활하고,
어둡고 깊은 일체감 속에서
저 멀리 긴 메아리 뒤섞여 퍼지듯이
향기와 색채와 소리가 어울려 퍼진다.

어린애 살결처럼 싱싱하고
오보에처럼 부드럽고, 초원처럼 푸른 향기가 있고
풍성하고 의기양양한 썩은 향기도 있다.

용연향, 사향, 안식향, 훈향처럼
무한히 퍼져나가면서
정신과 관능의 열정을 노래하는 그 향기들.

Correspondances

La Nature est un temple où de vivants piliers
Laissent parfois sortir de confuses paroles;
L'homme y passe à travers des forêts de symboles
Qui l'observent avec des regards familiers.

Comme de longs échos qui de loin se confondent
Dans une ténébreuse et profonde unité,
Vaste comme la nuit et comme la clarté,
Les parfums, les couleurs et les sons se répondent.

Il est des parfums frais comme des chairs d'enfants,
Doux comme les hautbois, verts comme les prairies,
— Et d'autres, corrompus, riches et triomphants,

Ayant l'expansion des choses infinies,
Comme l'ambre, le musc, le benjoin et l'encens,
Qui chantent les transports de l'esprit et des sens.

앙리 모리에Henri Morier의 『시학과 수사학 사전*Diction-naire de poétique et de Rhétorique*』에 의하면, '상응correspond-ances'은 "현실 세계의 만물이 정신세계의 법칙과 관련되어 있을 뿐 아니라, 숭고한 세계의 본질과 교류한다는 철학적이고 종교적인 원칙의 표현"이다. 또한 '공감각synesthésie'은 상이한 감각들의 교류와 유사성 혹은 일치성이 존재하는 현상이다. 보들레르의 「상응」은 이러한 원칙을 시적으로 형상화한 시이자, 상징주의 시학의 기본 원리를 반영한 작품이라고 할 수 있다. 잘 알려져 있듯이, 19세기 후반의 프랑스 시를 지배한 상징주의는 당시 시인들의 시적 이상이었다. 감각과 관념 혹은 이데아 사이에 존재하는 '상응 관계'를 발견하려는 상징주의는 가시적 세계와 비가시적 세계의 일체에 대한 추구를 이상으로 삼았다. 상징은 이러한 '보이지 않는 실재la réalité invisible'를 판독하는 수단이므로, 상징주의 시인은 대상을 '묘사'하지 않고, '암시'해야 했다. 상징주의 시학은 대상과 대상에 대한 느낌을 사실적으로 표현하지 않고 모호하게 암시하는 것이기 때문이다.

이 시에서 시인은 "자연은 하나의 신전"이라고 정의하듯이 말한다. 여기서 자연은 낭만주의 시인들이 찬미하는 외적 풍경의 자연이 아니라, 상징의 숲을 뜻하는 자연이다. "신전"이라는 종교적인 건축물의 형태로 표현된 자연은 식물의 세계가아니라 무기질 혹은 광물질의 세계를 연상시킨다. 또한 "신전"의 기둥은 생명이 없는 사물이 아니라 "살아 있는" 존재이다. 그 "기둥들에서" 새어 나오는 "어렴풋한 말소리"가 '상징'의 언어인 것이다.

그러므로 '자연 → 신전 → 살아 있는 기둥 → 상징의 숲'으로 신전의 이미지가 변형됨을 알 수 있다. 또한 "인간이 그곳 상징의 숲을 지나가면" "숲은 친숙한 눈길로 그를 지켜본다"에서, 인간은 상징의 언어를 판독하는 시인과 같은 존재이므로, 숲의 "친숙한 눈길"은 그러한 시인의 끊임없는 시도를여러 번 보았다는 의미로 해석된다. 결국 첫째 4행시의 주제는, 인간이 살고 있는 세계는 보이지 않는 본질의 세계를 반영하며, 현실의 세계는 그 세계로 들어가는 허상의 세계라는 것이다.

둘째 4행시는 공감각의 주제를 보여준다. 시인은 상이한 감각들의 상응 관계를 감각적으로 표현하기 위해, "어둠처럼" "빛처럼" "어린애 살결처럼" "오보에처럼" "초원처럼" "용연향, 사향, 안식향, 훈향처럼" 등 '처럼'이란 직유를 모두 여섯 번이나 사용한다. 또한 '광활하고, 어둡고, 깊은'이라는 상이한 시각적 어휘를 통해서 시각의 수평성과 수직성을 조화롭게 연결 짓는 한편, 빛과 어둠이 대립되지 않고 뒤섞이는 느낌의 형용사 '어두운ténébreuse'을 통해서 사물의 경계를 지워버리는 효과를 노린다.

3연과 4연은 상이한 향기들의 존재를 묘사한다. 여기서 "향기들"은 '소리들'과 교류하거나 '색채들'과 교감하고, 그것들과의 일체성을 나타내기도 한다. 그러므로 "푸른" 향기도 있고, "썩은" 향기도 있으며, 순수하고 정신적인 것도 있고, 악의 느낌을 풍기는 육체적인 것도 있다. 이처럼 대립적인 의미의 향기들이 상응과 교감의 의미로 연결되면서 이것들이 연상시키는 순수와 타락, 순진과 죄악의 모든 대립은 소멸되는 상태가 암시된다. 특히 "정신과 관능의 열정을 노래하는 그 향기들"은 에로티시즘과 악마주의를 포함하여, 악에 노출된 인간의 절망과 우울한 삶의 권태를 나타낸 『악의 꽃』의 주제를 떠올리게 한다.

결론적으로 말하면, 보들레르는 이 시에서 상응 관계를 추구하고 해석하는 일이 시인의 역할이라고 정의한다. 보이는 현실과 보이지 않는 본질의 세계 사이의 상응 관계는 수직적인 것도 있고, 수평적인 것도 있다. 시인은 그 모든 상응 관계를 포착해서, 그것을 독자에게 제시하는 역할을 수행하는 사람이다. 그는 이 세계의 상형문자를 자기의 시선으로 해석해서 독자로 하여금 세계의 비밀을 이해할 수 있도록 시를 쓰는 사람이기 때문이다. 『악의 꽃』의 입문 시라고 할 수 있는 이 시는 결국 우리가 살고 있는 세계가 본질이 아니고 허상이라는 것, 시인은 이 세계의 세속적 가치에 함몰되어서 살지 않고, 이상과 본질적 가치를 추구하며 살아야 하는 존재임을 일깨워준다.

훗날 랭보는 "시인은 견자가 되어야 한다"고 역설하면서 보들레르야말로 보이지 않는 세계를 보고, 들리지 않는 세계를 듣는 "최초의 견자"이자 시인 중의 왕이며, 진정한 신神*이라고 천명한다. 랭보의 말처럼, 보들레르는 존재와 본질, 현상과 상징 사이에 유추적으로 연결되어 있는 온갖 모호하고 복잡한 관계를 파악하여 그것을 시적으로 형상화한 최초의 시인이다.

* A. Rimbaud, *Œuvres complètes*, Lettre à Paul Demeny(15 mai 1871), Gallimard, 1972, p. 253.

풍경

순결한 마음으로 나의 목가를 짓기 위해
나는 점성가처럼 하늘 가까이 누워
종루 옆에서 꿈꾸며 귀 기울여 듣고 싶다,
바람에 실려 오는 장엄한 성가를.
두 손으로 턱을 괴고, 높은 곳 나의 다락방에서
나는 바라보리라, 노래하고 떠들어대는 작업장을,
굴뚝을, 종탑을, 저 도시의 돛대들을,
그리고 영원을 꿈꾸게 하는 저 광활한 하늘을.

안개 사이로 창공에 별이 뜨고
창가에 불이 켜지고, 흐르는 매연이 하늘로 솟아오르고,
달빛이 희미한 매혹을
뿜어대는 풍경은 얼마나 감미로운가,
나는 바라보리라, 봄과 여름과 가을을,
그리고 단조롭게 눈 내리는 겨울이 오면
사방에 덧문을 닫고 커튼을 내리고
어둠 속에서 꿈의 궁전을 세우리라.
그리고 꿈꾸리라, 푸르스름한 지평선을,
정원을, 대리석 석상들 속에서 눈물 흘리는 분수를,

Paysage

Je veux, pour composer chastement mes églogues,
Coucher auprès du ciel, comme les astrologues,
Et, voisin des clochers écouter en rêvant
Leurs hymnes solennels emportés par le vent.
Les deux mains au menton, du haut de ma mansarde,
Je verrai l'atelier qui chante et qui bavarde;
Les tuyaux, les clochers, ces mâts de la cité,
Et les grands ciels qui font rêver d'éternité.

Il est doux, à travers les brumes, de voir naître
L'étoile dans l'azur, la lampe à la fenêtre
Les fleuves de charbon monter au firmament
Et la lune verser son pâle enchantement.
Je verrai les printemps, les étés, les automnes;
Et quand viendra l'hiver aux neiges monotones,
Je fermerai partout portières et volets
Pour bâtir dans la nuit mes féeriques palais.
Alors je rêverai des horizons bleuâtres,
Des jardins, des jets d'eau pleurant dans les albâtres,

입맞춤을, 아침저녁 재잘대며 우는 새들을,
전원시에 담긴 더할 나위 없이 순진한 노래를.
폭동의 함성이 아무리 내 유리창에 몰아쳐도
책상에서 내 이마를 들게 하지는 못하리라
내 의지로 봄을 일깨우고
내 가슴속에서 태양을 이끌어내고
내 뜨거운 생각들로 아늑한 분위기를
일궈내는 황홀경에 빠져 있을 테니까.

Des baisers, des oiseaux chantant soir et matin,

Et tout ce que l'Idylle a de plus enfantin.

L'Emeute, tempêtant vainement à ma vitre,

Ne fera pas lever mon front de mon pupitre;

Car je serai plongé dans cette volupté

D'évoquer le Printemps avec ma volonté,

De tirer un soleil de mon cœur, et de faire

De mes pensers brûlants une tiède atmosphère.

파리에서 유학생으로 지낼 때, 한동안 책상 위 벽면에 이 시를 붙여놓고, 눈길이 갈 때마다 시의 몇 구절을 읽은 적이 있다. 그 시절, 책상 옆에 놓인 책장 상단쯤에는, 파리의 오래된 아파트 다락방과 지붕들이 "돛대들"처럼 보이는, 우편엽서에 실린 아파트 지붕의 사진이 액자에 담겨 있었을 것이다. 그런 이유 때문인지 모르겠지만, 이 시를 읽으면 그때의 책상과 책장과 함께 우편엽서의 다락방 풍경이 떠오른다. 어떤 때는 사진의 풍경이 너무나 생생해, 내가 마치 파리의 한 다락방에서 가난한 유학생으로 힘겹게 지냈던 것 같은 착각이 들기도 한다.

나는 그때 왜 이 시를 벽에 붙여둘 만큼 좋아했던 것일까? 몇 가지 이유가 있었을 것이다. 그중에서 한두 가지만 말한다면, 첫째는 '우연의 일치'라고 할 수 있다. 파리에 간 지 얼마 지나지 않아서, 한 친구에게서 간단히 안부를 묻는 우편엽서를 받게 되었는데, 그 엽서의 사진이 바로 이것이었다. 오른쪽에는 다락방의 창이 보이고, 왼쪽에는 아파트의 지붕들이 길게 이어진 사진 속 풍경은 고풍스러우면서 정겹고 친근한 느낌이 들었다. 그 후에 학교 도서관에서 우연히 보들레르의 이 시를 읽게 되었다. 이 시를 읽으면서 자연스럽게 우편엽서의 사진을 연상하게 되는 것은 당연했다.

둘째는 이 시 후반부에 나타난 시인의 결연한 의지에 공감했기 때문이다. 시의 화자는 "단조롭게 눈 내리는 겨울이 오면/사방에 덧문을 닫고 커튼을 내리고/어둠 속에서 꿈의 궁전을 세우"겠다는 의지와 함께, "폭동의 함성이 아무리 내 유리창에 몰아쳐도" "내 의지로 봄을 일깨우고" "내 가슴속에서 태양을 이끌어내"겠다고 다짐한다. 나는 이 구절을 읽으면서 엘뤼아르의 「여기에 살기 위하여」의, "겨울밤을 견디기 위해서 불을 만들었다"는 구절을 떠올렸다. 제한된 시간 안에 논문을 써야 한다는 강박 때문이었을까? 나에게는 '불을 만들었다'는 반항의 열정보다 "내 가슴속에서 태양을 이끌어내"겠다는 결의가 훨씬 더 공감을 갖게 했다.

잘 알려져 있듯이, 보들레르는 프랑스의 시를 세계적인 차원으로 올려놓은 시인이다. 『프랑스 문학사』를 쓴 알베르 티보데Albert Thibaudet는, 낭만주의 시인인 알프레드 드 비니Alfred Victor de Vigny와 보들레르의 차이를 『구약성서』와 『신약성서』에 비유할 만큼, 보들레르가 현대 시의 선구자임을 주장한 바 있다. 그는 동시대의 낭만주의 시인들과는 다르게, 자연의 아름다움을 찬미하지 않았고, 도시의 어둡고 황량한 세계와 도시인의 우울한 내면을 시적 주제로 삼았다. 그렇다고 해서 그가 산업화와 물질주의의 지배, 정신의 평등주의를 긍정적으로 수용한 것은 아니다. 그는 도시화의 모든 현상을 부정적으로 보면서도, 낭만주의 시인들처럼 자연의 풍경에서 위안을 찾지 않았으며, '지옥' 같은 도시의 일상적 현실과 군중의 출현에 주목하면서 "일시적인 것, 순간적인 것, 우연적인 것"을 시적 상상력으로 변용시켰다.

이런 점에서 보들레르는 도시의 온갖 더럽고 보기 흉한 것들을 아름답고 매혹적인 이미지로 변화시키는 '그로테스크' 미학을 이용하고, '꽃의 향기'와 같은 자연적인 요소를 도시의 아스팔트나 거리의 오물과 결합시키는 '모순어법oxymoron'을 구사한다. "순결한 마음으로 나의 목가를 짓기 위해"라는 「풍경」의 첫 구절도 그러한 표현 방법의 하나일 수 있다. 본래 '목가'는 평화롭고 소박한 전원생활을 노래하는 것이다. 그런데 시인은 "흐르는 매연이 하늘로 솟아오르"는 도시의 삭막한 풍경을 바라보면서 "목가를 짓"는다고 표현한다. 또한 도시의 번잡하고 혼란스러운 요소들이 도시인의 내면에 모순되고 굴절된 형태로 나타나듯이, 시인의 "꿈의 궁전"에는 "푸르스름한 지평선" "정원" "분수" "입맞춤" "새들"처럼 물질적인 것과 비물질적인 것, 인간적인 것과 자연적인 것들이 부조리한 논리로 연결되어 있는 것이다.

이 시를 여러 번 읽으면서, 내가 각별히 주목하게 된 것은 '창'의 이미지이다. 이 시에서 '창'은 두 번 나타난다. 한 번은 "안개 사이로 창공에 별이 뜨고" "창가에 불이 켜지고"라는 구절에서이고, 두번째는 "폭동의 함성이 아무리 내 유리창에 몰아쳐도"라는 구절에서이다. 두번째의 시구를 다시 정리해 보면, 시인은 죽음의 "겨울"과 "폭동의 함성"이라는 사회적 혼란을 견디기 위해서 "꿈의 궁전"을 만든다는 것이다. 물론 이 "꿈의 궁전"의 창에도 불이 켜질 것이다. 불 켜진 창이 있는 "꿈의 궁전"에서 시인은 단순히 추운 겨울을 견디며 지내지 않고, "봄을 일깨우"는 창조적인 작업을 시도한다.

끝으로 이 시의 화자는 다락방에서 도시의 풍경을 바라보며 '폭동의 함성'으로 표현되는 1848년의 역사적 현실을 넘어서는 꿈꾸기를 시도한다. 그의 꿈꾸기는 현실을 외면하는 도피가 아니라, 현실을 극복하는 예술가의 초월적이고 창조적인 의지의 작업이다.

우울

내겐 천년을 산 것보다 더 많은 추억이 있다.

계산서들, 시詩와 연애편지, 소송 서류, 연애시,
영수증에 돌돌 말린 무거운 머리카락들이
가득 찬 서랍 달린 장롱도
내 우울한 머릿속만큼 비밀을 숨기진 못하리.
그건 피라미드, 공동묘지보다 더 많은
시체를 간직하고 있는 거대한 지하 묘소이지.
―나는 달빛마저 싫어하는 공동묘지.
여기엔 내가 무척 사랑하던 죽은 이들의 몸 위로
구더기들이 회한처럼 달라붙어 우글거리네.
나는 또한 시든 장미꽃 가득한 오래된 규방,
여기엔 유행 지난 온갖 잡동사니로 가득하고,
탄식하는 파스텔 그림들과 빛바랜 부셰의 그림들만
마개 빠진 향수병 냄새를 풍기고 있을 뿐.

눈이 많이 내리던 겨울날의 무거운 눈송이 아래
침울한 무관심의 결과인 권태가
불멸의 형태로 늘어날 때,

Spleen

J'ai plus de souvenirs que si j'avais mille ans.

Un gros meuble à tiroirs encombré de bilans,
De vers, de billets doux, de procès, de romances,
Avec de lourds cheveux roulés dans des quittances,
Cache moins de secrets que mon triste cerveau.
C'est une pyramide, un immense caveau,
Qui contient plus de morts que la fosse commune.
—Je suis un cimetière abhorré de la lune,
Où comme des remords se traînent de longs vers
Qui s'acharnent toujours sur mes morts les plus chers.
Je suis un vieux boudoir plein de roses fanées,
Où gît tout un fouillis de modes surannées,
Où les pastels plaintifs et les pâles Boucher,
Seuls, respirent l'odeur d'un flacon débouché.

Rien n'égale en longueur les boiteuses journées,
Quand sous les lourds flocons des neigeuses années
L'ennui, fruit de la morne incuriosité,

절뚝이며 가는 세월의 길이에 비길 것이 어디 있으랴.
—오 살아 있는 물질이여! 이제 너는
안개 낀 사하라 한복판에서 졸고 있는
막연한 공포에 휩싸인 화강암일 뿐,
무심한 세상 사람들에게 외면당하고 지도에서도 잊혀
거친 울분으로 저무는 석양빛 아래에서만
노래하는 스핑크스일 뿐이지.

Prend les proportions de l'immortalité.

—Désormais tu n'es plus, ô matière vivante!

Qu'un granit entouré d'une vague épouvante,

Assoupi dans le fond d'un Saharah brumeux;

Un vieux sphinx ignoré du monde insoucieux,

Oublié sur la carte, et dont l'humeur farouche

Ne chante qu'aux rayons du soleil qui se couche.

『라루스 동의어 사전』에 의하면, chagrin(고통, 슬픔)은 원인이 분명한 정신적 고통을 나타내고, tristesse(슬픔, 우울)는 chagrin보다 더 크고 깊은 불행을 겪었을 때의 슬픔과 괴로움을 의미한다. 이 두 단어가 원인이 분명한 슬픔을 가리키는 반면, mélancolie는 원인이 분명하지 않은 막연한 슬픔과 침울한 마음의 상태를 나타낸다. spleen은 mélancolie와 거의 같은 의미의 영어로서, 18세기부터 프랑스 사회에 유입되었다.

『악의 꽃』은 「독자에게」라는 서시 다음에 70편쯤의 시를 묶어서 「우울과 이상Spleen et idéal」이란 제목을 붙였다. 이 시들 중에는 spleen이란 제목의 시가 4편이나 된다. 또한 산문시집 제목은 『파리의 우울Le spleen de Paris』이다. 보들레르는 왜 mélancolie 대신에 spleen을 통해서 자신의 우울감을 나타내려 한 것일까? 우선 그는 낭만주의 시인들이 많이 사용하던 mélancolie로 자신의 괴로움을 표현할 수 없었기 때문이다. 보들레르 연구자인 마리-안 바르베리스는 두 가지 이유로 설명한다. 첫째는 spleen이 병적인 우울감을 포함한 모호하고 다양한 정신적 고통을 나타내기 때문이고, 둘째는 보들레르가 어머니에게 보낸 편지에서 자신의 알 수 없는 우울감을 이렇게 표현한 것에서 추리해볼 수 있다는 것이다. "엄청난 좌절감, 견디기 힘든 고립감, 계속되는 막연한 불행의 두려움, 자신의 능력에 대한 회의와 불신, 모든 욕망의 상실, 즐거운 일이 하나도 없는 불행."* 아마 오늘날 정신의학에서는 보들레르의 이러한 정신적 고통을 '우울증'의 전형이라고 말할 것이다.

　　내겐 천년을 산 것보다 더 많은 추억이 있다.

　「우울」이란 제목 아래 이 첫 행의 시구는 매우 의미심장하다. 이것은 화자가 수없이 많은 추억을 가질 만큼 파란만장한 삶을 살아오면서 그 추억이 바로 '우울'과 관련된 것임을 암시하기 때문이다. 물론 보들레르에게도 추억이 기쁨이자 애인과 같은 존재로 표현되던 시절이 있었다. 가령 「발코니」는 "추억의 샘이여, 애인 중의 애인이여!" "오 그대, 내 모든 기쁨! 오 그대, 내 모든 의무!"처럼 추억을 찬미하는 구절로 시작하기 때문이다. 그러나 「우울」의 추억들은 대부분 잡다하고 이질적인 사물들의 기억과 함께 혐오스러운 죽음의 이미지로 나타난다. 계산서들, 소송 서류, 영수증, 연애편지, 시, 머리카락 등 다양한 추억의 자료들은 「여행으로의 초대」에서처럼 "모든 것이 질서와 아름다움,/사치와 〔……〕 쾌락"의 느낌과

* Marie-Anne Barbéris, *Les fleurs du mal de Charles Baudelaire*, Éditions Pédagogie Moderne, 1980, p. 43.

는 거리가 멀다. 시인은 전혀 정리되지 않은 추억들을 공간화하기 위해 "공동묘지보다 더 많은/시체를 간직하고 있는 거대한 지하 묘소"라는 은유적 표현을 사용한다. '거대한 지하 묘소'의 '시체'들에서 떠오르는 이미지는 무분별한 주검들이다. 어쩌면 죽음 자체가 생명의 비개성적 사물화라고 할 수 있지 않을까? 이런 점에서 추억은 형해形骸로 변화한다.

> 나는 또한 시든 장미꽃 가득한 오래된 규방,
> 여기엔 유행 지난 온갖 물건이 널려 있고,
> 탄식하는 파스텔 그림들과 빛바랜 부셰의 그림들만
> 마개 빠진 향수병 냄새를 풍기고 있다.

시인은 자신의 내면을 "오래된 규방"에 비유한다. 이 '규방'에는 "시든 장미꽃" "유행 지난 온갖 물건" "빛바랜 부셰의 그림들"이 가득하다. 프랑수아 부셰François Boucher는 18세기 화가로서 여자의 환심을 사려는 남자의 친절하고 정중한 모습galanterie과 즐거운 삶의 풍경을 많이 그린 화가이다. 다시 말해서 그는 19세기 중반 프랑스 현실과는 맞지 않는 구식 화가일 뿐이다. 그의 그림이 "마개 빠진 향수병 냄새"를 풍긴다는 것은 당연한 비유이다.

위의 인용문 다음에 나오는 "눈이 많이 내리던 겨울날의 무거운 눈송이 아래"는 다른 세 편의 「우울」과 비슷하면서도 다르다. 비슷한 것은 「우울」의 배경으로서 비와 눈이 내린다는 점이고, 다른 것은 다른 세 편의 「우울」에서는 비가 우울한 내면과 일치해서 나타난다는 점이다. 「우울」의 비는 "물 항아리로 퍼붓듯이" 내리거나, "끝없이 쏟아"진다. 그 비가 "감옥의 쇠창살을" 연상케 한다는 것은 시인이 자신을 죄수로 생각한다는 말과 같다. 이것은 시인의 우울감이 비가 내리는 날에 더욱 고조된다는 것을 보여준다. 눈도 마찬가지이다. 눈은 겨울의 얼어붙은 풍경을 부드럽게 감싸주듯이 내리는 눈이 아니라, '무거운 눈송이'가 "침울한 무관심의 결과인 권태"를 자아내는 눈이다.

이 시의 끝부분에서 "살아 있는 물질"과 "안개 낀 사하라" "화강암" "노래하는 스핑크스"의 이미지들은 '권태'에서 비롯된 것으로서, '살아 있는' 것과 죽음처럼 경직된 광물질의 모순된 결합으로 보인다. 그러나 '살아 있는 물질'은 결국 화강암과 같다고 이해할 수 있다. 그렇다면 "거친 울분으로 저무는 석양빛 아래에서만/노래하는 스핑크스"는 무엇일까? 바르베리스는 "스핑크스는 시인을 형상화"한 것으로 해석한다. 세상 사람들의 관심과 고고학적인 호기심에서 벗어나 있는 존재, 해가 저문 어둠 속에서 외롭게 노래한다는 전설의 주인공, 신비로운 스핑크스는 어쩌면 현대 사회의 우울한 이방인처럼 살아가는 시인의 모습을 상징한 것일지 모른다.

허무의 맛

침울한 정신이여! 예전엔 싸움을 좋아하던 너,
박차를 가해 너의 열정을 북돋웠던 희망도
이젠 너의 등에 올라타지 않는구나! 부끄러워 말고 누워라,
장애물마다 발이 걸려 비틀거리는 늙은 말이 되었으니.

체념하라, 내 마음이여, 짐승처럼 잠들거라.

패배하여 지쳐버린 정신이여! 늙은 서리꾼 너에겐
사랑도 이젠 욕망을 잃고 말다툼만 하려고 하네,
그러니 잘 가거라, 나팔의 노래와 피리의 한숨이여!
쾌락이여, 다시는 우울하게 토라진 사랑을 유혹하지 말아라!

사랑스러운 봄은 향기를 잃어버렸으니!

그리고 시간은 시시각각 나를 삼켜버리네,
끝없이 내린 눈이 뻣뻣하게 굳은 내 몸을 삼키듯,
나는 높은 하늘에서 둥근 지구의 땅을 내려다보고,
더 이상 오두막집 안식처를 찾으려 하지 않네.

Le goût du néant

Morne esprit, autrefois amoureux de la lutte,
L'Espoir, dont l'éperon attisait ton ardeur,
Ne veut plus t'enfourcher! Couche-toi sans pudeur,
Vieux cheval dont le pied à chaque obstacle bute.

Résigne-toi, mon cœur; dors ton sommeil de brute.

Esprit vaincu, fourbu! Pour toi, vieux maraudeur,
L'amour n'a plus de goût, non plus que la dispute;
Adieu donc, chants du cuivre et soupirs de la flûte!
Plaisirs, ne tentez plus un cœur sombre et boudeur!

Le Printemps adorable a perdu son odeur!

Et le Temps m'engloutit minute par minute,
Comme la neige immense un corps pris de roideur;
Je contemple d'en haut le globe en sa rondeur
Et je n'y cherche plus l'abri d'une cahute.

쏟아지는 눈이여, 눈사태 속에 나를 휩쓸어가지 않겠나?

Avalanche, veux-tu m'emporter dans ta chute?

「허무의 맛」은 보들레르가 극심한 절망에 빠졌을 때 쓴 시다. 그는 극도의 외로움 속에서 자신을 "침울한 정신이여!" "내 마음이여" "패배하여 지쳐버린 정신이여!"라고 부르며 대화를 나누는 듯하다. 1행에서 "예전엔 싸움을 좋아"했다는 것은 '논쟁을 즐겨 했다'는 말과 같다. 이것은 거침없는 논쟁을 통해서 상대편의 주장을 제압할 수 있을 만큼 자신감과 열정이 많았거나, 그만큼 논쟁의 명분을 중요시했기 때문일 수 있다.

"박차를 가해 너의 열정을 북돋웠던 희망"(2행)은 정신과 희망의 관계를 말과 기사의 관계로 비유한 것이다. 시인은 이러한 비유법을 사용해서 정신을 향해, 희망과 열정이 사라진 이상, 노쇠한 말처럼 누워 있을 것을 권고한다. 또한 마음을 향해 "체념하라, 〔……〕 짐승처럼 잠들거라"(5행)라고 명령하는 것은 운명에 저항하지 말고 순응하라는 뜻으로 해석된다.

6행의 "서리꾼maraudeur"은 남의 재물을 훔치는 사람이 아니라 생명을 유지하기 위해서 과일이나 채소 같은 농작물을 도둑질하는 사람이다. 시인은 이러한 용어를 통해서 자신이 생활비를 벌어서 자신의 삶에 책임을 지고 살아오지 못했음을 반성하는 듯하다. 8행의 "잘 가거라, 나팔의 노래와 피리의 한숨이여!"에서 '나팔'과 '피리'는 힘찬 소리와 서글픈 한숨으로 대비되는 악기임을 연상할 수 있다. 다시 말해서 시인은 전투에 동원된 병사들의 사기를 북돋는 나팔이건, 연약하고 서정적인 피리이건 모두 이제는 자신과 상관없게 되었다는 것을 표현하기 위해 "잘 가거라"라는 영원한 작별 인사를 말한다.

시인이 이렇게 삶의 의욕을 잃고 죽음을 동경하게 된 것은 11행의 "시간은 시시각각 나를 삼켜버리네"에서 알 수 있듯이, 시간과의 싸움에서 패배했기 때문이다. 시간은 겨울의 세찬 눈보라처럼 생명과 감각을 얼어붙게 한다(12행). 시인에게는 이제 눈보라의 겨울을 견디려는 의지도 없고, 봄을 기다리려는 희망도 없다. "사랑스러운 봄은 향기를 잃어버렸으니!"(10행)처럼, 향기를 잃은 봄은 희망의 봄이 아니기 때문이다. 벤야민은 이 구절을 이렇게 해석한다. "이 시구에서 보들레르는 극단적인 상황을 지극히 조심스럽게 표현하고 있다. 이것이 바로 그의 시의 탁월한 성격을 보여준다. '잃어버렸으니!'는 이전에 친숙했던 경험이 사라졌음을 뜻한다. 향기는 프루스트의 마들렌 과자처럼 무의지적 기억의 도달할 수 없는 피난처이다."* 그러므로 "향기를 잃어버렸"다는 표현은 무한히 절망에 빠져서 아무것도 할 수 없는 상태를 절묘하게 드러낸다.

* W. Benjamin, *Charles Baudelaire: un poète lyrique à l'apogée du capitalisme*, J. Lacoste(trad.), P. b. P., 1974, p. 193.

우리의 적

내 젊음은 여기저기 찬란한 햇살 스며들어도
한갓 캄캄한 폭풍우뿐이었네,
천둥과 비바람이 거세게 휘몰아쳐
내 정원엔 새빨간 열매 거의 남지 않았네.

나 이제 상념의 가을에 이르렀으니
삽과 쇠스랑을 들어야겠네
홍수로 무덤 같은 커다란 웅덩이 파여
침수된 땅을 새로이 메우기 위해서라네.

하지만 누가 알겠는가, 나의 꿈꾸는 새로운 꽃들이
모래톱처럼 씻긴 이 흙 속에서
활력 넘치는 신비한 양식으로 솟아오를지.

오 고통이여! 오 고통이여! 시간은 생명을 갉아먹고
우리 마음을 괴롭히는 정체 모를 적이 되어
우리가 잃은 피로 자라서 튼튼해지다니!

L'ennemi

Ma jeunesse ne fut qu'un ténébreux orage,
Traversé çà et là par de brillants soleils;
Le tonnerre et la pluie ont fait un tel ravage,
Qu'il reste en mon jardin bien peu de fruits vermeils.

Voilà que j'ai touché l'automne des idées,
Et qu'il faut employer la pelle et les râteaux
Pour rassembler à neuf les terres inondées,
Où l'eau creuse des trous grands comme des tombeaux.

Et qui sait si les fleurs nouvelles que je rêve
Trouveront dans ce sol lavé comme une grève
Le mystique aliment qui ferait leur vigueur?

—Ô douleur! ô douleur! Le Temps mange la vie,
Et l'obscur Ennemi qui nous ronge le cœur
Du sang que nous perdons croît et se fortifie!

이 시의 1연에서 시인은 자신의 젊은 날이 꿈과 희망으로 넘치는 청춘이기는커녕 "캄캄한 폭풍우" "천둥과 비바람"이 몰아치는 세월이었으므로, 그의 정원에는 잘 익은 열매가 거의 없었음을 토로한다. 여기서 정원은 영혼이나 정신의 내면을 의미한다. 그러나 2, 3연에서는 시인이 "상념의 가을"에 이르러 자신의 정원에 새로운 꽃들이 "신비한 양식"으로 피어오르기를 바라는 희망의 의지를 드러낸다. 또한 4연에 이르러서 그는 이러한 소망을 좌절시키는 '적' 때문에 고통을 겪을 수밖에 없다는 것을 현재의 시점에서 고백한다. 그렇다면 이 시에서 '적'은 무엇일까? 클로드 피슈아Claude Pichois는 '적'을 시간, 죽음, 악마, 후회, 권태 중의 하나이거나 그 모든 것이라고 해석한다.*

이 해석에 덧붙여서 '적'을 부정적으로 보지 않고 긍정적으로 이해하는 견해도 가능할 것이다. 이 경우엔 3연에 나오는 "나의 꿈꾸는 새로운 꽃들"을 시 창작의 의지와 관련시켜야 한다. 시인에게 중요한 것은 고통 없는 행복한 삶이 아니라 훌륭한 시를 쓰는 일이다. 그렇다면 "우리 마음을 괴롭히는 정

* C. Baudelaire, *Œuvres complètes*, I, Bibliothèque de la Pléiade, Galli-mard, 1975, p. 858.

체 모를" '우리의 적'이 "우리가 잃은 피로 자라서 튼튼해"질수록, 시인의 시적 이상을 추구하려는 욕망은 강해질 수 있을 것이다. 4연에서는 '고통'이 돈호법으로 두 번이나 반복되어 독자의 주의를 강하게 끌어당긴다. 왜 시인은 이런 표현 방법을 구사했을까? 프랑스어에서 mal은 '악' '불행' '고통'을 뜻한다. 『라루스 동의어 사전』에 의하면, mal의 '고통'은 육체의 기관에 영향을 미치는 정신적 고통이고, douleur는 희망을 상실했을 때 겪는 고통이다. 보들레르의 시집 『악의 꽃』을 '고통의 꽃' 혹은 고통을 승화시킨 시의 꽃이라고 해석할 때, 4연에서 이 고통은 시적 이상을 구현하지 못했을 때의 좌절감으로 볼 수 있다. 인간이 '시간'이라는 적과의 싸움에서 이길 수 있는 것은 예술작품의 창조이다. 그러나 예술작품을 만들지 못하면, 그 고통은 '시간'이라는 적을 이롭게 할 뿐이다. 그러한 안타까움 때문에 "고통이여!"를 반복한 것이다.

고양이들

열정의 연인들과 근엄한 학자들은
중년의 나이가 되면 하나같이 좋아한다네,
그들처럼 추위 타고 움직이기 싫어하는,
집안의 자랑거리, 힘차고 온순한 고양이를.

학문과 쾌락을 좋아하는
그들은 어둠의 고요와 무서움을 찾아다니네.
에레보스는 장례용 준마로 착각하겠지,
고양이들이 자존심 굽히고 하인처럼 군다면.

생각에 잠겨 고상한 모습으로 있을 때
고독한 자리에 깊숙이 누워 있는 거대한 스핑크스처럼
끝없는 꿈속에 잠들어 있는 듯하네.

그들의 풍만한 허리는 마법의 불꽃 가득하여
고운 모래알처럼 금빛 가루는
신비한 눈동자를 어렴풋이 빛나게 하네.

Les chats

Les amoureux fervents et les savants austères
Aiment également, dans leur mûre saison,
Les chats puissants et doux, orgueil de la maison,
Qui comme eux sont frileux et comme eux sédentaires.

Amis de la science et de la volupté,
Ils cherchent le silence et l'horreur des ténèbres;
L'Érèbe les eût pris pour ses coursiers funèbres,
S'ils pouvaient au servage incliner leur fierté.

Ils prennent en songeant les nobles attitudes
Des grands sphinx allongés au fond des solitudes,
Qui semblent s'endormir dans un rêve sans fin;

Leurs reins féconds sont pleins d'étincelles magiques,
Et des parcelles d'or, ainsi qu'un sable fin,
Étoilent vaguement leurs prunelles mystiques.

『악의 꽃』에는 「고양이」라는 제목의 시가 3편이 있다. 정확히 말하자면, 단수의 「고양이Chat」가 2편이고 복수의 「고양이들Les chats」이 1편인 것이다. 그러나 단수의 「고양이」 2편과는 달리, 이 「고양이들」은 해석이 쉽지 않아 많은 비평가와 연구자가 관심을 갖는 시가 되었다. 언어학자 R. 야콥슨과 인류학자 C. 레비스트로스의 공동 연구를 비롯해 모두 20편 이상의 논문이 『보들레르의 「고양이들」』이라는 책으로 발간된 바 있다. 이 책에 실린 논문 중에서 특히 L. 셀리에L. Cellier의 「C. 보들레르의 「고양이들」」*은 이 시를 이해하는 데 핵심적인 단서를 제공한다. 셀리에는 대부분의 시인들뿐 아니라 보들레르의 다른 시들에서도 고양이가 여자의 상징으로 그려진 반면, 이 시의 고양이는 시인의 상징임을 밝히고 있다. 그의 관점에 따라서 이 시를 이해해보자.

첫 행의 "열정의 연인들과 근엄한 학자들"에서 우선 특징적인 것은 '열정'과 '근엄', '연인들'과 '학자들'이 대립적인 의미를 갖는다는 점이다. 열정이 뜨거운 것이라면, 근엄은 차가운 것이다. 상이한 그들의 관계가 일치될 수 있는 것은 그들

---

* M. Delcroix et W. Geerts, «*Les chats*» *de Baudelaire*, *Une confrontation de méthodes*, Presses universitaires de Namur, 1980, p. 177.

모두 중년의 나이에 이르면 "힘차고 온순한 고양이"를 좋아하고 대부분의 시간을 집 안에 틀어박혀 지낸다는 점이다.

2연에서 "그들은 어둠의 고요와 무서움을 찾다"닌다는 구절은 집 밖으로 나와 무섭고 음산한 곳을 찾는다는 뜻과 같다. 여기서 '어둠des ténèbres'은 '고요'와 '무서움'에 동시적으로 연결되는 모순어법의 표현이다. 7행에서 지옥의 어두운 부분을 가리키는 신화적 인물 "에레보스"는 지옥을 의미하는 고유명사이기도 하다. "지옥이 고양이를 좋아하는 것은, 밤의 연인들이 악마적 동물이기 때문이다."* 또한 2연에서 고양이와 관련되는 "어둠" "에레보스" "장례용 준마"는 3연에서 "고상한" "고독한" "거대한 스핑크스"로 이어지고, 4연에서 "마법의 불꽃" "금빛 가루" "신비한 눈동자"로 연결됨을 알 수 있다.

셸리에는 이렇게 말한다. "어둠 속에서 꿈꾸는 고양이는 시인과 같다. 고양이가 어둠을 좋아하는 것은 어둠 자체 때문이 아니라, 어둠이 고양이에게 도전하기 때문이다. 고양이가 어둠을 좋아하는 것은 어둠과 싸워 이기기 위해서다. 그러므로 시인이 악을 좋아하는 것은 악을 위해서가 아니라 악에서 아름다움을 추출하기 위해서이다."** 이 말은 보들레르의 시집 제목이 왜 『악의 꽃』인지를 설명해준다.

* 같은 책, p. 179.
** 같은 책, p. 182.

언제나 변함없기를

"당신은 말했지요, 저 헐벗은 검은 바위 위로
바닷물처럼 솟아오르는 이 기이한 슬픔은 무엇 때문이냐고
요."
　　—우리의 마음이 일단 수확을 끝냈을 때지요.
삶은 고통이에요. 그건 누구나 알고 있는 비밀이고요.

그건 아주 단순하고 신비스럽지 않은 것,
당신의 기쁨처럼 누구에게나 분명한 아픔이지요.
그러니 알려고 하지 마세요, 오 호기심 많은 사람이여!
당신의 목소리가 아무리 듣기 좋아도 가만히 계세요!

말을 하지 마세요, 모르는 체하세요! 늘 기뻐하는 영혼이여!
입으로는 어린아이같이 웃으세요! 삶보다 죽음은
훨씬 더 정교한 사슬로 자주 우리를 옥죄고 있어요,

제발, 내 마음이 *거짓말*에 취해서
아름다운 꿈 같은 당신의 아름다운 눈 속에 빠지게 해주세요
그리고 오랫동안 당신의 눈썹 그늘에 잠들 수 있기를!

Semper eadem

«D'où vous vient, disiez-vous, cette tristesse étrange,
Montant comme la mer sur le roc noir et nu?»
— Quand notre cœur a fait une fois sa vendange,
Vivre est un mal. C'est un secret de tous connu,

Une douleur très simple et non mystérieuse,
Et, comme votre joie, éclatante pour tous.
Cessez donc de chercher, ô belle curieuse!
Et, bien que votre voix soit douce, taisez-vous!

Taisez-vous, ignorante! âme toujours ravie!
Bouche au rire enfantin! Plus encor que la Vie,
La Mort nous tient souvent par des liens subtils.

Laissez, laissez mon cœur s'enivrer d'un *mensonge*,
Plonger dans vos beaux yeux comme dans un beau
songe,
Et sommeiller longtemps à l'ombre de vos cils!

보들레르가 라틴어로 "언제나 변함없기를"이라고 제목을 붙인 이 시의 원제는 semper eadem이다. 이 말은 두 가지 뜻으로 해석된다. 하나는 상대편의 좋은 품성이 변함없기를 바란 것일 수도 있고, 다른 하나는 연인 관계에서 사랑이 변하지 않기를 기원한 것일 수도 있다. 이 시는 이야기의 상대편을 염두에 둔 혼잣말로 구성된다. 혼잣말이지만, 1행과 2행은 상대편이 묻는 말을 그대로 옮겨놓은 것이다. 그런데 "바위 위로 바닷물처럼 솟아오르는 이 기이한 슬픔은 무엇 때문이냐"고 묻는 말을 인용하면서 화자는 슬픔의 원인을 묻는 것에 "원인이 어디에 있다"라는 식으로 말하지 않고, 마치 슬픔은 언제 있었냐고 물었던 것처럼 대답한다. 또한 대화의 상대편이 묻는 "슬픔la tristesse"을 파도처럼 반복되는 것으로 말한 점에서 슬픔은 숙명과도 같다는 생각이 엿보인다. 또한 "수확을 끝냈을 때"라는 것은 포도나 농작물의 수확이 끝났을 때라는 뜻이다. 다시 말해 농부가 한 해 농사를 끝낸 후 더는 기대할 수 없는 상황에서 결산하듯이 말한 것이다.

보들레르는 삶이 고통과 아픔의 연속이라고 생각한 시인이다. 『악의 꽃』의 서시 「독자에게」에서 알 수 있듯이, 인간은 "어리석음, 과오, 죄악과 인색함"으로 후회를 되풀이할 수밖에 없고, 인간의 의지가 아무리 강하더라도, '악마'가 "우리를 조종하는 줄을 쥐고" 있고, "우리의 머릿속에는 수많은 기생충 같은 '마귀'들이 우글거리고" 있는 한 어쩔 수 없다는 것이다. 또한 3연의 "삶보다 죽음은/훨씬 더 정교한 사슬로 자주 우리를 옥죄고" 있다는 구절에서 '죽음'은 시간과 동의어로서 악마와 비슷한 뜻으로 쓰였음을 알 수 있다.

결론적으로 시인은 자신을 고통, 아픔, 죽음에 친숙한 영혼이라고 말하고, 대화의 상대편을 '기쁨' '아름다움' '어린아이 같은 웃음' '늘 기뻐하는 영혼'의 존재로 부각한다. 또한 10행과 11행에서 알 수 있듯이, 삶보다 죽음이 "정교한 사슬로 자주 우리를 옥죄고" 있다는 것을 의식한 시인은 "아름다운 꿈 같은 당신의 아름다운 눈 속에" 빠질 수 있기를 기원한다. 여기서 '아름다운 꿈'이란 시인의 꿈이자, 이상을 향한 시적 탐구로 보인다. 이 시의 끝에서 '잠들다'로 번역한 동사의 원형은 sommeiller이다. 이것은 '깨어 있다veiller'와 '잠자다dormir'를 결합한 동사이다. 다시 말해서 깨어 있으면서 잠자고, 잠자면서 깨어 있는 상태를 의미한다는 것이다. 초현실주의자들은 꿈과 현실의 결합을 추구했다. 그들은 꿈과 현실을 분리하거나 대립적으로 보지 않았다. 이런 점에서 초현실주의의 시학은 '깨어 있다'와 '잠자다'의 결합이라고 할 수 있다. 그렇다면 이 시의 제목은 연인 관계에서 꿈과 현실이 하나가 되는 상태가 영원히 계속되기를 바란 것이 아닐까?

연인들의 죽음

우리는 갖게 되리라, 가벼운 향기 가득한 침대를,
무덤처럼 깊숙한 긴 의자를,
보다 아름다운 하늘 아래 우리를 위해
피어난 선반 위의 기이한 꽃들을.

경쟁하듯이 마지막 열정을 불태우는
우리 둘의 가슴은 두 개의 거대한 불꽃이 되어
우리 둘의 마음인 이 쌍둥이 거울 속에서
두 겹의 불빛을 비추리라.

장밋빛과 신비한 푸른색의 어느 날 저녁
우리는 주고받으리라 마지막 인사를 담은
오랜 흐느낌처럼 우리 둘만의 섬광을,

훗날 한 '천사'가 문을 살며시 열고 들어와
진실로 기뻐하며 되살리겠지,
뿌연 빛의 거울과 죽은 불꽃을.

La mort des amants

Nous aurons des lits pleins d'odeurs légères,
Des divans profonds comme des tombeaux,
Et d'étranges fleurs sur des étagères,
Écloses pour nous sous des cieux plus beaux.

Usant à l'envi leurs chaleurs dernières,
Nos deux cœurs seront deux vastes flambeaux,
Qui réfléchiront leurs doubles lumières
Dans nos deux esprits, ces miroirs jumeaux.

Un soir fait de rose et de bleu mystique,
Nous échangerons un éclair unique,
Comme un long sanglot, tout chargé d'adieux;

Et plus tard un Ange, entrouvrant les portes,
Viendra ranimer, fidèle et joyeux,
Les miroirs ternis et les flammes mortes.

인간은 어머니의 배 속에서 모체와 분리된 존재로 태어난다. 분리된 존재는 결핍된 인간이라고 할 수 있다. 결핍은 욕망을 갖게 하고, 욕망은 사랑을 추구하게 된다. 이렇게 단순화하는 논리가 가능한지 모르겠지만, 사랑은 인간이 자신의 결핍된 부분을 채워서 온전한 일체감을 가지려는 인간적 행위라고 말할 수 있다. 그러나 사랑의 일체감은 한순간뿐이고, 곧 분리를 의식하는 것이 인간이다.

조르주 바타유의 『에로티즘』은 인간이 혼자 태어나서 혼자 죽을 수밖에 없는 존재이므로 한 존재와 다른 존재 사이에는 뛰어넘을 수 없는 심연이 가로놓여 있다는 것을 말한다. 이런 의미에서 인간은 불연속적 존재이다. 그러나 사랑에 빠진 사람은 사랑하는 사람과의 육체적 결합과 정신적 결합을 통해서 완전한 융합에 이르고 연속성을 얻을 수 있으리라고 생각한다. 이처럼 불가능한 결합과 일치를 추구하는 눈먼 열정은 결국 인간을 고통에 빠지게 한다. 열정적 결합은 죽음을 부르고 심지어는 살해 욕망을 초래할 수도 있기 때문이다.

보들레르의 「연인들의 죽음」은 연인들이 꿈꾸는 죽음을 시적으로 보여준 작품이라고 할 수 있다. 1연에서 "무덤처럼 깊숙한" 침상은 연인들의 사랑이 영원한 일체감을 추구한다는 점에서 '죽음'의 이미지를 담은 것이다. 또한 그들의 사랑은 빛과 불, 또는 거울의 이미지로 표현된다. 그들이 꿈꾸는 영원한 일체감은 내세에서도 천사의 도움으로 "뿌연 빛의 거울과 죽은 불꽃"이 되살아날 수 있기를 바라는 마음으로 나타난다.

지나가는 여인에게

시끄러운 거리가 내 주위에서 아우성치고 있었다.
키가 크고 날씬한 상복 차림의 한 여인이
우아한 고통의 표정으로 지나갔다. 맵시 있는 손길로
가장자리에 꽃무늬 장식이 있는 치맛자락 들어 올린 그녀는

조각상 같은 다리의 날렵하고 고상한 모습이었다.
나는 들이마셨다. 실성한 사람처럼 몸을 떨면서
그녀의 눈 속에 태풍이 싹트는 납빛 하늘을,
매혹의 감미로움과 죽음의 쾌락을.

한 줄기 빛, 그 후의 어둠이여!—그 눈빛이 순식간에
나를 다시 태어나게 만들고 사라진 아름다운 여인이여,
그대를 영원히 다시 만나지 못할 것인가?

이곳에서 아주 먼 어느 다른 곳이라면! 너무 늦은 것일까!
그런 일은 결코 없겠지만!
그대 사라진 곳 나 모르고, 나 가는 곳 그대 모르기 때문이
겠지.
오, 내가 사랑했을지 모르는 그대, 오, 그걸 알고 있었던 그대!

A une passante

La rue assourdissante autour de moi hurlait.
Longue, mince, en grand deuil, douleur majestueuse,
Une femme passa, d'une main fastueuse
Soulevant, balançant le feston et l'ourlet;

Agile et noble, avec sa jambe de statue.
Moi, je buvais, crispé comme un extravagant,
Dans son œil, ciel livide où germe l'ouragan,
La douceur qui fascine et le plaisir qui tue.

Un éclair...... puis la nuit! — Fugitive beauté
Dont le regard m'a fait soudainement renaître,
Ne te verrai-je plus que dans l'éternité?

Ailleurs, bien loin d'ici! trop tard! jamais peut-être!
Car j'ignore où tu fuis, tu ne sais où je vais,
Ô toi que j'eusse aimée, ô toi qui le savais!

보들레르의 시에서 '대도시와 군중'은 중요한 주제들 중 하나이다. 그는 대도시의 새로운 풍경과 도시 하층민의 삶에 깊은 관심을 갖고 있는 까닭에, "도시의 삶에는 시적이고 놀라운 소재가 풍부하다"라고 말한다. 그러나 그의 시에서 도시의 현상과 군중의 출현에 대한 직접적 묘사를 발견하기는 어렵다. 도시의 풍경은 단편적이거나 간접적으로 표현되어 있고, 군중에 대한 시각은 대체로 내면화되어 있기 때문이다.

벤야민은 「보들레르의 몇 가지 주제들에 관해서」를 통해, 보들레르가 파리의 거주민과 도시를 직접적으로 묘사하지는 않았지만, "한 대상을 다른 대상의 형태로 환기하는" 표현 방법을 구사했다는 점에 주목한다. 다시 말해서 보들레르는 군중의 한 사람을 통해 도시를 말하고, 도시의 한 풍경을 통해 거주민의 특징적인 삶을 표현한다는 것이다. 그는 이런 관점에서 「지나가는 여인에게」를 인용하고, "이 시에는 군중을 나타내는 표현이나 낱말은 하나도 보이지 않지만, 이 시 전체의 흐름은 군중의 존재에 근거를 두고 있다"*고 분석한다. 그의 분석에 따르면, 화자가 상복 차림의 여인을 보고 매혹된 감정

---

* W. Benjamin, *Poésie et Révolution*, Éditions Denoël, 1971, p. 242.

을 그린 이 시는, 대도시의 군중 사이에서 가능한 우연적 만남의 사건을 주제로 한다. 그런데 이 감정은 지속되지 않는 순간적인 것이다. 이러한 시선의 마주침에서 중요한 것은 매혹의 대상과의 우연한 만남이라기보다, 다시는 만날 수 없다는 아쉬움이다. 벤야민의 이러한 견해는 대도시에서 발생하는 우연적 만남에 대한 흥미로운 해석이긴 하지만, 이 시에서 화자가 왜 "상복 차림의 여인"을 보고 "실성한 사람처럼 몸을 떨"게 되었는지를 설명하지는 못한다. 또한 독자는 벤야민의 해석만으로는 "그녀의 눈 속에 태풍이 싹트는 납빛 하늘을" 본다거나, "매혹의 감미로움과 죽음의 쾌락" 같은 모순된 감정이 생겨나는 이유를 알 수 없다.

이런 점을 고려할 때, 보들레르가 상복 차림의 여인과 상중의 미망인들에게 특별한 관심을 갖는 까닭을 그의 어린 시절 큰 사건이었던 어머니의 재혼과 관련시켜 해석하는 제롬 텔로의 견해*가 적절해 보인다. 그의 해석을 뒷받침하는 논리는 사르트르의 보들레르 비평에서도 찾을 수 있다.

아버지가 죽었을 때, 여섯 살이었던 보들레르는 늘 어머니를 숭배하면서 지냈다. 그녀의 관심과 염려에 휩싸여 그는 자신이 한 인간으로서 존재한다는 것을 알지 못했다. 그러나

* J. Thélot, *Baudelaire, violence et poésie*, Gallimard, 1993, p. 489.

그는 일종의 원초적이고 신비적인 참여로 어머니의 몸과 마음에 결합되어 있다는 일체감을 가졌다. 그는 어머니와 서로 부드럽고 따뜻한 사랑에 빠져서 지냈다. 거기에는 오직 하나의 가정, 하나의 가족, 하나의 근친상간적 부부만이 존재할 뿐이었다. 훗날 그는 이렇게 쓴다. "나는 언제나 어머니의 품에서 살아 있었고, 어머니는 오직 나의 것이었다. 어머니는 우상인 동시에 동지였다."*

이렇게 어머니를 숭배하고 사랑하면서, 일체감을 갖고 지냈던 어린 보들레르에게 평생 지울 수 없는 상처를 준 사건은 아버지가 죽은 후, 1년 정도밖에 지나지 않은 시점에서 어머니가 재혼한 것이다. 사르트르는 이것을 보들레르 같은 섬세하고 예민한 영혼에 균열이 생기게 한 충격적 사건으로 설명한다. 보들레르가 나중에 "나 같은 아이를 둔 어머니는 재혼을 하지 말아야 한다"라고 말한 것은 어머니의 재혼이 자기에게 얼마나 큰 충격적 사건이었는지를 보여준다. 그러므로 상복 차림의 여인에게 매혹된 보들레르의 영혼 속에는 복잡한 양가 감정이 담겨 있다. 논리적으로 설명하기 어려운 사랑과 미움, 삶과 죽음, 희망의 빛과 절망의 어둠이 공존한다.

이 시를 해석하는 또 다른 관점은 "지나가는 여인"과 시인

---

* J. P. Sartre, *Baudelaire*, Gallimard, 1947, pp. 18~19.

을 동일시하는 것이다. 시인은 도시의 군중 사이를 걸으면서 "그 자신이기도 하고 동시에 타인이 될 수 있는 것이 최고의 특권"*임을 말한 바 있다. 그것은 평생 고독한 삶을 살았던 시인의 절실한 고백으로 보인다. 만일 시인이 아니라 보통 사람이라면, 동일시하고 싶은 여자를 만났을 때 그녀를 뒤쫓아가서 말을 붙였을지 모른다. 그러나 그는 정신적으로 혹은 심리적으로 자기가 타인이 되고, 타인이 자기가 되는 것을 즐긴다. 그리고 그 장면에 대한 시적 형상화에 몰두할 뿐이다.

---

* C. Baudelaire, "Les foules," 같은 책, p. 291.

이국 향기

어느 가을날 더운 저녁 두 눈 감은 채
그대의 따뜻한 젖가슴 냄새 맡으면
한결같은 태양의 불길로 눈부신
행복한 해안이 눈앞에 펼쳐지네.

진귀한 나무들과 맛있는 과일들을
자연이 제공하는 게으른 섬나라,
날씬한 체격의 활기찬 남자들과
순진한 눈빛이 놀라운 여자들.

그대 체취에 이끌려 매혹적인 고장에 가면,
거센 파도에 시달려 아직도 지쳐 있는
돛과 돛대로 가득 찬 항구 떠오르고,

초록색 타마린 향기는
대기 속을 감돌며 콧속을 부풀게 하고
내 마음속엔 수부들의 노래 함께 들려오네.

Parfum exotique

Quand, les deux yeux fermés, en un soir chaud d'au-
tomne,

Je respire l'odeur de ton sein chaleureux,

Je vois se dérouler des rivages heureux

Qu'éblouissent les feux d'un soleil monotone;

Une île paresseuse où la nature donne

Des arbres singuliers et des fruits savoureux;

Des hommes dont le corps est mince et vigoureux,

Et des femmes dont l'œil par sa franchise étonne.

Guidé par ton odeur vers de charmants climats,

Je vois un port rempli de voiles et de mâts

Encore tout fatigués par la vague marine,

Pendant que le parfum des verts tamariniers,

Qui circule dans l'air et m'enfle la narine,

Se mêle dans mon âme au chant des mariniers.

이 시는 「머리카락La chevelure」과 함께 여인의 체취를 통해 상상 세계로 여행을 떠난다는 주제의 작품이다. 보들레르가 감각 중에서 특히 후각에 가장 예민했다는 것은 잘 알려진 사실이다. 「머리카락」의 화자가 여인의 머리카락 냄새를 맡고 황홀한 도취에 빠지는 모습을 보여준다면, 「이국 향기」는 여인의 따뜻한 젖가슴 냄새를 시작으로 "행복한 해안이 눈앞에 펼쳐지"는 상상의 세계를 그린다. 시인에게 여자의 '머리카락'과 '젖가슴'은 신비롭고 풍부한 상상력을 전개하는 출발점이자 매개체이다.

소네트(4행시 2연과 3행시 2연으로 구성된 정형시) 형식의 이 시는 형태적으로 안정감과 균형성을 보여준다. 첫 행의 "어느 가을날 더운 저녁 두 눈 감은 채"는 화자의 시선이 외부의 풍경으로 열려 있지 않고, 내면의 몽상으로 펼쳐진다는 것을 의미한다. 몽상을 촉발하는 것은 "그대의 따뜻한 젖가슴 냄새"이다. 여인의 "따뜻한 젖가슴"은 시인뿐 아니라 누구에게도 어머니의 품 안에서 행복했던 유년의 기억을 떠올리게 할 수 있다. 또한 1연의 "젖가슴 냄새"는 4연에서 황홀한 도취 상태를 뜻하는 "초록색 타마린 향기"로 변화한다.

2연에서 알 수 있듯이, 몽상 속에서 나타나는 풍경은 "한결

같은 태양의 불길로 눈부신/행복한 해안"과 "진귀한 나무들과 맛있는 과일들을/자연이 제공하는 게으른 섬나라"이다. 이 낙원의 세계는「전생La vie antérieure」의 "바다의 태양이 수많은 불길로 물들이"는 곳이자 "창공과 파도와 찬란한 빛"이 있는 유토피아의 세계를 연상시킨다. 보들레르가 꿈꾸는 낙원은 대체로 "찬란한 빛splendeur"이 있거나「여행으로의 초대」에서처럼 "따뜻한 빛une chaude lumière"이 있는 곳이다. 또한 "게으른 섬나라"에서 알 수 있듯이 그곳은 근면과 절약의 부르주아적 가치관이 지배하는 세계도 아니고, 에덴동산처럼 금지된 과일이 있는 낙원도 아니다. 죄를 짓지 않고, 죄의식도 느끼지 않는 세계에서 인간은 어머니-자연과 조화롭게 공존하며 살 수 있는 것이다.

프랑스어에서 바다la mer와 어머니la mère는 같은 음으로 읽힌다. 그러므로 여인의 젖가슴이 어머니와 바다를 연상케 하는 것은 당연하다. 항구는 어머니의 젖가슴에 대한 은유이다. 이러한 은유와 관련시켜서 배들이 정박해 있는 항구가 떠남의 설렘과 도착의 휴식을 동시에 암시하는 항해의 출발점이자 도착점이라는 것을 생각할 필요가 있다.

전생

난 오랫동안 거대한 주랑 아래 살았지.
그곳은 바다의 태양이 수많은 불길로 물들이고,
저녁이면 우뚝 솟은 장엄한 기둥들로
현무암 동굴처럼 보이던 곳이었지.

물결은 하늘의 형상들을 굴리며
장엄하고 신비롭게 융합을 했지.
풍성한 음악의 전능한 화음과
내 눈에 비친 석양의 노을빛을.

거기가 바로 내가 살던 곳, 고요한 쾌락 속에서
창공과 파도와 찬란한 빛 속에서
온갖 향기가 몸에 밴 발가벗은 노예들에게 둘러싸여서

그들은 종려나무 잎으로 내 이마를 식혀주었고,
그들의 유일한 임무는 내 마음 괴롭히는
고통스러운 비밀을 깊숙이 살펴보는 일이었지.

La vie antérieure

J'ai longtemps habité sous de vastes portiques
Que les soleils marins teignaient de mille feux,
Et que leurs grands piliers, droits et majestueux,
Rendaient pareils, le soir, aux grottes basaltiques.

Les houles, en roulant les images des cieux,
Mêlaient d'une façon solennelle et mystique
Les tout-puissants accords de leur riche musique
Aux couleurs du couchant reflété par mes yeux.

C'est là que j'ai vécu dans les voluptés calmes,
Au milieu de l'azur, des vagues, des splendeurs
Et des esclaves nus, tout imprégnés d'odeurs,

Qui me rafraîchissaient le front avec des palmes,
Et dont l'unique soin était d'approfondir
Le secret douloureux qui me faisait languir.

이 시는, 4편의 「우울Spleen」 시들이 보여준 것처럼, 계속 되는 우울 상태에서 이상을 추구하는 시인이 이국적 낙원 의 풍경을 그린 것이다. 이 낙원의 세계는 경계가 없고, 무한 의 공간으로 열려 있다. 「상응」에서 "자연은 하나의 신전"이 고, "살아 있는 그 기둥들"이라고 묘사된 것처럼, 「전생」에 서는 "거대한 주랑 아래" "장엄한 기둥들"의 형태가 나타난 다. "거대한 주랑" "장엄한 기둥들" "바다의 태양" "물결"은 "풍성한 음악의 전능한 화음"과 결합되어 모든 것이 풍요로 운 세계와 음악적인 분위기의 평화로운 낭만적 풍경을 연상케 한다.

이 세계는 문명 이전의 세계, 죄와 벌이 없는 낙원이자 유 토피아이다. 보들레르가 꿈꾸는 세계가 대체로 그렇듯이, 이 세계는 찬란한 빛과 잔잔한 물결이 평화롭게 보이는 곳이다. "물결"의 소리는 석양의 붉은색과 황금빛의 조화를 이루면서, 3연에서처럼 "온갖 향기가 몸에 밴 발가벗은 노예들"과 연결 되어 청각과 후각의 요소들이 혼합된 신비로운 분위기를 만들 어낸다. 종려나무가 있고, 발가벗은 사람들이 있는 원시적이 고 이국적인 풍경은 고갱의 그림들을 연상케 한다.

4연에서 "그들의 유일한 임무는 내 마음 괴롭히는/고통스러운 비밀을 깊숙이 살펴보는 일"이라는 것은 어떤 의미일까? 시인은 왜 이마를 식혀야 했을까? 이 물음과 관련지어서 우선 시인의 '이마'는 단순히 '땀이 흐르는 이마'가 아니라, 시인의 상념과 내면적 고통의 환유라는 점에 주목할 필요가 있다. 다시 말해서 '이마'는 보통 사람들과 다른 삶을 사는 시인의 고통을 의미한다. 노예들의 임무는 시인을 괴롭히는 병의 원인을 규명하고 시인을 치유하는 일이다. 그렇다면 시인을 괴롭히는 병이란 무엇일까? 그것은 「알바트로스」에서 뱃사람들에게 붙잡힌 새의 운명과 같은 것일 수도 있고, 육지에서 살 수밖에 없는 바다 동물처럼 유배된 삶을 살아야 하는 시인의 근원적 불행을 의미하는 것일 수 있다.

시인은 "벌거벗은 노예들"과 같은 원시인의 단순함과 순진성을 잃어버리고 살 수밖에 없다. 그는 아무리 행복한 세계에 살더라도 불행한 운명을 감수해야 한다. 시인은 운명적으로 행복한 삶을 살지 못하고 행복의 의미가 무엇인지 질문하는 사람이기 때문이다. 이러한 질문을 계속하는 한, 시인은 치유될 수 없는 병을 감당하고 사는 존재일 것이다.

아름다움

오, 인간이여! 나는 돌의 꿈처럼 아름답고,
누구나 상처받기 마련인 내 젖가슴은
물질처럼 말없는 영원한 사랑의
영감을 시인에게 불러일으키지.

나는 불가사의의 스핑크스처럼 창공에 군림하고,
흰 눈 같은 마음을 백조의 흰빛과 결합하지.
선線의 질서를 어지럽히는 움직임을
싫어하며, 한 번도 울지 않고, 한 번도 웃은 적이 없지.

시인들은 위풍당당한 최상의 기념비 조각에서
빌려 온 듯한 나의 고고한 몸가짐을 앞에 두고
엄정한 탐구로 그들의 일생을 바치겠지.

이렇게 나의 착한 애인들을 매혹할 수 있도록
나는 만물을 더욱 아름답게 만드는 거울을 갖고 있지.
그건 바로 나의 눈, 영원한 빛을 지닌 커다란 눈이야!

La beauté

Je suis belle, ô mortels! comme un rêve de pierre,
Et mon sein, où chacun s'est meurtri tour à tour,
Est fait pour inspirer au poète un amour
Éternel et muet ainsi que la matière.

Je trône dans l'azur comme un sphinx incompris;
J'unis un cœur de neige à la blancheur des cygnes;
Je hais le mouvement qui déplace les lignes,
Et jamais je ne pleure et jamais je ne ris.

Les poètes, devant mes grandes attitudes,
Que j'ai l'air d'emprunter aux plus fiers monuments,
Consumeront leurs jours en d'austères études;

Car j'ai, pour fasciner ces dociles amants,
De purs miroirs qui font toutes choses plus belles:
Mes yeux, mes larges yeux aux clartés éternelles!

이 시의 화자는 아름다운 여자일 수도 있고, 뛰어난 조각가의 여인상일 수도 있다. 이 두 가능성 중에서 조각가의 여인상을 화자로 보는 관점은 "나는 돌의 꿈처럼 아름답"다는 구절과 "누구나 상처받기 마련인 내 젖가슴은/물질처럼 말없는 영원한 사랑의/영감을 시인에게 불러일으"킨다는 구절에 근거한 것이다. 그러나 이 관점은 3연의 "기념비 조각에서/빌려 온 듯한 나의 고고한 몸가짐"이란 표현 때문에 반론에 부딪칠 수 있다. 조각 작품이라면 "위풍당당한 최상의 기념비 조각에서/빌려 온 듯한 나의 고고한 몸가짐"이란 표현은 적합하지 않기 때문이다.

그러나 화자를 아름다운 여자라고 보는 첫번째 해석도 의문을 불러일으키는 것은 마찬가지이다. 여자가 완벽한 미모를 갖춰서 자신의 '젖가슴'으로 인해 "누구나 상처받기 마련"이고 "물질처럼 말없는 영원한 사랑의/영감을 시인에게 불러일으"킨다는 자신감을 드러낸다 하더라도, 마지막 연에서처럼 그녀가 "나는 만물을 더욱 아름답게 만드는 거울을 갖고 있지./그건 바로 나의 눈, 영원한 빛을 지닌 커다란 눈"이라는 신비롭고 초월적인 눈을 갖는다고 말하기는 어렵기 때문이다. 이렇게 본다면 제3의 화자, 즉 아름다운 여자로 의인화된 자연을 상정해볼 수 있다. 이것은 보들레르가 다른 시에서 자연의 감동적인 아름다움을 만족스럽게 표현하지 못하는 시인의 절망감을 토로한 것에 근거를 둔 해석이다. 그의 산문시 「예술가의 고해 기도」는 이렇게 전개된다.

> 가을날 해 질 무렵은 얼마나 가슴에 사무치는가! 아! 그 사무침은 통증이 느껴질 정도라네. [……] 왜냐하면 무한에 대한 느낌만큼 강렬하고 날카로운 것도 없기 때문이지. [……] 이제 깊은 하늘은 나를 아연실색게 하고, 그 투명한 빛은 나를 괴롭히지. 바다의 무감각, 그 풍경은 변함없이 나를 화나게 만들지. ……아! 이렇게 영원히 괴로워해야만 하는가, 아니면 영원히 아름다움을 멀리해야 하는가? 자연이여, 냉혹한 마술사여, 항상 승리를 거두는 경쟁자여, 나를 놓아주오! 내 욕망과 자부심을 시험하지 말라! 아름다움의 탐구는 예술가가 두려움으로 소리를 지르고 결국은 패배하고 마는 결투일 뿐이지.

시인이 "아름다움의 탐구"에서 자연과 경쟁의식을 갖는다면, 자연과의 싸움은 그의 패배로 끝날 뿐이다. 이러한 패배는 운문시 「아름다움」의 3연에서 "시인들은 [……] 나의 고고한 몸가짐을 앞에 두고/엄정한 탐구로 그들의 일생을 바치겠지"와 관련지어 생각해볼 수 있다. 왜냐하면 "돌의 꿈처럼"

견고하고 아름답고 당당한 모습을 완벽하게 그리기 위해서 시인이 아무리 "일생을 바치"는 노력을 하더라도, 그의 창조적인 작업은 자연의 위대한 창조에 못 미치기 때문이다. 그러나 여기서 다시 의문이 생긴다. 시인이 자연의 아름다움을 탐구하고 자연의 아름다움과 경쟁 의식을 갖더라도, 자연에 대한 "엄정한 탐구로 그들[시인]의 일생을 바치겠"다는 것은 납득하기 어렵기 때문이다. 시인의 "엄정한 탐구" 대상은 자연뿐 아니라 현실의 모든 세계가 포함될 수 있다. 그렇다면 시인이 일생을 "엄정한 탐구"로 보낼 수 있는 대상은 바로 시밖에 없다. 그러므로 아름다움은 바로 '이상적인 시'라고 생각할 수 있다.

보들레르는 「상응」에서 "자연은 하나의 신전"이라고 표현하고, "상징의 숲"으로 비유한 바 있다. 상징의 숲을 지나가는 사람 또는 상징의 세계를 보는 사람은 시인이다. 그러므로 이 시에서처럼 "돌의 꿈처럼 아름답"다는 것과 "물질처럼 말없는 영원한 사랑의/영감을 시인에게 불러일으"킨다는 것에서 우리는 단순하면서도 견고한 시의 형태를 떠올릴 수 있다. 또한 "불가사의의 스핑크스처럼 창공에 군림"한다는 것, "나의 고고한 몸가짐", 그리고 끝으로 "만물을 더욱 아름답게 만드는 거울"의 눈, "영원한 빛을 지닌 커다란 눈"은 최고의 시가 보여주는 덕목으로 해석해볼 수 있다. 시의 '눈'이 무엇인지는 독자의 해석에 따라서 다르겠지만, 상징의 숲으

로 가득 찬 세계의 진실을 꿰뚫어 보는 시적 통찰력 같은 것
으로 이해된다.

명상

오 나의 고통이여, 얌전히 좀더 조용히 있어다오.
너는 저녁이 오기를 원했지, 그 저녁이 이제 내려오고 있네.
어슴푸레한 대기는 도시를 에워싸면서
어떤 사람에겐 평화를, 어떤 사람에겐 근심을 가져다주지.

수많은 천박한 인간 군상이
저 무자비한 사형집행인, 쾌락의 채찍 아래
비천한 축제 속에서 후회를 모으고 다니는 동안
내 고통이여, 나를 도와주고, 이쪽으로 오라.

그들에게서 멀리 떠나거라. 보아라 지나간 세월이
낡은 옷을 입고 하늘의 발코니 위에서 몸을 굽히는 것을,
웃음 짓는 회한이 물속에서 솟아오르는 것을,

음흉한 태양이 아치형의 다리 아래 잠들어 있는 것을,
그리고 동방국에 질질 끌리는 긴 수의같이,
들어라, 그대여, 들어라 감미로운 밤이 걸어오는 소리를.

Recueillement

Sois sage, ô ma Douleur, et tiens-toi plus tranquille.
Tu réclamais le Soir; il descend; le voici:
Une atmosphère obscure enveloppe la ville,
Aux uns portant la paix, aux autres le souci.

Pendant que des mortels la multitude vile,
Sous le fouet du Plaisir, ce bourreau sans merci,
Va cueillir des remords dans la fête servile,
Ma Douleur, donne-moi la main; viens par ici,

Loin d'eux. Vois se pencher les défuntes Années,
Sur les balcons du ciel, en robes surannées;
Surgir du fond des eaux le Regret souriant;

Le Soleil moribond s'endormir sous une arche,
Et, comme un long linceul traînant à l'Orient,
Entends, ma chère, entends la douce Nuit qui marche.

보들레르의 삶은 고통의 연속이었다고 할 수 있다. 그러나 그는 자신의 의식 속에서 떠나지 않는 고통을 거부하기보다, 오히려 친구나 연인처럼 생각하고 고통을 의인화하여 그에게 자기의 속내 이야기를 털어놓듯이 말한다. 이런 관점에서 보자면, 고통은 증오의 대상이 아니다. 오히려 이 시의 첫 행에서부터 시인은 자신의 '고통'이 떠나기를 기원하기보다 "오 나의 고통이여, 얌전히 좀더 조용히 있어다오"라고 고통을 달래듯이 말한다. 그는 자신의 '고통'이 '저녁'을 좋아한다고 믿는다. '저녁'의 어두운 분위기 속에서 영혼은 더 이상 불안하게 동요하지 않을 수 있기 때문일까? 보들레르는 「현대 생활의 화가」에서 이렇게 하루가 저무는 일몰의 시간을 묘사한 바 있다.

자 이제 밤이 왔다. 하늘의 커튼들이 내려오고 도시들이 불 밝히는, 기묘하고 모호한 시간이다. 일몰의 보랏빛에 가스등이 점점이 박힌다. 신사든 파렴치한이든, 정신이 똑바르든 미쳤든, 사람들은 다 "마침내 하루가 마감되었군!" 하고 중얼거린다. 현명한 자와 행실이 나쁜 자가 모두 쾌락을 떠올리고는 각자 자신이 정한 곳으로 망각의 잔을 마시러 달려

간다.

　이처럼 대도시의 저녁은 누구에게나 온갖 쾌락에 탐닉할 수 있는 유혹의 시간이 된다. 2연에서 알 수 있듯이, 대중은 저 무자비한 사형집행인, '쾌락'의 채찍을 의식하지 못하고, 의식하게 되더라도 그것을 잠재우려 할 뿐이다. "비천한 축제"의 시간이 지나면 후회des remords만 남는다는 것을 그들은 모르는 것이다. 시인은 사람들이 쾌락을 추구하는 모습에 대해 '후회를 모은다cueillir des remords'고 표현한다. 여기서 '모은다 cueillir'는 동사는 '수집한다'나 '사서 모은다'는 뜻이다. 덧없는 쾌락을 추구하는 일은 어리석게 후회할 일만 쌓아놓을 뿐이라는 것이다. 물론 시인도 후회와 비슷한 감정을 갖지만, 그는 자신의 감정을 회한le regret이라는 말을 통해 "웃음 짓는 회한이 물속에서 솟아오"른다고 표현한다. 인간은 누구나 지난날의 행복을 그리워하거나, 자신의 과오를 뉘우치기 마련이다. 후회건 회한이건 간에, 중요한 것은 덧없는 쾌락에 빠져서 자신의 과오를 잊어버리지 않는 태도일 것이다. 인간은 대체로 무리 속에 휩쓸리거나 쾌락에 빠져서 자기의 고통을 잊으려 한다. 그러나 시인은 고독한 명상 속에서 고통을 성찰하거나 고통의 위로를 받으려 한다. 그것이 그에게는 고통을 견디는 방법일 것이다.

불운

그렇게 무거운 짐을 들어 올리려면
시지프여, 너는 용기가 필요하겠지!
우리가 아무리 일에 몰두하여 지낸다 해도
예술은 길고 시간은 짧은 것.

유명한 묘지에서 멀리 떨어진
외딴 무덤을 향해
내 마음은 희미한 소리의 북처럼
장송곡 울리며 가네.

—수많은 보석들이 잠들어 있겠지,
어둠과 망각 속에 파묻혀
곡갱이와 굴착기로부터 먼 곳에서,

수많은 꽃들이 마지못해
비밀처럼 감미로운 향기 흘려보내겠지
그 깊은 적막 속에서.

Le guignon

Pour soulever un poids si lourd,
Sisyphe, il faudrait ton courage!
Bien qu'on ait du cœur à l'ouvrage,
L'Art est long et le Temps est court.

Loin des sépultures célèbres,
Vers un cimetière isolé,
Mon cœur, comme un tambour voilé,
Va battant des marches funèbres.

— Maint joyau dort enseveli
Dans les ténèbres et l'oubli,
Bien loin des pioches et des sondes;

Mainte fleur épanche à regret
Son parfum doux comme un secret
Dans les solitudes profondes.

시지프(시시포스)는 신들에게 바위를 산꼭대기까지 끊임없이 굴려 올리는 형벌을 받은 사람이다. 시인은 무용하고 희망없는 노동을 반복하는 시지프를 돈호법으로 부르면서, 그의 고통과 예술가의 작업을 동일한 것처럼 관련시킨다. 예술가는 '산꼭대기'에 있는 이상을 추구하면서도 현실로 돌아오는 삶을 반복하는 사람이기 때문이다. 이상을 추구하는 시인은 그러므로 빈번히 우울과 좌절감에 사로잡힌다. 또한 그는 유한한 삶을 사는 인간이므로, 머지않아 자기에게 닥쳐올 죽음을 생각한다.

도미니크 랭세는 이 시의 1연을 이렇게 해석한다. "우울의 시간이 항상 너무 길다면, 이상과 이상을 추구하는 시간은 항상 너무 짧다. 우울은 괴로운 시간의 지속으로 가중되고, 이상을 추구하는 창조의 시간은 늘 부족하다. 우울은 넘치도록 많은 해로운 시간의 형벌이고, 이상은 결핍과 좌절의 고통이다. 우울은 영원한 악마적 추락이고, 이상은 끊임없는 시시포스적 추락의 반복이다."* 이처럼 그는 "예술은 길고 시간은 짧다"는 구절을 단순화하여 해석하지 않고, 우울의 시간과 창조의

* D. Rincé, *Baudelaire et la modernité poétique*, P. U. F., 1984, pp. 45~46.

시간으로 나누어 깊이 있는 해석을 보여준다.

　이 시에서 흥미로운 것은 죽음에 대한 시인의 상념이 "외딴 무덤을 향해" 전개된다는 점이다. 그 무덤은 살아 있는 사람들이 많이 찾는 "유명한 묘지"가 아니다. 그러나 그 이름 없는 사람들의 무덤에 "수많은 보석들이 잠들어" 있고, "수많은 꽃들이" "감미로운 향기 흘려보"낸다는 구절의 표현법은 죽음에 대한 시인의 명상이 보편적이고 본질적인 것임을 보여준다. 다시 말해 "수많은 꽃들이 마지못해 / 비밀처럼 감미로운 향기 흘려"보낸다는 것에서 세속적 영광과는 상관없이 외딴 묘지의 죽음에 의미와 가치를 부여하려는 시인의 관심이 매우 인간적임을 보여준다. 여기서 "수많은 보석들"과 "수많은 꽃들"이 죽은 사람을 가리키는지 작품을 의미하는지는 생각해볼 문제이다. 우리는 제롬 텔로의 해석처럼,* "보석들"과 "꽃들"은 시인이 잊지 못하는 사람들이라고 생각한다. 시인은 "외딴 무덤"을 바라보면서 자신의 죽음을 상상했을 것이기 때문이다. 이 시를 통해서 우리는 인생에서 행운과 불운의 차이가 무엇이고, 삶과 죽음의 경계가 무엇인가 또는 삶의 영광과 영광의 죽음이 과연 일치하는 것인가 하는 문제를 생각해볼 수 있다.

---

　*　J. Thélot, 같은 책, p. 393.

여행으로의 초대(운문시)

내 사랑, 그대여,
그곳에서 우리 함께 사는
즐거움 생각해봐요.
그대를 닮은 그 나라에서
한가롭게 사랑하고
사랑하다 죽는 것을!
하늘은 흐리고
태양은 젖어 있어
내 마음에 너무나 신비로운
매력으로 떠오르는 그곳은
눈물 통해 반짝이는
그대의 알 수 없는 눈을 닮았지요.

거기엔 모든 것이 질서와 아름다움,
사치와 고요 그리고 쾌락일 뿐.

세월의 윤기로
반들거리는 가구들이
우리의 방을 장식하고

L'invitation au voyage

Mon enfant, ma sœur,

Songe à la douceur

D'aller là-bas vivre ensemble!

Aimer à loisir,

Aimer et mourir

Au pays qui te ressemble!

Les soleils mouillés

De ces ciels brouillés

Pour mon esprit ont les charmes

Si mystérieux

De tes traîtres yeux,

Brillant à travers leurs larmes.

Là, tout n'est qu'ordre et beauté,

Luxe, calme et volupté.

Des meubles luisants,

Polis par les ans,

Décoreraient notre chambre;

진귀한 꽃들이
향긋한 냄새 풍기며
용연향의 은은한 향기와 뒤섞여
호화로운 천장
깊숙한 거울들은
동양의 빛을 자아내고
모든 것은
부드러운 모국어로
영혼에게 은밀히 속삭이지요.

거기엔 모든 것이 질서와 아름다움,
사치와 고요 그리고 쾌락일 뿐.

보세요, 저 운하 위에
방랑자 기질의
배들이 잠자는 것을
그들이 세상의 끝에서 온 것은
그대의 사소한 욕망을
충족시켜주기 위해서예요.
─저무는 태양이
찬란한 금빛으로
들판을, 운하를,

Les plus rares fleurs

Mêlant leurs odeurs

Aux vagues senteurs de l'ambre,

Les riches plafonds,

Les miroirs profonds,

La splendeur orientale,

Tout y parlerait

À l'âme en secret

Sa douce langue natale.

Là, tout n'est qu'ordre et beauté,

Luxe, calme et volupté.

Vois sur ces canaux

Dormir ces vaisseaux

Dont l'humeur est vagabonde;

C'est pour assouvir

Ton moindre désir

Qu'ils viennent du bout du monde.

—Les soleils couchants

Revêtent les champs,

Les canaux, la ville entière,

도시를 물들이면
세상은 잠이 들지요
따뜻한 빛 속에서.

거기엔 모든 것이 질서와 아름다움,
사치와 고요 그리고 쾌락일 뿐.

D'hyacinthe et d'or;

Le monde s'endort

Dans une chaude lumière.

Là, tout n'est qu'ordre et beauté,

Luxe, calme et volupté.

여행으로의 초대(산문시)

오랜 여자친구와 함께 가고 싶은 나라는 '도취의 나라'라고 불리는 아름다운 곳입니다. 북유럽의 안개에 젖어 있어, 서양의 동양이라거나 유럽의 중국이라고 부를 만한 특이한 나라입니다. 정열적이고 변덕스러운 상상력이 자유롭게 펼쳐질 수 있어서 끈기 있고 고집스러운 연구의 결과로 그 나라는 교묘하고 섬세한 식물 재배로 유명한 나라가 되었지요.

모든 것이 아름답고, 풍요롭고, 조용하고, 반듯한, 진정한 '도취의 나라', 사치가 질서 있게 보이는 즐거움이 있는 곳, 삶이 풍성하고 숨쉬기가 편한 곳, 무질서와 소란, 뜻밖의 사건이 전혀 일어나지 않는 곳, 행복이 고요와 결합된 곳, 음식 자체가 시적이면서 푸짐하고 동시에 입맛을 당기는 곳, 모든 것이 내가 가장 사랑하는 당신을 닮은 곳.

당신은 알지요? 차가운 고통 속에서 우리를 사로잡는 이 열병을? 미지의 나라에 대한 이 그리움을? 이 고통스러운 호기심을? 그대를 닮은 나라, 모든 것이 아름답고, 풍요롭고, 조용하고, 반듯한 곳, 상상력으로 서양의 중국을 만들어서 장식한 곳, 행복이 고요와 결합된 곳, 그곳이 바로 살아야 할 곳이고, 그곳이 바로 죽어야 할 곳이라는 것을.

그래요. 그곳은 가서, 숨 쉬고, 꿈꾸고, 시간을 무한의 감각

L'invitation au voyage

Il est un pays superbe, un pays de Cocagne, dit-on, que je rêve de visiter avec une vieille amie. Pays singulier, noyé dans les brumes de notre Nord, et qu'on pourrait appeler l'Orient de l'Occident, la Chine de l'Europe, tant la chaude et capricieuse fantaisie s'y est donné carrière, tant elle l'a patiemment et opiniâtrement illustré de ses savantes et délicates végétations.

Un vrai pays de Cocagne, où tout est beau, riche, tranquille, honnête; où le luxe a plaisir à se mirer dans l'ordre; où la vie est grasse et douce à respirer; d'où le désordre, la turbulence et l'imprévu sont exclus; où le bonheur est marié au silence; où la cuisine elle-même est poétique, grasse et excitante à la fois; où tout vous ressemble, mon cher ange.

Tu connais cette maladie fiévreuse qui s'empare de nous dans les froides misères, cette nostalgie du pays qu'on ignore, cette angoisse de la curiosité? Il est une contrée qui te ressemble, où tout est beau, riche, tranquille et honnête, où la fantaisie a bâti et décoré une Chine occiden-

으로 늘일 수 있는 곳이지요. 「무도회의 초대」를 작곡한 음악가가 있지요. 그러면 사랑하는 여인에게, 선택된 여인에게 바칠 「여행으로의 초대」를 작곡할 수 있는 음악가는 누구일까요?

그래요, 그런 분위기에서 살면 좋겠지요,—그곳에선 시간이 느리게 가면서 많은 상념을 갖게 하고, 시계들도 더욱 깊고 의미 있는 장엄한 소리를 내며 행복을 울려 퍼지게 하지요.

반들거리는 가구의 나무판들과 황금빛의 어둡고 풍성한 가죽들 위에는, 행복하고 편안하고 깊이 있는 그림들이 마치 화가들의 영혼처럼 조용히 살아 있지요. 식당과 거실을 그토록 풍성하게 물들이며 저무는 햇빛은 아름다운 커튼 그리고 여러 부분으로 나누어져서 납으로 세공된 높은 창을 거쳐 새어 듭니다. 가구들은 큼직하고, 신기하고 기묘한 모양으로 세련된 영혼처럼 비밀과 자물쇠로 무장을 하고 있는 것 같습니다. 그곳에선 거울, 금속, 커튼, 금은 세공품, 도자기 들이 보는 사람의 눈에 소리 없는 신비로운 교향악을 연주합니다. 그리고 그 모든 물건에서, 그 모든 구석에서, 서랍의 작은 틈에서, 커튼의 주름에서 야릇한 향기, 아파트의 영혼과 같은 수마트라의 *다시 하고 싶은 것*이라는 독특한 향수가 새어 나옵니다.

나는 그곳을 진정한 '도취의 나라'라고 말했지요. 모든 것이 풍요롭고, 정결한 곳, 착한 양심처럼, 조화롭게 구성된 부엌 세간처럼, 찬란한 금은 세공품처럼, 다채로운 보석들처럼

tale, où la vie est douce à respirer, où le bonheur est marié au silence. C'est là qu'il faut aller vivre, c'est là qu'il faut aller mourir!

Oui, c'est là qu'il faut aller respirer, rêver et allonger les heures par l'infini des sensations. Un musicien a écrit *l'Invitation à la valse*; quel est celui qui composera *l'Invitation au voyage*, qu'on puisse offrir à la femme aimée, à la sœur d'élection?

Oui, c'est dans cette atmosphère qu'il ferait bon vivre, — là-bas, où les heures plus lentes contiennent plus de pensées, où les horloges sonnent le bonheur avec une plus profonde et plus significative solennité.

Sur des panneaux luisants, ou sur des cuirs dorés et d'une richesse sombre, vivent discrètement des peintures béates, calmes et profondes, comme les âmes des artistes qui les créèrent. Les soleils couchants, qui colorent si richement la salle à manger ou le salon, sont tamisés par de belles étoffes ou par ces hautes fenêtres ouvragées que le plomb divise en nombreux compartiments. Les meubles sont vastes, curieux, bizarres, armés de serrures et de secrets comme des âmes raffinées. Les miroirs, les métaux, les étoffes, l'orfévrerie et la faïence y jouent pour les yeux une

빛나는 곳! 그곳에는 전 세계에 크게 공헌을 한 어떤 부지런한 사람의 집처럼, 세계의 온갖 보물이 넘쳐납니다. 예술과 자연의 관계가 그렇듯이, 그 나라는 다른 어떤 나라보다 우월하고, 독특한 나라입니다. 그곳에서 자연은 꿈으로 변형되어 개조되고, 미화되고, 새롭게 만들어집니다.

원예의 연금술사들이 연구하고 또 연구하여 끊임없이 행복의 한계를 넓혀가기를! 야심 찬 계획의 난제를 해결해주는 사람에겐 엄청난 화폐를 지원하기를! 나야 고작 *검은 튤립*과 *푸른 달리아*를 발견했을 뿐!

다시 찾은 튤립이여, 비교할 수 없는 꽃이여, 상징의 꽃 달리아여, 그토록 조용하고 몽상적인 아름다운 그 나라에 살면서 꽃을 피울 수 있지 않을까요? 그곳에서 당신은 아날로지의 세계에 둘러싸여 지낼 수 있지 않을까요? 신비주의자들이 말하듯이, 당신만이 고유한 *상응 관계* 속에서 자신을 비춰 볼 수 있지 않을까요?

꿈들이여! 여하간 꿈들이여! 예민한 영원일수록 꿈의 실현 가능성은 더욱 멀어지는 법이라오. 사람은 저마다 자기 속에서 끊임없이 분비되고 새롭게 생성되는 적당량의 자연적 아편을 갖고 있는데, 태어나서 죽을 때까지 우리는 과연 얼마나 진정한 즐거움으로 완벽하고 결정적인 행동으로 그 많은 시간을 채울 수 있을까요? 나의 마음으로 그린 이 그림, 우리가 당신을 닮은 이 그림 속에서 우리가 언제 함께 지내며 살 수 있을

symphonie muette et mystérieuse; et de toutes choses, de tous les coins, des fissures des tiroirs et des plis des étoffes s'échappe un parfum singulier, un *revenez-y* de Sumatra, qui est comme l'âme de l'appartement.

Un vrai pays de Cocagne, te dis-je, où tout est riche, propre et luisant, comme une belle conscience, comme une magnifique batterie de cuisine, comme une splendide orfèvrerie, comme une bijouterie bariolée! Les trésors du monde y affluent, comme dans la maison d'un homme laborieux et qui a bien mérité du monde entier. Pays singulier, supérieur aux autres, comme l'Art l'est à la Nature, où celle-ci est réformée par le rêve, où elle est corrigée, embellie, refondue.

Qu'ils cherchent, qu'ils cherchent encore, qu'ils reculent sans cesse les limites de leur bonheur, ces alchimistes de l'horticulture! Qu'ils proposent des prix de soixante et de cent mille florins pour qui résoudra leurs ambitieux problèmes! Moi, j'ai trouvé ma *tulipe noire* et mon *dahlia bleu*!

Fleur incomparable, tulipe retrouvée, allégorique dahlia, c'est là, n'est-ce pas, dans ce beau pays si calme et si rêveur, qu'il faudrait aller vivre et fleurir? Ne serais-tu pas encadrée dans ton analogie, et ne pourrais-tu pas te

까요?

그 보물들, 그 가구들, 그 사치, 그 질서, 그 향기들, 그 경이로운 꽃들, 그건 바로 당신이지요. 그 넓은 강들과 그 조용한 운하들도 당신이지요. 그 운하를 따라 부富를 가득 싣고, 일꾼들의 단조로운 노랫소리가 올라오는 거대한 선박들은 바로 당신의 가슴에서 잠들다가 흘러나오는 나의 상념들이지요. 당신은 아름다운 영혼의 투명한 빛 속에서 천상의 깊은 세계를 명상하면서 무한의 바다를 향해 조용히 나의 상념을 이끌어가겠지요. ─ 그리고 높은 파도에 지쳐 있으면서도 동방의 생산물을 가득 싣고 고향의 항구로 돌아오는 선박들 또한 무한으로부터 그대를 향해 돌아오는 나의 풍요로운 상념이지요.

mirer, pour parler comme les mystiques, dans ta propre *correspondance*?

Des rêves! toujours des rêves! et plus l'âme est ambitieuse et délicate, plus les rêves l'éloignent du possible. Chaque homme porte en lui sa dose d'opium naturel, incessamment sécrétée et renouvelée, et, de la naissance à la mort, combien comptons-nous d'heures remplies par la jouissance positive, par l'action réussie et décidée? Vivrons-nous jamais, passerons-nous jamais dans ce tableau qu'a peint mon esprit, ce tableau qui te ressemble?

Ces trésors, ces meubles, ce luxe, cet ordre, ces parfums, ces fleurs miraculeuses, c'est toi. C'est encore toi, ces grands fleuves et ces canaux tranquilles. Ces énormes navires qu'ils charrient, tout chargés de richesses, et d'où montent les chants monotones de la manœuvre, ce sont mes pensées qui dorment ou qui roulent sur ton sein. Tu les conduis doucement vers la mer qui est l'Infini, tout en réfléchissant les profondeurs du ciel dans la limpidité de ta belle âme;—et quand, fatigués par la houle et gorgés des produits de l'Orient, ils rentrent au port natal, ce sont encore mes pensées enrichies qui reviennent de l'infini vers toi.

보들레르의 시에서 '여행'은 중요한 주제이다. "아주 어렸을 때부터 느꼈던 외로움, 가족과 학교 친구들이 있었음에도 불구하고 영원히 고독할 운명"(「내 마음을 모두 열어 보이고」)을 느꼈던 시인은 습관처럼 늘 여행을 꿈꾸었다. 그는 물과 대리석과 빛의 도시인 리스본에 가고 싶어 했고, 「여행으로의 초대」의 배경이 되는 네덜란드를 동경했으며, 자바나 발트해, 심지어 북극까지도 가고 싶다고 말하기도 했다. 『악의 꽃』에 실린 「여행Le voyage」이란 시의 화자는 "지도와 판화를 사랑하는 아이에겐 세계가 그의 거대한 식욕l'appétit"과 같은 것이므로 세계 어느 곳으로든 떠나고 싶은 욕구를 토로한다. 그러나 동시에 시인은 곧 "유한한 바다 위에 무한한 우리 마음"이라는 표현을 통해, 무한히 꿈꾸는 마음이 있는 한, 유한한 세계에서의 여행은 결코 충족될 수 없다는 생각과 "진정한 여행자들은 오직 떠나기 위해 떠나는 사람들"이라는 여행의 한계를 나타낸다. 이것은 그의 여행관이 일반인들의 그것과 같지 않다는 것을 보여준다. 그러나 여행의 한계에도 불구하고, 현실에 만족하지 못하는 사람들은 끊임없이 여행을 꿈꾼다. 마찬가지로 보들레르가 「여행으로의 초대」를 운문시와 산문시로 두 편이나 쓴 것은 그만큼 여행에 대한 열망이 컸기 때문이 아닐까?

보들레르는 운문시 「여행으로의 초대」를 쓴 다음, 같은 제목으로 2년 후에 산문시를 쓴다. 제목이 같고, 주제가 비슷한 두 작품을 읽는 독자들의 반응은 어떠했을까? 운문시의 매혹적인 리듬과 압축된 시적 표현을 선호함으로써 산문시를 폄하하는 사람도 있었고, 산문시의 장르를 새롭게 개척한 시인의 의도를 긍정적으로 평가하고 산문시의 자유로운 형식을 좋아하는 사람도 있었다. 보들레르는 왜 산문시를 쓴 것일까? 그는 산문시집 『파리의 우울』서문에서 '시적 산문'을 써야 하는 이유를 이렇게 밝힌다.

우리 중 누가 한창 야심만만한 시절, 이 같은 꿈을 꾸어보지 않은 사람이 있겠습니까? 리듬과 각운이 없으면서도 충분히 음악적이고, 영혼의 서정적 움직임과 상념의 물결과 의식의 경련에 걸맞을 만큼 충분히 유연하면서 동시에 거친 어떤 시적 산문에 대한 기적의 꿈을.

산문시의 문을 연 보들레르는 이렇게 대도시의 현대 생활에서 겪는 다양한 정신적 체험을 운문시가 아닌 산문시로 표현하려는 의도를 "영혼의 서정적 움직임과 상념의 물결과 의식의 경련"에 걸맞은 형식의 시도라고 밝힌다. 도시의 다양한 현상과 도시인의 우울에 대한 '시적 산문'의 필요성을 존중해야 한다면, 우리는 운문시의 서정성과 산문시의 서정성을 같은 기준에서 보지 않고, 다른 기준에서 이해해야 할 것이다. 그렇다면 같은 제목의 운문시와 산문시는 어떻게 다른 것일까?

보들레르는 이미 『악의 꽃』에서 운문시로 다루었던 주제들을 때로는 같은 제목의, 때로는 다른 제목의 산문시로 썼다. 『악의 꽃』과 『파리의 우울─소산문시집』에서 제목이 같거나 짝을 이룬다고 말할 수 있을 만큼 주제가 일치하는 시들을 꼽는다면 다음과 같다.

『악의 꽃』	『파리의 우울─소산문시집』
「저녁의 황혼Le crépuscule du soir」	「저녁의 황혼Le crépuscule du soir」
「머릿결La chevelure」	「머릿결 속의 반구Un hémisphère dans une chevelure」
「여행으로의 초대 L'invitation au voyage」	「여행으로의 초대 L'invitation au voyage」
「7인의 노인들Les sept vieillards」	「과부들Les veuves」
「작은 노파들Les petites vieilles」	「노파의 절망Le désespoir de la vieille」
「시계L'horloge」	「시계L'horloge」
「여행Le voyage」	「이 세상 밖이라면 어디든지 Anywhere out of the World」

위와 같이 짝을 이루는 시들을 비교한다면, 운문시와 산문시의 차이점을 알 수 있을 것이다. 또한 대부분의 산문시가 운문시 이후에 쓰인 것임을 고려할 때, 보들레르가 운문시와 동일한 주제의 산문시를 왜 다시 쓰려고 했는지를 추론해볼 수 있다. 이런 점에서 「여행으로의 초대」를 자세히 검토해보자.

우선 운문시의 화자는 "내 사랑, 그대여"라고 우리가 번역한 돈호법의 청자에게 "그대를 닮은 그 나라"를 함께 여행하기를 권유한다. "내 사랑, 그대여"는 직역을 하자면 "나의 아이, 나의 누이여"이지만 이렇게 번역하지 않았다. "내 사랑, 그대여"는 '나의 사랑스러운 아이 같고, 누이 같은 사람'이라는 뜻을 함축한 표현이기 때문이다. 또한 이것은 가족처럼 일체감을 느낄 수 있는 대상을 나타낸다고 볼 수도 있다. 화자는 사랑하는 사람을 이렇게 부르면서 함께 여행을 떠나자고 권유한다. 그러나 그는 가고 싶은 여행지를 구체적으로 제시하지 않고, 은유적으로 묘사할 뿐이다. 그가 가고 싶은 여행지가 현실에서는 존재하지 않고, 상상 속에서 존재하는 장소이기 때문일까? 화자는 그곳을 "그대를 닮은 그 나라"라고 한다. '그대'와 '그 나라'는 거울 관계에 있다. 이 거울 관계는 이 시의 중심에서 묘사되는 방의 가구들과 매혹적인 물건들 중에 "깊숙한 거울"이 있다는 것과 무관하지 않다. 또한 "깊숙한 거울"은 화자가 거울의 표면에 자기 모습을 비춰 보는 단계에 머물지 않고, 거울 속으로 깊숙이 들어가고 싶은 욕구를 반영한 것으로 볼 수도 있다. 그러므로 화자는 사랑하는 여인과의 '깊숙한' 일체감의 욕망을 드러낸다. 이러한 일체감은 "태양"과 "그대의 눈"의 은유적 일치를 통해서 이렇게 표현될 수 있는 것이다.

> 하늘은 흐리고
> 태양은 젖어 있어
> 내 마음에 너무나 신비로운
> 매력으로 떠오르는 그곳은
> 눈물 통해 반짝이는
> 그대의 알 수 없는 눈을 닮았지요.

위의 인용구에서 태양과 그대의 눈은 동그랗고 빛나는 형태라는 점에서 은유적으로 일치한다. "태양은 젖어 있어" "내 마음에 너무나 신비로운/매력으로 떠오르는 그곳"이 "그대의 알 수 없는 눈을 닮았"다는 것은 '태양'과 '눈'의 일치가 '내 마음'이라는 주체의 욕망에 의해서 이루어졌음을 보여준다. 이것은 여행지가 우선하고 주체의 욕망이 나중에 생긴 것이 아니라, 주체의 꿈이 먼저이고 꿈의 대상은 현실의 장소가 아니라는 것을 알려주는 근거이다. 그러므로 "모든 것이 질서와 아름다움/사치와 고요 그리고 쾌락일 뿐"이라는 시구는 그곳이 그 여자를 닮은 나라가 아니라 그 여자와 닮은 곳이기를 내가 원하는 곳이라는 뜻이다. 그곳은 지상에 존재하지 않는 유토피아의 세계이다. 또한 그곳은 모든 차이와 이질성이 존재하지 않는 통일성의 원초적 세계이다. 같은 논리에서 "모든 것은/부드러운 모국어로/영혼에게 은밀히 속삭"인다는 것은 인간의 잃어버린 낙원의 세계를 연상케 한다. "저 운하 위에/방랑자 기질의/배들이 잠자는 것"은 '배'와 같은 인간의 영혼이 오랜 고난의 방황을 끝내고, 이제 모국어의 세계, 원초적 고향으로 돌아왔을 때 느낄 수 있는 평안함을 나타내는 것으로 볼 수 있다.

산문시는 운문시와는 다르게 '여행으로의 초대'를 명령형으로 서술하지 않는다. 화자는 자신이 말하는 자리에 없는 삼인칭 독자를 대상으로 서술한다. 또한 "그대를 닮은 그 나라에서" "우리 함께 사는/즐거움 생각해"보기를 바란다고 말하는 운문시와는 다르게, 산문시의 화자는 "오랜 여자친구와 함께 가고 싶은 나라"를, "도취의 나라un pays de Cocagne"라는 가상의 지명으로 명명하면서, 운문시의 서술 방법과는 다르게 구체적으로 그 나라를 묘사한다. 이것은 은유적으로 연결된 운문의 제약과는 다르게 전개될 수 있는 산문의 자유로운 서술 형식 때문으로 보인다. 또한 운문시에서 "거기엔 모든 것이 질서와 아름다움" "사치와 고요 그리고 쾌락일 뿐" 대신, 여행하고 싶은 곳에 대한 다음과 같은 산문적 묘사가 가능하다는 것을 알 수 있다.

모든 것이 아름답고, 풍요롭고, 조용하고, 반듯한, 진정한 '도취의 나라', 사치가 질서 있게 보이는 즐거움이 있는 곳, 삶이 풍성하고 숨쉬기가 편한 곳, 무질서와 소란, 뜻밖의 사건이 전혀 일어나지 않는 곳, 행복이 고요와 결합된 곳, 음식 자체가 시적이면서 푸짐하고 동시에 입맛을 당기는 곳, 모든 것이 내가 가장 사랑하는 당신을 닮은 곳.

이 인용문에서 알 수 있듯이, 산문시의 화자는 그곳이 조용하고 평화롭다는 것을 묘사하기 위해, '조용한' 곳이라거나 "무질서와 소란, 뜻밖의 사건이 전혀 일어나지 않는 곳" "행복이 고요와 결합된 곳"이라는 비슷하면서도 상이한 의미의 표현들을 열거하는 것이다. 또한 운문시에서는 불가능한 것처럼 보일 수 있는 "음식 자체가 시적이면서 푸짐하고 동시에 입맛을 당기는 곳"이라는 표현을 덧붙이기도 한다. 그 당시 '시적'이라는 말은 '서정적'이라는 말과 비슷한 의미로 사용되었다는 점을 고려할 때, 이러한 표현은 매우 창의적이고 과감한 시도였을 것으로 보인다. 물론 보들레르는 '시적'이라는 형용사를 상상력을 자극한다는 의미와 같은 뜻으로 사용했을 것이다. 시인은 산문시를 통해 여행하고 싶은 곳을 이처럼 특이하고 다양하게 묘사한 후, "모든 것이 내가 가장 사랑하는 당신을 닮은 곳"이라고 단순화하여 말한다. 이러한 산문시의 서술 방법은 장소의 묘사 없이 시작부터 "그대를 닮은 그 나라"에서 함께 살자고 권유하는 운문시와 다른 까닭을 짐작게 한다.

우리는 흔히 산문시가 운문시에서 충분히 표현되지 않은 요소들을 덧붙여 산문적으로 서술한 형태라고 생각하기 쉽다. 그러나 산문시는 산문시 특유의 표현 형태로 서술된 것이지, 운문시의 시적 긴장을 잃어버리고 장황한 묘사들을 형식의 제약 없이 보충한 것은 아니다. 다시 말해서 산문시는 산문시의 문법으로 쓰인 것이지, 단순히 시적 산문은 아니라는 것이다. 가령 운문시에서 "그곳에서 우리 함께 사는 / 즐거움"이라거나 "그대를 닮은 그 나라에서 / 한가롭게 사랑하고" "사랑하다 죽는 것을"이, 산문시에서 "그곳이 바로 살아야 할 곳이고, 그곳이 바로 죽어야 할 곳"으로 변형된다. 또한 운문시에서는 '살다' '사랑하다' '죽다'가 사랑을 중심으로 연결되지만, 산문시에서는 그 장소가 사랑의 주제가 없어도 '살아야 할 곳' '죽어야 할 곳'으로 자유롭게 분리되거나 병치되어 나타난다는 점을 주목할 수 있다. 다시 말해 산문시의 자유로운 호흡과 중복된 표현에서 '그곳'은 사랑이 있어도 갈 수 있고 사랑 없이도 갈 수 있는 곳이라는 의미로 이해되기 때문에, 그만큼 표현과 해석의 자유로움을 확장한 느낌을 준다.

정리해서 말한다면, 운문시는 사랑하는 여인에게 여행을 권유하는 형식으로 전개되고, 산문시는 화자가 오랜 여자친구를 떠올리면서 동양과 서양의 두 풍경을 결합한 듯한 몽상적 세계를 꿈꾸듯이 그린다. 또한 운문시가 절제된 비가의 서정성을 보여주면서 반복되는 '후렴'에 큰 비중을 두고 있다면, 산문시는 후렴 대신에 동일한 어휘를 반복하거나 그것을 훨씬 자유롭게 변형한다. 또한 산문시는 운문시의 형식적 제약을 벗어날 수 있어서 주제와 대상의 표현을 훨씬 멀리까지 확산시킬 수 있다. 도미니크 랭세는 「여행으로의 초대」의 운문시와 산문시를 거울의 이미지로 이렇게 비교한다.

> 운문이 영원의 환영, 거짓과 기만의 모습을 비춰주는 거울일 뿐이라면, 산문은 감히 그 거울을 깨뜨릴 정도로 나아가기를 꿈꾼다. 다시 말해서 산문은 자기 자신과 세계의 "다른 쪽으로의 진정한 여행"을 꿈꾸는 것이다.*

이 말은 운문이 풍요와 만족의 거짓된 세계를 꿈속에서 실현한다면, 산문은 꿈의 한계와 결핍, 실패까지를 노래한다는 것이다. 랭세처럼 말한다면, 산문은 거울의 단계에 머물지 않고 "그 거울을 깨뜨릴 정도로 나아가기를 꿈꾼다." 다시 말해서 산문은 운문의 경계를 넘어서서, 경계를 위반하고 초월한다. 산문시는 시적 호흡을 유지하면서 대상의 진실을 꿰뚫는

* D. Rincé, 같은 책, p. 102.

산문 정신을 지향한다. 또한 사르트르의 『문학이란 무엇인가』에 의하면, 시인은 시의 언어를 화가의 색채처럼 사용하면서 오브제를 창조한다. 그렇다면 운문시에서 '거울'은 하나의 오브제이고, 산문시에서 '거울'은 가구의 하나일 뿐이다. "그곳에선 거울, 금속, 커튼, 금은 세공품, 도자기 들이 보는 사람의 눈에 소리 없는 신비로운 교향악을 연주합니다"에서 알 수 있듯이, 거울은 하나의 사물이지만, 다른 가구들과 함께 "신비로운 교향악을 연주"하는 한 요소로 작용한다. 이러한 이유들로 보들레르는 운문시에 만족하지 않고 산문시를 시도했을 것이다.

보들레르는 산문시집 서문에서 "모든 것이 머리이자 동시에 꼬리"이고 반대로 "모든 것이 꼬리이자 머리"인 형태, "우리가 원하는 곳 어디서나 중단할 수 있는" 자유로운 상념의 전개가 가능한 작품을 산문시라고 말했다. 우리는 시인의 말처럼, 산문시의 "풍요로운 상념"에 동참하면서 "시간이 느리게 가"는 생각의 여행을 즐길 수도 있고, 우리의 독서를 "우리가 원하는 곳 어디서나 중단할 수"도 있다. 산문시에 대한 우리의 해석 역시 마찬가지이다.

창

밖에서 열린 창을 통해 안쪽을 바라보는 사람은 닫힌 창을 바라보는 사람만큼 많은 것을 보지 못한다. 촛불이 밝혀진 창보다 더 깊고, 더 신비스럽고, 더 풍요롭고, 더 어둡고, 더 매혹적인 것은 없다. 햇빛이 있는 밖에서 볼 수 있는 것은 창 너머 안쪽에서 일어나는 일보다 언제나 덜 흥미롭다. 어둡거나 빛이 있거나 이 구멍 속에서 인생이 살고, 인생이 꿈꾸고, 인생이 고통을 겪는다.

저 지붕들의 물결 너머로, 늙고, 이미 주름살이 많이 있는 여인, 늘 무슨 일인가 하면서 몸을 구부리고 있는데 외출은 한 번도 하지 않는 가난한 여인이 보인다. 그녀의 얼굴로, 그녀가 입은 옷으로, 그녀의 몸짓으로, 거의 아무것도 아닌 것으로, 나는 그 여인의 이야기를, 아니 보다 정확히 말해서 그 여인의 전설을 다시 만들어보았다. 그리고 때때로 나 자신에게 여인의 전설을 이야기하면서 나는 눈물을 흘린다.

만일 그 사랑이 불쌍한 노인이라 하더라도 나는 마찬가지로 그 노인의 전설을 쉽게 다시 만들어보았을 것이다.

그리고 나는 잠자리에 눕는다, 나 자신이 아닌 다른 사람들 속에서 살았고, 고통을 느꼈다는 것을 자랑스러워하면서.

어쩌면 당신들은 나에게 이렇게 말할지도 모른다. "그 전설

Les fenêtres

Celui qui regarde du dehors à travers une fenêtre ouverte, ne voit jamais autant de choses que celui qui regarde une fenêtre fermée. Il n'est pas d'objet plus profond, plus mystérieux, plus fécond, plus ténébreux, plus éblouissant qu'une fenêtre éclairée d'une chandelle. Ce qu'on peut voir au soleil est toujours moins intéressant que ce qui se passe derrière une vitre. Dans ce trou noir ou lumineux vit la vie, rêve la vie, souffre la vie.

Par-delà des vagues de toits, j'aperçois une femme mûre, ridée déjà, pauvre, toujours penchée sur quelque chose et qui ne sort jamais. Avec son visage, avec son vêtement, avec son geste, avec presque rien, j'ai refait l'histoire de cette femme, ou plutôt sa légende, et quelquefois je me la raconte à moi-même en pleurant.

Si c'eût été un pauvre vieux homme, j'aurais refait la sienne tout aussi aisément.

Et je me couche, fier d'avoir vécu et souffert dans d'autres que moi-même.

Peut-être me direz-vous: «Es-tu sûr que cette légende

이 사실이라고 믿는가?" 그 전설이 나의 삶을 도와주고, 내가
누구인지 그리고 나의 현재 모습은 무엇인지를 느끼게 한다
면, 나의 밖에 있는 현실이 뭐 그리 중요한가?

soit la vraie?» Qu'importe ce que peut être la réalité placée hors de moi, si elle m'a aidé à vivre, à sentir que je suis et ce que je suis?

보들레르의 산문시집 『파리의 우울』의 서문을 쓰고, 작품에 주석을 단 앙리 르메트르Henri Lemaitre는, 이 시의 첫 문단이 보들레르의 시와 현대성의 관계 및 보들레르의 미학적 중요성을 잘 보여준다면서, 이렇게 덧붙인다.

닫힌 창문들과 유리창이 도시적인 매혹의 상징인 것은, 도시가 시와 삶의 융합이 이루어지는 시적 장소이기 때문이다.*

많은 비평가가 말하고 있듯이, 보들레르는 '현대성'의 시인으로서 도시의 모든 풍경과 군중 또는 가난하고 불행한 삶을 사는 사람들을 시적 대상으로 삼거나 그들에게서 시적 요소를 이끌어내기도 했다. "어둡거나 빛이 있거나 이 구멍 속에서 인생이 살고, 인생이 꿈꾸고, 인생이 고통을 겪는다"는 구절에서, 인생은 화려하고 위대한 사람의 인생이라기보다 외롭거나 가난한 사람들의 인생이다. 시인이 여기서 창을 '구멍'이라고 표현한 것은 구멍le trou이 '(은신용) 구덩이, (동물의) 굴, 감옥'과 같은 폐쇄적 공간을 뜻하기 때문이다.

* C. Baudelaire, *Petits poèmes en prose (Le spleen de Paris)*, Garnier Frerés, 1980, p. 173.

둘째 문단에서 화자는 아파트의 창 너머로 보이는 "늙고, 이미 주름살이 많이 있는" 한 여인을 묘사 혹은 상상하면서 "외출은 한 번도 하지 않는 가난한 여인"이라고 단정하듯이 말한다. 이것은 아파트의 작은 공간이 굴이나 감옥 같은 것이어서 이웃과 외부와의 소통이 아닌 단절을 의미한다고 할 수 있다. 노파 혹은 노약자에 대한 시인의 공감과 연민은 다른 산문시들, 「늙은 여인의 절망」 「과부들」에서도 동일하게 나타난다. 젊음도 아름다움도 잃어버리고, 생활 능력도 없이 외롭게 사는 노인들에 대해 시인은 순간적으로 동일시하는 차원을 넘어서 직관적으로 그들의 삶을 자신의 삶처럼 공감하고 그들의 이야기를 꾸며볼 수 있다는 듯이 말하는 것이다. 「창문들」에서 화자가 "저 지붕들의 물결 너머로" "가난한 여인이 보인다"고 서술한 것은 직관이나 상상 속에 떠오르는 노파의 모습이다. 보들레르의 시선은 대상의 물질적이고 외부적인 모습을 넘어서 대상의 내면을 관통하는 듯하다. 그러므로 시인은 "그 여인의 이야기"보다 "전설"을 만들어보겠다는 의지를 드러낸다. '전설'은 실제 인물이나 사실에 바탕을 둔 꾸민 이야기일 수도 있고, 현실적 근거가 없는 허구적 이야기일 수도 있다. 중요한 것은 '전설'이 사실이나 진실이 아니더라도, 그것이 '나'의 삶을 도와주고, '나'를 올바르게 인식할 수 있게 해준다면 더 바랄 것은 없다는 시인의 생각이다.

취하세요

　항상 취해 있어야 합니다. 문제의 핵심은 그것입니다. 그것만이 유일한 문제입니다. 당신의 어깨를 짓누르고 당신을 땅으로 구부러뜨리는 끔찍한 '시간'의 무게를 느끼지 않기 위해서, 당신은 끊임없이 취해 있어야 합니다.

　그러면 무엇으로 취하느냐고요? 술이건, 시詩건, 미덕이건, 당신 마음대로 하세요. 그러나 어쨌든 취하세요.

　그리고 때때로 어느 궁전의 계단 위에서, 어느 도랑의 푸른 풀 위에서, 당신이 있는 방의 침울한 고독 속에서, 취기가 약해지거나 사라져 깨어나게 되면, 바람에게, 파도에게, 별에게, 새에게, 괘종시계에게, 달아나는 모든 것에게, 신음하는 모든 것에게, 굴러가는 모든 것에게, 노래하는 모든 것에게, 말하는 모든 것에게 몇 시냐고 물어보세요. 그러면 바람이건, 파도이건, 별이건, 새이건, 괘종시계이건 모두 당신에게 이렇게 대답하겠지요. "지금은 취해 있어야 할 시간이지요! '시간'의 괴롭힘을 당하는 노예가 되지 않으려면 취하세요, 끊임없이 취하세요! 술이건, 시이건, 미덕이건, 당신 마음대로 하세요."

Enivrez-vous

Il faut être toujours ivre. tout est là: c'est l'unique question. Pour ne pas sentir l'horrible fardeau du Temps qui brise vos épaules et vous penche vers la terre, il faut vous enivrer sans trêve.

Mais de quoi? De vin, de poésie, ou de vertu, à votre guise. Mais enivrez-vous.

Et si quelquefois, sur les marches d'un palais, sur l'herbe verte d'un fossé, dans la solitude morne de votre chambre, vous vous réveillez, l'ivresse déjà diminuée ou disparue, demandez au vent, à la vague, à l'étoile, à l'oiseau, à l'horloge, à tout ce qui fuit, à tout ce qui gémit, à tout ce qui roule, à tout ce qui chante, à tout ce qui parle, demandez quelle heure il est; et le vent, la vague, l'étoile, l'oiseau, l'horloge, vous répondront: «Il est l'heure de s'enivrer! Pour n'être pas les esclaves martyrisés du Temps, enivrez-vous; enivrez-vous sans cesse! De vin, de poésie ou de vertu, à votre guise.»

보들레르의 시에서 '취함l'ivresse'이라는 주제의 중요성은 새삼스럽게 강조할 필요가 없을 정도이다. 시인은 권태로운 현실 세계를 탈출하기 위해 이 시의 첫 구절부터 '항상 취해 있어야 한다'는 것을 마치 명심해야 할 격언처럼 말한다. 시인은 그것이 중요한 문제인 까닭을 "당신의 어깨를 짓누르고, 당신을 땅으로 구부러뜨리는 끔찍한 '시간'의 무게를 느끼지 않기 위해서"라고 시적인 표현을 논리적으로 설명하듯이 말한다. 여기서 '당신을 땅으로 구부러뜨린다'는 것은 나이가 들어서 허리가 구부러진 모양을 연상시킨다. 이것은 인간의 삶이 시간의 한계에 속박되어 있음을 의미한다. 시인은 이러한 한계를 벗어나기 위한 '취함'의 방법으로 '술'과 '시'와 '미덕'을 예로 들었을지 모른다. 이것들은 모두 자기중심적인 편협한 세계와 자아의 좁은 한계를 넘어서서 타인과 사물에 대한 편견을 배제하기 위한 상징적 표현 방법으로 이해된다.

보들레르는 「현대 생활의 화가」라는 산문에서 이렇게 말한다. "어린이는 모든 것을 새롭게 본다. 어린이는 늘 취해 있다. 이제는, 다만 어린이가 형태와 색채를 흡수해가는 바로 그 기쁨만이 우리가 '영감'이라고 부르는 것을 닮았다."* 보들레르는 이 산문에서 '군중과 결합épouser la foule'할 수 있는 산책자의 상상력을 언급하는데, 어떤 의미에서 산책자 시인의 상상력과 어린이의 '취한 영혼l'âme ivre'은 일치하는 것이 아닐까? 산책자 시인은 군중 속에 있으면서, 군중에 취해 군중과 상상적으로 결합하고, 군중의 내면을 꿈꾸고, 즐거워할 수 있기 때문이다.

군중이 그의 영역인 것은, 물이 물고기의 영역이고, 하늘이 새의 영역인 것과 같다. 그의 열정과 그의 직업은 군중과 결합하는 일이다.**

완벽한 산책자, 정열적인 관찰자에게 무리 지은 것, 물결치는 것, 움직이는 것, 사라지는 것, 무한한 것 속에 거처를 정하는 것은 굉장한 기쁨이다.

산책자는 독립적이고, 열정적이고, 편견 없는 사람이다. 그는 자기 자신 밖에서 자기 자신이 아닌 것을 끊임없이 열망하는 사람이다. 간단히 말해서 그는 군중 속에서 즐거움을 누릴 줄 안다. 그렇기 때문에 그는 군중 속에서 지루해하는 사람을 경멸한다. 군중 속에서 지루해하지 않고, 세계를 새롭게 보기 위해서 우리의 영혼은 늘 취해 있어야 할 것이다.

* C. Baudelaire, *Œuvres complètes*, II, Bibliothèque de la Pléiade, Gallimard, 1976, p. 690.
** 같은 책, p. 691.

누구에게나 괴물이 있는 법

넓은 잿빛 하늘 아래로, 길도 없고, 잔디도 없고, 엉겅퀴 한 포기나 쐐기풀도 없는 먼지투성이의 광활한 평원에서 등을 구부린 모습으로 걷고 있는 한 무리의 사람들을 만났다.

그들은 모두 등 위에 거대한 괴물을 걸머지고 있었다. 그 괴물은 밀가루 부대나 석탄 부대 혹은 로마 보병의 장비처럼 무거워 보였다.

그러나 괴물은 축 늘어진 모습이 아니었다. 오히려 괴물은 탄력 있고 강인한 근육으로 사람을 감싸 안고 짓누르듯이 붙어 있었다. 괴물은 자기의 가슴으로 뒤에서 사람을 껴안듯이 거대한 두 발톱으로 달라붙어 있었다. 그의 엄청난 머리는 마치 상대편 적에게 공포심을 주기 위해 머리에 쓴, 옛날 무사들의 무서운 투구처럼 사람의 머리 위쪽에 솟아 있는 듯했다.

나는 이들 중 한 사람에게 물어보았다. 그런 모습을 하고 어디로 가는 길이냐고 물은 것이다. 그는 내가 묻는 말에 자신도 어디로 가는지 모른다고 대답했다. 자기만 모르는 것이 아니라, 다른 사람들도 모른다는 것이다. 그러나 분명한 것은 그들은 어디론가 가고 있었고, 걸어가야 한다는 거역할 수 없는 욕구 때문에 떠밀리듯이 가고 있었다는 점이다.

그런데 이상하게도 이 여행자들 중 누구도 등에 붙어서 자

Chacun sa chimère

Sous un grand ciel gris, dans une grande plaine poudreuse, sans chemins, sans gazon, sans un chardon, sans une ortie, je rencontrai plusieurs hommes qui marchaient courbés.

Chacun d'eux portait sur son dos une énorme Chimère, aussi lourde qu'un sac de farine ou de charbon, ou le fourniment d'un fantassin romain.

Mais la monstrueuse bête n'était pas un poids inerte; au contraire, elle enveloppait et opprimait l'homme de ses muscles élastiques et puissants; elle s'agrafait avec ses deux vastes griffes à la poitrine de sa monture; et sa tête fabuleuse surmontait le front de l'homme, comme un de ces casques horribles par lesquels les anciens guerriers espéraient ajouter à la terreur de l'ennemi.

Je questionnai l'un de ces hommes, et je lui demandai où ils allaient ainsi. Il me répondit qu'il n'en savait rien, ni lui, ni les autres; mais qu'évidemment ils allaient quelque part, puisqu'ils étaient poussés par un invincible besoin de marcher.

신의 목에 매달려 있는 이 사나운 짐승에 대해 화를 내는 것 같지 않았다. 그들은 이 짐승을 자기 자신의 일부로 생각하는 것처럼 보였다. 그들의 피곤하고 진지한 얼굴에는 전혀 절망의 표정이 없었다. 우울한 하늘 아래 우울한 하늘 같은 황량한 땅의 먼지 속에 발을 빠뜨리듯이 걸으면서 그들은 마치 영원히 기다릴 수밖에 없는 숙명의 인간처럼 천천히 나아갔다.

그리고 그 행렬은 내 옆을 지나면서, 호기심을 담은 인간의 시선에서 보이지 않는 지구의 둥근 표면 끝 지점에 이르러 지평선의 대기 속으로 빠져들듯이 사라졌다.

그래서 얼마 동안 나는 이 불가사의한 일을 이해해보려고 애를 썼다. 그러나 곧 억제할 수 없는 '무관심'이 나를 엄습해와서 '괴물'이 그들을 짓누르던 것보다 더 무겁게 나를 짓눌렀다.

Chose curieuse à noter: aucun de ces voyageurs n'avait l'air irrité contre la bête féroce suspendue à son cou et collée à son dos; on eût dit qu'il la considérait comme faisant partie de lui-même. Tous ces visages fatigués et sérieux ne témoignaient d'aucun désespoir; sous la coupole spleenétique du ciel, les pieds plongés dans la poussière d'un sol aussi désolé que ce ciel, ils cheminaient avec la physionomie résignée de ceux qui sont condamnés à espérer toujours.

Et le cortége passa à côté de moi et s'enfonça dans l'atmosphère de l'horizon, à l'endroit où la surface arrondie de la planète se dérobe à la curiosité du regard humain.

Et pendant quelques instants je m'obstinai à vouloir comprendre ce mystère; mais bientôt l'irrésistible Indifférence s'abattit sur moi, et j'en fus plus lourdement accablé qu'ils ne l'étaient eux-mêmes par leurs écrasantes Chimères.

이 시에서 '괴물'로 번역한 '키메라chimère'는 그리스 신화에 나오는 괴물로서 사자의 머리, 양의 몸, 용의 꼬리를 가진 상상의 동물이다. 이 동물은 보들레르적 의미의 알레고리로 사용되어, 인간 조건의 비극적 운명을 표현한다. 첫 문장에서 묘사된 "길도 없고, 잔디도 없고, 엉겅퀴 한 포기나 쐐기풀도 없는" 삭막한 세계는 비인간적 도시의 삶을 상징한다고 볼 수 있다. 삭막한 세계의 풍경은 그의 다른 산문시 「이 세상 밖이라면 어디라도」에서의 '병원'을 연상시킨다. "인생은 병원과 같다. 이곳에서 환자들은 저마다 침대를 바꾸어 다른 자리에 가고 싶은 욕망을 갖는다. 어떤 환자는 난로 앞에 누워서 병을 견디고 싶어 하고 어떤 환자는 창가에 누워 있으면 병이 나을 것이라고 생각한다." 시인이 세계를 병원에 비유하고, 자기는 환자들 중의 한 사람임을 말했던 것처럼, 인간은 누구나 불행하다. 이런 점에서 시인은 괴물을 짊어지고 살아가는 것이 인간의 숙명임을 말하고 싶었을지 모른다. '괴물'은 그러므로 인간으로서 누구나 감당하고 살아야 할 자신의 '짐'이기도 하다.

이 산문시에서 다른 사람들은 괴물을 짊어지고 걸어가면서 자기에게 괴물이 붙어 있다는 것을 모르는 반면, 시인이 자기의 괴물은 '무관심'이라는 것을 안다는 것은 중요한 차이로 보인다. 또한 시인은 인간의 불행한 운명과 삶의 부조리에 대한 '무관심'이 "억제할 수 없는" 것이라고 말하고, 다른 사람들이 어디론가 걸어가야 한다는 것을 "거역할 수 없는" 욕구 때문이라고 하는 것도 중요시할 대목이다. 보들레르의 무관심은 '권태'와 '무기력'과 같은 의미를 갖는다. 그의 무관심은 다른 사람들의 '괴물'과 등가적이다. 그러나 시인의 '무관심'을 이해하기 위해서는 그가 보통 사람들이 추구하는 물질적인 부와 사회적 지위, 다시 말해서 부르주아의 속물적 가치관과 다른 세계관을 갖는 존재라는 점이 전제되어야 한다.

앞에서 말했듯이, 사막처럼 삭막하고 황량한 세계는 19세기 산업화 사회의 도시화와 미래에 대한 상징적 표현일 수 있다. 시인이 이 세계를 무질서와 무분별로 이루어진 음울한 카오스 상태로 묘사하는 것은 세속적 삶에 대한 시인의 환멸과 권태를 반영하는 것으로 보인다. 이처럼 하늘과 땅의 구별이 없는 혼돈의 세계에서, 시인에게 의미 있는 일은 오직 꿈을 꾸는 일, 다시 말해서 시를 쓰는 일밖에 없을 것이다. 세속적인 삶에 대한 무관심을 유지하고, 시간의 무게를 잊기 위해 시인은 유일하게 가치 있는 일로서 시인 혹은 예술가의 '꿈꾸는 일'을 선택한 사람이다. 시인은 '꿈꾸는 일'을 할수록 세속의 삶과 세상을 더욱 혐오하게 되지만, 꿈이 유일한 삶의 방식이라는 생각에는 변함이 없다. 끝으로 잊지 말아야 할 것은 시인의 '키메라'가 몽상을 뜻하기도 한다는 점이다.

늙은 광대

어디서나 휴가 중인 사람들이 쏟아져 나와 붐비면서 즐겁게 놀고 있었다. 이때는 광대들, 곡예사들, 동물 조련사들, 유랑 행상인들이 그해의 불경기를 만회하기 위해 오랫동안 기다려온 성대한 축제의 시기였다.

이런 나날에 사람들은 일도 아픔도 모두 잊어버리는 듯, 어린애처럼 된다. 아이들에게는 휴가일이어서 학교의 지긋지긋함을 24시간 뒤로 미루어놓은 셈이고, 어른들에게는 인생의 적대 세력들과 맺은 휴전 조약이자, 일반적인 긴장과 투쟁의 중단이기도 하다.

사교계 인사도, 정신노동에 종사하는 사람도 이 같은 대중적 축제의 영향에서 벗어나기는 쉽지 않다. 그들은 이처럼 무사태평한 분위기에 휩쓸려 본의 아니게 자기들의 휴가비를 탕진해버리기도 한다. 진짜 파리 시민인 나로서도 이 성대한 시기에 천막 상점들을 모두 빠짐없이 구경하며 지나게 된다.

사실 이 천막 상점들은 서로 무서운 경쟁을 벌이면서 빽빽 소리치고, 으르렁거리며 고함을 치곤 했다. 외치는 소리, 금관 악기의 폭발음, 불꽃이 터지는 소리들이 뒤섞여 있었다. 어릿 광대들과 조크리스 같은 희극적 인물들은 바람과 비와 햇볕에 그을린 메마른 얼굴에 경련을 일으키는 표정을 지었다. 그

Le vieux saltimbanque

Partout s'étalait, se répandait, s'ébaudissait le peuple en vacances. C'était une de ces solennités sur lesquelles, pendant un long temps, comptent les saltimbanques, les faiseurs de tours, les montreurs d'animaux et les boutiquiers ambulants, pour compenser les mauvais temps de l'année.

En ces jours-là il me semble que le peuple oublie tout, la douceur et le travail; il devient pareil aux enfants. Pour les petits c'est un jour de congé, c'est l'horreur de l'école renvoyée à vingt-quatre heures. Pour les grands c'est un armistice conclu avec les puissances malfaisantes de la vie, un répit dans la contention et la lutte universelles.

L'homme du monde lui-même et l'homme occupé de travaux spirituels échappent difficilement à l'influence de ce jubilé populaire. Ils absorbent, sans le vouloir, leur part de cette atmosphère d'insouciance. Pour moi, je ne manque jamais, en vrai Parisien, de passer la revue de toutes les baraques qui se pavanent à ces époques solennelles.

Elles se faisaient, en vérité, une concurrence formidable: elles piaillaient, beuglaient, hurlaient. C'était un

들은 스스로 과장된 연기에 자신만만한 코미디언들의 뻔뻔스러운 표정으로 몰리에르의 희극처럼 경직되고 무거운 재담과 농담을 쏟아내곤 했다. 역사力士들은 머리도 없는 오랑우탄처럼 자신들의 거대한 팔다리에 의기양양해하면서 이날을 위해, 전날 밤에 세탁한 수영복 차림으로 위풍당당하게 거들먹거린다. 요정이나 공주처럼 예쁜 무희들은 스커트 자락을 불꽃으로 가득 차게 만드는 초롱불 아래에서 깡충깡충 뛰면서 재주넘기를 하곤 했다.

모든 것이 빛, 먼지, 고함, 기쁨, 소란뿐이었다. 어떤 사람들은 돈을 쓰고, 어떤 사람들은 돈을 버는데, 즐거워하는 것은 모두 마찬가지였다. 아이들은 몇 개의 막대기 사탕을 얻어먹으려고 어머니 스커트에 매달리거나, 현란한 묘기를 부리는 마술사를 좀더 잘 보려고 아버지 어깨에 올라탔다. 어디서나 축제의 향내 같은 튀김 냄새가 모든 향기를 압도하며 감돌고 있었다.

끝자리에서, 줄지어 늘어선 천막 상점들의 맨 끄트머리에서 마치 자신이 이 모든 호화판에서 유배된 사람이 되어 부끄럽다는 표정의 불쌍한 광대가 눈에 띄었다. 그는 구부정하고, 노쇠하고, 늙어빠진 인간 폐물의 모습으로 그의 초라한 천막의 말뚝에 기대어 있었다. 그 초라한 집은 미개한 야만인의 집보다 더 비참한 모양이었고, 연기가 나면서 녹아내리는 두 개의 촛불이 그 집의 궁핍한 내부를 환하게 비추었다.

mélange de cris, de détonations de cuivre et d'explosions de fusées. Les queues-rouges et les Jocrisses convulsaient les traits de leurs visages basanés, racornis par le vent, la pluie et le soleil; ils lançaient, avec l'aplomb des comédiens sûrs de leurs effets, des bons mots et des plaisanteries d'un comique solide et lourd comme celui de Molière. Les Hercules, fiers de l'énormité de leurs membres, sans front et sans crâne, comme les orangs-outangs, se prélassaient majestueusement sous les maillots lavés la veille pour la circonstance. Les danseuses, belles comme des fées ou des princesses, sautaient et cabriolaient sous le feu des lanternes qui remplissaient leurs jupes d'étincelles.

Tout n'était que lumière, poussière, cris, joie, tumulte; les uns dépensaient, les autres gagnaient, les uns et les autres également joyeux. Les enfants se suspendaient aux jupons de leurs mères pour obtenir quelque bâton de sucre, ou montaient sur les épaules de leurs pères pour mieux voir un escamoteur éblouissant comme un dieu. Et partout circulait, dominant tous les parfums, une odeur de friture qui était comme l'encens de cette fête.

Au bout, à l'extrême bout de la rangée de baraques, comme si, honteux, il s'était exilé lui-même de toutes ces

어디서나 즐거움, 돈벌이, 방탕이 있었고, 어디서나 다음 날을 위해 빵이 필요하다는 믿음이 있었고, 어디서나 열광적인 생명력의 폭발이 있었다. 여기에서 절대적 빈곤, 설상가상으로 희극적인 누더기를 걸친 괴상한 옷차림의 초라함은 그 궁핍함으로 인해 예술보다 훨씬 더 두드러지게 주위와 대조를 이루었다. 비참한 광대는 웃지도 않는다! 그는 울지도 않았고, 춤을 추지도 않았고, 몸짓을 하지도 않았고, 소리치지도 않았다. 노래를 부르지도 않았고, 즐거움이나 비통함을 나타내지도 않았고, 애원하지도 않았다. 그는 만사를 포기하고 단념한 모습이었다. 그의 운명은 끝난 것이었다.

　그러나 그는 혐오스러울 정도로 비참한 집에서 몇 걸음 안 되는 거리에 멈춰 있는 군중과 빛의 움직이는 물결을 향해 얼마나 깊이 있고 잊을 수 없는 시선을 보내고 있는가! 나는 정신 장애자의 무서운 손아귀가 내 목을 조르는 것 같은 느낌이 들었고, 나의 시선은 눈에서 떨어지려 하지 않는 반항의 눈물로 흐릿해지는 것 같았다.

　어떻게 해야 할까? 이 불행한 사람에게 악취 풍기는 어둠 속에서, 너덜너덜한 커튼 뒤에서, 어떤 신기한 재주나 경이로운 묘기를 보여달라고 요청하는 일이 무슨 소용이 있겠는가? 실제로 그럴 엄두가 나지도 않았다. 고백하건대, 나의 이러한 소심증이 독자를 웃게 만들지라도 그만큼 그에게 모욕을 줄까 봐 두려웠다. 결국 그 앞을 그대로 지나가면서 그의 가설 무대

splendeurs, je vis un pauvre saltimbanque, voûté, caduc, décrépit, une ruine d'homme, adossé contre un des poteaux de sa cahute; une cahute plus misérable que celle du sauvage le plus abruti, et dont deux bouts de chandelles, coulants et fumants, éclairaient trop bien encore la détresse.

Partout la joie, le gain, la débauche; partout la certitude du pain pour les lendemains; partout l'explosion frénétique de la vitalité. Ici la misère absolue, la misère affublée, pour comble d'horreur, de haillons comiques, où la nécessité, bien plus que l'art, avait introduit le contraste. Il ne riait pas, le misérable! Il ne pleurait pas, il ne dansait pas, il ne gesticulait pas, il ne criait pas; il ne chantait aucune chanson, ni gaie ni lamentable, il n'implorait pas. Il était muet et immobile. Il avait renoncé, il avait abdiqué. Sa destinée était faite.

Mais quel regard profond, inoubliable, il promenait sur la foule et les lumières, dont le flot mouvant s'arrêtait à quelques pas de sa répulsive misère! Je sentis ma gorge serrée par la main terrible de l'hystérie, et il me sembla que mes regards étaient offusqués par ces larmes rebelles qui ne veulent pas tomber.

위에 약간의 돈을 놓아두고, 그가 나의 의도를 알아차리기를 기대하면서 알 수 없는 소란으로 몰려다니는 엄청난 군중의 물결에 휩쓸려 그에게서 멀어져갔다.

그리고 돌아오는 길에 그 광경이 머리를 떠나지 않아, 거기서 느낀 나의 갑작스러운 고통을 분석해보다가 이런 생각을 했다. 방금 내가 본 사람은 과거에 인기를 누렸다가 자기의 시대가 지난 후에도 살아 있는 늙은 문인이었다는 것을. 친구도 없고, 가족도 없고, 자식도 없이 자신의 궁핍한 생활과 대중의 배반으로 영락한 늙은 시인이었다는 것을, 잊기 잘하는 대중이 이제 더는 그의 천막으로 들어가 구경하고 싶어 하지 않는 것을!

Que faire? À quoi bon demander à l'infortuné quelle curiosité, quelle merveille il avait à montrer dans ces ténèbres puantes, derrière son rideau déchiqueté? En vérité, je n'osais; et, dût la raison de ma timidité vous faire rire, j'avouerai que je craignais de l'humilier. Enfin, je venais de me résoudre à déposer en passant quelque argent sur une de ses planches, espérant qu'il devinerait mon intention, quand un grand reflux de peuple, causé par je ne sais quel trouble, m'entraîna loin de lui.

Et, m'en retournant, obsédé par cette vision, je cherchai à analyser ma soudaine douleur, et je me dis: Je viens de voir l'image du vieil homme de lettres qui a survécu à la génération dont il fut le brillant amuseur; du vieux poëte sans amis, sans famille, sans enfants, dégradé par sa misère et par l'ingratitude publique, et dans la baraque de qui le monde oublieux ne veut plus entrer!

벤야민은 「보들레르의 몇 가지 주제에 관해서」라는 글에서, 무엇보다 군중la foule의 의미를 강조한다. "군중이라는 대상만큼 19세기 작가들의 관심을 끌 만한 가치 있는 주제도 없었다."* 보들레르는 그러한 군중의 중요성을 의식한 시인이다. 헤겔이나 마르크스 같은 철학자들이 말했듯이, 그 당시 파리 사람들에게 길을 걷는다는 것은 군중 속을 걸어다니는 것과 같았다고 한다. 보들레르는 도시의 산책자-시인이다. 그러나 산책자는 군중과 거리를 두고 거닐 수 없다. 그는 군중 속의 산책자이기 때문이다. 벤야민은 보들레르와 군중의 관계를 설명하면서 "군중은 그의 외부에 있는 어떤 존재가 아니라 〔……〕 이미 내면화되어 그의 일부가 되어 있기 때문에 그의 작품에서 군중에 대한 묘사를 찾아내기란 매우 어려운 문제"** 라고 말한다. 그러므로 보들레르의 시에서 군중의 이미지는 양면성을 갖는다고 할 수 있다.

보들레르가 비록 대도시 군중이 끌어당기는 힘에 굴복하

* W. Benjamin, *Charles Baudelaire: un poète lyrique à l'apologée du capitalisme*, p. 164.
** 같은 책, p. 167.

여 그들과 함께 거리 산책자의 한 사람이 되었지만, 그러한 군중의 비인간적인 속성에 대한 느낌은 그를 떠나지 않았다. 그는 자신을 그들의 공범자로 만들면서 동시에 또한 그들에 게서 자신을 격리하고 있다.*

벤야민의 말처럼, 보들레르는 익명의 군중과 동일시하다가 어느 순간 그들에게 경멸의 시선을 던지면서 그들을 무가치한 존재로 만들어버리기도 한다. 그에게 대상이 어떤 사람들인 지도 문제이지만, 그들이 어떤 행태를 보이는지에 따라서 그 의 입장이 달라질 수 있기 때문이다.

「늙은 광대」는 축제일에 집 밖으로 "쏟아져 나와 붐비는" 이러한 군중의 양상을 보여주는 시이자, 시인과 군중의 관계 를 생각하게 하는 시이다. 이 시의 첫 문단에서 서술된 것처 럼 시인의 시선으로 포착된 사람들은 휴가 중에 "즐겁게 놀 고" 있는 군중과 "그해의 불경기를 만회하기 위해" 천막을 쳐 서 장사하려는 "유랑 행상인들"이다. 광대 역시 유랑 행상인 의 하나로 분류할 수 있다. 둘째 문단의 아이들이나 셋째 문단 의 "사교계 인사" "정신노동에 종사하는 사람"은 모두 군중 을 구성하는 요소들이다. 여기서 시인은 군중 속에 있지만, 군 중과 동화되어 "즐겁게 놀"지는 못하는 고독한 개인이다. 그

* 같은 곳.

는 모든 천막 상점을 구경하면서 지나가는 관찰자이자 산책자일 뿐이다. 그의 시선 앞에서 유랑 행상인들이나 천막 상점의 주인들은 "서로 무서운 경쟁을 벌이면서" 고함을 치거나 고객을 많이 모으려고 희극적 재담과 농담을 쏟아낸다.

> 모든 것이 빛, 먼지, 고함, 기쁨, 소란뿐이었다. 어떤 사람들은 돈을 쓰고, 어떤 사람들은 돈을 버는데, 즐거워하는 것은 모두 마찬가지였다.

이 구절은 '돈'이 모든 가치의 중심이 된 평등 사회의 압축된 풍경을 보여준다. 이 사회에서 "모든 것이 빛, 먼지, 고함, 기쁨, 소란뿐"인 축제는 카니발적 축제가 아니라 카오스의 가짜 축제일 뿐이다. 이 세계에서 시인의 위치는 어떤 것일까? 시인은 "돈을 쓰"는 사람도 아니고 "돈을 버는" 사람도 아니다. 그가 "돈을 버는" 사람이 되려면, 「개와 향수병」에서 꼬리를 흔들며 다가오는 개에게 하듯이, "품위 있는 향수가 아니라" 오물을 제공해야 할지 모른다. 또는 "스커트 자락을 불꽃으로 가득 차게 만드는 초롱불 아래에서 깡충깡충 뛰면서 재주넘기를" 하는 예쁜 무희들처럼 대중에게 아첨하는 시를 써야 할 것이다. 그러나 보들레르는 대중을 위한 시를 쓰지 않았다.

산책자 시인은 "천막 상점들의 맨 끄트머리에서" "불쌍한 광대"를 바라본다. "미개한 야만인의 집보다 더 비참한" 집에서 "구부정하고, 노쇠하고, 늙어빠진 인간 폐물의 모습"을 한 늙은 광대는 초라한 천막의 말뚝에 기대어 있다. 이 장면에서 주의해야 할 단어는 "이 모든 호화판에서 유배된 사람이" 되었다는 구절의 '유배된 사람l'exilé'이라는 말이다. 이것은 「알바트로스」의 마지막 연, "'시인'은 이 구름의 왕자와 같아서/폭풍 속을 넘나들며 사수를 비웃었건만,/지상에 유배되어 야유에 둘러싸이니/거인의 날개는 걷는 데 방해가 될 뿐"이라는 시구에서 시인을 지상에 '유배된 사람'으로 표현한 구절을 연상케 한다. 군중에게 외면당한 '불쌍한 광대'는 "울지도 않았고, 춤을 추지도 않았고, 몸짓을 하지도 않았고, 〔……〕 애원하지도 않았다"고 묘사된다. 인간 폐물이나 다름없는 그는 자신의 "운명〔이〕 끝난 것"을 아는 것이다. 어떤 의미에서 이러한 그의 모습은 예수 그리스도를 닮았다고 할 수 있다.

여기서 시인은 '늙은 광대'를 자기의 운명과 동일시한다. 그러나 그의 동일시는 단순하지가 않다. 동일시하는 순간 그는 "정신 장애자의 무서운 손아귀가 내 목을 조르는 것 같은 느낌"과 "나의 시선은 눈에서 떨어지려 하지 않는 반항의 눈물로 흐릿해지는 것" 같은 충격과 슬픔에 사로잡힌다. 동일시하기에는 '늙은 광대'의 모습이 너무나 비참해 보여서일까?

결국 화자는 '늙은 광대'의 모습을 통해 "자기의 시대가 지난 후에도 살아 있는 늙은 문인" "자신의 궁핍한 생활과 대중의 배반으로 영락한 늙은 시인"을 연상한다.

나쁜 유리장수

순전히 명상에 잠겨 있기를 좋아하고 행동에 옮기는 일에는 완전히 부적절한 사람들이 있는데, 이들이 때로는 불가사의하고 알 수 없는 충동에 사로잡혀, 자신들로서는 불가능하다고 생각할 만큼 빠르게 행동하는 경우가 있다.

가령 수위에게서 어떤 슬픈 소식을 접하게 될까 봐 겁이 나서 집에 들어가지도 못하고 문 앞에서 한 시간이나 배회하는 사람이나, 편지를 뜯어보지도 못하고 보름 동안이나 그대로 놓아두는 사람, 혹은 1년 전부터 처리해야 할 일을 반년이 지나도록 내버려두는 사람, 이런 사람들이 때로는 활의 화살처럼 억제할 수 없는 힘에 이끌려 갑자기 행동에 뛰어드는 것이다. 모든 것을 다 안다고 자부하는 모럴리스트나 의사라고 하더라도, 이처럼 게으르고 쾌락적인 영혼에게 어디서 그렇게 광기에 가까운 에너지가 갑자기 나타나는지, 가장 간단하고도 가장 필요한 일들을 수행하지 못하는 사람들이 어느 순간에 가장 불합리하고 때로는 가장 위험하기도 한 행동을 감행하는데 어떻게 이처럼 엄청난 용기를 갖게 되는지를 설명하지는 못한다.

나의 한 친구는 세상에서 가장 무해한 몽상가라고 할 수 있는 사람으로서 예전에 숲에 불을 지른 적이 있었다. 그의 말에

Le mauvais vitrier

Il y a des natures purement contemplatives et tout à fait impropres à l'action, qui cependant, sous une impulsion mystérieuse et inconnue, agissent quelquefois avec une rapidité dont elles se seraient crues elles-mêmes incapables.

Tel qui, craignant de trouver chez son concierge une nouvelle chagrinante, rôde lâchement une heure devant sa porte sans oser rentrer, tel qui garde quinze jours une lettre sans la décacheter, ou ne se résigne qu'au bout de six mois à opérer une démarche nécessaire depuis un an, se sentent quelquefois brusquement précipités vers l'action par une force irrésistible, comme la flèche d'un arc. Le moraliste et le médecin, qui prétendent tout savoir, ne peuvent pas expliquer d'où vient si subitement une si folle énergie à ces âmes paresseuses et voluptueuses, et comment, incapables d'accomplir les choses les plus simples et les plus nécessaires, elles trouvent à une certaine minute un courage de luxe pour exécuter les actes les plus absurdes et souvent même les plus dangereux.

Un de mes amis, le plus inoffensif rêveur qui ait existé,

의하면, 사람들이 일반적으로 단언하듯이, 불이 그렇게 쉽게 붙는지를 알아보기 위해서였다는 것이다. 열 번이나 계속 그의 실험은 실패하고 말았지만, 열한번째에 드디어 그의 실험은 대성공을 거두었다.

또 한 친구는 화약통 옆에서 여송연에 불을 붙여보겠다고 했는데, 그의 시도는 보기 위해서이거나, 알기 위해서이고, 운명을 시험해보기 위해서라는 것, 또는 스스로 힘을 증명해 보여야 한다거나 도박꾼의 흉내를 내기 위해서 또는 불안의 심리적 쾌감을 경험하기 위해서, 쓸데없이 일시적 기분 때문이거나 심심풀이로 그런 짓을 한다는 것이다.

그것은 권태와 몽상에서 솟구쳐 오르는 일종의 에너지인데, 그런 에너지가 그렇게 갑자기 나타나는 사람들은, 앞에서 말했듯이, 대체로 가장 게으르고 가장 몽상적인 사람들이다.

또 다른 소심한 친구는 사람들의 시선 앞에서조차 눈을 내리깔고, 카페에 들어가거나 극장의 매표소 앞을 지나가기 위해, 가련한 의지를 총동원해야 할 정도라는데, 그 이유는 그 안의 검표원들이 그에게 희랍 신화의 미노스왕, 아이아코스 또는 라다만토스처럼 위엄 있는 모습으로 보였기 때문이다. 그런 사람이 갑자기 자기 옆을 지나가는 어느 노인의 목을 끌어안고 깜짝 놀란 군중 앞에서 열광적으로 포옹하는 행동을 저지르는 것이다.

왜 그런 것일까? 왜냐하면…… 왜냐하면 그 노인의 표정이

a mis une fois le feu à une forêt pour voir, disait-il, si le feu prenait avec autant de facilité qu'on l'affirme généralement. Dix fois de suite, l'expérience manqua; mais, à la onzième, elle réussit beaucoup trop bien.

Un autre allumera un cigare à côté d'un tonneau de poudre, pour voir, pour savoir, pour tenter la destinée, pour se contraindre lui-même à faire preuve d'énergie, pour faire le joueur, pour connaître les plaisirs de l'anxiété, pour rien, par caprice, par désœuvrement.

C'est une espèce d'énergie qui jaillit de l'ennui et de la rêverie; et ceux en qui elle se manifeste si inopinément sont, en général, comme je l'ai dit, les plus indolents et les plus rêveurs des êtres.

Un autre, timide à ce point qu'il baisse les yeux même devant les regards des hommes, à ce point qu'il lui faut rassembler toute sa pauvre volonté pour entrer dans un café ou passer devant le bureau d'un théâtre, où les contrôleurs lui paraissent investis de la majesté de Minos, d'Éaque et de Rhadamanthe, sautera brusquement au cou d'un vieillard qui passe à côté de lui et l'embrassera avec enthousiasme devant la foule étonnée.

Pourquoi? Parce que...... parce que cette physionomie

어찌할 수 없을 정도로 마음에 들었기 때문일까? 그럴지도 모른다. 그러나 그 자신도 그 이유를 모른다고 보는 것이 더 합당한 생각이다.

나 역시 그런 발작과 충동의 희생자가 된 적이 여러 번 있었다. 그런 일을 겪으면 교활한 악마들이 슬그머니 우리의 내면 속에 끼어들어 우리가 모르는 사이에 자기들의 터무니없는 의지를 관철하는 것이라고 생각할 수밖에 없다.

어느 날 아침 나는 침울하고, 쓸쓸하고, 무료함에 지친 상태로 잠자리에서 일어나, 무언가 굉장한 일, 눈부신 행동을 해야 한다는 생각이 들었다. 그래서 창을 열었는데, 슬픈 일이 벌어졌다.

(여러분이 주목해야 할 것은 어떤 사람들의 경우, 이런 행동이 남을 골탕 먹이려는 어떤 작업이나 술책의 결과가 아니라 우발적인 영감의 결과이므로, 그것이 아무리 강렬한 욕망에 의해서 이루어진 일이라 해도, 우리로 하여금 어쩔 수 없이 위험스럽거나 부적절한 수많은 행동을 하게끔 부추기는 충동적 기분과 같은 것으로서 의사들이 히스테리라고 부르거나, 의사들보다 좀더 사려 깊게 생각하는 사람들이 악마적이라고 말한다는 것이다.)

길에서 제일 먼저 보게 된 사람은 파리의 무겁고 더러운 대기를 가로질러 나에게까지 들려올 만큼 평화를 깨뜨리고 찢어지는 목소리로 외치는 유리장수였다. 그런데 내가 왜 그 불쌍

lui était irrésistiblement sympathique? Peut-être; mais il est plus légitime de supposer que lui-même il ne sait pas pourquoi.

J'ai été plus d'une fois victime de ces crises et de ces élans, qui nous autorisent à croire que des Démons malicieux se glissent en nous et nous font accomplir, à notre insu, leurs plus absurdes volontés.

Un matin je m'étais levé maussade, triste, fatigué d'oisiveté, et poussé, me semblait-il, à faire quelque chose de grand, une action d'éclat; et j'ouvris la fenêtre, hélas!

(Observez, je vous prie, que l'esprit de mystification qui, chez quelques personnes, n'est pas le résultat d'un travail ou d'une combinaison, mais d'une inspiration fortuite, participe beaucoup, ne fût-ce que par l'ardeur du désir, de cette humeur, hystérique selon les médecins, satanique selon ceux qui pensent un peu mieux que les médecins, qui nous pousse sans résistance vers une foule d'actions dangereuses ou inconvenantes.)

La première personne que j'aperçus dans la rue, ce fut un vitrier dont le cri perçant, discordant, monta jusqu'à moi à travers la lourde et sale atmosphère parisienne. Il me serait d'ailleurs impossible de dire pourquoi je fus pris

한 사람에게 포악하고도 갑작스러운 증오심에 사로잡히게 되었는지는 말할 수 없다.

"여기요!" 나는 그에게 올라오라고 소리쳤다. 그러나 내 방이 7층에 있고 층계가 매우 좁아서, 그 사람이 올라오려면 무척 힘이 들고, 깨지기 쉬운 상품의 모서리가 여러 군데 부딪쳐 손상될 것을 생각하면서 어떤 쾌감을 느끼기도 했다.

드디어 그가 나타났다. 나는 그의 모든 창유리를 세밀히 살펴본 후에 이렇게 말했다. "뭐라고요? 장밋빛 유리, 붉은색 유리, 푸른색 유리, 마법의 창유리, 천국의 창유리 같은 색유리가 없다고요? 당신 참 뻔뻔스러운 사람이네. 어떻게 감히 가난한 동네를 돌아다니면서 인생을 아름답게 보여주는 창유리도 갖고 있지 않다니." 그러고는 그를 층계 쪽으로 힘껏 떠밀자, 그는 투덜거리며 비틀거렸다.

나는 발코니로 다가가서 작은 화분 하나를 들고 그가 다시 문 앞에 나타나자 그의 등짐 지게 뒷부분을 향해 나의 병기를 수직으로 떨어뜨렸다. 그 충격으로 그는 넘어졌고 등에 지고 있던 초라한 행상의 물건들이 모두 깨져버리면서, 벼락을 맞아 무너지는 수정궁의 폭발음 소리를 냈다.

그런 후 나는, 광기에 취해서, 미친 사람처럼 그에게 외쳤다. "인생을 아름답게 해야지! 인생을 아름답게 해야지!"

이처럼 신경질적인 행동에 위험이 따르지 않는 것은 아니어서 때로는 값비싼 대가를 치를 수도 있다. 그러나 한순간에 무

à l'égard de ce pauvre homme d'une haine aussi soudaine que despotique.

« — Hé! hé! » et je lui criai de monter. Cependant je réfléchissais, non sans quelque gaieté, que, la chambre étant au sixième étage et l'escalier fort étroit, l'homme devait éprouver quelque peine à opérer son ascension et accrocher en maint endroit les angles de sa fragile marchandise.

Enfin il parut: j'examinai curieusement toutes ses vitres, et je lui dis: «Comment? vous n'avez pas de verres de couleur? des verres roses, rouges, bleus, des vitres magiques, des vitres de paradis? Impudent que vous êtes! vous osez vous promener dans des quartiers pauvres, et vous n'avez pas même de vitres qui fassent voir la vie en beau!» Et je le poussai vivement vers l'escalier, où il trébucha en grognant.

Je m'approchai du balcon et je me saisis d'un petit pot de fleurs, et quand l'homme reparut au débouché de la porte, je laissai tomber perpendiculairement mon engin de guerre sur le rebord postérieur de ses crochets; et le choc le renversant, il acheva de briser sous son dos toute sa pauvre fortune ambulatoire qui rendit le bruit éclatant d'un palais de cristal crevé par la foudre.

한한 쾌락을 얻는 사람의 입장에서 영원한 천벌이 내린들 무슨 상관이랴?

Et, ivre de ma folie, je lui criai furieusement: «La vie en beau! la vie en beau!»

Ces plaisanteries nerveuses ne sont pas sans péril, et on peut souvent les payer cher. Mais qu'importe l'éternité de la damnation à qui a trouvé dans une seconde l'infini de la jouissance?

앙리 르메트르의 설명에 의하면, 이 시는 "그 원인을 설명할 수 없는 지극히 충동적인 도착증perversité의 행동을 보여주는 보들레르적인 시"*이다. 물론 서두에서 실례로 들고 있는 몽상적인 기질의 친구들처럼, 보들레르가 광기의 충동을 종종 경험했다고 하더라도, 그러한 충동이 실제 행동으로 나타난 것은 아니다. 이 시의 에피소드는 어디까지나 우화일 뿐이다.

불쌍한 유리장수에 대한 화자의 도착증적 폭력에 대해서는 두 가지 해석이 가능하다. 하나는 색채의 낙원에 대한 보들레르의 초자연주의적 예술 성향이 그만큼 강렬하다는 것이다. 그는 산문시 「이중의 방」에서 이러한 예술 성향을 드러내는, "몽상의 세계와 같은 방, 참으로 정신적인 방, 고즈넉한 분위기가 장밋빛과 푸른빛으로 가볍게 물들어 있는 방"을 묘사한 바 있다. 다시 말해서 그가 꿈꾸는 방은 단순히 조용하고 아늑한 방이 아니라, '장밋빛과 푸른빛이 물들어 있는' 색깔 있는 방인 것이다. 이처럼 시인이 색깔 있는 방을 선호하듯이, 색유리를 좋아하는 것은 도시의 '더러움'과 무거움에 짓눌려 극도

---

* C. Baudelaire, *Petits poèmes en prose*, p. 39.

로 우울한 상태로 지낼 수밖에 없는 상태에 대한 반발심일 수 있다. 그러므로 색유리가 없는 유리장수에 대한 그의 증오감이 전혀 이해할 수 없는 감정은 아닐지 모른다. 실제로 보들레르는 「화장 예찬」이란 산문에서 "자기 자신을 신비롭고 초자연적으로 보이도록 애쓰는 것이 여자로서 정당한 일"이듯이, 예술가는 자연을 모방하지 않고, 자연을 마술적이고 인공적으로 변화시켜야 한다고 주장한 바 있다. "누가 감히 자연의 모방이라는 헛된 역할을 예술에 부여하는가?"라는 그의 말은 예술의 역할이 "자연의 모방"이 아니라 자연을 신비롭게 변형하는 작업임을 역설한 것이다. 그러나 자연을 마술적이고 신비롭게 변형해야 한다는 예술관을 갖고 있다고 해서 불쌍한 유리장수에 대한 도착증적 폭력이 정당화되는 것은 아니다.

화자의 폭력에 대한 또 다른 해석은 시인과 유리장수를 동일한 자아의 분리된 존재로 이해하는 방법이다. 사르트르는 보들레르에 대한 비평서에서 시인의 '반성하는 의식'과 '반성되는 의식'의 갈등을 실존적 정신분석 비평의 방법으로 끈질기게 추적한 바 있다. 이러한 논리를 따르면, '반성하는 의식'은 '반성되는 의식'에 증오감을 느낄 수 있는 것이다. 사람은 누구나 자신에게서 반성해야 할 점이나 극복해야 할 요소를 발견하고 그것을 제거하려는 과정에서 자기와 같은 타인에 대해 증오감에 사로잡혀 상징적인 의미로 폭력을 행사할 수도 있다. 이러한 해석의 관점에서 문제의 구절을 분석해보자.

화자는 "어느 날 아침" "침울하고, 쓸쓸하고, 무료함에 지친 상태로 잠자리에서 일어나, 무언가 굉장한 일, 눈부신 행동을 해야 한다는 생각이" 들어서 "창을 열었는데" "평화를 깨뜨리고 찢어지는 목소리로 외치는 유리장수"를 발견하고, 그에게 "포악하고도 갑작스러운 증오심"을 느낀다. 여기서 '포악한despotique'이란 형용사의 의미는 이중적이다. 하나는 이유를 알 수 없는 충동적인 증오심의 격렬하고 포악한 상태를 나타내고, 다른 하나는 자신의 동포를 지배하는 독재 권력처럼, 독재자가 반역자에게 폭력을 행사한다는 의미에서 '독재적'이란 뜻이다. 이런 관점에서 본다면, 시인은 자신의 분신 같은 존재에게 "색유리"가 없다는 것을 마치 독재자의 입장에서 본 반역 행위나 다름없다는 듯이 처벌한 것이다. 화자와 유리장수는 그러므로 시인의 분리된 자아 혹은 분리된 의식이라고 할 수 있다.

'색유리'가 없는 것은 현실을 초자연적으로 변화시키는 시, 또는 "어둠처럼, 빛처럼, 광활하고", "어둡고 깊은 일체감 속에서 〔……〕 향기와 색채와 소리가 어울려"(「상응」) 퍼지는 '상응'의 시를 쓰지 못하는 것과 같다. 그러므로 시인이 추구하는 이상적 시를 쓰지 못할 때, 그는 정신적 위기에 빠진다. 시인은 그러한 자신을 죽이고 싶다. 이렇게 본다면, 유리장수의 쓰러짐은 시인의 상징적 죽음과 같다. 시인으로 살기 위해서 또는 시인으로 새롭게 태어나기 위해서, 과거의 '나'는 죽어야 한다. 이러한 절망과 새로운 각오가 유리장수에 대한 폭력 또는 죽어야 하는 '나'로 나타난 것이라고 해석할 수 있다.

제롬 텔로는 이 시의 끝부분에서 화자가 수직으로 떨어뜨린 "작은 화분"을 『악의 꽃』으로 해석한다.

> 화분이 『악의 꽃』의 암시인 것은 분명하다. 보들레르는 자기 시집을 없애버리기 위해, 그의 아름다운 작품 『악의 꽃』을 창밖으로 내던지려고 결심했다.*

이 시를 쓸 무렵에 보들레르는 실어증aphasie 상태에서 자기 작품을 '살아 있는 시'가 아니라 '죽은 시' 또는 의미 없는 '공허한 유해vaine dépouille'와 같은 것으로 생각했다. 우리는 화분이 『악의 꽃』이라는 논리에 동의하지 않더라도, 시인이 이 작품을 썼을 때 극도의 절망감에서 자신의 모든 작업을 부정하려는 심리 상태였다는 견해에 공감한다.

* J. Thélot, 같은 책, p. 107.

요정들의 선물

24시간 이내에 태어난 모든 신생아에게 선물을 나누어 주는 요정들의 큰 모임이 열렸습니다.

운명을 관장하는 구태의연하고 변덕스러운 자매들과 기쁨과 고통을 주관하는 이상야릇한 어머니들, 그 요정들은 모두 매우 다양한 모습이었습니다. 어떤 요정은 침울하고 시무룩한 표정이었고, 또 어떤 요정은 경박하고 심술궂어 보였습니다. 변함없이 젊은 요정도 있었고, 변함없이 늙은 요정도 있었습니다.

요정들을 신뢰하는 아버지들이 모두 저마다 두 팔에 신생아를 안고 왔습니다.

재능, 능력, 행운, 완벽한 기회, 이 모든 선물은 마치 시상식에서 단 위에 놓인 상품처럼 심판관 옆에 쌓여 있었습니다. 이 자리의 특별한 점은, 그 선물들이 노력에 대한 보상이 아니라, 정반대로 아직 살아보지도 않은 사람에게 은총을 부여하고, 그 은총은 인간의 운명을 결정하는 것이며, 또한 그의 행복뿐 아니라 불행의 원인이 될 수 있다는 것입니다.

불쌍한 요정들은 매우 분주했습니다. 왜냐하면 은총을 간청하러 온 사람들도 많았을 뿐 아니라, 인간과 신神 사이에 있는 중간 세계가 우리 인간처럼 시간과 시간의 무한한 후손들, 하

Les dons des Fées

C'était grande assemblée des Fées, pour procéder à la répartition des dons parmi tous les nouveau-nés, arrivés à la vie depuis vingt-quatre heures.

Toutes ces antiques et capricieuses Sœurs du Destin, toutes ces Mères bizarres de la joie et de la douleur, étaient fort diverses: les unes avaient l'air sombre et rechigné, les autres, un air folâtre et malin; les unes, jeunes, qui avaient toujours été jeunes; les autres, vieilles, qui avaient toujours été vieilles.

Tous les pères qui ont foi dans les Fées étaient venus, chacun apportant son nouveau-né dans ses bras.

Les Dons, les Facultés, les bons Hasards, les Circonstances invincibles, étaient accumulés à côté du tribunal, comme les prix sur l'estrade, dans une distribution de prix. Ce qu'il y avait ici de particulier, c'est que les Dons n'étaient pas la récompense d'un effort, mais tout au contraire une grâce accordée à celui qui n'avait pas encore vécu, une grâce pouvant déterminer sa destinée et devenir aussi bien la source de son malheur que de son bonheur.

루, 시간, 분, 초의 무서운 법칙을 따르고 있었기 때문입니다.

사실, 요정들은 공판일의 장관들처럼, 또는 국경일에 사람들이 무상으로 저당물을 되찾을 수 있을 때의 전당포 직원들처럼 어리둥절한 모습이었습니다. 그들은 때때로 초라하게 시곗바늘을 바라보고 있기도 했는데, 그 초조한 모습은 마치 아침부터 법정에 앉아서 저녁 식사, 가정, 자기의 소중하고 편안한 가정생활을 꿈꾸고 있는 재판관처럼 보이기도 했습니다. 만일 초자연적인 재판에서 서두르는 일이 있거나 우발사고가 발생한다고 해도, 그런 일은 가끔 인간의 재판에서도 마찬가지라고 생각하며 놀라지 말아야 합니다. 우리 자신이 그 입장이라도 공정하지 못한 재판을 할 수 있기 때문입니다.

그래서 그날 요정들은 변덕스러운 몇 가지 큰 실수를 저지르게 되었는데, 변덕스러운 행동보다 신중한 행동이 그들의 변함없이 남다른 특징이라면, 그런 실수는 이상하다고 여길 만한 일이었습니다.

따라서 자석의 이끌림처럼 재산을 모으는 능력은 어떤 부유한 집안의 유일한 상속자에게 수여되었는데, 이 사람은 자비의 감정이 전혀 없으므로, 인생에서 가장 분명한 선행의 욕구를 전혀 갖고 있지 않다면, 나중에 그가 모은 수많은 재산으로 엄청난 고통을 겪게 될 것이 틀림없었습니다.

그리고 또 아름다움에 대한 사랑과 시적 능력은 직업이 석공인 가난한 사람의 아들에게 수여되었습니다. 그런데 이 사

Les pauvres Fées étaient très-affairées; car la foule des
solliciteurs était grande, et le monde intermédiaire, placé
entre l'homme et Dieu, est soumis comme nous à la terri-
ble loi du Temps et de son infinie postérité, les Jours, les
Heures, les Minutes, les Secondes.

En vérité, elles étaient aussi ahuries que des ministres
un jour d'audience, ou des employés du Mont-de-Piété
quand une fête nationale autorise les dégagements gra-
tuits. Je crois même qu'elles regardaient de temps à autre
l'aiguille de l'horloge avec autant d'impatience que des
juges humains qui, siégeant depuis le matin, ne peuvent
s'empêcher de rêver au dîner, à la famille et à leurs chères
pantoufles. Si, dans la justice surnaturelle, il y a un peu de
précipitation et de hasard, ne nous étonnons pas qu'il en
soit de même quelquefois dans la justice humaine. Nous
serions nous-mêmes, en ce cas, des juges injustes.

Aussi furent commises ce jour-là quelques bourdes
qu'on pourrait considérer comme bizarres, si la prudence,
plutôt que le caprice, était le caractère distinctif, éternel
des Fées.

Ainsi la puissance d'attirer magnétiquement la fortune
fut adjugée à l'héritier unique d'une famille très-riche,

람은 아들의 그러한 능력을 도와줄 수도 없고, 생활비의 부담을 덜어줄 수도 없을 것입니다.

내가 잊고 말하지 않은 것이 있는데, 이 엄숙한 행사에서의 선물 수여는 한 번에 결정되는 것이어서, 어떤 선물도 받는 사람이 거부할 수 없다는 사실입니다.

요정들은 모두 지겨운 일이 끝났다고 생각하며 일어났습니다. 왜냐하면 이 모든 하찮은 인간에게 던져줄 선물은 하나도 남지 않았기 때문입니다. 그때 불쌍한 소상인으로 보이는 어떤 사람이 일어나더니, 자기 자리에서 가장 가까이 있는 요정의 다채로운 색깔의 옷자락을 잡으면서 소리쳤습니다.

"저 좀 보세요! 부인! 우리는 받지 못했는데요! 우리 아이가 받지 못했단 말이에요! 내가 헛수고하려고 온 게 아니잖아요!"

요정은 당황할 수밖에 없었습니다. 왜냐하면 더는 아무 선물도 남지 않았기 때문입니다. 그렇지만 그 순간 요정은 인간의 친구로서 종종 인간의 열정적 욕구에 맞추어 처신해야 한다는 생각이 들어, 보이지 않는 여신들, 말하자면 땅의 요정, 불의 요정, 공기의 요정, 물의 요정이 사는 초자연적 세계에서는 비록 드물게 실행되는 방법이긴 하지만, 잘 알려진 법칙을 떠올리게 되었습니다. 이 법칙은 운명의 선물이 하나도 남지 않았을 경우, 추가로 예외적인 선물을 줄 수 있도록 요정들에게 허용된 방법이라고 말할 수 있습니다. 그렇지만 이 경우에

qui, n'étant doué d'aucun sens de charité, non plus que d'aucune convoitise pour les biens les plus visibles de la vie, devait se trouver plus tard prodigieusement embarrassé de ses millions.

Ainsi furent donnés l'amour du Beau et la Puissance poétique au fils d'un sombre gueux, carrier de son état, qui ne pouvait, en aucune façon, aider les facultés, ni soulager les besoins de sa déplorable progéniture.

J'ai oublié de vous dire que la distribution, en ces cas solennels, est sans appel, et qu'aucun don ne peut être refusé.

Toutes les Fées se levaient, croyant leur corvée accomplie; car il ne restait plus aucun cadeau, aucune largesse à jeter à tout ce fretin humain, quand un brave homme, un pauvre petit commerçant, je crois, se leva, et empoignant par sa robe de vapeurs multicolores la Fée qui était le plus à sa portée, s'écria:

«Eh! madame! vous nous oubliez! Il y a encore mon petit! Je ne veux pas être venu pour rien.»

La Fée pouvait être embarrassée; car il ne restait plus rien. Cependant elle se souvint à temps d'une loi bien connue, quoique rarement appliquée, dans le monde

도 요정은 그런 선물을 즉각적으로 만들어낼 수 있는 상상력을 갖고 있어야 합니다.

착한 요정은 자기의 신분에 어울리는 태연함을 보이며 이렇게 대답했습니다. "네 아들에게도 주겠다…… 네 아들에게 주는 선물은…… '남을 즐겁게 하는 재능'이다."

"그런데 남을 어떻게 즐겁게 해요? 남을 즐겁게 하다니요? 남을 왜 즐겁게 하는 거예요?" 작은 상점의 주인은 아마도 '철학의 논리'*까지는 이를 수 없는 지극히 상식적 논리로 끈질기게 물었습니다.

분노한 요정은 그에게 등을 돌리면서 "왜냐하면! 왜냐하면!"이라는 말로 반박했습니다. 그러고는 동료 요정들의 행렬에 합류하면서 그들을 향해 이렇게 말했습니다. "모든 것을 다 알려 하고, 자기 아들이 최고의 선물을 받게 되었는데도 논의할 수 없는 문제를 감히 묻고 논의하려는 이 건방진 프랑스인을 어떻게 해야 할까요?"

---

* '철학의 논리'로 번역한 la logique de l'Absurde는 어떤 명제의 참이나 거짓을 증명하기 위한 논리학의 방법으로 '귀류법의 논리'라는 뜻이다.

surnaturel, habité par ces déités impalpables, amies de l'homme, et souvent contraintes de s'adapter à ses passions, telles que les Fées, les Gnomes, les Salamandres, les Sylphides, les Sylphes, les Nixes, les Ondins et les Ondines, — je veux parler de la loi qui concède aux Fées, dans un cas semblable à celui-ci, c'est-à-dire le cas d'épuisement des lots, la faculté d'en donner encore un, supplémentaire et exceptionnel, pourvu toutefois qu'elle ait l'imagination suffisante pour le créer immédiatement.

Donc la bonne Fée répondit, avec un aplomb digne de son rang: «Je donne à ton fils...... je lui donne...... le Don de plaire!»

«Mais plaire comment? plaire......? plaire pourquoi?» demanda opiniâtrement le petit boutiquier, qui était sans doute un de ces raisonneurs si communs, incapable de s'élever jusqu'à la logique de l'Absurde.

«Parce que! parce que!» répliqua la Fée courroucée, en lui tournant le dos; et rejoignant le cortège de ses compagnes, elle leur disait: «Comment trouvez-vous ce petit Français vaniteux, qui veut tout comprendre, et qui ayant obtenu pour son fils le meilleur des lots, ose encore interroger et discuter l'indiscutable?»

이 우화적 산문시는 인간의 운명이 얼마나 우연적으로 결정될 수 있고, 개인의 운명과 삶의 조건은 얼마나 모순될 수 있는지를 생각하게 한다. 인간의 운명을 결정하는 요정들의 모임이 엄숙하지 않은 장터의 분위기로 묘사된다거나, 요정들이 시간에 쫓겨서 인간처럼 실수한다는 것은 인간의 운명이, 운명의 장난이란 말처럼, 인간의 성실한 의지와는 상관없이 이루어질 수 있다는 것을 암시한다.

이 산문시에서 요정들이 운명의 선물을 주었다는 이야기는 우선 두 가지 사례로만 제시된다. 하나는 부유한 집안의 아이에게 부자가 될 수 있는 능력을 주었다는 것이고, 다른 하나는, 가난한 석공의 아이에게 "아름다움에 대한 사랑과 시적 능력"을 부여했다는 것이다. 그런데 요정들의 실수로 선물을 받지 못한 아이의 아버지 "불쌍한 소상인으로 보이는 어떤 사람"이 항의하자, 당황한 요정은 즉흥적으로 상상력을 발휘해서 "남을 즐겁게 하는 재능"을 만들어낸다. 이런 재능의 선물이 있다는 것을 모르는 사람들은 누구라도 이렇게 물었을지 모른다. "그런데 남을 어떻게 즐겁게 해요? 남을 즐겁게 하다니요? 남을 왜 즐겁게 하는 거예요?" 아이 아버지는 어릿광대가 아니라면 이런 재능이 무슨 소용이 있는지 의문을 품었을 것이다.

보들레르는 "남을 즐겁게 하는 재능"이 무엇이라고 생각했을까? 어쩌면 "남을 즐겁게 하는 재능"의 문제가 이 시의 핵심적 주제일지 모른다. 보들레르는 남을 즐겁게 하는 'plaine'의 시를 쓰지 않고, 남을 불쾌하게 하는 'déplaine'의 시를 썼다. 그에게 "남을 즐겁게 하는" 일은 대중에게 아첨하는 것과 다름이 없다. 이런 점에서 보들레르는 자본주의 사회가 발전할수록, 모든 예술은 상품화되어 대중에게 아첨하는 대중문화로 전락할 것을 예감한 듯이 보인다. 이 시의 전반부에 묘사된 혼란스러운 장터의 분위기는 「늙은 광대」에서 '돈'이 모든 가치의 중심이 된 평등 사회의 혼잡함과 닮아 있다. 그는 대중의 박수갈채를 받는 가짜 영광보다 오히려 대중에게 외면당하는 고독한 운명을 선택한 것이다.

가난한 사람들의 눈빛

아! 당신은 내가 오늘 왜 당신을 미워하는지 알고 싶겠지요. 어쩌면 당신에게 그 이유를 설명하는 것보다 당신 스스로 이해하는 편이 더 쉬울지 모르겠습니다. 왜냐하면 내 생각으로는 당신이 내가 만날 수 있는 사람 중에서 가장 소통이 안 되는 대표적인 여자이기 때문이지요.

우리는 긴 하루가 짧은 시간처럼 생각될 만큼 오랜 시간을 함께 보냈지요. 서로의 생각이 빈틈없이 일치했기에 우리 두 사람은 한 영혼이나 다름없다고 약속하듯이 말하기도 했어요. 물론 이런 생각은 모든 사람이 꿈꾸는 것이지만 어느 누구도 실현하지 못했을 뿐, 독창적이라고는 말할 수 없겠지요.

저녁에 당신은 약간 피곤한 상태에서 새로 만든 불바르의 모퉁이에 있는 새로운 카페 앞에 앉아 있고 싶어 했지요. 그 카페는 아직 석고 덩어리가 바닥에 즐비하고 휘황찬란함이 아직 완성되지 않은 듯 보이는 곳이었습니다. 카페는 화려한 빛으로 번쩍였어요. 가스등 불빛은 새 출발의 모든 열기를 보여주고, 온 힘을 다해서 비추는 듯했습니다. 흰빛으로 눈부신 벽과 거울들의 호화로운 유리 면을, 금빛으로 빛나는 쇠시리와 코니스를, 줄에 묶인 개들에게 끌려가는 어린 하인들, 손에 앉은 매를 보고 웃는 귀부인들과 머리 위에 과일, 파테, 사냥한

Les yeux des pauvres

Ah! vous voulez savoir pourquoi je vous hais aujourd'hui. Il vous sera sans doute moins facile de le comprendre qu'à moi de vous l'expliquer; car vous êtes, je crois, le plus bel exemple d'imperméabilité féminine qui se puisse rencontrer.

Nous avions passé ensemble une longue journée qui m'avait paru courte. Nous nous étions bien promis que toutes nos pensées nous seraient communes à l'un et à l'autre, et que nos deux âmes désormais n'en feraient plus qu'une; — un rêve qui n'a rien d'original, après tout, si ce n'est que, rêvé par tous les hommes, il n'a été réalisé par aucun.

Le soir, un peu fatiguée, vous voulûtes vous asseoir devant un café neuf qui formait le coin d'un boulevard neuf, encore tout plein de gravois et montrant déjà glorieusement ses splendeurs inachevées. Le café étincelait. Le gaz lui-même y déployait toute l'ardeur d'un début, et éclairait de toutes ses forces les murs aveuglants de blancheur, les nappes éblouissantes des miroirs, les ors des

고기를 얹고 가는 요정들과 여신들을, 팔을 쭉 펴서 작은 바바루아 단지와 여러 가지 색깔의 아이스크림을 담아놓은 두 가지 색의 오벨리스크 형태의 그릇을 들고 맛보기를 권하는 여신들(헤베)과 미소년들(가니메데스)을;—이 모든 이야기와 신화의 그림은 고객의 폭음 폭식을 위해서 만든 것이었습니다.

우리가 앉은 자리 바로 앞의 도로에는 얼굴이 피곤해 보이고 수염이 희끗희끗한 40세쯤의 선량해 보이는 남자가 한 손으로는 남자아이의 손을 잡고 다른 쪽 팔로는 아직 걷지도 못할 정도의 어린아이를 안고 서 있었지요. 그는 어린애를 돌보는 하녀 같은 일을 하는 사람이 애들을 데리고 산보를 나온 모습이었습니다. 그들은 모두 남루한 옷차림이었지요. 그들 셋은 참으로 진지한 표정을 지었고 여섯 개의 눈동자는 처음 보는 카페를 한결같이 감탄하는 눈빛으로 뚫어지게 바라보는 듯했습니다. 물론 감탄의 빛은 나이에 따라 미묘한 차이가 있었지만요.

아버지의 눈은 이렇게 말하는 듯했습니다. "정말 멋있군! 정말 멋있어! 가난한 사람들의 모든 재산이 벽 위에 올라온 것 같아."—남자아이의 눈은 이렇게 말하는 듯했습니다. "정말 멋있군! 정말 멋있어! 하지만 이 카페는 우리와는 다른 사람들만 들어갈 수 있겠지." 어린아이의 눈은 너무나 매혹되어 어리둥절하면서 커다란 기쁨만 나타낼 뿐이었습니다.

샹송 가수들은 쾌락이 정신을 즐겁게 하고 마음을 약하게

baguettes et des corniches, les pages aux joues rebondies traînés par les chiens en laisse, les dames riant au faucon perché sur leur poing, les nymphes et les déesses portant sur leur tête des fruits, des pâtés et du gibier, les Hébés et les Ganymèdes présentant à bras tendu la petite amphore à bavaroises ou l'obélisque bicolore des glaces panachées; toute l'histoire et toute la mythologie mises au service de la goinfrerie.

Droit devant nous, sur la chaussée, était planté un brave homme d'une quarantaine d'années, au visage fatigué, à la barbe grisonnante, tenant d'une main un petit garçon et portant sur l'autre bras un petit être trop faible pour marcher. Il remplissait l'office de bonne et faisait prendre à ses enfants l'air du soir. Tous en guenilles. Ces trois visages étaient extraordinairement sérieux, et ces six yeux contemplaient fixement le café nouveau avec une admiration égale, mais nuancée diversement par l'âge.

Les yeux du père disaient: «Que c'est beau! que c'est beau! on dirait que tout l'or du pauvre monde est venu se porter sur ces murs.»—Les yeux du petit garçon: «Que c'est beau! que c'est beau! mais c'est une maison où peuvent seuls entrer les gens qui ne sont pas comme nous.»

만든다고 노래합니다. 바로 오늘 저녁, 내 생각을 말하자면, 그 노래 가사는 맞는 말이었어요. 나는 그 가족의 눈빛 때문에 마음이 측은해졌을 뿐 아니라, 우리의 갈증에 비해 지나치게 큰 유리잔과 물병을 보고 좀 부끄럽기도 했습니다. 사랑하는 그대여, 나는 당신의 눈빛 속에 담긴 *내* 생각을 읽기 위해 당신을 향해 눈길을 돌렸습니다. 그리고 당신의 너무나 아름답고 기이하게 부드러운 눈, 변덕의 여신이 깃들어 있으면서 달의 여신의 영감을 받은 당신의 푸른 눈 속에 빠져들었지요. 그때 당신은 이렇게 말했어요. "이 사람들이 눈을 크게 뜨고 있는 걸 보니 정말 참을 수 없군요! 카페 지배인에게 이 사람들을 멀리 쫓아버리라고 말해줄 수 없나요?"

사랑하는 그대여, 사랑하는 사람들 사이에서도 의견이 일치하지 못할 만큼, 생각이 이렇게 다를 수 있는 것인지!

Quant aux yeux du plus petit, ils étaient trop fascinés pour exprimer autre chose qu'une joie stupide et profonde.

Les chansonniers disent que le plaisir rend l'âme bonne et amollit le cœur. La chanson avait raison ce soir-là, relativement à moi. Non seulement j'étais attendri par cette famille d'yeux, mais je me sentais un peu honteux de nos verres et de nos carafes, plus grands que notre soif. Je tournais mes regards vers les vôtres, cher amour, pour y lire *ma* pensée; je plongeais dans vos yeux si beaux et si bizarrement doux, dans vos yeux verts, habités par le Caprice et inspirés par la Lune, quand vous me dites: «Ces gens-là me sont insupportables avec leurs yeux ouverts comme des portes cochères! Ne pourriez-vous pas prier le maître du café de les éloigner d'ici?»

Tant il est difficile de s'entendre, mon cher ange, et tant la pensée est incommunicable, même entre gens qui s'aiment!

이 산문시는 연인에게 보내는 화자의 독백 형식의 글로 구성된다. 흔히 연인에게 보내는 글이라면, 잠 못 이루는 밤에 사랑의 감정을 고백한 것이라고 생각하기 쉽다. 그러나 이 시는 첫 문장부터 "당신은 내가 오늘 왜 당신을 미워하는지 알고 싶겠지요"라고 시작하면서 연인에 대한 화자의 불편한 심정이 토로된다. 그들은 하루 종일 긴 시간을 함께 보내면서 "서로의 생각이 빈틈없이 일치"했음을 확인하기도 했다. 이러한 일치의 환상이 깨진 것은 저녁에 들른 카페에서 그녀가 한 말 때문이다. 화자는 그녀의 말에서 부르주아 여성의 가난한 사람들에 대한 거부와 멸시, 그녀의 천박한 욕망과 그들에 대한 배타적 태도를 읽은 것이다.

보들레르는 가난한 사람들이나 민중을 어떻게 생각했을까? 그는 이 시의 화자처럼 가난한 사람들에 대한 이해심이 많았던 시인이다. 그는 어떤 편견도 갖지 않고, 그들의 소박한 태도와 자부심 또는 잠재력에 대해 호의적인 생각을 품었다. 민중의 자유와 존엄성에 대한 주장에도 공감하는 태도를 보였다. 그러나 어느 순간부터 그는 그들의 거친 언행과 폭력적 성향, 편협하고 단순한 사고방식, 선동가들의 거짓 선전에 부화뇌동하는 태도에 반감을 갖기 시작했다. 그때부터 그에게 민중은 자기 의견이 없는 사람들이거나 무교양, 무절제, 음주벽과 나태함의 대명사와 같은 존재로 인식된다.

물론 이 시는 보들레르의 민중에 대한 모순된 감정을 주제로 삼은 것이 아니다. 도시의 변화가 도시인의 삶과 의식, 인간관계와 계층 분화에 어떤 영향을 미쳤는가 하는 문제라고 할 수 있다. 파리가 고대와 중세 도시의 형태로부터 오늘날의 모습으로 변모한 것은 19세기 중반 제2제정 나폴레옹 3세 시대의 시장이었던 오스만에 의해서였다. 1830년대부터 본격적으로 시작된 프랑스의 산업혁명으로 인해, 파리 인구가 급격히 증가함으로써 오스만은 도시 개조를 단행할 수밖에 없었다. 그 결과 과거에는 꼬불꼬불하게 얽혀 있던 좁은 길이 넓은 직선 도로로 바뀌었고, 노동자와 부르주아가 섞여 살았던 아파트들이 재건축됨으로써 중심부에 살고 있었던 노동자들은 북부 지역이나 남쪽 변두리로 이주하게 된다. 파리는 자연스럽게 가난한 사람들의 지역과 부르주아들의 지역으로 나뉜다. 새로운 불바르boulevard 대로변에는 화려한 신흥 백화점과 카페들이 들어섰다. 새로운 도시의 현실은 몽상적이고 마술적인 분위기로 사람들을 매혹했다. 오스만의 도시 변화를 데이비드 하비는 이렇게 설명한다. "오스만은 파리를 변형하려면 중세적 규제로부터 상품과 사람의 흐름을 풀어주는 데 그치지 않고 그 이상을 해방해야 한다는 것을 알고 있었다."* 그는 나폴레옹 제국이 살아남으려면 모든 노동력을 동원하여 자본을 순환시켜야 한다고 생각했다. "봉건적 족쇄에서 풀려난 자본은 파리의 내부 공간을 고유한 원칙에 따라 개조했다."** 그러나 그의 도시 개조는 결국 합리적인 근대화 도시가 아니라 제국주의적 권력의 중앙 집중화 현상을 가속화하는 데 기여했을 뿐이다.

「가난한 사람들의 눈빛」에서 가장 인상적인 대목은 가난한 가족으로 보이는 세 사람의 여섯 눈동자가 화려한 카페를 쳐다보면서 감탄하는 장면이다. 아버지는 휘황찬란한 카페의 내부를 들여다보고 이렇게 만드는 데 막대한 비용을 들였을 것이라고 생각하는 반면, 남자아이는 "우리와는 다른 사람들만" 다시 말해서 부자들만 드나들 수 있는 공간이라고 말한다. 보들레르는 이 구절에서 "우리 같은 사람들은 들어갈 수 없겠지"라고 하는 대신 의도적으로 "우리와는 다른 사람들만 들어갈 수 있겠지"라고 반어적인 표현을 사용한다. 다시 말해서 시인은 부르주아들만 드나드는 장소와 그 공간을 독점적으로 즐기는 그들의 특권 의식을 연결 지으면서 가난한 사람들의 관점으로 그들에 대한 비판과 반감을 드러낸 것이다.

사실 가난한 사람들이 서 있는 카페 앞의 도로는 공적인 공간이다. 그러나 화자의 애인은 그것을 카페의 사적인 공간처럼 착각한다. 그럴 만큼 화려한 카페와 테라스는 그곳을 이용

---

* 데이비드 하비, 『모더니티의 수도 파리』, 김병화 옮김, 2003, p. 168.
** 같은 곳.

하는 부유한 사람들에게 배타적인 특권 의식을 갖게 한다. 반면에 가난한 사람들은 그러한 장소에 거리감을 느끼고, 그곳을 자신들을 배제하는 공간으로 받아들인다. 데이비드 하비는 이 시를 이렇게 해석한다. "시인은 그들〔가난한 가족〕을 근대성이 만들어놓은 구경거리의 일부, 파리를 이루는 수천 명의 뿌리 뽑힌 삶의 상징으로 본다. 〔……〕 그의 애인은 카베냐크Louis Eugène Cavaignac가 1848년 6월의 혁명기에 혁명가들을 불바르 대로변에서 몰아냈듯이 빈민들을 쫓아내기를 원한다. 그녀는 격리를 통해 안전과 배타성을 찾고 싶어 한다."* 그의 설명처럼, 새로운 대도시는 계층의 분화와 대립을 가속화한 것이다.

* 같은 책, p. 316.

후광의 분실

아니 이런! 여기서 당신을 만나다니? 이런 좋지 않은 곳*에
당신이 있다니! 고급술만 마시고, 암브로시아 음식만 먹는 사
람인데! 정말 놀라운 일이군.

—여보게, 자네는 내가 말이나 마차를 얼마나 무서워하는
지 알지 않나. 조금 전 급히 불바르를 지나오면서 흙탕물을 건
너뛰다가 사방에서 동시에 죽음이 맹렬하게 달려오는 그 움직
이는 혼란에 휩싸여서 갑작스레 이동하다가 그만 머리에서 후
광이 미끄러져 내려와 마카담 포장도로**의 진창 속에 떨어뜨
리고 말았네. 그런데 그걸 다시 찾아 쓸 용기가 없었네. 괜히
그러다가 낙상이나 당해서 크게 다치는 것보다 오히려 이렇게
된 것이 전화위복이라고 생각했네. 이제 나는 남몰래 산책도
할 수 있고, 저속한 행동도 할 수 있고, 보통 사람들처럼 방탕
한 생활에 빠질 수도 있겠지. 보다시피 자네와 마찬가지로 여

---

* 공쿠르의 일기에 의하면, 어떤 창녀 집에서 나오던 보들레르가 그곳을 막
  들어가려고 하던 평론가 생트뵈브와 마주쳤다는 것이다. 생트뵈브는 너무
  나 반가워서 마음을 바꾸어 보들레르와 술을 마시러 갔다고 한다. (데이비
  드 하비, 같은 책, p. 374.)
** 마카담 포장도로는 빗물을 배수하기 위해 세 개의 층으로 이루어진 돌을
  기초 위에 깔아놓은 것이다. 커다란 돌과 자갈을 다져서 만든 이 도로는
  먼지가 많이 쌓이고, 비가 오면 물이 잘 빠지지 않는 곳에 진창이 만들어
  지기도 한다.

Perte d'auréole

Eh! quoi! vous ici, mon cher? Vous, dans un mauvais lieu! vous, le buveur de quintessences! vous, le mangeur d'ambrosie! En vérité, il y a là de quoi me surprendre.

— Mon cher, vous connaissez ma terreur des chevaux et des voitures. Tout à l'heure, comme je traversais le boulevard, en grande hâte, et que je sautillais dans la boue, à travers ce chaos mouvant où la mort arrive au galop de tous les côtés à la fois, mon auréole, dans un mouvement brusque, a glissé de ma tête dans la fange du macadam. Je n'ai pas eu le courage de la ramasser. J'ai jugé moins désagréable de perdre mes insignes que de me faire rompre les os. Et puis, me suis-je dit, à quelque chose malheur est bon. Je puis maintenant me promener incognito, faire des actions basses, et me livrer à la crapule, comme les simples mortels. Et me voici, tout semblable à vous, comme vous voyez!

— Vous devriez au moins faire afficher cette auréole, ou la faire réclamer par le commissaire.

— Ma foi! non. Je me trouve bien ici. Vous seul, vous

기 있게 된 걸세.

　—그래도 후광을 분실했다고 광고를 내거나 경찰에 신고해서 찾아달라고 해야 하지 않을까?

　—절대로! 그렇게 하지 않겠네. 나는 여기서 이렇게 지내는게 좋아. 나를 알아보는 사람은 자네뿐이지. 게다가 이젠 후광의 품위가 지긋지긋하다네. 어떤 엉터리 시인이 그걸 주워서 뻔뻔스럽게 머리에 쓰고 다녀도 난 기쁘게 생각하겠네. 누군가를 행복하게 만드는 일이 얼마나 즐거운가! 더군다나 내가 행복한 사람을 비웃을 수 있다니! X를 생각하고 Z를 생각해보게. 그렇지 않은가! 얼마나 재미있는 일인가!

m'avez reconnu. D'ailleurs la dignité m'ennuie. Ensuite je pense avec joie que quelque mauvais poète la ramassera et s'en coiffera impudemment. Faire un heureux, quelle jouissance! et surtout un heureux qui me fera rire! Pensez à X, ou à Z! Hein! comme ce sera drôle!

마셜 버먼은 벤야민이 보들레르와 마르크스의 유사성을 최초로 밝힌 문학비평가였다고 말한다. 물론 벤야민 자신은 이러한 유사성을 논의하지 않았다. 그러나 마르크스의 『공산당선언』에 나타난 주요한 주제가 부르주아지와 프롤레타리아트의 갈등뿐 아니라 자본주의 사회가 도래함으로써 모든 신성한 가치가 파괴되고 세속화되었다는 것임을 중시한다면, 버먼의 지적은 적절한 것이다. 마르크스가 주장하는바 일반 대중이 외경심을 갖고 존중했던 의사, 변호사, 사제, 시인, 과학자, 연구자 등이 모두 임금노동자로 변화하게 된 현상을 버먼은 후광의 상실에 비유한다.

마르크스에게 후광은 종교적인 경험, 즉 무엇인가 신성한 것에 대한 경험을 일차적으로 나타내는 상징이다. 〔……〕 후광은 인생을 신성한 것과 세속적인 것으로 나누고, 후광을 머리에 쓰고 있는 인물의 주변에 외경스러우면서도 빛나는 신성한 광채를 창조한다.*

* 마셜 버만, 『현대성의 경험』, 윤호병·이만식 옮김, 현대미학사, 1994, p. 141.

자본주의 사회의 도래를 신성한 것의 상징인 후광의 상실에 비유한 버먼의 견해를 받아들일 때, 마르크스와 보들레르는 모든 신성한 가치가 사라져버린다는 위기에 공감했다고 할 수 있다. 보들레르의 「후광의 분실」은 혼란스러운 위기의 시대에 시인은 어떤 입장을 취해야 하는지를 잘 보여준다. 이 시에서 시인-화자는 후광을 쓰고 다니던 중, "불바르le boulevard"를 건너면서 혼란스럽게 달리는 마차들을 피해 뛰어가다가 그만 후광을 잃어버리고 만다. 그 당시 도로는 아스팔트가 아니라 마카담 도로였다. 이 도로는 복잡한 교통량이 이상적인 속도를 낼 수 있게끔 설계되어 "마차를 탄 사람과 말을 모는 사람 모두가 도시의 한복판에서 전력으로 질주할 수 있도록 말에게 채찍을 가할 수 있게 되었다."*

이 시에서 많은 논란이 되고 있는 대목은 다음과 같다.

조금 전 급히 불바르를 지나오면서 흙탕물을 건너뛰다가 사방에서 동시에 죽음이 맹렬하게 달려오는 그 움직이는 혼란에 휩싸여서 갑작스레 이동하다가 그만 머리에서 후광이 미끄러져 내려와 마카담 포장도로의 진창 속에 떨어뜨리고 말았네.

* 같은 책, p. 193.

버먼은 현대 도시의 복잡한 교통의 소용돌이에서 위기감을 느끼는 보행자의 모습을 현대인의 원형으로 해석한다. "점점 더 증가하는 거리와 번화가의 교통량은 공간적, 시간적 경계를 알지 못한 채, 모든 도시 공간으로 확장되고, 마차의 속도를 모든 사람의 시간에 강요하고 모든 현대화 과정을 '움직이는 혼란'으로 바꾸어버린다."* 보행자는 이 '움직이는 혼란' 속에서, 또는 그 혼란을 뚫고 지나가기 위해서 갑작스럽고 난폭한 차들의 질주에 순응해야 한다. 그는 자신의 다리와 육체뿐 아니라, 마음과 생각도 똑같이 그 흐름에 적응할 수 있어야 하는 것이다. 보들레르는 이러한 보행자의 상황에서 자신의 예술작품이 어떤 형태가 되어야 할지를 보여준다. 그것은 버먼의 말처럼 "무정부적인 에너지에서 발생하는 예술작품, 복잡한 교통에 존재하는 부단한 위험과 공포에서 나오는 예술작품, 이제까지 생존해온 인간의 미완의 자존심과 활기에서 비롯되는 예술작품"일 것이다.**

* 같은 책, p. 194.
** 같은 책, p. 196.

스테판 말라르메

Stéphane Mallarmé
1842~1898

축배를 들며

무無의, 이 거품, 순결한 시는
오직 술잔을 가리킬 뿐이지요.
멀리서 세이렌들이 무리 지어
몸을 뒤집으며 물속으로 사라집니다.

우리는 항해합니다, 오 나의 여러
친구들이여, 나는 어느새 배의 뒤쪽에 있고,
그대들은 벼락과 겨울의 물결
가르는 배의 화려한 앞쪽에 있네요.

기분 좋은 취기가 나를 사로잡아
배의 흔들림조차 두려워하지 않고
일어나서 축배를 들게 합니다.

고독과 암초와 별
우리 배의 하얀 돛의 근심에
비길 만한 것 그 무엇을 향해서라도.

Salut

Rien, cette écume, vierge vers
À ne désigner que la coupe;
Telle loin se noie une troupe
De sirènes mainte à l'envers.

Nous naviguons, ô mes divers
Amis, moi déjà sur la poupe
Vous l'avant fastueux qui coupe
Le flot de foudres et d'hivers;

Une ivresse belle m'engage
Sans craindre même son tangage
De porter debout ce salut

Solitude, récif, étoile
À n'importe ce qui valut
Le blanc souci de notre toile.

이 시는 1893년 2월 초, 문학 잡지 『라 플륌*La plume*』이 주관한 젊은 시인들의 모임에서 말라르메가 축사를 위해 쓴 행사시이다. 절대와 이상을 추구하며, 한평생 '순수시'를 탐구했던 시인은 젊은 시인들의 시적 모험을 격려하기 위해 이 시를 쓴 것이다. 그의 『시집*Poésies*』은 1899년에 유작으로 출간된다. 이 시집의 서시가 바로 「축배를 들며Salut」이다.

이 시는 두 가지 주제를 담고 있다. 하나는 항해이고, 다른 하나는 말라르메와 그 젊은 시인들이 주역을 맡았던 시적 모험이다. 항해의 주제로는 "거품" "세이렌" "항해" "배의 뒤쪽" "배의 앞쪽" "물결" "우리 배의 하얀 돛"이 해당된다. 또한 시적 모험과 관련해서는 "순결한 시" "술잔" "우리 배의 하얀 돛"을 연결 지을 수 있다. "우리 배의 하얀 돛"은 말라르메의 시학을 상징하는 백지를 나타내기 때문이다.

> 무無의, 이 거품, 순결한 시는
> 오직 술잔을 가리킬 뿐이지요.

1~2행의 이 시구를 이해하려면, 샴페인이 담긴 술잔을 들고 일어서서 축배를 드는 시인의 모습을 연상해야 한다. "이

거품"은 샴페인의 거품이다. 또한 "순결한 시"는 의미가 담기지 않은 순수한 시이다. 그러니까 "순결한 시" "이 거품" "무"는 동격의 주어로서 술잔(샴페인의 술잔이면서 동시에 시를 환유적으로 표현한 시적 분절이다) 혹은 시를 강조하는 역할을 하는 것이다. 설명을 덧붙이자면, 샴페인은 축배의 구실일 뿐이고, 중요한 것은 말라르메의 이 시가 그 모임을 성대히 축하하는 의도로 만들어졌다는 점이다. 또한 그 자리에 모인 시인들은 순수시를 지향해야 한다는 시론에 공감한다.

> 멀리서 세이렌들이 무리 지어
> 몸을 뒤집으며 물속으로 사라집니다.

"세이렌"은 반인반어半人半魚의 요정을 의미한다. 그리스 신화에서 세이렌은 뱃사람들을 아름다운 목소리로 유혹하여 배를 난파시켰다고 한다. 이런 점에서 "세이렌들이 무리 지어" 나타난다는 것은 순수시의 시적 모험에서 만날 수 있는 모든 위험을 경계해야 한다는 뜻일 수도 있고, 여러 시인의 시적 작업이 "몸을 뒤집으며 물속으로 사라"지는 아름다운 시로 완성되기를 기원하는 것일지도 모른다.

2연에서의 "항해"는 인간의 삶과 시적 모험에 대한 은유이다. 삶의 바다에서 폭풍우를 만나면 배가 난파할 수 있는 것처럼, 시의 창조 과정에서 시적 상상의 여행은 전혀 예기할 수 없었던 위험에 직면해서 중단할 수도 있는 법이다. 말라르메는 자신의 나이를 생각해서 "나는 어느새 배의 뒤쪽에" 물러서 있는데, 젊은 시인들은 "벼락과 겨울의 물결/가르는 배의 화려한" 모험을 두려워하지 않기 때문에 배의 "앞쪽에" 있는 것이다.

10행에서의 "흔들림"은 파도치는 바다에서 배가 앞뒤로 흔들리는 모양을 가리키지만, "취기une ivresse"가 원인이 되어 시인을 똑바로 일어서지 못하게 만드는 "기분 좋은" 흔들림이기도 하다. 또한 이 '취기'는 「바다의 미풍」에서 "미지의 거품과 하늘 사이에서 새들이 취해 있음"에 나오는 '취함'과 같은 의미를 갖는다. 그것은 세속적인 현실을 떠나서 이상 세계를 지향하는 열정의 '도취'를 의미하기도 한다. 시인은 이때 일어서서 축사나 건배사를 했을지 모른다.

4연에서 "고독" "암초" "별"은 시적 모험과 항해에서 마주칠 수 있는 대상들이다. 여기서 '고독'과 '암초'는 시인 앞에 놓여 있는 운명적인 장애와 같은 것이겠지만, 그러한 장애에도 불구하고 잊지 말아야 할 것은 희망의 '별'이다. 끝으로 "우리 배의 하얀 돛의 근심에/비길 만한 것"에 이르러 이 시의 두 갈래 흐름인 '항해'의 주제와 '시적 모험'의 주제는 하나로 결합되어 아름다운 울림을 남겨준다.

말라르메는 이 시를 그의 『시집』에서 첫째 시로 편집하도록 했다. 이 시가 그와 가까운 시인들을 우정의 공동체로 묶는 역할을 했을 뿐 아니라, 이 시의 4연에 나타난 것처럼 그들의 시적 모험에 따를 수 있는 '고독'과 '암초'와 '별'의 이미지를 압축해서 보여주었기 때문이다.

파이프 담배

　어제, 겨울철의 기분 좋은 일, 몽상에 잠겨서 할 수 있는 일을 저녁나절 내내 하다가 파이프 담배를 찾게 되었다. 모슬린 천 같은 태양의 푸른 잎들이 환하게 비추는 과거 속으로 어릴 적 여름날의 기쁨을 느끼면서 궐련 담배를 던져버리고, 오랜 시간 움직이지 않고 담배 피우면서 일을 더 열심히 해보고 싶을 뿐인 사람이 비로소 무게감 있는 파이프를 되찾게 된 것이다. 그러나 나는 그동안 방치해둔 이 파이프가 준비한 뜻밖의 선물을 예상하지 못했다. 처음 한 모금을 빨아들이자마자, 경탄과 감동을 느끼면서 지금 써야 할 중요한 책은 잊어버린 채, 되돌아온 지난겨울을 깊이 들이마셨다. 프랑스에 돌아온 이후 나는 이 충실한 친구를 건드리지도 못하다가, 이제 지난해 나 혼자서 지냈던 런던, 그 런던의 모든 기억이 눈앞에 나타난 것이다. 먼저 우리의 머릿속을 포근하게 감싸던 그 친근한 안개, 십자형 유리창 밑으로 침투해 들어올 때 느꼈던 특이한 냄새의 안개가 떠올랐다. 내 파이프에서는 석탄 가루가 내려앉은 가죽 제품 가구들이 있는 어두운 방 냄새가 느껴졌다. 그 가구들 위로 몸이 마른 검은 고양이가 뒹굴고 있었지. 타오르는 불길! 석탄을 쏟아놓는 하녀의 붉은 팔, 아침마다 양철통에서 쇠바구니 속으로 석탄이 떨어지는 소리—그때쯤이면 우

La pipe

Hier, j'ai trouvé ma pipe en rêvant une longue soirée de travail, de beau travail d'hiver. Jetées les cigarettes avec toutes les joies enfantines de l'été dans le passé qu'illuminent les feuilles bleues de soleil, les mousselines et reprise ma grave pipe par un homme sérieux qui veut fumer longtemps sans se déranger, afin de mieux travailler: mais je ne m'attendais pas à la surprise que me préparait cette délaissée, à peine eus-je tiré une première bouffée j'oubliai mes grands livres à faire, émerveillé, attendri, je respirai l'hiver dernier qui revenait. Je n'avais pas touché à la fidèle amie depuis ma rentrée en France, et tout Londres, Londres tel que je le vécus en entier à moi seul, il y a un an, est apparu; d'abord ces chers brouillards qui emmitouflent nos cervelles et ont, là-bas, une odeur à eux, quand ils pénètrent sous la croisée. Mon tabac sentait une chambre sombre aux meubles de cuir saupoudrés par la poussière du charbon sur lesquels se roulait le maigre chat noir; les grands feux! et la bonne aux bras rouges versant les charbons, et le bruit de ces charbons tombant du seau

체부가 점잖은 두 번의 노크 소리로 문을 두드렸지, 그 소리는 얼마나 나를 살게 하는 힘이었던가! 유리창 너머로 쓸쓸한 광장의 병든 나무들이 머리에 떠올랐다.─이슬비에 젖고 연기에 그을린 증기선의 갑판 위에서 추위에 떨며 자주 건너다녔던 그해 겨울의 먼바다를 보았다.─여행자 차림으로 떠돌아다닌 내 가난한 애인과 함께 지냈을 때의, 도로의 먼지로 색깔이 바랜 긴 옷, 차가운 어깨에 축축하게 들러붙는 외투, 부잣집 부인들 같으면 도착지에 내리자마자 던져버릴 깃털도 없고 리본도 거의 달려 있지 않은 밀짚모자, 그렇게 되어 바닷바람에 너덜너덜해졌어도 가난한 애인들은 아직 여러 철에 걸쳐서 그것들을 다시 손질해 입었다. 그녀의 목에는 사람들이 영원히 헤어질 때 작별 인사로 흔드는 멋진 손수건이 감겨 있었다.

de tôle dans la corbeille de fer, le matin — alors que le facteur frappait le double coup solennel qui me faisait vivre! J'ai revu par les fenêtres ces arbres malades du square désert — j'ai vu le large, si souvent traversé, cet hiver-là, grelottant sur le pont du steamer mouillé de bruine et noirci de fumée — avec ma pauvre bien-aimée errante, en habits de voyageuse, une longue robe terne couleur de la poussière des routes, un manteau qui collait humide à ses épaules froides, un de ces chapeaux de paille sans plume et presque sans rubans, que les riches dames jettent en arrivant, tant ils sont déchiquetés par l'air de la mer et que les pauvres bien-aimées regarnissent pour bien des saisons encore. Autour de son cou s'enroulait le terrible mouchoir qu'on agite en se disant adieu pour toujours.

말라르메의 첫 산문시 「파이프 담배」는, 프루스트의 마들렌 과자처럼, 파이프 담배 냄새를 통해 잊었던 과거가 의식의 표면으로 떠오르는 것을 주제로 한 시이다. 이 시를 쓴 시기는 1864년 겨울이다. 말라르메는 이때부터 그의 유명한 시 「에로디아드」를 쓰기 시작했다고 한다. 이 무렵에 그는 앙리 카잘리스Henri Cazalis에게 다음과 같은 내용의 편지를 보낸다. "나는 결국 「에로디아드」를 쓰기 시작했습니다. 공포감에 사로잡히기도 했지요. 왜냐하면 완전히 새로운 시학에서 솟구쳐 오르는 것이 분명한 언어를 발견했기 때문이지요. 그건 이렇게 정의할 수 있겠습니다. '사물이 아니라 사물이 야기하는 효과를 그려야 한다'는 것입니다."* 「파이프 담배」의 서술 방법은 이러한 시학의 소산이라고 할 수 있다.

'어제'로 시작하는 이 시는, 시인이 잊고 지냈던 "파이프 담배"를 우연히 찾게 되어 파이프 담배를 "한 모금 빨아들이자마자" 그 담배를 즐겨 피웠던 1년 전 "런던의 모든 기억이 눈앞에" 떠오르게 된 이야기를 보여준다. 이 과정에서 '우연'은 매우 중요하다. 훗날, 말라르메의 시학에서 중요한 개념으

---

* S. Mallarmé, *Œuvres complètes*, *Poésies*, Flammarion, 1983, p. 184.

로 자리 잡은 '우연'은 「파이프 담배」의 '우연'과 무관하지 않다. '우연'은 시간성과 공간성으로 나타난다. 그러므로 '한 번의 주사위 굴리기는 우연을 폐기하지 못할 것이다'라는 명제는 우연을 폐기하고, 우연을 초월하기 위해서 언어와 존재, 본질과 절대의 문제로 연결될 수 있다. 말라르메는 이폴리트 텐 Hippolyte Taine의 결정론을 믿지 않는다. 화가가 캔버스 앞에서 어떤 그림을 그릴지 모르듯이, 시인은 백지 앞에서 만들어지고, 시도 만들어지는 것이기 때문이다. 시인이 파이프 담배를 우연히 발견하고 나서 궐련 담배를 던져버렸다는 구절은 '파이프 담배'와 '궐련 담배'의 대립처럼, '겨울의 작업'과 "어릴 적 여름날의 기쁨"을 대립 관계에 놓은 것으로 이해할 수 있다.

이제 지난해 나 혼자서 지냈던 런던, 그 런던의 모든 기억이 눈앞에 나타난 것이다. 먼저 우리의 머릿속을 포근하게 감싸던 그 친근한 안개, 〔……〕 특이한 냄새의 안개가 떠올랐다. 〔……〕 타오르는 불길! 〔……〕 아침마다 양철통에서 쇠바구니 속으로 석탄이 떨어지는 소리 〔……〕 우체부가 점잖은 두 번의 노크 소리로 문을 두드렸지, 그 소리는 얼마나 나를 살게 하는 힘이었던가!

작가 연보에 의하면 말라르메는 영어 교사가 되기 위해

1862년 11월에 그의 연인 마리아 게르하르트와 함께 런던에 갔다가, 그다음 해 1월 초부터는 한 달쯤 혼자서 지냈다고 한다. 그러니까 "지난해 나 혼자서 지냈던 런던"은 마리아가 파리로 돌아간 이후 혼자서 지냈을 때이고, "우체부가 점잖은 두 번의 노크 소리로 문을 두드리는" 소리가 "나를 살게 하는 힘"이었다는 것은 마리아의 편지를 애타게 기다렸다는 뜻이다. 런던은 "친근한 안개" "특이한 냄새의 안개"와 함께 떠오른다. 말라르메는 다른 글에서 "안개가 없을 때의 런던은 보기 싫은 도시"라고 말하기도 한다. 「창공」이란 시에서도 창공과 대항하는 시인에게, 안개가 하늘의 푸른빛을 가릴 수 있는 이미지로 사용된 것을 기억한다면, 말라르메가 얼마나 안개와 안개의 이미지를 애호했는지 짐작할 수 있다.

이 산문시의 끝부분에는 "여행자 차림으로 떠돌아다닌 내 가난한 애인"과 "그녀의 목에는 사람들이 영원히 헤어질 때 작별 인사로 흔드는 멋진 손수건이 감겨 있었다"는 구절이 보인다. 여기서 가난한 애인은 마리아를 가리킨다. 또한 "그녀의 목에" 감겨 있는 '멋진 손수건'은 「바다의 미풍」에 나오는 '손수건'과 같다.

　　잔인한 희망으로 괴로운 권태는
　　아직도 손수건들의 마지막 작별 인사를 믿고 있는데

이 시구는 손수건을 흔드는 작별 인사가 최고의 인사임을 암시한다. "잔인한 희망"이란 말은 요즈음 쓰이는 말로 하면 '희망 고문'과 같은 것이 아닐까?

우리는 과거의 모든 경험을 사실 그대로 기억하기보다 이미지들로 기억하는 경우가 많다. 가스통 바슐라르Gaston Bachelard는 어느 책에서인가 "과거를 이미지들로 만드는 것보다 인생을 더 잘 알 수 있는 방법은 없다"고 확언한다. 이미지들이야말로 우리의 상상력을 풍요롭게 하고 우리의 삶을 행복하게 만드는 요소이기 때문일 것이다.

출현

달은 슬펐다. 눈물에 젖은 천사들이
손가락에 활을 들고, 흐릿한 꽃들의 고요 속에서
꿈에 잠겨 잦아드는 비올라 소리로 하늘빛 화관 위에
미끄러지는 하얀 흐느낌을 이끌어냈다.
―그날은 너와의 첫 입맞춤으로 축복받은 날이었지.
나의 몽상은 하염없이 자학하게 되면서도
교묘히 슬픔의 향기에 취할 줄 알았다.
후회와 환멸은 없어도 그 향기는
꿈이 꺾인 마음의 흔적이었다.
낡은 포석에 시선을 고정한 채 방황했을 때,
머리에 햇빛을 이고, 거리에서
저녁 시간에 너는 활짝 웃으며 나타났다.
그 옛날 응석받이 아이였을 때 나의 행복했던
잠 위로 빛의 모자를 쓴 선녀가
슬며시 쥔 손으로 계속해서 향기로운 한 묶음의
하얀 별들을 눈처럼 뿌리고 지나가는 듯했다.

Apparition

La lune s'attristait. Des séraphins en pleurs
Rêvant, l'archet aux doigts, dans le calme des fleurs
Vaporeuses, tiraient de mourantes violes
De blancs sanglots glissant sur l'azur des corolles.
— C'était le jour béni de ton premier baiser.
Ma songerie aimant à me martyriser
S'enivrait savamment du parfum de tristesse
Que même sans regret et sans déboire laisse
La cueillaison d'un Rêve au cœur qui l'a cueilli.
J'errais donc, l'œil rivé sur le pavé vieilli,
Quand avec du soleil aux cheveux, dans la rue
Et dans le soir, tu m'es en riant apparue
Et j'ai cru voir la fée au chapeau de clarté
Qui jadis sur mes beaux sommeils d'enfant gâté
Passait, laissant toujours de ses mains mal fermées
Neiger de blancs bouquets d'étoiles parfumées.

이 시의 제목은 '출현'이나 '나타남'을 의미하는 'Apparition'이다. 이 시의 제목을 '출현'으로 번역한 것은 사랑하는 여인이 천사의 모습처럼 길에서 나타났다는 의미에서이다. 말라르메는 대표적인 상징주의 시인이다. 그의 상징주의 시학은 대상을 가능한 한 암시적이고 생략적으로 표현하거나 정확한 내용을 부정확한 것과 혼합해서 모호한 것으로 만드는 시적 방법이라고 할 수 있다. 말라르메는 이러한 방법 외에도, 시의 완성도를 해칠 위험 때문에 서정성과 감상적 표현을 극도로 절제했다. 사랑을 주제로 한 이 시에서 일인칭 화자가 사랑의 감정을 토로하지 않고, 그것을 우회적으로 표현하는 것은 그런 이유에서이다.

이 시는 네 단락으로 나누어서 읽을 수 있다. 첫째는 화자가 사랑하는 여인과 관련된 이야기를 말하기 전의 내면적 정황을 그린 4행까지의 장면이고, 둘째는 그녀와 입맞춤을 했던 사건에 대한 암시이다. 셋째는 그녀에 대한 그리움으로 "낡은 포석"에 시선을 고정한 채 걷다가 문득 "활짝 웃으며" 나타난 그녀를 마주친 장면이고, 넷째는 어머니의 품에서 지냈던 화자의 행복한 어린 시절을 떠올리는 장면이다. 잘 알려져 있듯이, 말라르메의 어린 시절은 행복하지만은 않았다. 말라르메가 5살 때 어머니가 세상을 떠났고, 13살 때 다정하게 지내던 누이가 죽었기 때문이다. 그러므로 어린 시절은 시인에게 기쁨과 슬픔을 동시에 연상시킨다. 이 시에서 사랑하는 여인과의 만남이 어린 시절의 기쁨과 동시에 막연한 슬픔을 동반한 것처럼 묘사되는 것은 그런 관점에서 이해할 수 있다.

이 시는 꿈과 현실, 과거와 현재가 혼합된 환상적인 분위기를 연출한다. 사랑을 주제로 한 시에서 시인이 '나'의 슬픔을 감정적으로 표현하는 대신 "낡은 포석에 시선을 고정한 채 방황했"다고 표현하고, 그녀를 만났을 때 '나'의 기쁨은 "선녀가 〔……〕 하얀 별들을 눈처럼 뿌리고 지나가는 듯했다"고 서술한 것은 말라르메의 독특한 시적 표현 방법이다. 이러한 방법으로 '달'과 '천사들', '꿈'과 '햇빛', '선녀'와 '하얀 별들'의 밝고 빛나는 이미지들은 '슬픔' '눈물' '오열' '후회' '환멸' 등의 어둡고 우울한 내면과 조화롭게 뒤섞여서 사랑의 미묘하고 복합적인 감정을 드러낸다.

바다의 미풍

육체는 슬프다. 아! 나는 만 권의 책을 읽었건만.
떠나자! 저곳으로 떠나자! 나는 느끼노라
미지의 거품과 하늘 사이에서 새들이 취해 있음을.
그 어느 것도, 눈에 비치는 낡은 정원도
바다에 잠겨 있는 이 마음 붙잡지 못하리.
오 밤이여! 흰색이 지켜주는
백지의 램프불 아래 황량한 불빛도
제 아이를 젖 먹이는 젊은 아내도,
나 떠나리라! 돛대를 흔드는 기선이여
이국의 자연을 향해 닻을 올려라!
잔인한 희망으로 괴로운 권태는
아직도 손수건들의 마지막 작별 인사를 믿고 있는데
그리고 어쩌면 폭풍우를 맞이하여 돛대들이
바람으로 난파하게 될지도 모르는데
파손되어, 돛대도 없이, 돛대도 없이, 비옥한 섬도 없이……
그러나, 오 내 마음이여, 저 선원들의 노래를 들어라.

Brise marine

La chair est triste, hélas! et j'ai lu tous les livres.

Fuir! là-bas fuir! Je sens que des oiseaux sont ivres

D'être parmi l'écume inconnue et les cieux!

Rien, ni les vieux jardins reflétés par les yeux

Ne retiendra ce cœur qui dans la mer se trempe

Ô nuits! ni la clarté déserte de ma lampe

Sur le vide papier que la blancheur défend,

Et ni la jeune femme allaitant son enfant.

Je partirai! Steamer balançant ta mâture,

Lève l'ancre pour une exotique nature!

Un Ennui, désolé par les cruels espoirs,

Croit encore à l'adieu suprême des mouchoirs!

Et, peut-être, les mâts, invitant les orages

Sont-ils de ceux qu'un vent penche sur les naufrages

Perdus, sans mâts, sans mâts, ni fertiles îlots......

Mais, ô mon cœur, entends le chant des matelots!

「바다의 미풍」은 말라르메가 23살 때 쓴 시이다. 그는 대부분의 상징주의 시인들처럼 이상 세계를 동경하고, 보이지 않는 이데아를 추구한다. 언어의 자원을 통해서 사물의 본질을 탐구하는 시인은 현실의 어떤 세속적 가치나 물질적 유혹보다 시 쓰기의 모험을 중요시한다. 이러한 모험은 이 시에서 집요한 '떠남'의 의지로 나타난다. '떠남'의 열망은 "미지의 거품과 하늘 사이에서 새들이 취해" 있다거나 "바다에 잠겨 있는 이 마음 붙잡지" 못한다는 것으로 표현된다.

이 시의 1행에서 "육체는 슬프다"와 "만 권의 책을 읽었"다는 것은 육체의 감각적 쾌락에도 만족하지 못하고, 지식의 습득에서 구원을 찾지 못하는 시인의 현실에 대한 절망감을 반영한다. 그러므로 '육체는 슬프다'와 '만 권의 책을 읽었다' 사이에 인과 관계는 없다고 말할 수 있다.

4행에서 8행까지의 구절들은 시인의 '떠남'을 방해할지 모르는 요소들을 나열하면서 세 번의 강한 부정(원문 4, 6, 8행의 ni)을 통해, 시인의 의지가 그만큼 돌이킬 수 없다는 것을 부각한다. 그 요소들은 "눈에 비치는 낡은 정원" "백지의 램프 불 아래 황량한 불빛" "제 아이를 젖 먹이는 젊은 아내"이다. 여기서 "눈에 비치는 낡은 정원"은 시인이 지향하는 하늘과 바다의 무한한 세계와 대립되는 일상의 유한한 현실 세계를 의미한다. 또한 "백지의 램프불 아래 황량한 불빛"은 시인의 시 창작에 따르는 고독과 고행의 작업을 암시한다. "제 아이를 젖 먹이는 젊은 아내"는 이 시를 쓸 당시 그의 가족 관계를 나타낸다. 6~7행에서 "흰색이 지켜주는/백지의 램프불 아래 황량한 불빛"에서 '지켜주는défendre'이라는 동사는 백지의 순결성을 '보호한다'는 뜻과 함께 만족스러운 글쓰기를 금지하고 방해한다는 뜻으로 해석할 수 있다.

11행의 "잔인한 희망으로 괴로운 권태"에서 '잔인한 희망'은 글쓰기의 완성에 이르지 못하는 좌절과 실망을 나타내고, '괴로운 권태'는 보들레르의 '권태'처럼 현실적 삶에 대한 혐오감을 표현한다. 이 시는 "그러나, 오 내 마음이여, 저 선원들의 노래를 들어라"로 끝남으로써 여운을 남긴다. 여기서 "그러나"로 시작한 것은 시적 상상의 꿈이 '난파'의 좌절을 겪지 않았음을 의미한다. "선원들의 노래"는 분명 그 꿈이 다시 시작됨을 노래했을 것이다.

그런데 최근 이 시를 다시 읽으면서, '떠남'이란 이상 세계를 목표로 시 쓰기의 모험을 감행한다는 뜻이 아니라 자기가 속해 있는 현실의 모든 굴레를 벗어나고 싶은 욕망일지 모른다는 생각이 떠올랐다. 그렇다면 이상을 추구하는 글쓰기의 욕망도 버리고 싶었을 것이고, 막연히 다른 세계를 동경하여 떠나고 싶은 순수한 여행의 의지일 수 있다는 상상을 해보았다.

창

처량한 병원이 지겹고, 텅 빈 벽에 싫증 난
커다란 십자가를 향해 커튼의 평범한
백색으로 피어오르는 역겨운 향이 지겨워
빈사의 노인은 종종 늙은 등을 다시 일으켜,

간신히 몸을 움직인다, 자신의 썩은 몸을 덥히기보다
자갈 위에 떨어지는 햇빛을 보기 위해
야윈 얼굴의 흰 털과 뼈를
맑고 고운 햇살이 뜨겁게 달군 창에 붙이려고.

푸른 하늘빛의 탐욕스럽고 열기 있는 그의 입은
젊은 시절 보물처럼 아끼던 사람의
지난날 순결한 피부를 갈망하던 것처럼
씁쓸한 긴 입맞춤으로 미지근한 유리창을 더럽힌다.

취해서 그는 산다, 성유聖油의 두려움도
탕약도, 시계와 괴로운 침대도
기침도 잊은 채. 저녁빛이 기와지붕 사이에서 피를 흘릴 때,
그의 눈은 빛이 가득한 지평선 쪽으로

Les fenêtres

Las du triste hôpital et de l'encens fétide

Qui monte en la blancheur banale des rideaux

Vers le grand crucifix ennuyé du mur vide,

Le moribond, parfois, redresse son vieux dos,

Se traîne et va, moins pour chauffer sa pourriture

Que pour voir du soleil sur les pierres, coller

Les poils blancs et les os de sa maigre figure

Aux fenêtres qu'un beau rayon clair veut hâler,

Et sa bouche, fiévreuse et d'azur bleu vorace,

Telle, jeune, elle alla respirer son trésor,

Une peau virginale et de jadis! encrasse

D'un long baiser amer les tièdes carreaux d'or.

Ivre, il vit, oubliant l'horreur des saintes huiles,

Les tisanes, l'horloge et le lit infligé,

La toux; et quand le soir saigne parmi les tuiles,

Son œil, à l'horizon de lumière gorgé,

바라본다, 백조처럼 아름다운 금빛 갤리선들이
주홍빛의 향기로운 강물 위에
추억이 실려 있는 넓은 무력감 속에서
황갈색의 빛줄기가 무성한 섬광을 흔들며 잠들어 있는 것을

그리하여 행복에 파묻혀 있는 경직된 영혼,
모든 욕망이 식욕과 같아서 어린 자식에게
젖을 먹이는 아내에게 갖다주려고 끈질기게
오물을 찾아다니는 그러한 인간이 역겨워서

나는 달아난다, 그리고 사람들이 삶에 등을
돌리고 다가가는 모든 격자 유리창에 매달려,
축복을 받는다, 무한의 순결한 아침이 금빛으로
물들이고, 영원한 이슬로 씻긴 그 창유리에서.

나를 비춰 보니, 나는 천사이구나! 그리고 나는 죽어서
—창유리가 예술이건 신비로움이건—
나의 꿈을 왕관으로 쓰고 다시 태어나고 싶다,
아름다움이 꽃으로 피어나는 전생의 하늘에서!

그러나 아아! 이 세상이 주인이구나, 이 강박적 생각이

Voit des galères d'or, belles comme des cygnes,

Sur un fleuve de pourpre et de parfums dormir

En berçant l'éclair fauve et riche de leurs lignes

Dans un grand nonchaloir chargé de souvenir!

Ainsi, pris du dégoût de l'homme à l'âme dure

Vautré dans le bonheur, où ses seuls appétits

Mangent, et qui s'entête à chercher cette ordure

Pour l'offrir à la femme allaitant ses petits,

Je fuis et je m'accroche à toutes les croisées

D'où l'on tourne le dos à la vie, et, béni,

Dans leur verre, lavé d'éternelles rosées,

Que dore la matin chaste de l'Infini

Je me mire et me vois ange! et je meurs, et j'aime

— Que la vitre soit l'art, soit la mysticité —

À renaître, portant mon rêve en diadème,

Au ciel antérieur où fleurit la Beauté!

Mais, hélas! Ici-bas est maître: sa hantise

때로는 이 안전한 피난처까지 찾아와
구역질 나게 하고, 어리석음의 더러운 구토가
창공 앞에서 코를 막게 하는구나.

쓰라린 고통을 아는 나의 하느님이여!
괴물의 모욕을 받은 수정을 깨고
깃털 없는 나의 두 날개로 달아날 수 있는지요?
—영원히 추락할 위험이 있더라도.

Vient m'écœurer parfois jusqu'en cet abri sûr,

Et le vomissement impur de la Bêtise

Me force à me boucher le nez devant l'azur.

Est-il moyen, ô Moi qui connais l'amertume,

D'enfoncer le cristal par le monstre insulté,

Et de m'enfuir, avec mes deux ailes sans plume

—Au risque de tomber pendant l'éternité?

모두 10연으로 구성된 이 시는 1연에서 5연까지의 전반부와 6연에서 10연까지의 후반부로 나눌 수 있다. "처량한 병원"에서 창을 향해 비틀거리며 걸어가는 빈사의 노인을 묘사한 전반부는 보들레르의 산문시 「이 세상 밖이라면 어디라도」의 "삶이란, 환자들이 저마다 침대를 바꾸려는 욕망에 사로잡힌 병원"을 연상케 한다. 그러나 후반부는 시인의 현실에 대한 혐오감과 도피의 욕망을 나타낸다. 이런 점에서 말라르메의 현실과 꿈에 대한 태도는 『악의 꽃』에 실린 「성 베드로의 배반」을 떠오르게 한다. 보들레르는 『성서』에서 영감을 얻어 쓴 이 운문시에서, 베드로가 배반하고 모독한 것은 그리스도가 아니라 꿈과 이상이라는 것을 시적 주제로 삼았다. 어느 시대이건 현실과 이상 또는 행동과 꿈이 일치하는 세계는 존재하지 않을 것이다. 문제는 양자 간의 거리가 얼마나 절망적으로 먼지 아닌지에 달려 있다. 보들레르는 이 거리가 절망적으로 느껴지는 현실에서, 역설적으로 이렇게 말한다. "확실히 말하건대, 나는 단연코 떠나리라, 행동이 꿈의 누이가 아닌 이 세상에 만족하면서." 그러나 말라르메는 이 시에서 꿈과 행동, 이상과 현실의 불일치에 한탄하지 말고 아무리 절망적인 상황이라도 꿈과 이상을 추구해야 할 것을 강조한다.

그렇다면 전반부의 "빈사의 노인"과 후반부의 시인은 어떤 공통점과 차이점이 있을까? '노인'은 병원에 혐오감을 느끼고, 시인은 세속적 행복에 파묻혀 살아가는 속물적인 인간(=현실)에 환멸을 느낀다. 그들은 모두 비탄한다는 공통점을 갖는다. 그러나 시인은 병원의 노인이 "씁쓸한 긴 입맞춤으로" 유리창을 더럽히거나 "취해서 [……] 사는" 모습에 공감하는 것 같지는 않다. 그 이유는 '노인'이 지난날의 순수한 꿈을 그리워하는 과거 지향적 환상에 사로잡혀 있기 때문이다.

1863년 어느 날 말라르메는 이 시를 준비하던 중, 친구인 앙리 카잘리스에게 보낸 편지에서 이렇게 말한다. "어느 현대 시인(보들레르)은 행동이 꿈의 누이가 아니라고 한탄하기까지 하는 어리석은 말을 한다네…… 어쩌면 좋을지! 행동이 꿈이 아니라면, 꿈이 이렇게 더럽혀지고 비천하게 되었다면, 현세에 혐오감을 갖게 되어 꿈밖에 피난처가 없는 우리 같은 불행한 사람들은 도대체 어디서 구원을 받을 수 있을까. 그러니 앙리, 자네는 계속 이상을 추구하게. 현세의 행복은 더러운 것이라네.―그걸 주워 모으려면 손이 무감각해질 만큼 일을 해야겠지. '나는 행복하다'고 말하는 것은 '나는 비열하다'고 말하는 것이고, 더 나아가서는 '나는 바보다'라고 말하는 것이기도 하지. 왜냐하면 최상의 행복 위에서 이상의 하늘을 보거나, 의도적으로 눈을 감아서는 안 되기 때문이지. 나는 이런 생각으로 「창」이라는 보잘것없는 시를 쓰게 되었는데, 곧 보내주겠네."

카잘리스는 말라르메가 보낸 시를 읽고, 1873년 6월 14일의 편지에서 이렇게 답장을 쓴다.

물론 대중이 탐닉하는 그런 행복을 경멸해야겠지. 그런 행복만큼 무겁지는 않은 일상의 빵을 추구하더라도. 그러나 다른 행복이란 어떤 것인가, 대중의 행복이 아닌 엘리트들의 행복이란 신성한 하늘이고 이상이 빛나는 세계이고, 하느님이 계시는 하늘이니, 당연히 그것을 추구하고, 천상의 세계에서 살도록 노력해야겠지. 대중이 모여드는 거리나 연안, 부두를 멀리하게. 자네 말이 맞네. 세속의 행복이란 늘 네덜란드의 풍경과 같아서 아무리 예쁜 튤립이 있더라도 평범한 세계일 뿐이네. 그러나 진정한 예술가는 마치 태양이 꽃들을 유혹하듯이 자기를 부르는 풍경, 자기의 창에서 보이는 자바와 같은 섬을 더 좋아하겠지. 나는 자네의 이번 시를 읽고 감동했네. 처음에는 예전의 시들이 감동적이었지만, 나중에는 「창」이 더 감동적이었네. 나의 사랑하는 친구, 말라르메여, 정말로 이번 시는 자네의 '최고 걸작un chef d'œuvre'이라고 할 수 있네.*

* S. Mallarmé, 같은 책, p. 146.

카잘리스의 이 편지는 말라르메의 시에서 「창」이 어떤 의미를 갖는지를 충분히 설명해준다. 이 편지에서 우리의 주의를 끄는 것은 "진정한 예술가는 마치 태양이 꽃들을 유혹하듯이 자기를 부르는 풍경, 자기의 창에서 보이는 자바와 같은 섬을 더 좋아"할 것이라는 대목이다. 모든 예술가는 자기의 창이 있고, 그 창에서 자기를 부르는 것처럼 보이는 풍경을 좋아한다는 카잘리스의 말은 예술의 본질에 대한 단순하면서도 깊이 있는 성찰을 담고 있다.

끝으로 이 시에서 시인이 창을 거울 삼아 자기를 비춰 보며, "다시 태어나고 싶다"는 구절을 곰곰이 생각해보자. 그는 분명히 예술을 구원의 수단으로 삼아 "아름다움이 꽃으로 피어나는 전생의 하늘에서" 부활하고 싶은 욕망을 드러낸 것이다. "영원히 추락할 위험"을 각오하면서.

창공

영원한 창공의 태연한 빈정거림은
꽃처럼 무심하게 아름다워,
고통의 메마른 사막을 건너가며
자신의 재능을 저주하는 무력한 시인을 괴롭힌다.

두 눈을 감고, 달아나도, 나는 의식한다, 창공이,
극심한 회한의 강렬함으로 텅 빈
내 영혼 바라보는 것을. 어디로 달아날까? 그 어떤
사나운 밤을 갈가리 찢어 그 비통한 모욕에 던져버릴까?

안개여, 피어올라라! 흩뿌려라, 너의 단조로운 재의 분말을,
가을의 잿빛 늪에 잠겨 있는
하늘에 안개의 긴 누더기를,
또한 만들어라 거대한 침묵의 천장을.

그리고 너, 망각의 늪에서 빠져나와라
나오면서 진흙과 생기 없는 갈대를 그러모아라
친애하는 권태여, 그건 지치지 않는 손으로
새들이 심술궂게 뚫어놓은 저 거대한 푸른 구멍을 막기 위

L'Azur

De l'éternel Azur la sereine ironie
Accable, belle indolemment comme les fleurs,
Le poète impuissant qui maudit son génie
À travers un désert stérile de Douleurs.

Fuyant, les yeux fermés, je le sens qui regarde
Avec l'intensité d'un remords atterrant,
Mon âme vide. Où fuir? Et quelle nuit hagarde
Jeter, lambeaux, jeter sur ce mépris navrant?

Brouillards, montez! versez vos cendres monotones
Avec de longs haillons de brume dans les cieux
Que noiera le marais livide des automnes,
Et bâtissez un grand plafond silencieux!

Et toi, sors des étangs léthéens et ramasse
En t'en venant la vase et les pâles roseaux,
Cher Ennui, pour boucher d'une main jamais lasse
Les grands trous bleus que font méchamment les

해서지.

다시 한번! 처량한 굴뚝에서 끊임없이
연기가 나오게 하라 그리고 떠다니는 그을음의 감옥이,
지평선에서 누런빛으로 죽어가는 태양을
무서운 검은색의 긴 꼬리로 소멸시켜라.

—하늘은 죽었다.—너를 향해 달려가노라! 오 물질이여,
잔인한 이상과 죄를 망각하게 하라,
행복한 가축 인간들이 누워 있는 짚 더미 위에
자리를 함께하려는 이 순교자에게.

담장 밑에 있는 화장품 통처럼
내 머리는 텅 비워져, 흐느껴 우는 생각을
더 이상 치장할 재간도 없게 되었으니,
나는 침통하게 어두운 죽음을 향해 하품만 하고 싶을 뿐……

헛되도다, 창공의 승리로구나, 나는 그 종소리의
노래를 듣는다, 사랑하는 사람이여,
그가 냉혹한 승리로 우리를 한층 더 두렵게 하는
목소리를 내어, 그 살아 있는 금속에서 하늘빛 종소리 울려
퍼지네!

oiseaux.

Encor! que sans répit les tristes cheminées
Fument, et que de suie une errante prison
Éteigne dans l'horreur de ses noires traînées
Le soleil se mourant jaunâtre à l'horizon!

—Le Ciel est mort.—Vers toi, j'accours! donne, ô mat-
ière,
L'oubli de l'Idéal cruel et du Péché
À ce martyr qui vient partager la litière
Où le bétail heureux des hommes est couché,

Car j'y veux, puisque enfin ma cervelle, vidée
Comme le pot de fard gisant au pied d'un mur,
N'a plus l'art d'attifer la sanglotante idée,
Lugubrement bâiller vers un trépas obscur......

En vain! L'Azur triomphe, et je l'entends qui chante
Dans les cloches. Mon âme, il se fait voix pour plus
Nous faire peur avec sa victoire méchante,
Et du métal vivant sort en bleus angélus!

그는 오래전부터 안개 사이를 달려서

너의 타고난 고뇌를 빈틈없는 칼날처럼 꿰뚫는데

소용없이 역효과만 내는 반항으로 어디에 갈 수 있을까?

나는 꼼짝할 수 없네. 창공! 창공! 창공! 창공!

Il roule par la brume, ancien et traverse

Ta native agonie ainsi qu'un glaive sûr;

Où fuir dans la révolte inutile et perverse?

Je suis hanté. L'Azur! l'Azur! l'Azur! l'Azur!

말라르메는 비천한 현실과 도달할 수 없는 이상 세계 사이에서 끊임없이 갈등을 겪는다. 그의 이러한 내면적 갈등을 주제로 한 이 시에서 이상 세계는 '창공'으로 나타난다. 아름답고 푸른 하늘은 시인을 괴롭히는 이상의 상징인 것이다. 이 시는 앞의 「창」과 이어지는 작품으로 해석할 수 있다. 우선 1~2연에서 알 수 있듯이, 창공은 "꽃처럼 무심하게 아름다"운 모습으로 "무력한 시인을 괴롭"히는 바람에, 아무리 "두 눈을 감고, 달아나도" 시인은 자신의 "텅 빈 [……] 영혼"을 자각하면서 "비통한 모욕"감을 버릴 수 없다.

시인은 '창공'에 대항하기 위해서, "사나운 밤을 갈가리 찢"는다거나, "안개의 긴 누더기를" 만들고, 권태의 도움으로 도시의 굴뚝에서 "끊임없이 / 연기가 나오게 하라"고 호소한다. 그런 후 "하늘은 죽었다"고 아이처럼 외친다. 그리고 '물질'의 도움을 받으려고 달려간다. 그에게 창공의 '괴롭힘'을 벗어날 수 있는 방법은 이상을 추구하는 욕망을 버리거나 물질의 현실 세계에서 피신처를 찾는 것이다. 그러나 이러한 욕망을 버리는 것은 "잔인한 이상과 죄"를 잊고, "행복한 가축 인간들"처럼 세속적 가치관에 사로잡혀 사는 것이다. 시인은 그러한 유혹에 빠지기보다 자신의 실패와 패배를 냉정히 의식한다.

결국 그는 '창공'에 대한 자신의 승리가 착각임을 알고, "창공의 승리"를 인정한다.

이 시의 끝부분에서 '창공'은 마치 날렵한 검투사처럼 달려와 시인의 "타고난 고뇌"를 칼날로 꿰뚫는다. 그러나 시인은 "하늘은 죽었다"처럼, "시인은 죽었다"라고 고백하지 않는다. 왜냐하면 시인의 죽음을 선언한다면, 그것은 시인으로서의 사명 혹은 '타고난 고뇌'를 부정하거나 포기하는 것이기 때문이다. 말라르메는 이 시를 통하여 끊임없이 '창공＝이상'에 대항하여 싸우는 것이 시인의 임무이자 존재 이유임을 말하고 싶었을 것이다. 또한 생각해볼 점은 '창공'이 도달할 수 없는 이상이 아니라, '영감을 받아 쓴 시la poésie inspirée'*일 수 있다는 것이다. 말라르메는 창공을 증오한 만큼, 영감을 받아 쉽게 쓴 시에 적대적이었다. 그러나 이러한 견해는 마지막 행에서 절규처럼 '창공'을 4회나 반복한 것을 고려할 때, 설득력이 없어 보인다. 시인이 돈호법을 사용해서 탄식의 어조를 보인 것은 '창공＝이상'에 대항한 '시인＝현실'의 좌절과 패배 때문일 것이다.

* P. Guiraud, *Essais de stylistique*, Éditions Klincksieck, 1980, p. 117.

종 치는 사람

아침의 깨끗하고 맑고 깊은 대기 사이로
종은 밝은 소리를 깨우고
라벤더와 백리향 풀숲에서 삼종기도를
큰 소리로 읊는 어린이에게 기쁨을 주며 지나가네,

종 치는 사람은 그 소리에 깨어난 새가 스치듯이 날아가도
오래된 밧줄로 단단히 묶은 돌 발판에
걸터앉아 처량하게 라틴어를 읊조리는데,
먼 곳의 땡그랑 종소리는 가라앉아 들려올 뿐.

슬프게도 내가 바로 그런 사람이구나! 갈망의 밤을 보내며
이상의 종소리 울리려고 아무리 밧줄 잡아당겨도
차가운 죄에 충실한 깃털 하나 장난치니 허사로다,

그 종소리 토막토막 공허한 소리로만 들려오네!
하지만 어느 날, 줄다리기에도 지쳐버리면,
오 사탄이여, 나는 돌 발판을 치워버리고 목을 매리라.

Le sonneur

Cependant que la cloche éveille sa voix claire
A l'air pur et limpide et profond du matin
Et passe sur l'enfant qui jette pour lui plaire
Un angelus parmi la lavande et le thym,

Le sonneur effleuré par l'oiseau qu'il éclaire,
Chevauchant tristement en geignant du latin
Sur la pierre qui tend la corde séculaire,
N'entend descendre à lui qu'un tintement lointain.

Je suis cet homme. Hélas! de la nuit désireuse,
J'ai beau tirer le câble à sonner l'Idéal,
De froids péchés s'ébat un plumage féal,

Et la voix ne me vient que par bribes et creuse!
Mais, un jour, fatigué d'avoir enfin tiré,
Ô Satan, j'ôterai la pierre et me pendrai.

시인을 "종 치는 사람"에 비유한 이 시는, 아무리 이상의 세계에 도달하려고 해도 실패할 수밖에 없는 시인과 종소리를 듣지 못하는 '종 치는 사람'을 일치시킨다. '종 치는 사람'은 열심히 종을 쳐도 종소리의 효과를 알 수 없기 때문에, 자기가 종을 잘 쳤는지 아닌지를 모른다. 1연과 2연이 이처럼 종 치는 사람의 한계를 서술한 것이라면, 3연과 4연은 종 치는 사람과 동일시한 시인의 관점을 기술한다. 시인은 결국 이상 l'idéal에 도달했음을 알지 못하고, '이상'의 목소리를 들을 수도 없는 숙명 때문에 절망하여 죽을 수 있기 때문이다.

1연에서 "아침의 깨끗하고 맑고 깊은 대기"와 "라벤더" "백리향 풀숲", 2연에서 "그[종] 소리에 깨어난 새"가 날아가는 모양은 평화로운 에덴동산의 풍경을 떠올리게 한다. 그러나 종 치는 사람은 종소리의 그러한 효과를 모른다. "먼 곳의 땡그랑 종소리는 가라앉아 들려올 뿐"이다.

2연에서의 '새'는 3연에서 시인의 "차가운 죄에 충실한 깃털"로 변형되어 나타난다. 그렇다면 '차가운 죄'는 무엇일까? '차가운froid'이란 형용사는 '열정이 없는' '불감증의' '냉정한' '감추어진' 등으로 번역할 수도 있다. 그러니까 '차가운 죄'는 인간이 의식하지 못하고 저지르는 죄일 수도 있고, 감정을 동

반하지 않은 죄, 잘못했다는 의식 없이 저지르는 죄이기도 하
다. 그런데 말라르메는 왜 죄péchés를 복수로 표현했을까? 우
선 새와 깃털의 관계를 인간과 죄의 관계로 본다면, 새의 "깃
털 하나"가 '날개 전체와 상관없이' 장난을 치는 실수를 범하
듯이, 이상을 추구하는 시인의 사소한 잘못 하나가 그의 진지
한 노력을 허사로 만든다는 해석이 가능할 수 있다.

　4연의 '종소리'는 이상의 소리이다. 그러나 그 소리는 완전
하지 않고, 단편적으로 조각난 공허한 소리로 들려온다. 시인
은 이 시의 끝에서 악마를 향해 자신의 죽음을 암시한다. 이것
은 1연의 낙원 같은 분위기와 대조적이다. 1연이 현실과 이상
이 조화롭게 결합된 천국의 세계를 연상케 한다면, 4연은 현
실과 이상이 극도로 대립된 인간 세계를 보여준다. 이런 점에
서 이 시는, 시인이 아무리 이상을 추구하는 시를 쓰더라도 낙
원에서 쫓겨난 인간의 운명적 한계를 보여준다.

벌 받는 어릿광대 II

두 눈, 다시 태어나고 싶은 단순한 열정의 호수,
켕케 램프의 더러운 그을음을 마치 깃털인 양
몸짓으로 연상케 한 어릿광대와는 다르게 태어나려고
나는 천막 벽에 창을 하나 뚫었네.

다리와 두 팔로 헤엄치는 순수한 배반자,
여러 차례 뛰어오르면서 무능한 햄릿을 부정한다네!
그건 마치 파도 속에 수천 개의 무덤을 새로 만들어
순결하게 사라지려는 것 같네.

주먹질에 화난 심벌즈의 행복한 황금
갑자기 태양은 나의, 진주모 빛 신선함으로
순결하게 드러난 알몸을 때리는데,

피부의 역겨운 어둠 그대가 내 위를 흘러 지날 때
빙하의 위험한 물속에 빠진 이 분갑,
그게 나의 축성식이었음을 모르다니 배은망덕하구나.

Le pitre châtié II

Yeux, lacs avec ma simple ivresse de renaître
Autre que l'histrion qui du geste évoquais
Comme plume la suie ignoble des quinquets,
J'ai troué dans le mur de toile une fenêtre.

De ma jambe et des bras limpide nageur traître,
À bonds multipliés, reniant le mauvais
Hamlet! c'est comme si dans l'onde j'innovais
Mille sépulcres pour y vierge disparaître.

Hilare or de cymbale à des poings irrité,
Tout à coup le soleil frappe la nudité
Qui pure s'exhala de ma fraîcheur de nacre,

Rance nuit de la peau quand sur moi vous passiez,
Ne sachant pas, ingrat! que c'était tout mon sacre,
Ce fard noyé dans l'eau perfide des glaciers.

"두 눈, 다시 태어나고 싶은 단순한 열정의 호수"(1행)와 "다리와 두 팔로 헤엄치는 순수한 배반자"(5행)를 연결하면, 사랑하는 여인의 두 눈이 호수처럼 느껴져서, 그 호수에 몸을 던져 헤엄치고 싶은 남자의 모습이 떠오른다. 그런데 그는 왜 배반자일까? 이 시의 화자는 시인이자 어릿광대이다. 보들레르의 산문시 「늙은 광대」에서 알 수 있듯이, 광대를 시인과 동일시하는 것은 낭만주의 시대부터 시인들이 자주 사용하던 비유법이다. 또한 시인은 호수 같은 "두 눈"에 빠져 "다시 태어나고 싶은 〔……〕 열정"을 표현한다. "켕케 램프의 더러운 그을음"은 천막으로 만든 공연장의 분위기를 연상케 한다. 그러니까 "천막 벽에 창을 〔……〕 뚫었"다는 것은 창을 통한 비상의 의지를 나타낸다고 할 수 있다. "순수한 배반자limpide traître"의 '순수한'은 호수의 물이 맑고 투명하다는 것과 같은 의미이며, 시인의 '순수한' 영혼을 가리킨다. 문제는 왜 배반자인가 하는 점이다. 단순히 생각한다면 광대가 아닌 운명으로 태어나고 싶기 때문에 배반자일 것이다. 그 광대는 햄릿의 역할을 하면서 "무능한 햄릿"을 "부정"한다. 또한 "다시 태어나고 싶은" 것은 말라르메의 시에서 정신적인 죽음과 탄생의 주제와 관련된다. 7~8행에서 "수천 개의 무덤을 새로 만들어/순결하게 사라지려는 것"은 죽음을 의미하지만, 이 죽음은 새롭게 태어나려는 의지를 전제로 한 것이다. "순결하게 사라지려는 것"과 11행의 "순결하게 드러난 알몸"은 죽음과 탄생의 주제로 해석된다.

"심벌즈의 행복한 황금"(9행)은 태양의 이미지이다. 태양은 화가 나서 물속에서 알몸으로 나온 사람을 때리듯이 신선하고 강렬한 빛을 쏟아낸다. 이 시의 제목에서처럼, 물속에서 나온 어릿광대는 "벌 받는" 것이다. 그리고 10행에서 "진주모 빛 신선함"은 물의 표면에 햇빛이 반사되어 진주모처럼 반짝이는 것과 물의 신선함을 함께 표현한 것으로 보인다. 12행의 "피부의 역겨운 어둠"은 더러운 때를 의미한다. 그 때가 물속에 있었던 사람의 피부에서 떨어진 것이 "내 위를 흘러" 지나간 것으로 표현된다. 그것은 태양이 떠오르면 밤이 사라지는 것과 같다. "피부의 역겨운 어둠" "물속에 빠진 분갑" "나의 축성식"은 모두 자연의 순수함과 대립된 것이라는 점에서 같은 의미를 갖는다. 여기서 덧붙일 말은 이 시의 '나'는 당연히 시인이라는 점이다.

꽃

첫째 날, 오래된 창공의 수많은 황금빛과
눈처럼 흰 영원한 별들에서
당신은 일찍이 거대한 꽃받침을 만드셨지요.
아직은 어리고 재앙을 모르는 지구를 위해서지요.

목이 가녀린 백조들과 황갈색 글라디올러스,
천사의 깨끗한 엄지발가락에 밟혀
부끄러움으로 붉게 물든 새벽
유배된 영혼들의 신성한 월계수꽃,

히아신스, 사랑스러운 빛의 도금양,
여인의 살결처럼 매정한 장미,
밝은 정원에 피어난 에로디아드,
야생의 빛나는 혈기에 젖은 꽃!

당신은 또 백합의 흐느껴 우는 흰빛을 만드셨지요,
그 빛은 탄식의 바다 위를 굴러가며
희미한 지평선의 푸른 향을 지나
울고 있는 달을 향해 꿈꾸듯 올라가네요!

Les fleurs

Des avalanches d'or du vieil azur, au jour
Premier et de la neige éternelle des astres
Jadis tu détachas les grands calices pour
La terre jeune encore et vierge de désastres,

Le glaïeul fauve, avec les cygnes au col fin,
Et ce divin laurier des âmes exilées
Vermeil comme le pur orteil du séraphin
Que rougit la pudeur des aurores foulées,

L'hyacinthe, le myrte à l'adorable éclair
Et, pareille à la chair de la femme, la rose
Cruelle, Hérodiade en fleur du jardin clair,
Celle qu'un sang farouche et radieux arrose!

Et tu fis la blancheur sanglotante des lys
Qui roulant sur des mers de soupirs qu'elle effleure
À travers l'encens bleu des horizons pâlis
Monte rêveusement vers la lune qui pleure!

시스트로* 선율 위에 향로 속의 호산나여
성모 마리아, 우리 고성소古聖所** 동산의 호산나여
하늘나라의 저녁에 메아리를 그치게 하소서
시선의 황홀함! 후광의 반짝이는 빛이여!

오 성모 마리아여, 당신의 올곧고 강인한 마음속에
미래의 유리병을 흔들면서
향기로운 죽음으로 커다란 꽃들을 창조하신 건,
삶에 시들고 지친 시인을 위해서겠지요.

---

*   만돌린과 비슷한 16~17세기 현악기.
**   예수 탄생 전에 죽은 착한 사람이나 세례를 받지 않은 어린애의 영혼이
     머무르는 곳으로서, 『구약성서』의 성인들이 구세주의 구원을 기다리던
     장소.

Hosannah sur le cistre et dans les encensoirs,
Notre Dame, hosannah du jardin de nos limbes!
Et finisse l'écho par les célestes soirs,
Extase des regards, scintillement des nimbes!

Ô Mère, qui créas en ton sein juste et fort,
Calices balançant la future fiole,
De grandes fleurs avec la balsamique Mort
Pour le poète las que la vie étiole.

이 시에서 시인은 상상적으로 꽃들이 만들어진 창세기로 거슬러 올라가 꽃에 대한 찬가를 부르면서 동시에 삶에 지친 시인의 죽음을 노래한다. 다시 말해서 시인은 태초에 꽃을 만드신 하느님께 호소하는 것이다.

1연에서 "당신은 일찍이 거대한 꽃받침을 만드셨"다는 것은 "눈처럼 흰 영원한 별들"에서 지구를 위해 거대한 별들의 꽃을 만들었다는 뜻이다. "아직은 어리고 재앙을 모르는 지구"는 에덴동산을 가리킨다고 할 수 있다. 2연에서 "유배된 영혼들"은 지상에 살도록 유배된 시인들이다. 3연의 "에로디아드"는 말라르메의 시에서 아름다움의 화신으로 나타나는 여주인공이다. 말라르메는 1865년 2월 18일 외젠 르페뷔르 Eugène Lefébure에게 보내는 편지에서 "어두우면서 석류처럼 붉은" 에로디아드라고 말한 바 있다. 3연의 색깔이 황혼의 붉은빛이라면, 4연은 순결한 백색의 분위기를 나타낸다. 4연의 색깔과 문체는 3연과 다를 뿐 아니라, 1연과 2연과도 다르다.

5연은 "호산나" "성모 마리아" "고성소" "시스트로" 등의 고유명사와 음악의 선율로 가톨릭의 전례를 떠올리게 한다. 6연에서는 죽음과 추락의 이미지들이 나타난다. 「창공」과 「창」이 그렇듯이 이 시 역시 창공과 이상을 지향하는 시인이 추락의 운명을 벗어날 수 없음을 보여주는 것이다. "미래의 유리병"은 독이 든 꽃병일지 모른다. 모든 아름다움은 죽음의 향기를 품고 있다는 듯이.

말라르메가 「창」과 「창공」을 쓰던 무렵에 쓴 작품으로 알려진 이 시는 꽃에 대한 찬가이면서 동시에 삶에 지친 시인의 죽음에 대한 노래이기도 하다. 무엇보다 죽음의 고뇌와 절망의 주제를 화려하고 투명한 꽃의 이미지와 결합한 젊은 시인의 놀라운 솜씨도 주목할 만한 점이다.

탄식

오 조용한 여인이여, 내 영혼은 주근깨 흩뿌려진,
어느 가을이 꿈꾸는 그대 이마를 향해,
그리고 그대의 천사 같은 눈에 떠도는 하늘을 향해
솟아오르네, 우울한 정원에 하얀 분수가 충실히
창공을 향해 탄식하듯이!
—창백하고 순수한 10월의 감동하는 창공에는,
큰 연못에 무한한 우수가 비치고,
황갈색 종말의 나뭇잎들이 바람에 떠돌며
차가운 고랑을 파는 죽은 물 위로
기다란 빛의 누런 태양이 힘겹게 지나가네.

Soupir

Mon âme vers ton front où rêve, ô calme sœur,

Un automne jonché de taches de rousseur,

Et vers le ciel errant de ton œil angélique

Monte, comme dans un jardin mélancolique,

Fidèle, un blanc jet d'eau soupire vers l'Azur!

—Vers l'Azur attendri d'Octobre pâle et pur

Qui mire aux grands bassins sa langueur infinie

Et laisse, sur l'eau morte où la fauve agonie

Des feuilles erre au vent et creuse un froid sillon,

Se traîner le soleil jaune d'un long rayon.

잃어버린 사랑 혹은 멀어진 행복을 그리워하는 듯한 이 시를 읽으면, 우울과 슬픔이 감미롭고 아름답게 느껴진다. 지나간 사랑을 그리워하는 화자는 우선 "조용한 여인"의 얼굴에서 이마와 눈에 대한 기억을 떠올린다. "어느 가을이 꿈꾸는 그대 이마"는 여자의 이마, 가을, 꿈이 동시에 연결되어 있어, 마치 그해 가을에 연인과 함께 살고 싶었던 꿈의 이미지가 연상된다. 또한 "그대의 천사 같은 눈에 떠도는 하늘"은 연인의 눈에서 무한의 이미지를 보는 화자의 마음을 표상하는 것으로 보인다. 그렇기 때문에 가을과 하늘의 이미지로 연인은 이상화된다. "영혼"이 "그대 이마를 향해" 그리고 "천사 같은 눈에 떠도는 하늘을 향해 / 솟아오"른다는 구절은 화자의 열렬한 사랑 혹은 숭배의 열정을 표현한 것이다. 또한 하얀 분수가 솟아오르는 연못의 풍경은 화자의 우울과 뒤섞여서 묘사된다. 분수는 사랑하는 남자의 마음을 표현하는 것으로 보인다. 그러니까 허공 혹은 창공을 향하여 끊임없이 솟아오르는 분수는 연인의 한결같은 의지를 표상하고, 물줄기가 떨어지는 소리는 그의 "탄식"을 의미하는 것일 수 있다.

이 시의 후반부에서는 사랑하는 남자와 그의 연인의 모습 대신에 쓸쓸한 풍경이 전면에 부각된다. 창공은 하늘에도 있고, 연못에도 있다. "큰 연못에 무한한 우수가 비치고," "황갈색 종말의 나뭇잎들이 바람에 떠돌며" "죽은 물 위로/기다란 빛의 누런 태양이 힘겹게 지나가"는 가을의 풍경은 얼마나 쓸쓸하면서 아름다운지. 그러므로 말라르메의 시에서 흔히 연상되는 지적인 엄격성과 명료함과는 다르게, 과거를 회상하는 이 시에서 우리는 시인의 부드러우면서도 순수하고 세련된 감정 표현 방식에 더 이상 할 말을 잃어버린다.

시의 선물

나 그대에게 이뒤메*의 어느 날 밤의 아기를 데리고 왔소!
깃털 빠진 채 피 흘리고 생기 없는 날개의 어두운
새벽은 향료로 그을린 황금빛 유리를 통해
차갑고, 슬프게도! 언제나 우중충한 유리창을 통해
천사 같은 램프 위로 달려들었소,
종려나무들이여! 새벽이 적의에 찬 웃음을
지으려는 이 아버지에게 유해를 보여주자
검푸른 불모의 고독은 전율했다오.
오, 아기를 흔들어 재우는 여인이여, 그대의 딸과 함께
차가운 발의 순결함으로 무서운 탄생을 맞이하시오
비올라와 클라브생을 연상케 하는 그대의 목소리,
그대가 시든 손가락으로 젖가슴을 누르면
순결한 창공의 대기를 탐하는 입술을 위해
여인은 무녀의 흰색으로 흘러내릴 것인가?

---

* 이뒤메는 지금의 이스라엘, 요르단, 팔레스타인에 걸친 옛 지방 에돔Edom
   을 가리킨다.

Don du poème

Je t'apporte l'enfant d'une nuit d'Idumée!

Noire, à l'aile saignante et pâle, déplumée,

Par le verre brûlé d'aromates et d'or,

Par les carreaux glacés, hélas! mornes encor,

L'aurore se jeta sur la lampe angélique,

Palmes! et quand elle a montré cette relique

À ce père essayant un sourire ennemi,

La solitude bleue et stérile a frémi.

Ô la berceuse, avec ta fille et l'innocence

De vos pieds froids, accueille une horrible naissance:

Et ta voix rappelant viole et clavecin,

Avec le doigt fané presseras-tu le sein

Par qui coule en blancheur sibylline la femme

Pour des lèvres que l'air du vierge azur affame?

이 시는 시의 창작과 아기의 탄생을 일치시키려 한 작품이다. 첫 행에서 "밤의 아기"는 시인의 밤샘 작업으로 만들어진 시이기도 하고, 밤 혹은 새벽에 태어난 아기이기도 하다. 모두 14행으로 구성된 이 시는 전반부(1~8행)와 후반부(9~14행)로 나눌 수 있다.

1행의 "이뒤메"는 말라르메가 그 당시 쓰고 있었던 장시 「에로디아드」와 관련된다. 이뒤메는 이 작품의 주인공이자 헤롯 왕가의 공주인 에로디아드의 고향이다. 또한 '새벽'은 2행의 "깃털 빠진 채 피 흘리고 생기 없는 날개의 어두운"으로 묘사된다. 새벽이 5행의 "천사 같은 램프 위로 달려"든 것은 적대적이고 공격적인 행동을 취했다는 의미로 해석된다. 또한 새벽이 램프에 적대적인 것은 시인의 밤샘 작업이 끝나는 시간을 알려주기 때문이다. 3행의 "유리"와 4행의 "유리창"은 같은 유리창을 다르게 묘사한 것으로 보는 해석과 '유리'를 램프의 유리로 보는 해석으로 양립할 수 있다. 후자의 관점에서 이해한다면, 램프의 유리는 한밤중에 "향료로 그을린 황금빛 유리"와 일치하고, 유리창은 '차가운' 것으로 볼 수 있다. "종려나무들"은 구원과 희망을 상징한다. 시인은 잠시 '종려나무들'을 돈호법으로 부르면서 구원을 요청한다. 새벽은 시

창작에 몰두한 시인-아버지에게 죽음을 의미하는 유해를 보여줌으로써, "검푸른 불모의 고독"은 무서움을 느끼며 전율한다.

시인은 신神에게 기대할 것이 없다고 생각하며, 아내의 도움을 요청한다. 아내는 죽을 것 같은 아이, 즉 시의 영감을 살리기 위해서 노력한다. 아이를 살리는 것은 시의 영감을 살아나게 하는 것이자 시인을 구원하는 행위이기도 하다. 그러면 아내는 시인과 생명을 탄생시키는 위대한 모성의 존재가 된다. 어린 딸과 어머니는 "차가운 발의 순결함"으로 묘사된다. 이것은 '차가움froideur'의 반대가 '뜨거움chaleur'이라는 것을 생각하면 쉽게 이해된다. chaleur는 '더위' '열'뿐 아니라, (암컷의) '발정'이나 흥분을 뜻한다. 그러니까 chaleur가 '죄'를 연상시킨다면, "차가운 발"은 결백, 순수, 순결을 나타낸다. 또한 "비올라와 클라브생"은 천상의 아름답고 평화로운 음악을 떠올리게 한다. "젖가슴"은 "무녀의 흰색"으로 나타난 여인이다. 이런 점에서 '젖'은 '흰색'이고, '여인'이다. 끝으로 "오래된 창공의 대기를 탐하는 입술"은 젖을 먹으려는 아이의 입술이기도 하고, '창공=이상'을 꿈꾸는 시인의 욕망이기도 하다.

쓸쓸한 휴식에 지쳐서……

영광을 찾아 자연의 하늘 아래 장미 숲의 사랑스러운
어린 시절을 떠난 지 오래되었어도 내 게으름이
그 영광을 훼손한 쓸쓸한 휴식에 지치고,
내 두뇌의 인색하고 차가운 땅에
밤새우며 새로운 무덤을 파야 하는 힘든 계약으로
일곱 배나 더 지쳐서,
불모의 땅이라도 가차 없이 무덤을 파는 인부처럼,
―오 꿈이여, 창백한 장미가 두려워
커다란 묘지에 빈 구덩이들을 합쳐놓을 때
장미들이 찾아오는 이 새벽에 무슨 말을 해야 하나?―
나는 잔인한 나라의 탐욕스러운 예술을 버리고 싶다
내 친구들과 과거와 재능과
내 고뇌를 그나마 알고 있는 나의 램프가 나에 대한
오래된 비난을 웃어넘기며
투명하고 섬세한 마음의 중국인을 모방하고 싶다,
그의 순수한 황홀경이란, 어린 시절 영혼의
푸른 금속선에 접목되듯이 느꼈던 꽃,
투명한 삶을 향기롭게 만드는 이상한 꽃의 종말을
매혹의 달빛으로 눈처럼 흰 찻잔 위에

Las de l'amer repos......

Las de l'amer repos où ma paresse offense
Une gloire pour qui jadis j'ai fui l'enfance
Adorable des bois de roses sous l'azur
Naturel, et plus las sept fois du pacte dur
De creuser par veillée une fosse nouvelle
Dans le terrain avare et froid de ma cervelle,
Fossoyeur sans pitié pour la stérilité,
— Que dire à cette Aurore, ô Rêves, visité
Par les roses, quand, peur de ses roses livides,
Le vaste cimetière unira les trous vides? —
Je veux délaisser l'Art vorace d'un pays
Cruel, et, souriant aux reproches vieillis
Que me font mes amis, le passé, le génie,
Et ma lampe qui sait pourtant mon agonie,
Imiter le Chinois au cœur limpide et fin
De qui l'extase pure est de peindre la fin
Sur ses tasses de neige à la lune ravie
D'une bizarre fleur qui parfume sa vie
Transparente, la fleur qu'il a sentie, enfant,

그리는 일이다.

그리고 현자의 유일한 꿈이 그렇듯 죽음은

평온하여, 나는 새로운 풍경을 골라서

무심히 찻잔 위에 그려보겠네.

가늘고 희미한 하늘빛 선은

투명한 밝은 빛의 하늘에 떠 있는 호수가 되고

흰 구름에 가려진 맑은 초승달은

그 고요한 뿔을 얼어붙은 수면에 적시네

세 개의 에메랄드 색 긴 갈대의 털에서 멀지 않은 곳에.

Au filigrane bleu de l'âme se greffant.

Et, la mort telle avec le seul rêve du sage,

Serein, je vais choisir un jeune paysage

Que je peindrais encor sur les tasses, distrait.

Une ligne d'azur mince et pâle serait

Un lac, parmi le ciel de porcelaine nue,

Un clair croissant perdu par une blanche nue

Trempe sa corne calme en la glace des eaux,

Non loin de trois grand cils d'émeraude, roseaux.

모두 28행으로 구성된 이 시는 전반부(1~10행)와 후반부(11~28행)로 나눌 수 있다. 「창공」처럼 이상과 현실 사이의 갈등을 주제로 한 이 시는 전반부에서는 "씁쓸한 휴식에 지친" 시인의 탄식을, 후반부에서는 새로운 예술에 대한 의지를 보여준다.

시인의 탄식은 자신의 "게으름이/그 영광을 훼손"했다고 생각하는 자책감에서 비롯된다. 그 영광은 무엇일까? 시인은 "자연의 하늘 아래 장미 숲의 사랑스러운/어린 시절"을 떠나서 영광을 찾아 방황한 것처럼 진술한다. 그렇다면 그 영광은 시인이 추구하는 이상 세계이다. 말라르메의 시에서 이상 세계는 '창공l'azur'으로 나타난다. 그러나 이 시에서 '창공'은 "자연의 하늘l'azur naturel"이다. 이러한 표현은 "장미 숲의 사랑스러운/어린 시절"의 하늘과 이상 세계의 하늘을 구별하기 위해서라는 것이다.

시인이 탄식하는 또 다른 이유는 "밤샘하며 새로운 무덤을 파야 하는 힘든 계약", 즉 시의 창조적 작업 때문이다. '계약'은 두 사람 이상의 당사자들이 지켜야 할 의무에 관한 약속이거나 하느님과 인간 사이에 맺어진 약속일 수 있다. 그러나 말라르메가 시인이 된 것은 누구와의 약속 때문도 아니고, 하느님과의 약속을 지키기 위해서도 아니다. 그렇다면 이것은 악마와의 약속일까? 시인은 "두뇌의 인색하고 차가운 땅"에 "밤 샘하며 새로운 무덤을 파야 하는" 힘든 작업을 마치 악마와의 약속처럼 표현했을지 모른다. 새벽빛이 밝아오기 전까지 일을 끝내야 한다는 약속. 어쨌든 시인은 "장미들이 찾아오는 이 새벽에 무슨 말을 해야 하나?"라고 자괴감을 토로한다. "나는 잔인한 나라의 탐욕스러운 예술을 버리고 싶다"에서 '잔인한' 과 '탐욕스러운'이란 형용사는 이상을 추구하는 예술이 시인에 게 강박적으로 요구하는 모양을 암시하기 위한 것이다.

　이 시의 후반부에서 시인이 새롭게 시도하는 예술은 중국 화가의 기법이다. 중국 화가는 "투명하고 섬세한 마음"과 "투 명한 삶"의 소유자로 표현된다. '투명한'이란 겉과 속이 다르 지 않고 '맑고 순수하다'는 말과 같다. 이것은 '마음을 비운다' 거나 '무심'의 상태라고 할 수 있다. 다시 말해서 그것은 예술 가가 "이상한 꽃의 종말을/매혹의 달빛으로 눈처럼 흰 찻잔 위에/그리는 일"이다. '꽃의 종말'은 '죽어가는 꽃'이다. 그것 을 생생하게 그리기 위해서 꽃과 화가는 일치되어야 한다. 꽃 의 죽음과 화가의 죽음이 동일시되는 단계가 "현자의 유일한 꿈"으로 표현된 것이다. 이것은 완전한 '무심'의 경지를 말한 것일 수 있다. 이 시의 끝부분에서 하얀 달과 호수와 대지의 풍경은 매우 아름답고 조화롭다.

자신의 순결한 손톱들이······

자신의 순결한 손톱들이 오닉스를 높이 들어 헌정하는
이 한밤 횃불을 든 고뇌는 지원한다,
유골함에 담지 못하는 불사조로
불태운 수많은 저녁의 꿈을.

텅 빈 응접실 장식장 위에는 쓸데없이
소리 나는 폐기된 골동품, 프틱스* 하나 없다
(실제로 주인은 무無가 영광스러워하는 물건 하나로
스틱스강에 눈물을 끌어내려 갔다지.)

그러나 비어 있는 북쪽 십자창 가까이, 한 줄기 금빛이
닉스에게 불을 뿜으며 달려가는 일각수들의
장식 같은 것으로 죽어가고,

액자에 갇힌 망각 속에서
반짝이는 빛의 칠중주가 고정되어 있을지라도
그녀 닉스는 거울 속에서 벌거벗은 채 죽어 있네.

---

* 그리스어로 프틱스는 주름, 책상의 상판, 또는 노래의 조를 바꾸는 장치이다.

Ses purs ongles très haut......

Ses purs ongles très haut dédiant leur onyx,
L'Angoisse, ce minuit, soutient, lampadophore,
Maint rêve vespéral brûlé par le Phénix
Que ne recueille pas de cinéraire amphore.

Sur les crédences, au salon vide: nul ptyx,
Aboli bibelot d'inanité sonore,
(Car le Maître est allé puiser des pleurs au Styx
Avec ce seul objet dont le Néant s'honore.)

Mais proche la croisée au nord vacante, un or
Agonise selon peut-être le décor
Des licornes ruant du feu contre une nixe,

Elle, défunte nue en le miroir, encor
Que dans l'oubli fermé par le cadre se fixe
De scintillations sitôt le septuor.

소네트 형식의 이 시는 1~2연을 전반부로, 3~4연을 후반
부로 나누어 읽을 수 있다. 전반부가 해가 지고 어두워질 무렵
의 텅 빈 응접실을 비유적으로 묘사한 것이라면, 후반부는 응
접실의 거울과 거울 속에 비친 대상을 주제로 한다.

1행에서 "손톱ongles"과 "오닉스onyx"는 별개의 것이 아니
다. 손톱과 여러 빛깔의 줄무늬가 있는 광물을 뜻하는 오닉스
는 광택이 난다는 공통점을 갖고 있다. 2행에서 "고뇌"는 의
인화되어 있다. 고뇌는 어두운 색깔이다. 그러니까 "횃불을
든 고뇌"는 모순어법의 표현이다. 그 고뇌가 "불사조로/불
태운 수많은 저녁의 꿈을 지원한다"는 것은 불사조가 꿈속에
서만 존속한다거나 회상의 상태에서만 존재하는 것을 의미한
다. 이런 점에서 고뇌는 한밤중에 살아서 나타나고, '꿈'과 '고
뇌'는 일치한다.

2연의 "텅 빈 응접실"에 장식품도 없고 "골동품"도 없다는
구절에서 '텅 빈'과 '없다'는 표현은 유사한 의미로 연결될 수
있다. 7~8행의 괄호 안 문장에서 스틱스강은 그리스 신화에
서 지옥을 둘러싸고 흐르는, 죽음과 망각의 강이다. 이것은 무
無의 발산물로 해석되기도 한다. 그러므로 꿈은 사라졌다는
의미로 이해할 수 있다.

3연은 위의 시구들과는 다른 내용을 보여준다는 의미의 접속사 "그러나"로 시작한다. "십자창 가까이"는 창과 같은 벽면의 가까운 곳을 가리키는 것이 아니다. 오히려 창의 반대쪽 벽을 의미한다. "한 줄기 금빛"은 거울에 반사된 빛으로 해석할 수 있기 때문이다. 그 빛은 이제 죽어가는 모양으로 비친다.

4연의 내용은 3연과는 다르게 거울 속에서 전개되는 드라마라고 할 수 있다. 닉스는 물의 요정인데, "그녀 닉스는 거울 속에서 벌거벗은 채 죽어 있"다는 구절은 거울에 비치는 밤하늘의 풍경을 그린 것으로 해석된다. 그러나 '벌거벗은nue'이 형용사가 아니라 명사라면, 이것은 구름을 뜻한다. 이렇게 본다면 어두운 밤하늘의 구름이 죽은 듯이 떠 있다는 해석이 가능하지 않을까?

"순결하고, 강인하며, 아름다운 오늘은……"
― 백조의 노래

순결하고, 강인하며, 아름다운 오늘은 우리에게
한 번의 취한 날갯짓으로 찢어버려줄 것인가
달아나지 못한 비상의 투명한 빙하가
서리 밑에서 사로잡혀 잊어버린 이 무정한 호수를!

지난날의 백조는 기억한다 자신이
메마른 겨울의 권태가 빛났을 때
살아야 할 곳을 노래하지 않았기에
화려했으나 희망 없이 자유의 몸이 되었음을.

공간을 부인하는 새에게 부과한 공간에서
그의 목으로 온통 백색의 고통을 떨구어보겠지만,
날개가 붙잡혀 있는 이 땅의 공포는 어쩌지 못하리.

그의 순수한 빛이 이 장소에 소환해놓은 유령,
그는 백조가 무용한 유배의 생활에서 걸쳐 입은
차가운 모멸의 꿈에 자신을 고정한다.

«Le vierge, le vivace......»

— Sonnet du Cygne

Le vierge, le vivace et le bel aujourd'hui
Va-t-il nous déchirer avec un coup d'aile ivre
Ce lac dur oublié que hante sous le givre
Le transparent glacier des vols qui n'ont pas fui !

Un cygne d'autrefois se souvient que c'est lui
Magnifique mais qui sans espoir se délivre
Pour n'avoir pas chanté la région où vivre
Quand du stérile hiver a resplendi l'ennui.

Tout son col secouera cette blanche agonie
Par l'espace infligée à l'oiseau qui le nie,
Mais non l'horreur du sol où le plumage est pris.

Fantôme qu'à ce lieu son pur éclat assigne,
Il s'immobilise au songe froid de mépris
Que vêt parmi l'exil inutile le Cygne.

제목이 없는 이 시의 주제는 시인과 백조이다. 얼어붙은 호수에 묶여 있으면서 언제라도 비상하기를 꿈꾸는 백조는 현실에 살면서 '창공'의 이상을 추구하는 시인과 같다. 보다 정확히 말하자면, 이 시에서 백조는 시인의 상징이다. 14행으로 구성된 소네트 형식의 이 시에서 백조를 주제로 한 부분은 11행까지이고, 끝의 3행은 시인의 운명을 그린 것이다.

이 시의 시작은 "순결하고, 강인하며, 아름다운 오늘"이다. 이 1행을 읽는 독자는 왜 '백조'가 아니고 '오늘'일까 의문을 품을 것이다. 물론 "우리에게"라는 간접보어에서 '우리'는 누구냐는 물음도 가능하다. 이러한 의문에 대해서 단정적으로 설명하기는 어렵다. 다만 '백조'가 아니고 '오늘'인 것은 화자가 처음부터 "한 번의 취한 날갯짓으로" 찢어버릴 수 있는 주체를 '백조'로 한정하고 싶지 않았기 때문이라고 할 수 있다. 어쩌면 '백조'와 '시인'을 동시에 대상화하려는 작가의 의도에서 비롯된 표현일지 모르겠다. '오늘'이라면 매일같이 반복되는 '오늘'이면서 동시에 언제나 새로운 '오늘'이기 때문이다. 또한 '우리'는 백조의 운명과 다름없는 시인이면서 그것에 공감하는 모든 독자를 의미한다고 할 수 있다. 자신의 삶을 주체적으로 살려는 의지가 있는 사람이라면, 그에게 오늘은 어제와는 다르게 살아야 할 시간이다.

2연에서 '백조'는 인간화되어 나타난다. "메마른 겨울의 권태가 빛났을 때 / 살아야 할 곳을 노래하지 않았기에 / 화려했으나 희망 없이 자유의 몸이 되었음을." 이 시구는 백조의 노래가 아니라 시인의 꿈이라고 할 수 있다. 여기서 '겨울' '빛나는 하늘' '메마름' '권태'는 저주받은 시인의 탄식과 관련된 단어들이다. 백조가 날아가고 싶은 곳은 따뜻한 남프랑스일지 모른다. 그러나 가야 할 곳을 가지 못하고 "희망 없이 자유의 몸이 되"는 백조는 이상을 추구했으나 이상에 도달하지 못한 시인과 다름없다. 이런 점에서 백조와 시인이 모두 불행한 것은 마찬가지일지 모른다.

4연에서 시인의 모습은 구체적으로 대상화된다. "그의 순수한 빛이 이 장소에 소환해놓은 유령"이라면, '그'는 백조일 수도 있고, 시인일 수도 있다. 그러나 위의 인용문 다음에 나오는 대명사 '그'는 백조가 아니라 시인이다.

"그는 〔……〕 차가운 모멸의 꿈에 자신을 고정한다"는 마지막 행의 의미는 매우 중요하다. 왜냐하면 이 구절은 시인이 무엇보다 냉정하게 자기의 현실을 직시해야 하고, "차가운 모멸의 꿈"에서 도피하지 않음은 물론 그 '꿈'에 '자신을 고정함'으로써 끊임없이 꿈꾸기를 각오해야 한다고 일깨우기 때문이다.

"어둠이 숙명의 법칙으로 위협했을 때······"

어둠이 숙명의 법칙으로 위협했을 때
내 척추뼈의 욕망이자 고통인, 그 오랜 꿈은
죽음의 천장 아래 소멸될 것이 괴로워
내 안에서 의심의 여지 없이 날개를 접었다.

호사로움, 오 흑단의 방이여, 거기서 왕을 유혹하려고
성대한 꽃 장식들이 스러져가며 몸을 뒤틀지만
그대는 신념으로 눈이 먼 고독한 자의 눈앞에서
악마에 속은 오만일 뿐이지.

그렇다, 나는 안다, 이 밤의 저 먼 곳에서, 지구가
자기를 좀더 밝게 한다는 흉측한 시대에
커다란 광채의 기이한 신비를 발산하는 것을.

그와 같은 우주 공간은, 확장되건 그 반대이건 간에
천재성이 축제의 별로 빛나는 것을 증거로 삼아
비천한 불빛의 우울 속에서 회전하고 있네.

«Quand l'ombre menaça de la fatale loi……»

Quand l'ombre menaça de la fatale loi
Tel vieux Rêve, désir et mal de mes vertèbres,
Affligé de périr sous les plafonds funèbres
Il a ployé son aile indubitable en moi.

Luxe, ô salle d'ébène où, pour séduire un roi,
Se tordent dans leur mort des guirlandes célèbres,
Vous n'êtes qu'un orgueil menti par les ténèbres
Aux yeux du solitaire ébloui de sa foi.

Oui, je sais qu'au lointain de cette nuit, la Terre
Jette d'un grand éclat l'insolite mystère,
Sous les siècles hideux qui l'obscurcissent moins.

L'espace à soi pareil qu'il s'accroisse ou se nie
Roule dans cet ennui des feux vils pour témoins
Que s'est d'un astre en fête allumé le génie.

이 시의 제목인 첫 행의 "어둠이 숙명의 법칙으로 위협했을 때"는 별이 뜬 밤하늘을 바라보며 명상에 잠겨 있는 시인의 모습을 연상케 한다. '어둠'은 무엇을 위협하는가? 그것은 시인의 꿈이다. 2연에서 "신념으로 눈이 먼 고독한 자"는 시인이다. 그러니까 위협받는 '꿈'은 시인의 위협받는 '신념'인 것이다. 빛의 꿈은 어둠의 숙명적 법칙과 충돌할 수밖에 없다. 절대의 이상을 추구하는 시인의 꿈은 "욕망"이기도 하고, "고통"이기도 하다. 꿈이 고통인 것은, "죽음의 천장 아래 소멸될 것이" 괴롭기 때문이다. "죽음의 천장"은 인간의 감옥을 의미한다. 감옥을 탈출하고 비상하려는 시인의 꿈은 "의심의 여지 없이 날개를 접"을 수밖에 없다. 꿈은 절대로 '숙명의 법칙'을 이길 수 없는 것이다.

2연에서는, 밤하늘의 별들로 이루어진 천체의 호화로운 세계가 공간화하여 "흑단의 방"이 등장한다. 물론 이 세계의 왕은 하느님일 것이다. "성대한 꽃 장식들이 스러져가"는 것은 별들이 사라지는 풍경을 떠올리게 한다. 절대와 영원, 이상과 이데아의 세계를 동경하는 시인의 꿈은 잠시 "악마에 속은 오만"이자 착각이라고 시인은 비관적인 심정을 토로한다.

3연에서 "지구가 / 자기를 좀더 밝게 한다는 흉측한 시대"는 이성이 발전한 계몽의 시대를 의미한다. "나는 안다"의 '나'는 지구에 사는 사람이다. '흉측한' 시대는 사실 '흉측했던' 시대이다. "자기를 좀더 밝게 한다"는 것을 원어 그대로 번역하자면, "자기를 좀 덜 어둡게 하려는 흉측한 시대"이다. 그러니까 흉측한 시대가 덜 흉측한 시대가 되기 위해서라고 이해할 수 있을 것이다.

4연에서는, 3연의 "지구가 〔……〕 커다란 광채의 기이한 신비를 발산하는 것"의 연속에서 "천재성이 축제의 별로 빛나는 것"이라는 시구로 이어진다. 여기서 천재성은 예외적인 개인의 특별한 능력이라기보다 생각하는 인간의 보편적 특성으로 해석된다. 파스칼의 말처럼, 인간은 '생각하는 갈대'이기 때문이다. 우주는 아무리 거대해도 생각하는 능력이 없다. 영원한 존재들은 무의미한 반복으로 영생을 유지할지 모르나, 생각하는 인간은 유한한 삶을 살면서도 영원한 존재들을 사유하는 능력을 갖고 있다는 점에서 위대한 것이다. 이것이 "비천한 불빛의 우울 속에서" 우주 공간이 "회전하고" 있는 이유이다.

잊힌 숲 위로 우울한 겨울이⋯⋯

—"잊힌 숲 위로 우울한 겨울이 지날 때
당신은 눈물이 나겠지요, 오 문턱에 갇힌 외로운 사람이여,
우리의 자랑거리가 될 두 사람을 위한 이 무덤에
슬프게도! 무겁게 꽃다발이 쌓여 있지 않다면,

공허한 숫자를 알리는 자정의 시간에 아랑곳하지 않는
밤샘은 당신에게 눈 감지 않도록 의욕을 북돋겠지요,
낡은 안락의자에 파묻혀 있는 나의 망령을
마지막 불씨가 비출 때까지.

자주 찾아오고 싶은 사람에겐
너무 많은 꽃이 덮여 있어 죽은 자의 힘으로
손가락이 묘석을 쳐들 수 없게 되면 안 되지요.

환한 난로 앞에 앉아서 몸을 떨고 있는 영혼을
되살리려면, 당신의 입술에서 저녁 시간 내내
내 이름 중얼거릴 때의 숨결을 받아 오면 되겠지요."

Sur les bois oubliés quand passe l'hiver sombre......

— «Sur les bois oubliés quand passe l'hiver sombre,
Tu te plains, ô captif solitaire du seuil,
Que ce sépulcre à deux qui fera notre orgueil
Hélas! du manque seul des lourds bouquets s'encombre.

Sans écouter Minuit qui jeta son vain nombre,
Une veille t'exalte à ne pas fermer l'œil
Avant que dans les bras de l'ancien fauteuil
Le suprême tison n'ait éclairé mon Ombre.

Qui veut souvent avoir la Visite ne doit
Par trop de fleurs charger la pierre que mon doigt
Soulève avec l'ennui d'une force défunte.

Âme au si clair foyer tremblante de m'asseoir,
Pour revivre il suffit qu'à tes lèvres j'emprunte
Le souffle de mon nom murmuré tout un soir.»

이 시의 화자는 말라르메가 아니라 다른 누군가이다. 무덤에 파묻혀 있는 부인이 살아 있는 남편에게 말을 하는 것이다. 그 남편이 "자정의 시간에 아랑곳하지" 않고 밤샘 작업을 하는 사람이라는 점에서 독자는 말라르메 같은 시인의 모습을 연상할 수 있다.

이 시를 쓴 시기는 겨울로 추정된다. 그 이유는 "우울한 겨울이 지날 때"라는 구절뿐 아니라, "잊힌 숲"이라는 표현 때문이다. 또한 "문턱에 갇힌 외로운 사람"은 아내가 죽은 뒤 거의 외출을 하지 않고 혼자서 지내는 남자를 가리킨다고 할 수 있다. 그런데 "당신은 눈물이 나겠지요 〔……〕 무겁게 꽃다발이 쌓여 있지 않다면"이란 무엇일까? 이 구절을 직역한다면, "눈물이 나겠지요"는 '불평을 하겠지요'이고, "무겁게 꽃다발이 쌓여 있지 않다면"은 '무거운 꽃다발의 부재만으로 복잡하지(막히지) 않은 것 때문에'라고 할 수 있다. 이러한 직역을 근거로 추론한다면, 무덤에 꽃다발을 놓지 않은 것은, 아내의 무덤을 빈손으로 찾아간 남편의 불찰이 아니라, 아내가 죽기 전에 남편에게 꽃다발을 무겁게 쌓아놓지 않도록 유언을 남겨서가 아닐까 하는 생각도 든다. 왜냐하면 2연에서처럼 죽은 아내의 망령이 밖으로 나와 집의 "낡은 안락의자에 파묻혀 있"기도 하고, 3연에서처럼 "너무 많은 꽃이 덮여 있어"서 죽은 자의 "손가락이 묘석을 쳐들 수 없"으면 저승에서 이승으로 외출이 힘들기 때문이다. 또한 남편을 향한 아내의 사랑은 밤샘 작업을 하는 남편을 지켜보고, 그의 작업을 방해하지 않으려 한다는 점에서 매우 극진한 것으로 감지된다.

3연에서 '찾아온다'로 번역한 것은 동사가 아니라 '방문' 또는 '방문객'을 뜻하는 명사이다. 화자는 이 명사에 의미를 부여하기 위해서 대문자로 la Visite를 쓴다. 그렇다면 이 방문은 왜 '나의 방문'이 아닐까? 이 시의 4연에는 "환한 난로 앞에 앉아서 몸을 떨고 있는 영혼"과 "당신의 입술에서" "내 이름 중얼거릴 때의 숨결"이라는 구절이 나온다. 여기서 '영혼'은 아내의 망령이고, '내 이름' 역시 아내의 이름이다. 이런 점에서 나의 방문이라고 하지 않은 것은, '나'는 자유롭게 외출할 수 없고, 오직 어떤 방문객의 인도를 받아야만 외출할 수 있기 때문이 아닐까? 그리고 '나'의 외출 시간은 밤에 "마지막 불씨가 비출 때까지"로 정해진 것이 아닐까?

벨기에 친구들에 대한 회상

긴 세월 그렇게 바람이 불어도 흔들림 없이
거의 향의 색깔 같은 모든 고색창연한 풍경은,
외양을 잃은 돌벽이 은밀하고 분명하게
주름 잡힌 순서대로 옷을 벗은 것처럼 느껴지네요.

그건 떠돌다가 오래된 방향제로 시간을
퍼져나가게 한다는 증거를 보여주는 것 같아요.
우리의 갑작스럽게 시작한 새로운 우정이
아득한 옛날부터 있었던 것처럼 기쁩니다.

수많은 백조가 흩어져 돌아다니는
죽은 운하에 새벽을 널리 퍼지게 하는 브뤼주,
거기서 예사롭지 않게 만난 소중한 친구들이여.

그때 이 도시는 나에게 정식으로 가르쳐주었지요
자기의 아들 중에서 누군가를 지목하며 어떤 비상은
정신에 날렵한 날개를 달아 퍼져나가게 한다는 것을.

Remémoration d'amis belges

À des heures et sans que tel souffle l'émeuve
Toute la vétusté presque couleur encens
Comme furtive d'elle et visible je sens
Que se dévêt pli selon pli la pierre veuve

Flotte ou semble par soi n'apporter une preuve
Sinon d'épandre pour baume antique le temps
Nous immémoriaux quelques-uns si contents
Sur la soudaineté de notre amitié neuve

Ô très chers rencontrés en le jamais banal
Bruges multipliant l'aube au défunt canal
Avec la promenade éparse de maint cygne

Quand solennellement cette cité m'apprit
Lesquels entre ses fils un autre vol désigne
À prompte irradier ainsi qu'aile l'esprit.

말라르메는 1890년 2월, 브뤼주에서 빌리에 드 릴아당Vil-liers de l'Isle-Adam에 대한 강연을 한다. 그 도시에 머무는 동안, 그는 자기를 초청한 벨기에의 젊은 시인들과 가까워진다. 이 시의 2연에서처럼 그들과의 새로운 우정은 "아득한 옛날부터 있었던 것처럼" 느껴지는 것이었다. 3년 후에 그 친구들은 말라르메에게 시를 한 편 보내달라는 부탁을 한다. 이 시는 그들의 원고 청탁으로 만들어진 것이다.

1연에서 시인은 그 도시의 "고색창연한 풍경"을 떠올리며, 지은 지 오래된 어떤 석조 건물에서 긴 세월 풍상우로를 맞고 본래의 상태와는 달라진 돌의 모양을 "옷을 벗은 것" 같다는 비유로 표현한다.

3연에서 시인은 그 도시에서 알게 된 친구들과 운하를 따라 산책했던 기억을 떠올린다. "죽은 운하에 새벽을 널리 퍼지게 하고"에서 '새벽'은 백조의 흰빛과 일치한다.

4연에서 "어떤 비상"은 직역을 하자면 '또 다른 비상un autre vol'이다. 이것은 백조의 비상과는 다른, 출중한 시인의 출현과 그의 비상을 의미한다. 시인의 역할은 정신을 널리 전파하는 일이다. 물론 시인의 노력만으로 어떤 도시에 정신이 깃들게 할 수는 없겠지만, 우리가 어느 시인의 시를 통해서 그 시인이 살고 있는 도시의 정신적 분위기를 연상할 수 있다면, 그 시의 영향력을 과소평가하지는 못할 것이다.

장-피에르 리샤르는, 말라르메가 브뤼주에 머무는 동안 가깝게 지냈던 젊은 시인들을 회상하는 주제의 이 시에서 오래된 석조 건물과 새로운 우정의 관계를 '주름'의 이미지로 절묘하게 표현했다고 설명한다. 시간의 흐름 속에서 오래된 석조 건물은 외벽의 주름들이 하나씩 떨어져 나가면서 "외양을 잃은 돌벽la pierre veuve"의 죽음을 나타내거나, 죽음과 관련이 있는 "향의 색깔"로 연상된다. 또한 "오래된 방향제로 시간을/퍼져나가게 한다"는 것은 새로운 우정의 확산과 소멸을 의미하기도 한다. 그럼에도 불구하고 시인에게 우정의 소중함은 새벽의 안개 속에서 생생하게 떠오르는 듯이 보인다.*

---

* J.-P. Richard, *L'univers imaginaire de Mallarmé*, Éditions du Seuil, 1961, p. 226.

부채

—말라르메 양의 부채

오 꿈꾸는 아가씨, 무한히 순수한
기쁨에 빠지기 위해서는
능숙한 거짓말로 그대의 손에
내 날개를 꼭 잡고 있어야겠네.

황혼의 서늘함이
부채질로 다가오면
갇혀 있는 날갯짓으로
지평선을 살며시 멀어지게 하네.

어지러워라! 어느새, 솟아오르지도 못하고
가라앉지도 못하면서 오직 태어나기만을
간절히 바라는 격렬한 입맞춤처럼
공간은 전율하네.

그대는 느끼는가 야생의 낙원이
죽어서 매장된 웃음처럼, 입가의
한결같은 주름의 깊은 곳에서

Éventail

—de Mademoiselle Mallarmé

Ô rêveuse, pour que je plonge
Au pur délice sans chemin,
Sache, par un subtil mensonge,
Garder mon aile dans ta main.

Une fraîcheur de crépuscule
Te vient à chaque battement
Dont le coup prisonnier recule
L'horizon délicatement.

Vertige! voici que frissonne
L'espace comme un grand baiser
Qui, fou de naître pour personne,
Ne peut jaillir ni s'apaiser.

Sens-tu le paradis farouche
Ainsi qu'un rire enseveli
Se couler du coin de ta bouche

흐르는 것을!

황금빛 저녁 위로 흐르지 않는
장밋빛 해안의 왕홀,* 그것은
팔찌의 광채에 대항하여
그대가 내놓은 흰빛의 닫힌 비상.

* 왕권의 상징인 지휘봉.

Au fond de l'unanime pli!

Le sceptre des rivages roses
Stagnants sur les soirs d'or, ce l'est,
Ce blanc vol fermé que tu poses
Contre le feu d'un bracelet.

이 시의 등장인물들은 아가씨와 부채, 그리고 시인이다. 물론 부채는 의인화되어 있다. 이 시는 의인화된 부채가 아가씨에게 말을 하는 형식으로 구성되어 있다. 그녀는 부채를 부치면서 꿈을 꾸는 듯하다. 부채는 1연에서 그녀에게 "손에/내 날개를 꼭 잡고" 있도록 당부한다. 그것은 "무한히 순수한/기쁨에 빠지기 위해서"이다. 이 구절에서 '무한히'는 '길 없는 sans Chemin'을 의역한 것이다. 본래 길이란 시간과 공간의 제약을 받기 마련이다. 그러니까 '길 없이'는 '무한히'와 동의어라고 할 수 있다. 부채는 "능숙한 거짓말로" 말한다고 하면서 그녀를 거짓말의 공범으로 끌어들인다. 부채는 그렇게 함으로써 자신이 새가 된 것처럼 상상할 수 있다.

2연에서는 부채질로 서늘한 저녁 같은 "황혼의 서늘함"을 느끼게 하면서, 부채는 공간의 한계를 지워버리는 듯 "지평선을 살며시 멀어지게" 한다. "갇혀 있는 날갯짓"이란 부채가 아가씨의 손에 쥐여 있기 때문이다. '지평선'이 멀어지는 느낌은 계속 심화됨으로써 '어지러움'에 가까운 흥분으로 고조된다. 어지러움은 전율과 같다. 3연에서 "격렬한 입맞춤처럼/공간은 전율"한다는 것은 어지러움이 발전한 것이다. 그러나 입맞춤이 어떤 대상과의 관계에서 이루어지는 것이라면, 대상이 없는 고독한 입맞춤이란 쾌락의 희망이 실현되지 않은 어정쩡한 감정만 야기할지 모른다.

4연에서 부채는 그녀를 향해 "야생의 낙원이/죽어서 매장된 웃음처럼," 은밀하면서 어두운 혹은 불안한 웃음이 보인다는 것을 말한다. 그것은 부채의 말이면서 동시에 시인의 말이다. 그것이 무엇 때문인지는 알 수 없다. 또한 5연에서 "장밋빛 해안의 왕홀"과 "그대가 내놓은 흰빛의 닫힌 비상"은 부채를 더 부칠 필요가 없어져서 그녀가 부채를 접은 모습을 그린 것이다. 태양의 빛은 팔찌의 광채로 표현된다. 접힌 부채는 날개를 접은 "흰빛의 닫힌 비상"이다.

부채
— 말라르메 부인의 부채

언어와 함께 또한 언어를 위해서
하늘을 향한 펄럭임뿐인
미래의 시는 매우 정교한
둥지에서 빠져나온다

아주 낮게 날갯짓하는 전령
이 부채가 당신 뒤에서
어떤 거울을 빛나게 한
그것이라면

투명하여 (오직 나를 슬프게 할 뿐인
약간의 보이지 않는 재는
모든 날알마다 추격을 당해
다시 내려가려 하는데)

언제나 그렇게 나타나야 하리
게으름 없이 당신의 두 손에서

Éventail

— de Madame Mallarmé

Avec comme pour langage
Rien qu'un battement aux cieux
Le futur vers se dégage
Du logis très précieux

Aile tout bas la courrière
Cet éventail si c'est lui
Le même par qui derrière
Toi quelque miroir a lui

Limpide (où va redescendre
Pourchassée en chaque grain
Un peu d'invisible cendre
Seule à me rendre chagrin)

Toujours tel il apparaisse
Entre tes mains sans paresse

이 「부채」는 '말라르메 양의 부채'를 쓰고 7년이 지난 후에 발표한 '말라르메 부인의 부채'이다. 이 시의 1행은 네 단어로 구성된다. 그 단어들 중에서 세 단어는 전치사 두 개와 접속사 한 개이다. 이처럼 간단한 단어들의 조합을 "언어와 함께 또한 언어를 위해서Avec comme pour langage"라고 장황하게 번역할 수밖에 없었다.

1연에서 아직 태어나지 않은 "미래의 시"는 '부채의 언어' 혹은 '언어의 부채'가 '하늘을 향해' 펄럭이는 것과 같다. "하늘을 향한" 것은 시가 이상 세계를 꿈꾸는 언어의 작업이기 때문이다. '미래의 시'는 이제 막 "둥지"에서 태어난 아기 새와 같다. 그 새의 이미지는 5행에서 "아주 낮게 날갯짓하는 전령"의 부채가 된다. 그 부채는 거울에 비쳐서 또 하나의 부채를 만든다. 거울은 말라르메 부인의 뒤에 있다. 거울은 "투명"하다. 괄호 안에서 시인은 투명한 거울의 표면과는 다른 때와 먼지 같은 것들을 시의 완성에 방해되는 이미지로 부각한다. 부채질은 재 혹은 먼지의 알갱이를 날려버릴 수 있다.

언제나 그렇게 나타나야 하리
게으름 없이 당신의 두 손에서

이 두 행의 의미를 해석하는 것은 독자의 몫이다. 어쩌면 시인은 투명한 거울에서 부채가 시로 변용하기를 원했을지 모른다. 부채가 정지된 상태에서 그런 희망은 실현되지 못한다. 시인은 "게으름 없이"라는 표현으로 부인의 끊임없는 부채질을 바라는 것이다.

에드거 포의 무덤

마침내 영원이 그를 그 자신으로 변화시킨 것처럼
시인은 칼을 뽑아 들고 불러낸다,
죽음이 특이한 목소리로 승리한 것을
알지 못해 겁먹은 그의 시대를!

그들은, 종족의 언어에 더욱 순수한 의미를
부여한다는 옛날 천사*의 말을 듣고 히드라의
비루한 몸부림으로, 큰 소리를 내며 부르짖었네, 시인이
마법을 부려 검은 물질이 섞인 혼탁한 물결에 취했음을.

적대적인 땅과 구름 사이의, 오 비난의 소리여!
우리의 생각으로 포의 무덤을 눈부시게 장식할
저 부조 하나 새겨놓을 수 없다면,

알 수 없는 어떤 재앙으로 여기에 떨어진 말 없는 돌덩어리
이 화강암만은 영원토록 미래에 산재할지
모르는 모독의 어두운 비상을 가로막는 경계석이 되기를.

* 테베와 오이디푸스의 스핑크스를 의미함.

Le tombeau d'Edgar Poe

Tel qu'en Lui-même enfin l'éternité le change,
Le Poète suscite avec un glaive nu
Son siècle épouvanté de n'avoir pas connu
Que la mort triomphait dans cette voix étrange!

Eux, comme un vil sursaut d'hydre oyant jadis l'ange
Donner un sens plus pur aux mots de la tribu
Proclamèrent très haut le sortilège bu
Dans le flot sans honneur de quelque noir mélange.

Du sol et de la nue hostiles, ô grief!
Si notre idée avec ne sculpte un bas-relief
Dont la tombe de Poe éblouissante s'orne

Calme bloc ici-bas chu d'un désastre obscur
Que ce granit du moins montre à jamais sa borne
Aux noirs vols du Blasphème épars dans le futur.

말라르메는 죽음을 주제로 삼은 시들을 많이 썼다. 「추모의 건배Toast funèbre」「샤를 보들레르의 무덤Le tombeau de Baudelaire」「베를렌의 무덤Le tombeau de Verlaine」 등이 모두 죽음과 관련된 시들이다. 「에드거 포의 무덤」은 포의 25주기 추모 행사의 준비위원들이 계획한 추모 문집에 실린 작품이다. 이 시는 죽음을 주제로 한 시들 중에서도 유명할 뿐 아니라, 말라르메를 대표하는 시로 알려져 있다.

1연에서 시인은 에드거 포를 대상으로 그의 영원한 명성이 그의 죽음을 통해서 완성된다는 뜻을 표현한다. 시인이 살아 있을 때는 그의 이름이 영원할지 아닐지를 알 수 없다. 죽음의 권위가 삶의 의미를 결정한다고 할 수 있다. 이런 점에서 죽음은 "칼을 뽑아 들고" 갑자기 나타난 것으로 표현된다. 그것은 마치 그와 동시대에 살면서 그의 존재를 모르던 사람들에게 그의 위대함을 일깨워주기 위한 용사처럼 보인다. 죽음은 "그의 시대"와의 싸움에서 승리함으로써 살아 있었을 때 그의 명성을 영원히 살아남게 하는 것이다.

2연에서 "그들"은 그와 동시대에 살고 있는 사람들이다. 죽은 시인과 시에 대한 그들의 반응은 마치 옛날 신화에서 천사의 음성을 들은 "히드라의/비루한 몸부림" 같은 동작을 취하는 것이다. 천사가 시인의 시적 작업이 "종족의 언어에 더욱 순수한 의미를/부여"함으로써 언어가 상투화되고 관습적으로 굳어지는 것을 막는 역할을 한다고 평가했다면, 그들 혹은 대중은 시인을 폄훼하고 그의 시를 비판했을 것이다. 2연의 7~8행은 그의 시를 이해하지 못하는 대중의 헛소리를 표현한다.

3연의 "적대적인 땅과 구름 사이의, 오 비난의 소리여!"는 시인과 대중의 갈등을 비유하는 것으로 해석된다. 여기서 '구름'은 '창공'과 동의어이다. "무덤을 눈부시게 장식할/저부조 하나 새겨놓을 수 없다"는 것이 어떤 이유에서인지는 모르겠으나, 포의 무덤 앞에는 단순히 화강암 돌덩이만 세워져 있다고 한다. 4연에서 "알 수 없는 어떤 재앙"은 포의 시가 인간의 정신에 가한 충격을 표현한 것으로 보인다. 바타유의 용어를 빌려서 말하자면, 포의 시는 기존의 시에 대한 위반과 전복의 시일 것이다. 말라르메는 이 시의 끝부분에서 "이 화강암"이 미래에 계속될지 모르는 시인에 대한 "모독"을 차단하는 "경계석"이 되기를 바란다는 최고의 헌사를 바친다.

폴 베를렌

Paul Verlaine
1844~1896

내 마음에 눈물 흐르네
—도시에 조용히 비가 내린다 (A. 랭보에게)

도시에 비가 내리듯
내 마음에 눈물 흐른다
내 마음에 스며드는
이 우울감 어찌 된 까닭일까?

오, 땅 위에 지붕 위에
조용한 빗소리여!
오, 권태로운 한 마음에
들려오는 비의 노래여!

괴로운 이 마음에
이유 없이 눈물 흐른다.
뭐라고? 배신이 없었다고?……
이 슬픔은 이유가 없다네.

이유를 모르는 것이
가장 나쁜 고통인데
사랑도 없고 미움도 없는

Il pleut doucement sur la ville

(à Arthur Rimbaud)

Il pleure dans mon cœur

Comme il pleut sur la ville;

Quelle est cette langueur

Qui pénètre mon cœur?

Ô bruit doux de la pluie

Par terre et sur les toits!

Pour un cœur qui s'ennuie

Ô le chant de la pluie!

Il pleure sans raison

Dans ce cœur qui s'écœure.

Quoi! nulle trahison?......

Ce deuil est sans raison.

C'est bien la pire peine

De ne savoir pourquoi

Sans amour et sans haine

내 마음 너무나 괴로워라!

Mon cœur a tant de peine!

일찍이 시인으로서 뛰어난 재능을 보인 베를렌은 파리 시청의 하급 공무원이었다. 그의 일생은 '저주받은 시인'이란 말그대로 파란만장하다. 부드럽고 다정하면서도 격렬하고 난폭한 이중성을 갖고 있었던 그는 술에 취하면 감정을 절제할 줄몰랐다. 그는 전형적인 알코올 중독자처럼 술에 취하면 폭력을 행사하고, 술이 깨면 자신의 행동을 뉘우치곤 했다.

베를렌의 전기를 쓴 피에르 프티피스에 의하면, 베를렌의어머니는 늘 아들에게 "술을 마시면 미쳐서 불행에 빠질 수있으니 더 이상 술을 마시지 않도록 굳은 결심을 해야 한다고타일렀고, 그때마다 아들은 행실을 고치고 평온과 평화를 되찾겠다고 약속했다"는 것이다.*

베를렌의 비극적 일생의 결정적인 계기는 1871년 랭보와의 만남이었다. 그때는 파리 코뮌이 일어난 해였고, 그가 아름다운 사랑의 시들을 바쳐서 감동한 어린 마틸드와 결혼한 후 1년쯤 지나서였다. 그는 랭보가 편지와 함께 보내온 시를 읽고 랭보의 천재적인 재능에 감동하여 '위대한 영혼chère grande âme'이라고 부른다. 얼마 후 파리에 온 랭보를 만난 다

---

* P. Petitfils, *Verlaine*, Julliard, 1981, p. 130.

음부터 그들은 불륜 관계를 맺은 사이가 됨으로써, 베를렌과 마틸드의 불화는 극심해진다.

마틸드는 불안하고 폭력적인 남편에 대한 두려움 때문에 친정집으로 피신을 간다. 그다음 해 1872년 7월, 베를렌과 랭보는 벨기에 브뤼셀에서 방랑 생활을 시작한다. 당시 그들을 기록한 경찰 조서에 의하면 두 연인은 공공연히 사랑의 행위를 했다고 한다. 그러나 그가 집을 떠나 있으면서 가정을 완전히 버린 것은 아니었다. 브뤼셀에서 마틸드에게 보낸 편지에는 "나의 불쌍한 아내 마틸드여, 슬퍼하지 말아요, 울지 말아요, 나는 지금 악몽을 꾸고 있는 중이니, 언젠가는 돌아가겠소"라고 쓰여 있었기 때문이다.

베를렌과 랭보는 브뤼셀과 런던에서 함께 생활하면서 몇 차례 헤어짐과 만남, 이별과 재결합을 반복한다. 랭보가 떠나려고 할 때는 베를렌이 만류하고, 베를렌이 가정으로 돌아가겠다고 할 때는 랭보가 그를 붙잡는 식이었다. 갈등과 싸움이 잦아진 두 사람의 절망적인 관계는 결국 파국에 이른다. 1873년 7월 10일, 베를렌은 아침 일찍 일어나 자살하고 싶다는 생각으로 권총을 사러 간다. 그는 랭보에게 총을 보여주면서 "이건 나를 위해서, 너를 위해서, 모든 사람을 위해서 산 것"이라고 말한다. 그 무렵 그의 어머니가 달려와서 이제는 이 악몽의 생활을 청산할 때라고 말하며 아들을 설득한다. 결국 베를렌과 랭보는 '지옥에서의 한 철' 같은 생활을 끝내기로 한다. 그리고 세 사람이 브뤼셀 역에서 파리로 가는 기차를 타기 직전, 베를렌은 랭보와의 말다툼 끝에 극심한 절망감에 빠져 랭보를 향해 총 두 발을 쏜다. 그중 한 발이 랭보의 손목에 부상을 입힌다. 베를렌 모자는 랭보를 병원에서 치료받게 한 다음, 나중에 그를 동반해서 다시 브뤼셀 역으로 간다. 그러나 절망에 사로잡힌 베를렌에게 불안 증세가 다시 나타나자, 랭보는 두려움을 느껴 경찰에게 신변 보호를 요청한다. 베를렌은 현장에서 체포되어, 1심에서 2년의 징역형을 선고받고 몽스 감옥에 수감된다. 「내 마음에 눈물 흐르네」는 베를렌이 체포되기 전 랭보와의 슬프고 절망적인 방랑 생활 중에 쓴 시이다.

이 시에서 가장 중요한 단어는 '마음'이다. 이 '마음'은 1연에서 "내 마음"으로, 2연에서 "한 마음"으로 3연에서 "이 마음"으로, 4연에서는 다시 "내 마음"으로 돌아온다. 이 짧은 시에서 마음은 왜 이렇게 반복적으로 등장하는 것일까? 우선 짐작되는 것은 주체적이고 이성적으로 자기를 다스리지 못하는 사람에게 마음처럼 중요한 문제가 없다는 점이다. 앞에서 보았듯이, 베를렌은 가정에 충실해야 하는 가장이라는 것을 이성적으로 알면서도, 무책임한 비이성적 행동을 저지른다. 그의 이성적 자아와 비이성적 자아 사이의 싸움에서 전자는 번번이 패배할 뿐이다. 그런 사람에게는 마음이 늘 후자의 편을 든다고 생각할 수 있다. 이런 점에서 자신이 다스리지 못하는 마음을 객관화하여 보려는 시인의 노력이 위와 같은 시의 형태로 나타난 것이라고 볼 수 있다.

우선 원문에서 1연의 "내 마음에 눈물 흐른다"를 살펴보자. 본래, '울다, 눈물을 흘리다, 슬퍼하다'를 뜻하는 pleurer는 비인칭 동사가 아니다. 그런데 시인은 '비가 온다'는 뜻의 비인칭 동사 pleuvoir와 '울다'의 pleurer가 일치되도록 하기 위해 이것을 비인칭 동사처럼 만든 것이다. 그러므로 비 내리는 바깥 풍경과 눈물이 흐르는 내면 풍경은 거울 관계처럼 일치함으로써 개인적인 감정을 비개성화하는 효과를 거두게 된다. 1연에서 시인은 "내 마음에 스며드는/이 우울감"의 원인이 무엇인지를 알 수 없다고 말한다. 그 "내 마음"은 2연에서 "권태로운 한 마음"으로 변화한다. 다시 말해 권태로운 마음의 소유자라면, 누구나 빗소리를 노래처럼 들을 수 있고, 위안을 받을 수도 있다는 것이다. 그 "내 마음"은 3연에서 "괴로운 이 마음"으로 전환한다. 시인은 자신의 마음에 '이'나 '그'와 같은 지시형용사를 붙여서 외부의 사물처럼 대상화한다. 그렇게 함으로써 슬픔과 거리를 두고, 슬픔의 원인인 배신을 잊고 싶은 것이다. 4연에서 "내 마음"으로 돌아온 것은, 아무리 마음을 비개성적으로 객관화하거나 아무리 슬픔과 고통을 잊으려 해도, 마음을 객관화하여 통제할 수 없다는 것을 깨달았기 때문이다.

가을의 노래

가을날
바이올린의
　긴 흐느낌은
단조로운
우울감으로
　내 마음 아프게 하네.

시계의 종이 울리면
몹시 숨이 가빠져
　파랗게 질려서
나는 지난날을
회상하고
　눈물을 흘리지,

나 이제 떠나리라
거센 바람에
　휩쓸려
이리저리
죽은 나뭇잎과

Chanson d'automne

Les sanglots longs
Des violons
  De l'automne
Blessent mon cœur
D'une langueur
  Monotone.

Tout suffocant
Et blême, quand
  Sonne l'heure,
Je me souviens
Des jours anciens
  Et je pleure;

Et je m'en vais
Au vent mauvais
  Qui m'emporte
Deçà, delà
Pareil à la

똑같이 되어서.

Feuille morte.

❁

베를렌의 가장 유명한 시, 「가을의 노래」는 가을을 "바이올 린의/긴 흐느낌"으로 표현한다. 이 시의 1연에서 '바이올린' '가을' '우울감' '단조로움'은 모두 "긴 흐느낌"이라는 단어에 연결되어 "내 마음 아프게" 하는 것이다. 여기서 '우울감'으로 번역한 langueur는 멜랑콜리와 같은 뜻이 아니다. 『라루스 동 의어 사전』에는 이 단어가 무기력이나 무감각을 나타내는 명 사들과 비슷한 뜻으로 분류된다. 이 동의어들을 도표로 정리 하면 다음과 같다.

동의어	뜻풀이
apathie	무력감, 무기력증
indolence	apathie보다는 덜한 무기력 혹은 무감각
insensibilité	보통 사람에게 고통과 충격을 주는 사건에 대한 무감각
nonchalence	사건에 대한 반응이 느리고 무사태평함

indifférence	보통 사람에게 흥미로운 문제에 대한 무시 혹은 무관심
inertie	무기력 혹은 태만함
langueur	병적인 무기력 상태 혹은 우울감

또한 2연에서 '나'는 고통스러운 추억이 되살아나 두려움과 슬픔으로 "눈물을 흘"리게 된다. 3연은 슬픔과 괴로움을 견딜 수 없어 바람에 휩쓸려가는 낙엽처럼 떠나고 싶은 화자의 심정을 노래한다. 그러나 독자는 시인의 고통스러운 추억의 사연을 알지 못한다.

이 시에서 나타난 베를렌의 시적 특징은 우선 가을을 시각적 이미지가 아니라 "바이올린의 / 긴 흐느낌"이라는 청각적 이미지로 표현한 것이다. 또한 가을의 풍경은 "거센 바람" "죽은 나뭇잎" 같은 간단한 이미지로 압축되고, 시인은 자신의 자아를 죽은 나뭇잎에 비유한다. 여기서 특기할 만한 것은 시인이 일인칭 주어를 사용하지 않고, 그 자리에 바람을 주어로 만든 점이다. 그러니까 바람이 주체가 되고, 시인은 객체의 위치에서 자신의 '마음' '추억' '눈물'을 날려버리겠다는 것이다. 이것은 풍경 속에 자아를 해체하려는 의지와 다름없다.

저무는 태양

쇠진한 새벽이
들판에 뿌린다
저무는 태양의
우울을.
우울은
부드러운 노래로 달랜다
저무는 태양에
자제심 잃은 내 마음을.
그리고 기이한 꿈들은,
모래톱 위에 저무는
태양처럼,
진홍빛의 유령이 되어
끊임없이 나타난다
모래톱 위에 저무는
거대한 태양처럼
연이어 나타난다

Soleils couchants

Une aube affaiblie
Verse par les champs
La mélancolie
Des soleils couchants.
La mélancolie
Berce de doux chants
Mon cœur qui s'oublie
Aux soleils couchants.
Et d'étranges rêves,
Comme des soleils
Couchants, sur les grèves,
Fantômes vermeils,
Défilent sans trêves,
Défilent, pareils
À des grands soleils
Couchants sur les grèves.

모두 16행으로 구성된 이 시는 한 행을 구성하는 단어들
이 관사나 전치사를 포함하더라도 2~5개일 뿐이다. 그중에
서 반복되는 단어들은, "우울La mélancolie"이 2회, "태양les
soleils" 4회, "모래톱les grêves" 2회, "나타난다Défiler" 2회
등이다. 별로 길지 않은 시에서 이처럼 반복이 많은 것은 단순
히 중복의 효과를 위한 강조라기보다 주술을 통한 최면 상태
를 표현하기 위해서다. 이것은 내면의 고통을 잠재우기 위한
방법일 수 있다. 시인은 우선 "저무는 태양"이라는 이미지를
통해 모래톱과 들판에 저무는 태양을 바라보면서 자신의 우울
한 마음을 잊으려 한다. 그러나 "자제심 잃은 내 마음" 속에
는 "기이한 꿈들"이 "진홍빛의 유령이 되어/끊임없이 나타
난다." 우울한 기억을 모두 잊고 싶은데, 잊을 수 없다는 것이
시인을 불행하게 한다.

베를렌의 시에는 사물과 영혼, 또는 풍경과 마음의 일치가
자주 발견된다. 가령 그의 유명한 시, "도시에 비가 내리듯/
내 마음에 눈물 흐른다"는 시구는 비의 눈물과 영혼의 눈물
이 일치됨으로써 풍경이 바로 내면화되었음을 보여주는 예이
다. "저무는 태양" 역시 시인의 우울한 마음과 일치된다면 시
인은 왜 우울해지는 것일까? 저무는 태양은 우울한 마음을 가

중하는 것일까 아니면 우울감을 사라지게 하는 것일까? 그것이 무엇이든, 이 시에서 '우울'은 "자제심 잃은 내 마음"으로 변화하고, 다시 "진홍빛의 유령"으로 나타난다고 할 수 있다. 여기서 '진홍빛'은 황혼의 색깔일 것이다. 그런데 '유령les fantômes'은 베를렌의 다른 시에서도 알 수 있듯이, 영혼을 짓누르는 듯한 '후회'의 변형이다. 아무리 잊고 싶어도 강박관념처럼 떠오르는 추억의 고통은 유령처럼 나타나 시인의 마음을 괴롭히는 것이다.

이제는 결코

추억이여, 추억이여, 어쩌란 말인가? 가을은
힘없는 대기 사이로 개똥지빠귀를 날아오르게 하고
태양은 단조로운 햇볕을 내리쬐고 있었네,
삭풍이 폭발하고 노랗게 단풍 드는 숲 위에서.

우리는 단둘이서 꿈꾸듯 걸어갔지,
그녀와 나, 바람에 머리카락과 생각을 흩날리며.
갑자기, 내 마음 뭉클해지는 눈빛으로 나를 쳐다보며 물었지.
"당신이 가장 행복했던 날은 언제예요?" 그녀의 활기찬 목
소리,

그녀의 부드럽고 낭랑한 목소리, 그 울림은 천사같이 서늘하여
신중한 웃음으로 그 물음에 대답했네,
그리고 그녀의 하얀 손에 입맞춤했지, 경건한 마음으로.

—아! 첫번째 피는 꽃, 그 꽃은 얼마나 향기로운지!
그리고 사랑하는 연인의 입에서 나오는 첫번째 동의,
매혹적인 속삭임의 그 말은 메아리치듯 울려퍼지네!

Nevermore

Souvenir, souvenir, que me veux-tu? L'automne
Faisait voler la grive à travers l'air atone,
Et le soleil dardait un rayon monotone
Sur le bois jaunissant où la bise détone.

Nous étions seul à seule et marchions en rêvant,
Elle et moi, les cheveux et la pensée au vent.
Soudain, tournant vers moi son regard émouvant:
«Quel fut ton plus beau jour?» fit sa voix d'or vivant,

Sa voix douce et sonore, au frais timbre angélique.
Un sourire discret lui donna la réplique,
Et je baisai sa main blanche, dévotement.

—Ah! les premières fleurs, qu'elles sont parfumées!
Et qu'il bruit avec un murmure charmant
Le premier *oui* qui sort de lèvres bien-aimées!

봄이 사랑을 시작하는 계절이라면, 가을은 지나간 사랑을 추억하는 계절이라고 할 수 있다. 이 시는 가을이 되어 지난날에 행복했던 사랑을 추억하는 시인의 감정이 비교적 담담하게 표현된 작품이다. 베를렌의 다른 시에서는 과거의 회상이 슬픔과 우울 또는 고통과 절망을 동반하는 경우가 많다. 그러나 이 시에서는 그러한 절망적인 감정의 토로가 보이지 않는다.

이 시는 1865년 12월에 발간된 『예술Art』지에 발표되었다. 그때 베를렌의 나이는 스물한 살이었다. 전기 『베를렌』에 의하면, 행복한 가정에서 별문제 없이 자란 베를렌은 이 무렵 "삶이 가져다주는 것에 대해 불평할 것이 없고 부족함이 없는 가정의 아들이었지만, 처음으로 고통을 겪는 불행을 경험하게 되었는데, 그것은 바로 단순하고 진부한 연애 사건"*이다. 이 시는 그 연애 사건의 산물로 보인다.

1연은 가을의 풍경을 묘사한다. "힘없는 대기" "단조로운 햇볕" "삭풍〔의〕 폭발" "노랗게 단풍 드는 숲"은 전형적인 가을 풍경의 객관적인 표현이라고 할 수 있다.

2연과 3연에서 화자는 지난날의 행복했던 사랑을 추억하며,

---

* P. Petitfils, 같은 책, p. 41.

그녀의 말과 목소리를 생생하게 재현하려고 한다.

　4연에서 "첫번째 피는 꽃" "첫번째 동의"는 그녀와의 사랑이 첫사랑임을 암시하는 구절이다. 과거에 대한 회상이 반과거나 단순과거의 형태로 진술된 반면, 4연에서는 모든 동사가 현재형이라는 점에 주목할 필요가 있다. 행복한 사랑의 추억이 현재화되고 있음을 보여주기 때문이다. 첫사랑의 추억은 시각적인 것은 물론이고, 향기와 소리가 생생하게 재현됨으로써, 시인의 현재를 풍성하고 행복하게 만드는 듯하다.

우울

장미는 모두 붉은색이었고
송악은 모두 검은색이었어요.
사랑하는 이여, 그대의 마음이 변한다면
나의 모든 절망은 되살아나지요.
하늘은 너무도 푸르렀고, 너무도 부드러웠어요.
바다는 너무도 진한 초록빛, 대기는 너무도 온화했지요.
나는 늘 두려워요―기다림이란 얼마나 힘든 일인가.
당신이 떠난다는 건 끔찍히 두려워요.
윤기 나는 나뭇잎의 호랑가시나무와
반짝이는 회양목은 싫증이 느껴져요.
끝없는 들판도 그리고 그 어떤 것도 마찬가지예요
그런데 싫증이 나지 않는 것은, 슬프게도 오직 당신뿐!

Spleen

Les roses étaient toutes rouges

Et les lierres étaient tout noirs.

Chère, pour peu que tu te bouges,

Renaissent tous mes désespoirs.

Le ciel était trop bleu, trop tendre

La mer trop verte et l'air trop doux.

Je crains toujours, — ce qu'est d'attendre!

Quelque fuite atroce de vous.

Du houx à la feuille vernie

Et du luisant buis je suis las,

Et de la campagne infinie

Et de tout, fors de vous, hélas!

이 시의 제목은 보들레르의 『파리의 우울 *Le spleen de Paris*』처럼, 「우울 Spleen」이다. 본래 프랑스어의 우울은 mélancolie인데, 19세기에 영어식 표현법이 유행하면서, 권태와 무기력을 담고 있는 우울의 감정을 많은 시인이 spleen으로 표현했다고 한다.

　　장미는 모두 붉은색이었고
　　송악은 모두 검은색이었어요.

이 두 행에서 붉은색과 검은색은 각각 사랑과 죽음을 의미한다. 또한 '장밋빛'은 '즐거운' 또는 '낙관적'이라는 뜻이고, '검은색'은 '우울한' 또는 '절망적'이라는 뜻이다. 그러니까 '장미'와 '송악'의 색깔을 말하는 것은 '사랑의 기쁨'과 동시에 '사랑의 슬픔'이나 이별의 절망을 시인이 예감하고 있다는 것이다.

　　하늘은 너무도 푸르렀고, 너무도 부드러웠어요.
　　바다는 너무도 진한 초록빛, 대기는 너무도 온화했지요.

1~2행과 달리, 이 5~6행은 하늘과 바다의 푸른빛과 부드러운 느낌이 마치 어머니 품에 안겨 있는 아이처럼 편안한 안정감을 보여준다. 다시 말해서 화자는 사랑하는 사람과 함께 있었던 때의 일체감과 행복감을 회상하는 것이다. 그처럼 만족과 기쁨을 누렸던 시절과는 달리, 이제는 걱정과 두려움이 우울감으로 퍼져간다.

끝으로 이 시에서 시인이 "사랑하는 이여Chère"라고 부르는 대상은 그의 아내 마틸드로 추정된다.

감상적 대화

차갑고 쓸쓸한 오래된 공원에서
두 사람의 형체가 방금 지나갔다.

그들의 눈빛은 죽었고 그들의 입술은 늘어졌으며
그들의 말소리는 거의 들리지 않았다.

차갑고 쓸쓸한 오래된 공원에서
두 사람의 유령이 과거를 떠올렸다.

—우리의 황홀했던 지난날을 기억하세요?
—내가 왜 그런 걸 기억해요?

—내 이름만 들어도 늘 가슴이 뛰었지요?
꿈속에서도 늘 나를 보았고요?—아니요.

—아! 말로 다 할 수 없는 행복한 그 시절
우리는 자주 입을 맞추었지요!—그럴 수도 있겠네요.

—하늘은 푸르렀고 희망은 원대했는데!

Colloque sentimental

Dans le vieux parc solitaire et glacé,
Deux formes ont tout à l'heure passé.

Leurs yeux sont morts et leurs lèvres sont molles,
Et l'on entend à peine leurs paroles.

Dans le vieux parc solitaire et glacé,
Deux spectres ont évoqué le passé.

— Te souvient-il de notre extase ancienne?
— Pourquoi voulez-vous donc qu'il m'en souvienne?

— Ton cœur bat-il toujours à mon seul nom?
Toujours vois-tu mon âme en rêve? — Non.

— Ah! les beaux jours de bonheur indicible
Où nous joignions nos bouches! — C'est possible.

— Qu'il était bleu, le ciel, et grand, l'espoir!

―희망은 무너져 어두운 하늘로 사라졌지요.

그러면서 그들은 야생 귀리 밭으로 걸어갔다
그들의 대화를 들은 건 어둠뿐이었다.

—L'espoir a fui, vaincu, vers le ciel noir.

Tels ils marchaient dans les avoines folles,
Et la nuit seule entendit leurs paroles.

인간의 삶은 시간의 흐름과 분리될 수 없다. 인간이 아무리 시간의 흐름을 벗어난 삶을 동경한다고 해도, 시간에 종속된 인간의 운명을 벗어나기는 어렵다. "인생은 짧고 예술은 길다"는 경구는 시간과의 대결에서 인간의 의미 있는 작업은 예술밖에 없다는 것을 일깨워준다. 많은 시인이 시간을 주제로 한 시를 썼다. 낭만주의 시인 알퐁스 드 라마르틴Alphonse de Lamartine은 「호수」라는 시에서 호수와 바위와 숲을 향해 사랑의 증인이 되어달라고 호소한다. 그는 사랑의 추억을 영원히 잊지 않으려고 하는 것이다. 또한 보들레르와 베를렌에게 시간은 현재의 삶을 견디기 어렵게 만드는 고통과 불안의 주제로 나타난다.

베를렌의 「감상적 대화」는 지난날 깊은 사랑을 나누었던 두 사람의 유령이 과거를 회상하면서 나누는 대화가 주축을 이룬다. 한 사람은 과거를 환기하고, 상대편은 과거를 잊었거나 무관심한 태도를 보임으로써 대화의 단절은 거의 절망적이다. 이러한 단절에서 과거에 그들이 행복을 꿈꾸고, 희망을 공유했던 증거는 소멸되었다고 할 수 있다.

이 시는 세 부분으로 나뉜다. 첫째는 1행부터 6행까지이고, 둘째는 7행부터 14행까지이며, 셋째는 15행과 16행이다. 첫째는 "차갑고 쓸쓸한 오래된 공원"에서, "두 사람의 형체" 또는 "두 사람의 유령"이 걸어가면서 과거를 떠올리는 장면이다. 둘째는 그들의 대화가 일치하지 않고 대립되는 것을 보여주고, 셋째는 화자가 지난날의 희망이 사라졌다는 것을 의식함으로써 그들의 대화가 끝났음을 알려주는 이 시의 결론 부분이다. 여기서 주목할 수 있는 것은 이 시의 제목이 "감상적 대화"인데, 그들의 대화는 별로 감상적이 아니라는 점이다. 먼저 말을 하는 사람이 과거의 사랑을 환기하지만, 그가 지나간 사랑에 대한 회한과 그리움을 표현하는 것은 아니기 때문이다. 특히 마지막 대화에서 "하늘은 푸르렀고 희망은 원대했는데!"와 "희망은 무너져 어두운 하늘로 사라졌지요"는 말의 내용이 달라도 한 사람의 말처럼 들린다.

젊은 날의 꿈과 희망은 시간의 흐름과 함께 사라지게 마련이다. 그러니까 이 시는 지나간 사랑을 재현하고 싶다는 감상적인 소원이 아니라, 시간의 흐름 속에서 인간의 삶은 변화하게 마련이며, 모든 인간사가 번성에서 소멸에 이르는 과정임을 담담하게 노래한다.

하늘은 지붕 위로……

하늘은 지붕 위로
저렇게 푸르고, 저렇게 고요한데!
종려나무는 지붕 위로
나뭇잎을 흔드는데.

보이는 하늘에선 종소리
은은하게 울려 퍼지고
보이는 나무 위엔 새 한 마리
자신의 슬픔 노래한다.

어쩌나, 어쩌나, 삶은 저기에
단순하고 평온하게 있는데.
저 평화로운 일상의 소음
도시에서 들려오는데.

—여기 이렇게 있는 너,
하염없이 울기만 하는 너, 넌 뭘 했지?
말해보렴, 여기 이렇게 있는 너,
네 젊음으로 넌 뭘 했지?

Le ciel est, par-dessus le toit......

Le ciel est, par-dessus le toit,
Si bleu, si calme!
Un arbre, par-dessus le toit,
Berce sa palme.

La cloche, dans le ciel qu'on voit,
Doucement tinte.
Un oiseau sur l'arbre qu'on voit
Chante sa plainte.

Mon Dieu, mon Dieu, la vie est là,
Simple et tranquille.
Cette paisible rumeur-là
Vient de la ville.

— Qu'as-tu fait, ô toi que voilà
Pleurant sans cesse,
Dis, qu'as-tu fait, toi que voilà,
De ta jeunesse?

이 시는 몽스 감옥에 수감된 베를렌이 젊은 날의 과오를 뉘우치는 모습을 보여준다. 시인은 우선 감옥의 작은 창을 통해 지붕 위로 보이는 하늘과 가벼운 미풍으로 흔들리는 나뭇가지를 쳐다본다. 여기서 주목되는 것은 하늘과 나무에 대한 수식어가 매우 단순하다는 점이다. "하늘"은 "저렇게 푸르고, 저렇게 고요"할 뿐, 나무에는 어떤 수식어도 없다. 또한 하늘 어디에선가 종소리가 울려 퍼지고, 나무 위에서 한 마리 새가 노래하는 소리를 듣는데, 그 소리 역시 간단히 슬픔plainte으로 표현된다. 슬픈 시인의 마음에 새의 노래는 슬픔의 소리로 들려온 것이다.

1연과 2연이 시각적인 풍경과 청각적인 소리로 연결되어 있다면, 2연과 3연은 단절되어 있다. 1연과 2연의 평화로운 풍경을 노래한 것과는 달리 3연에서 시인은 마음의 평화를 깨는 듯이 두 번에 걸쳐 "어쩌나, 어쩌나"라고 비명을 지르는 표현을 반복하기 때문이다. 물론 이러한 표현은 감옥 안에서 유폐된 생활을 하는 자신의 모습과는 대조적으로 감옥 밖에서 진행되는 일상의 삶과 평화를 새삼스럽게 의식했음을 나타낸다. 1연에서 "하늘이 저렇게 푸르고, 저렇게 고요한" 것처럼, 3연에서 "삶은 저기에 / 단순하고 평온"한 것으로 그야말로 단순하게 묘사된다.

시인은 극심한 자괴감에 빠진다. 잃어버린 자유에 대한 회
한, 무책임하고 방종한 생활에 대한 뉘우침, 순수했던 어린 시
절과 행복했던 시절을 향한 그리움은 4연에서 자책감으로 표
현된다.

여기 이렇게 있는 너,
하염없이 울기만 하는 너, 넌 뭘 했지?
말해보렴, 여기 이렇게 있는 너,
네 젊음으로 넌 뭘 했지?

이것은 누구의 말일까? 하느님의 말씀일까? 시인의 양심
의 목소리일까? 하느님의 말씀이건, 시인의 양심이건, 시인은
자신을 질책하기만 할 뿐, 이 물음에 변명하거나 대답하지 않
는다. "넌 뭘 했지?"의 반복은 질책의 어조를 강하게 부각하
는 효과를 갖는다. 특히 마지막 행 "네 젊음으로 넌 뭘 했지?"
는 순수했던 젊음에 대한 그리움을 환기하면서, 젊은 날의 순
수성을 상실하고 방종한 생활에 빠졌던 시인이 자신의 과오를
인정하는 표현으로 보인다. 이것은 기독교로 전향한 시인이
잘못을 고백하고 하느님에게 용서를 구하는 듯한 모습을 연상
시킨다. 결론적으로, 이 시는 극도로 단순한 어휘를 통해 복잡
한 내면을 표현한다.

희망은 외양간의 밀짚처럼 빛나는데

희망은 외양간의 밀짚처럼 빛나는데,
정신없이 날아다니는 말벌을 왜 걱정하니?
햇빛은 벽의 구멍을 통해 뿌옇게 반짝인다
너는 탁자 위에 팔꿈치를 괴어서 잠들지 못했지?

허약하고 불쌍한 사람아, 차가운 우물물이라도
마시려무나. 그런 후에 잠들어라. 나는 그대로 있을 터이니,
네가 잠들면 네 꿈을 소중히 보살펴주겠다,
너는 조용히 잠드는 아이처럼 콧노래를 부르며 자거라.

정오의 종소리 울린다. 제발, 이젠 가셔도 돼요, 부인.
그는 잠이 드네요. 여인의 발걸음 소리는 놀랍게도
딱하고 불쌍한 사람들의 머릿속에 울려 퍼지는 것 같다.

정오의 종소리 울린다. 나는 방에서 술을 반주로 마셨다.
자, 잠들거라! 희망은 움푹 파인 곳의 조약돌처럼 빛난다.
아, 언제쯤 9월의 장미가 다시 꽃 필 것인가!

L'espoir luit comme un brin de paille dans l'étable

L'espoir luit comme un brin de paille dans l'étable.
Que crains-tu de la guêpe ivre de son vol fou?
Vois, le soleil toujours poudroie à quelque trou.
Que ne t'endormais-tu, le coude sur la table?

Pauvre âme pâle, au moins cette eau du puits glacé,
Bois-la. Puis dors après. Allons, tu vois, je reste,
Et je dorloterai les rêves de ta sieste,
Et tu chantonneras comme un enfant bercé.

Midi sonne. De grâce, éloignez-vous, madame.
Il dort. C'est étonnant comme les pas de femme
Résonnent au cerveau des pauvres malheureux.

Midi sonne. J'ai fait arroser dans la chambre.
Va, dors! L'espoir luit comme un cailloux dans un creux.
Ah, quand refleuriront les roses de septembre!

이 시를 읽으면서 먼저 떠오르는 의문은 이 시의 화자가 누구이고, 대화는 언제, 어디서 이루어지는가이다. 우선 짐작해 보자면, 어느 여름날 정오에 잘못을 저지른 아이 같은 시인과 그를 불쌍하게 생각하는 어머니가 어느 시골의 주막집에서 나누는 대화라는 것이다. 시인은 싸구려 포도주를 마셨고, 침울한 표정을 지었을 것이다. 그러나 그가 왜 슬픈 표정을 짓고 자기의 생각을 말하지 않는지는 알 수 없다.

이 시를 좀더 자세히 살펴본다면, 우선 시인의 어머니가 그를 찾아와서 "너무 슬퍼하지 마라. 희망을 가져야지. 희망은 외양간의 밀짚처럼 불행한 상황에서도 빛나는 법이야"라고 말했을 것이다. 여기서 "외양간의 밀짚처럼"이란 비유는 주막집 창가에서 외양간이 보였기 때문일 수 있다. 그러나 시인은 그녀가 아무리 희망을 말해도, 희망의 확신을 갖지 못한 채, 홀 안에서 또는 탁자 위에서 날아다니는 말벌을 바라보며 무서워하는 듯이 보인다. 또한 2연에서는 덧문이 닫혀 있어서 더울 뿐 아니라 갈증이 느껴질 수 있기 때문에, 부인이 물잔에 담긴 "차가운 우물물"을 마시도록 권한다.

그러나 3연의 내용은 짐작하기가 어렵다. "제발, 이젠 가셔도 돼요, 부인./그는 잠이 드네요"라고 말하는 사람이 누구인지가 확실치 않기 때문이다. 어쩌면 주막집의 여주인일지 모른다. 그녀가 시인의 어머니에게 떠나라고 말했을 수 있다. 그리고 4연은 화자의 꿈속에서 "술을 반주로" 마신 기억과 함께 희망이 떠오르는 장면을 보여준다.

이러한 해석과는 달리, 이 시에서의 대화가 이해심이 많은 친구와 시인 사이에서 이루어지는 것으로 볼 수도 있다. 시인은 그의 아내 마틸드를 생각하며, 자신의 후회스러운 행동 또는 잃어버린 행복을 자책하며 괴로워했을지 모른다. 친구는 절망하는 시인에게 "너무 슬퍼하지 말게, 희망을 가져야지"라고 위로했을 것이다. 이 경우에 "이젠 가셔도 돼요, 부인"이라는 말에서 '부인'은 주막집 여주인을 부른 호칭으로 생각할 수 있다. 베를렌의 많은 시가 그렇듯이, 이 시 역시 다양한 해석의 가능성을 보여준다.

일정한 간격으로 서 있는 울타리가

일정한 간격으로 서 있는 울타리가
하얗게 포말이 일며 끝없이 펼쳐진다
덜 익은 까치밥나무 열매의 좋은 냄새가 느껴지는
투명한 안개 속의 투명한 바다처럼

나무들과 물레방아들이
부드러운 초록빛 위에 떠 있는 듯한 곳에
민첩한 망아지들이
뛰놀다가 눕는다.

어느 일요일의 빈 공간 속에
어느새 하얀 양털처럼 부드러운
큰 양들이
자유롭게 돌아다닌다.

조금 전에는 파도가
소용돌이치며 달려오다가, 부서졌다
우유 같은 하늘에서
플루트 같은 종소리의 파도가.

L'échelonnement des haies

L'échelonnement des haies
Moutonne à l'infini, mer
Claire dans le brouillard clair
Qui sent bon les jeunes baies.

Des arbres et des moulins
Sont légers sur le vert tendre
Où vient s'ébattre et s'étendre
L'agilité des poulains.

Dans ce vague d'un Dimanche
Voici se jouer aussi
De grandes brebis aussi
Douces que leur laine blanche.

Tout à l'heure déferlait
L'onde, roulée en volutes,
De cloches comme des flûtes
Dans le ciel comme du lait.

베를렌의 이 시는, 1875년 1월 그가 감옥에서 나온 후, 런던에서 북쪽으로 200킬로미터쯤 떨어진 고원의 해안지대에 있는 학교에서 프랑스어 교사로 지낼 때 쓴 것으로 알려져 있다. 베를렌이 그 지역에 처음 도착했던 날 역에 마중 나온 사람과 함께 이륜마차를 타고 가면서 느낀 것을, 전기 작가인 피에르 프티필은 이렇게 이야기한다.

> 그는 10킬로미터 여정 동안 명상에 잠겨 황혼의 부드러움 속에서 바둑판무늬로 구획이 정리된 울타리 안에 빽빽이 들어찬 양 떼와 민첩한 망아지로 가득 찬 평화로운 시골 풍경을 감상했다. 벌써 눈이 트기 시작한, 굽은 가지가 달린 예쁜 나무들은 자연의 잔잔한 아름다움에 터질 듯 억제된 기쁨을 더해주고 있었다.[*]

베를렌은 2년 동안의 옥중 생활을 참회하고 지내면서 나중에 기독교인으로 새 출발을 하겠다고 다짐한다. 이러한 그에게 양 떼와 망아지로 가득 찬 평화로운 시골 풍경과 봄날의

[*] P. Petitfils, 같은 책, p. 215.

아름다운 자연은 위안과 휴식이 되었을 것이다. 베를렌의 시 「달빛Clair de lune」은 "당신의 영혼은 특이한 풍경"이란 시구로 시작한다. 여기서 "특이한 풍경"이란, 빛과 어둠 또는 기쁨과 슬픔이 미묘하고 신비롭게 뒤섞인 풍경 또는 그만큼 깊은 아름다움을 간직한 풍경이란 의미이다. 이것은 베를렌에게서 인간의 내면과 외부의 풍경은 일치한다는 것을 보여준다. '영혼=풍경'에서 알 수 있듯이, "일정한 간격으로 서 있는 울타리"로 시작하는 이 시는, 일요일의 평화로운 시골 목장과 초원에서, 교회의 종소리가 들려오고, 가까운 해안의 파도가 "달려오다가, 부서"지는 풍경을 보여준다. 이처럼 평화로운 풍경은 그것을 바라보는 시인의 내면을 그대로 반영하는 것이다. 초원과 바다는 명확히 분리되지 않아서, 목장의 울타리가 펼쳐진 모양은 바다의 "하얗게 포말이 일며" 끝없이 되풀이되는 파도처럼 묘사된다. 또한 "까치밥나무 열매"로 번역한 'baie'는 '작은 만' 또는 '내포內浦'라는 뜻으로서, 육지로 깊숙이 들어온 바다의 부분을 가리키기도 한다. 그러니까 '바다' '파도' '하얗게 포말이 일다' '부서지다'와 같은 바다의 이미지들이 haies(울타리, 작은 만)와 결합하고, 바다는 "우유 같은 하늘" "플루트 같은 종소리"와 연속됨으로써 봄날의 어느 일요일 아침, 안개 낀 풍경처럼 모든 경계가 흐릿하게 지워지는 모호한 시적 분위기를 연출하는 것이다.

시학

무엇보다 음악을 중시할 것,
그렇게 하려면 기수각奇數脚을 선호할 것,
보다 모호하고 어렴풋이 퍼져가도록 하면서
무겁거나 가라앉는 것이 하나도 없도록 할 것.

또한 절대로 하지 말아야 할 것은
오해의 여지가 없는 말을 골라서 사용하는 일이지.
불확실한 것이 확실한 것과 결합되는
회색빛 노래보다 더 소중한 것은 없다네.

그건 베일에 가려진 아름다운 눈이고,
그건 정오에 떨리는 햇살이고,
그건 어느 서늘한 가을 하늘에
총총히 빛나는 푸르른 별들이지!

왜냐하면 우리는 아직도 뉘앙스를 필요로 하기 때문이지,
색깔이 아니라 오직 뉘앙스만을!
오오! 뉘앙스만이 결합시킬 수 있지,
꿈과 꿈을 그리고 플루트와 뿔피리를!

Art poétique

De la musique avant toute chose,
Et pour cela préfère l'Impair
Plus vague et plus soluble dans l'air,
Sans rien en lui qui pèse ou qui pose.

Il faut aussi que tu n'ailles point
Choisir tes mots sans quelque méprise:
Rien de plus cher que la chanson grise
Où l'Indécis au Précis se joint.

C'est des beaux yeux derrière des voiles,
C'est le grand jour tremblant de midi,
C'est, par un ciel d'automne attiédi,
Le bleu fouillis des claires étoiles!

Car nous voulons la Nuance encore,
Pas la Couleur, rien que la nuance!
Oh! la nuance seule fiance
Le rêve au rêve et la flûte au cor!

가급적 피해야 할 것은 살인적인 날카로운 말,
창공의 눈을 눈물 흘리게 만드는
잔인한 재치와 불순한 웃음,
그리고 모든 값싼 요리의 마늘 같은 것이지.

웅변을 붙잡아서 목을 비틀어야 해!
힘이 넘쳐나는 각운을
어느 정도 가라앉히도록 하는 편이 좋은 법.
그렇게 주의하지 않으면 그 상태가 어디까지 갈 수 있을지?

아, 그 누가 각운의 오류를 말할 수 있을까!
어느 말 안 듣는 아이나 무모한 흑인이
줄질할 때 공허한 가짜 소리를 내는
엉터리 보석 같은 것을 세공한 것일까?

언제나 변함없이 음악을 중시해야지!
그대의 시구가 날아오르는 것처럼 가벼워져서
산책길의 영혼에게 다른 사랑이 있는
다른 하늘을 향해 달려가는 느낌이 들게 해야지.

그대의 시구가 아침의 경련이 이는 바람에

Fuis du plus loin la Pointe assassine,

L'Esprit cruel et le Rire impur,

Qui font pleurer les yeux de l'Azur,

Et tout cet ail de basse cuisine!

Prend l'éloquence et tords-lui son cou!

Tu feras bien, en train d'énergie,

De rendre un peu la Rime assagie.

Si l'on n'y veille, elle ira jusqu'où?

Ô qui dira les torts de la Rime!

Quel enfant sourd ou quel nègre fou

Nous a forgé ce bijou d'un sou

Qui sonne creux et faux sous la lime?

De la musique encore et toujours!

Que ton vers soit la chose envolée

Qu'on sent qui fuit d'une âme en allée

Vers d'autres cieux à d'autres amours.

Que ton vers soit la bonne aventure

박하와 백리향 향기가 흩어지듯이

그런 멋진 모험이 될 수 있기를……

그렇지 않은 것은 모두 시시한 문학일 뿐.

Éparse au vent crispé du matin

Qui va fleurant la menthe et le thym......

Et tout le reste est littérature.

이 시는 베를렌의 개인적인 '시학'이 아니라 상징주의의 선언문 같은 시라고 말할 수 있다. 물론 이 시가 상징주의의 시학을 체계적으로 보여준 것은 아니지만, 이 시에는 상징주의 시인들의 문학적 원칙과 주장이 고스란히 담겨 있다. 상징주의와 베를렌의 시학을 연구한 짐메르만은 "이 시는 상징주의에 대한 체계적인 시학이 아니라, 그의 시집 『말 없는 연애시 *Romances sans paroles*』의 시학일 뿐"*이라고 단언한다. 그럼에도 불구하고 이 시는 새로운 문학적 입장을 주장하는 동시에 자신들이 거부해야 할 전통과 관습의 문제점을 제시한다. 첫 연에서 알 수 있듯이, 회화보다 "음악을 중시"하고, 불안정한 "기수각을 선호"해야 한다거나 "보다 모호하고 어렴풋이 퍼져가"는 시적 표현을 추구해야 한다는 것, "오해의 여지가 없는" 확실한 말보다 오해의 여지가 많은 모호한 말을 구사해야 한다는 것은 대체로 상징주의의 작시법이라고 말해도 큰 무리가 없어 보인다. 또한 5연은 "가급적 피해야 할 것"이 무엇인지를 구체적으로 제시한다. 그것은 17세기 부알로의 풍자시와 18세기 볼테르의 글에서 보이는 "살인적인 날카로운

* E. M. Zimmermann, *Magies de Verlaine*, Slatkine, 1981, p. 113.

말"이나 "잔인한 재치와 불순한 웃음"의 농담 같은 말, "값싼 요리의 마늘 같은" 진부하고 자극적인 말들이다. 6연에서 보이는 "웅변을 붙잡아서 목을 비틀어야" 한다는 구절은 19세기 낭만주의 시인들의 서정적이고 웅변적인 과장된 표현법을 배격해야 한다는 생각을 반영한다.

베를렌과 상징주의 시인들은 "불확실한 것이 확실한 것과 결합되는" "회색빛 노래" 혹은 "뉘앙스"의 시를 좋아한다. 이처럼 모호하고 미묘한 이미지들은 3연에서처럼, "베일에 가려진 아름다운 눈" "정오에 떨리는 햇살" "어느 서늘한 가을 하늘에/총총히 빛나는 푸르른 별들"로 나타난다. '아름다운 눈' '햇살' '푸르른 별들'은 투명하고 확실한 형태로 표현되어서는 안 되고, 모호하고 어렴풋한 뉘앙스를 동반하여 부각되도록 해야 한다는 것이다. 이러한 뉘앙스의 시학에서 각운은 가능한 한 "힘이 넘쳐나"거나 둔중한 느낌보다는 경쾌하고 날렵한 느낌을 줄 수 있어야 한다. 가볍지 않은 각운은 "줄질할 때 공허한 가짜 소리를 내는/엉터리 보석 같은 것"이라고 시인은 말한다. 이 구절은 시인의 감정이나 감각을 중요시하지 않고, 오직 시의 형식에만 중요성을 부여하는 고답파 혹은 파르나스파 시인들의 시론을 비판한 표현으로 볼 수 있다. 이러한 시인들을 대표하는 고티에와 방빌은 시의 완전한 형식을 위해서 시인의 감정과 감각을 희생해야 한다고 주장했기 때문이다.

베를렌은 대부분의 상징주의 시인들과 마찬가지로 생각이나 감정이란 객관화하여 정확히 표현할 수 없는 것이므로 그것들을 모호하고 암시적으로 나타내야 한다는 점을 역설한다. 그러니까 "오해의 여지가 없는" 분명한 말은 사용하지 않는 것이 좋다. 그의 이러한 시론 때문인지는 모르지만, 상이하고 대립적인 것들을 복합적으로 연결 짓는 뉘앙스의 방법을 강조하는 4연에서 "뉘앙스만이 결합시킬 수 있지,/꿈과 꿈을 그리고 플루트와 뿔피리를!"이라는 구절의 동사는 이해하기 어렵다. 본래 이 구절에 적합한 동사는 '결합시키다'라는 뜻의 unir인데, 시인이 왜 이 동사를 피하고 '약혼시키다fiancer'라는 단어를 사용했는지 알 수 없기 때문이다. 그러므로 이 구절의 동사를 '약혼시키다'로 옮기지 않고, 시의 흐름을 따라서 '결합시키다'로 번역하게 되었다.

또한 마지막 연에서 "그대의 시구가 아침의 경련이 이는 바람에/박하와 백리향 향기가 흩어지듯이"라는 구절을 주목해보자. 이 구절에서 '경련이 이는crispé'이란 형용사는 '바람'에 연결되어 있기 때문이다. 그렇다면 '바람'이 경련이 인다는 것을 어떻게 이해해야 할까? 경련이 이는 것은 바람이 아니라 아침 바람으로 서늘함을 느끼는 시인의 피부가 아닐까? 이러한 의문 속에서 시인이 의도적으로 경련의 감각을 바람에 연결했을 것이라고 생각하게 된다. 그러나 이러한 부적절한 표현 방법 역시 객관적 세계와 주관적 세계를 모호하게 결합하는 보들레르의 '상응'의 시학과 일치한다고 말할 수 있다.

달빛

당신의 영혼은 특이한 풍경이지요
가면무도회의 베르가모 춤*에 매혹되어
류트** 연주에 맞추어 춤추면서도
기이한 변장 속에 슬퍼 보여요.

승리의 사랑과 편안한 삶은
단조로 노래 부르면서
행복을 믿는 것 같지 않고
그 노래에는 달빛이 섞여 있는데,

슬프고 아름답고 고요한 달빛은
나무에 앉은 새들을 꿈꾸게 하고
황홀감으로 울게 하네요 대리석 틈에서
가볍게 솟아오르는 분수의 큰 물줄기를.

---

* 이탈리아의 베르가모Bergamo에서 유래한 가면무도회의 춤. 본래 이것은
울긋불긋한 옷을 입고 목검을 찬 익살광대의 춤이었다고 한다.
** 16세기에서 18세기까지 유럽에서 널리 유행했던 기타와 유사한 악기.

Clair de lune

Votre âme est un paysage choisi
Que vont charmant masques et bergamasques,
Jouant du luth, et dansant, et quasi
Tristes sous leurs déguisements fantasques.

Tout en chantant sur le mode mineur
L'amour vainqueur et la vie opportune,
Ils n'ont pas l'air de croire à leur bonheur
Et leur chanson se mêle au clair de lune,

Au calme clair de lune triste et beau,
Qui fait rêver les oiseaux dans les arbres
Et sangloter d'extase les jets d'eau,
Les grands jets d'eau sveltes parmi les marbres.

"당신의 영혼은 특이한 풍경"이라는 이 시의 첫 구절은 베를렌이 영혼의 상태를 풍경의 은유로 표현한 점에서 매우 이채롭다. 이 시에서 '당신'이 누구인지는 중요하지 않다. 이것은 시인 자신일 수도 있고, 시인이 사랑하는 사람일 수도 있기 때문이다. 중요한 것은 그 영혼의 풍경이 빛과 어둠, 기쁨과 슬픔 등 상이한 요소들의 결합으로 모호하게 보인다는 점이다.

1연에서는 춤에 매혹된 사람이 "기이한 변장 속에 슬퍼" 보인다는 것, 2연에서는 "승리의 사랑과 편안한 삶"이 행복을 가져오지 않고, 오히려 "단조로 노래 부를" 만큼 우울하다는 것, 3연에서는 "고요한 달빛"이 분수의 물줄기를 "황홀감으로 울게" 한다는 것, 이 모두가 대립적 이미지들의 혼합이라고 할 수 있다.

베를렌은 「시학」에서 시는 "불확실한 것이 확실한 것과 결합되는/회색빛 노래"가 되어야 한다고 말했다. 「달빛」의 시적 흐름은 '불확실한 것과 확실한 것'의 결합이 점차 확산된 느낌을 준다. 가령 한 문장으로 구성된 1연의 내용에 비해, 2연과 3연의 한 문장 안에는 '편안한 삶'과 '단조의 노래' '노래와 달빛', 고요한 달빛과 꿈꾸는 새, 황홀감과 울음, 울음과 분수의 물줄기 등 불확실한 것과 확실한 것의 모호한 결합이 복잡하게 전개되어 있다. 아마도 이러한 구성이 「달빛」의 문학성을 두텁게 만드는 요인일지 모른다.

아르튀르 랭보

Arthur Rimbaud
1854〜1891

감각

여름날 푸르른 저녁, 나는 오솔길로 가리라.
밀 이삭에 찔리며, 잔풀을 밟고
몽상가가 되어 발밑의 서늘함 느껴보리라.
바람결에 맨머리 젖게 하리라.

나는 아무 말도 하지 않으리라, 아무 생각도 하지 않으리라.
하지만 무한한 사랑이 내 영혼에 가득 차오르면
나는 멀리, 아주 멀리, 방랑자 되어
자연 속으로 가리라—여자와 동행하듯 행복하게.

Sensation

Par les soirs bleus d'été j'irai dans les sentiers,
Picoté par les blés, fouler l'herbe menue:
Rêveur, j'en sentirai la fraicheur à mes pieds.
Je laisserai le vent baigner ma tête nue.

Je ne parlerai pas; je ne penserai rien.
Mais l'amour infini me montera dans l'âme;
Et j'irai loin, bien loin, comme un bohémien,
Par la Nature, — heureux comme avec une femme.

이 시는 랭보가 열일곱 살에 쓴 시로서, 시인의 데뷔작이라고 할 수도 있다. 8행으로 구성된 이 시는 간결하면서도 충만된 느낌을 준다. '가다aller'라는 동사는 두 번 나오는데, 한 번은 "오솔길로 가리라"에서이고, 두번째는 "자연 속으로 가리라"에서이다. 단수가 아니라 복수로 표현된 오솔길은 목적지에 빠르게 도착할 수 있는 현실적인 직선의 길이 아니라 몽상과 사색에 적합한 구불구불한 길이라는 것을 암시한다. 그러므로 어린 시인은 가정과 학교의 관습적인 구속을 벗어나서, "방랑자"의 몽상적이고 자유로운 삶의 의지를 직선의 길도 아니고, 도시의 길도 아닌 '오솔길'과 '자연' 속으로 가고 싶다는 말로 표현한 것이다. '나'와 '자연'의 순수하고 직접적인 일체감은 여름날 저녁의 푸른빛이 느껴지는 분위기와 서늘한 풀밭, 시원한 바람의 감촉으로 완성되는 듯하다. 또한 "무한한 사랑이 내 영혼에 가득 차오르면"이라는 구절은 나무의 수액이 차오르는 듯한 생명의 신선함을 느끼게 한다. 모든 명사가 단수이건 복수이건 명확히 지시되고 한정된 것이 아니라, 무한한 느낌을 주는 것으로 표현된다는 것도 특기할 만하다. 방랑자의 삶을 꿈꾸는 시인의 마음은 자유와 사랑과 행복이 가득 차 있는 것처럼 보인다.

피에르 브뤼넬은 자유와 사랑과 행복을 꿈꾸는 「감각」을 랭보의 첫 작품으로 보고, 「출발」을 마지막 작품이라고 판단한다. 「감각」에서 "나는 오솔길로 가리라" "나는 멀리, 아주 멀리, 방랑자 되어/자연 속으로 가리라"의 희망의 어조와는 다르게, 「출발」은 모든 희망이 절망으로 끝난 사람의 떠나려는 의지를 보여준다는 점에서이다.*

* P. Brunel, *Arthur Rimbaud ou l'éclatant désastre*, Champ Vallon, 1978, p. 11~12 참조.

음악에 덧붙여서

초라한 잔디밭으로 재단해 만든 광장,
나무들과 꽃들, 모든 것이 질서 정연한 공원에
더위로 숨 막혀 죽을 듯한 모든 부르주아들이
목요일 저녁이면, 바보 같은 질투심의 표정으로 모여든다.

─군악대가 공원 한가운데에서
군모를 흔들며 *피리 왈츠곡*을 연주한다.
─주변의 맨 앞줄에 선 멋쟁이가 으스대고
공증인은 숫자가 적힌 시계 장식 줄에 매달려 있다.

코안경을 걸친 금리생활자들은 모든 불협화음을 지적한다.
몸이 부푼 뚱뚱한 사무직들은 뚱뚱한 부인을 끌고 다니고
그 부인들 옆에는 장식 밑단이 광고판 같은 옷의 여자들이
친절한 코끼리 조련사들처럼 따라다닌다.

초록색 벤치에는 은퇴한 속물들이 무리 지어
손잡이가 둥근 단장으로 모래를 뒤적거리며
조약의 문제점을 무척이나 진지하게 논의한 후
은담뱃갑에 든 코담배를 들이마시고 말을 잇는다. "결국⋯⋯!"

À la musique

Sur la place taillée en mesquines pelouses,
Square où tout est correct, les arbres et les fleurs,
Tous les bourgeois poussifs qu'étranglent les chaleurs
Portent, les jeudis soirs, leurs bêtises jalouses.

— L'orchestre militaire, au milieu du jardin,
Balance ses schakos dans la *Valse des fifres*:
— Autour, aux premiers rangs, parade le gandin;
Le notaire pend à ses breloques à chiffres:

Des rentiers à lorgnons soulignent tous les couacs:
Les gros bureaux bouffis traînant leurs grosses dames
Auprès desquelles vont, officieux cornacs,
Celles dont les volants ont des airs de réclames;

Sur les bancs verts, des clubs d'épiciers retraités
Qui tisonnent le sable avec leur canne à pomme,
Fort sérieusement discutent les traités,
Puis prisent en argent, et reprennent: «En somme!......»

의자 위에 포동포동한 허리를 납작이 누르고 앉은
밝은 색 단추의 뚱뚱한 플랑드르 부르주아는
오냉 파이프 담배를 피우는데, 담뱃가루가 조금씩
비어져 나온다—아시다시피, 이건 밀수입품이죠.—

푸른 잔디를 따라서 가는 불량배들은 히죽히죽 웃고
트롬본의 음에 따라 마음이 들뜬
아주 순진한 병사들은 장미꽃을 입에 물고서
하녀들을 유혹하려고 갓난아기들을 어루만진다……

—나는 학생처럼 옷차림을 흐트러뜨린 채
푸른 마로니에 숲에서 발랄한 여자아이들을 따라간다.
여자아이들은 그걸 알고서 웃으며 뛰어가는데,
나를 쳐다보는 그들의 눈빛에는 바람기가 가득 차 있다.

나는 아무 말도 하지 않고 언제나 바라본다
헝클어진 머리 타래가 수를 놓은 하얀 목덜미의 살결을.
나는 따라간다, 블라우스와 장신구 속에
어깨의 곡선에 이어 매혹적인 등을.

나는 곧 장화와 양말을 벗기고……

Épatant sur son banc les rondeurs de ses reins,
Un bourgeois à boutons clairs, bedaine flamande,
Savoure son onnaing d'où le tabac par brins
Déborde—vous savez, c'est de la contrebande;—

Le long des gazons verts ricanent les voyous;
Et, rendus amoureux par le chant des trombones,
Très naïfs, et fumant des roses, les pioupious
Caressent les bébés pour enjôler les bonnes......

—Moi, je suis, débraillé comme un étudiant,
Sous les marronniers verts les alertes fillettes:
Elles le savent bien; et tournent en riant,
Vers moi, leurs yeux tout pleins de choses indiscrètes.

Je ne dis pas un mot: je regarde toujours
La chair de leurs cous blancs brodés de mèches folles:
Je suis, sous le corsage et les frêles atours,
Le dos divin après la courbe des épaules.

J'ai bientôt déniché la bottine, le bas......

―홍분의 열기로 달아올라, 알몸을 상상해본다.

그들은 나를 이상한 애라고 여기며 나직이 소곤거린다……

―그리고 나는 내 입술로 다가오는 입맞춤을 느낀다……

—Je reconstruis les corps, brûlé de belles fièvres.

Elles me trouvent drôle et se parlent tout bas......

—Et je sens les baisers qui me viennent aux lèvres......

랭보의 고향 샤를빌의 광장 음악회 풍경을 묘사한 이 시는 재미있는 드라마의 한 장면을 연상시킨다. 시인은 시골 부르주아들의 옷차림과 말투, 이야기의 내용을 객관적으로 그리면서 풍자한다. 시적인 서정성은 전혀 보이지 않는다. 이런 점에서 이 시는 대상에 대한 개인의 감정을 토로하는 주관적 서정시가 아니라, 대상과 거리를 둔 객관적 서사시의 어조를 동반한다.

1연에서 광장과 공원의 풍경은 인공적으로 "재단해" 만들어 경직된 느낌을 준다. 그러니까 부르주아들이 "숨 막혀 죽을 듯한" 모습을 보여주는 것은 더위 때문이 아니라 "질서 정연"한 경직성 때문으로 보인다. 그들의 사고방식이 얼마나 융통성 없는 것인지는 쉽게 짐작된다. 또한 2연에서 "공증인은 숫자가 적힌 시계 장식 줄에 매달려 있다"는 것은 소유자가 시곗줄에 숫자가 적힌 고급 시계를 과시하는 듯하다. 3연의 "금리생활자들" "사무직들" 그리고 "코끼리 조련사" 같은 부인들, 4연의 "은퇴한 속물들", 5연의 "뚱뚱한 플랑드르 부르주아"의 모습은 마치 부르주아의 풍속 희극에 등장하는 인물들 같다. 이러한 인물 묘사는 사실적이면서 동시에 반反사실주의적인 서술 방법으로 전개된다고 할 수 있다.

이 시의 후반부(6연~9연)에서 언급되는 사람들은 전반부의 부르주아들과는 다르다. 화자인 '나'를 포함해서 "불량배들" "병사" "하녀들" "여자아이들"은 사회 중심부에 자리 잡지 못한 주변인들이다. 그러나 그들의 모습은 무엇보다 자연스럽고 자유롭다. 그들은 반자연적인 광장이나 공원을 배경으로 한 상투적인 고정관념의 부르주아들과는 달리 "푸른 잔디를 따라서" 가고, "푸른 마로니에 숲에서" 걷거나 뛰어간다. 자연과 나무의 색깔인 '푸른vert'은 두 번이나 반복된다. '녹색'과 같은 의미의 '푸른'은 랭보의 시에서 행복의 색깔이다. '나'는 여자아이들을 보고 따라가면서, 그들의 알몸을 상상한다. '나'의 꿈과 상상은 사랑에 대한 환상뿐 아니라 막연히 다른 세계로 떠나고 싶은 욕망으로 이어진다.

소설

I

사람은 열일곱의 나이엔 착실하지 못한 법,
―어느 날 저녁 생맥주와 레몬주스,
샹들리에 번쩍이는 떠들썩한 카페 따위는 대수롭지 않아!
―푸른 보리수나무 숲 산책길로 가게 되지.

6월의 즐거운 저녁 보리수꽃들은 얼마나 향기로운가!
대기는 때때로 아주 부드럽게 느껴져 눈까풀이 감겨오고
소음을 싣고 오는 바람은―시내가 멀지 않아―
포도나무 향기와 맥주 향기를 풍긴다……

II

그런데 갑자기 작은 나뭇가지 사이에 둘러싸인
짙은 쪽빛의 아주 작은 헝겊 조각이 보였다
그건 부드럽게 몸을 떨다가 사라지는
작고 하얀 불운의 별이 핀에 고정된 모양이었지.

Roman

I

On n'est pas sérieux, quand on a dix-sept ans.
— Un beau soir, foin des bocks et de la limonade,
Des cafés tapageurs aux lustres éclatants!
— On va sous les tilleuls verts de la promenade.

Les tilleuls sentent bon dans les bons soirs de juin!
L'air est parfois si doux, qu'on ferme la paupière;
Le vent chargé de bruits, — la ville n'est pas loin, —
A des parfums de vigne et des parfums de bière......

II

— Voilà qu'on aperçoit un tout petit chiffon
D'azur sombre, encadré d'une petite branche,
Piqué d'une mauvaise étoile, qui se fond
Avec de doux frissons, petite et toute blanche......

6월의 밤! 열일곱 살! 쉽게 취할 수 있지.
수액은 샴페인처럼 머리에 차오르고……
우리는 횡설수설하고, 입술엔 작은 사슴처럼
팔딱거리는 입맞춤이 느껴진다……

III

들뜬 마음에 소설 속 로빈슨 크루소가 되어
—어느 희미한 가로등 불빛 속에서
매혹적인 귀여운 얼굴의 아가씨가 자기 아버지의
무서운 장식 칼라를 앞세우고 지나갈 때……

그리고 그녀는 그대를 아주 순진하다고 생각하여
작은 반장화로 종종걸음 치다가
빠르고 경쾌한 동작으로 돌아선다……
—그러면 그대 입술 위에서 카바티나*는 사라져버리지……

IV

그대는 사랑에 빠졌네. 8월까지는 상찬의 대상이 되었지.

---

* 아리아보다 짧은 독창곡.

Nuit de juin! Dix-sept ans! — On se laisse griser.

La sève est du champagne et vous monte à la tête......

On divague; on se sent aux lèvres un baiser

Qui palpite là, comme une petite bête......

III

Le cœur fou Robinsonne à travers les romans,

— Lorsque, dans la clarté d'un pâle réverbère,

Passe une demoiselle aux petits airs charmants,

Sous l'ombre du faux col effrayant de son père......

Et, comme elle vous trouve immensément naïf,

Tout en faisant trotter ses petites bottines,

Elle se tourne, alerte et d'un mouvement vif......

— Sur vos lèvres alors meurent les cavatines......

IV

Vous êtes amoureux. Loué jusqu'au mois d'août.

Vous êtes amoureux. — Vos sonnets La font rire.

Tous vos amis s'en vont, vous êtes *mauvais goût*.

그대는 사랑에 빠졌네. —그대의 소네트 시는 그녀를 웃게
하지
　　그대의 친구들은 모두 떠나버리고, 그대는 *나쁜 취향*이지.
　　—그대가 사랑하는 여자가 어느 날 저녁 그대에게 편지를
썼다네……!

　　그날 밤…… —그대는 빛이 번쩍이는 카페로 돌아와
　　생맥주나 레몬주스를 주문하겠지……
　　—사람은 착실하지 못한 법, 열일곱의 나이엔,
　　더구나 산책길에 푸른 보리수나무 숲이 있을 때는

                                    1870년 9월 29일

— Puis l'adorée, un soir, a daigné vous écrire......!

— Ce soir-là,......— vous rentrez aux cafés éclatants,
Vous demandez des bocks ou de la limonade......
— On n'est pas sérieux, quand on a dix-sept ans
Et qu'on a des tilleuls verts sur la promenade.

29 septembre 1870.

랭보가 열일곱 살 때 쓴 이 시는 「첫날밤Première soirée」 「니나의 대꾸Les reparties de Nina」와 같은 시기의 작품으로 알려져 있다. 이 두 작품 모두 사랑의 감각적 기쁨을 주제로 하여 "그녀의 미소 속에, 그녀의 젖가슴 위에" "한 줄기 여린 빛이 장미나무의 꿀벌처럼" "어른거린다"(「첫날밤」), "나는 너를 안으리라, 가슴 뛰는 너를, 오솔길에서"(「니나의 대꾸」)와 같은 구절들이 담겨 있다. 랭보의 초기 시가 대체로 그렇듯이, 사랑의 감정은 자연 속에서의 행복한 체험과 뒤섞여 표현된다. 초기 작품인 「감각」의 끝 구절이 "나는 멀리, 아주 멀리, 방랑자가 되어/자연 속으로 가리라—여자와 동행하듯 행복하게"인 것처럼. 「소설」의 화자는 "열일곱의 나이"가 되면, "떠들썩한 까페"보다 "푸른 보리수나무 숲 산책길"을 걷고 싶다거나, 그 산책길에서 사랑스러운 여자를 만나기를 꿈꾼다. '열일곱의 나이'에 '착실하지sérieux 못하다'는 말은, 틀에 박힌 모범생으로 지내지 않고 자연 속으로건 어떤 다른 세계로건 떠나고 싶은 생각을 표현한 것으로 볼 수 있다.

이 시의 제목은 왜 '소설'일까? 이 시의 중반에는 "들뜬 마음에 소설 속 로빈슨 크루소가" 된다는 구절이 보인다. 로빈슨 크루소는 배가 난파되어 무인도에 홀로 떨어져서 굴집을 짓고, 식량을 마련하면서 매일같이 모험 생활을 하는 이야기의 주인공이다. 그러나 그는 아무런 희망도 없는 무인도에서 외롭게 살면서도 자유와 행복을 느꼈다고 말한다. 랭보가 이 시에서 '로빈슨 크루소'를 인용한 것은 단순히 모험에 대한 동경뿐 아니라 그 생활이 무엇보다 자유로운 삶으로 연상되었기 때문일 것이다. 그렇다면 이 시의 '소설'이란 제목은 자유의 삶에 대한 꿈이나 로망을 함축한 것으로 볼 수 있지 않을까?

이 시의 첫 구절과 끝 구절은 배열이 다를 뿐 동일한 문장으로 구성되어 있다. 다시 말해서 "열일곱의 나이엔" "떠들썩한 카페"에 싫증을 느끼고 '숲으로 간다'는 것이다. 앞에서 인용한 시 「감각」은 "오솔길로 가리라" "몽상가가 되어" "방랑자가 되어" "자연 속으로 가리라"라는 구절로 요약할 수 있다. 이런 점에서 시인에게는 오솔길, 숲, 자연과 같은 공간은 집이나 학교 또는 도시의 카페와 같은 일상의 현실을 벗어나는 꿈과 방랑의 세계를 의미한다고 볼 수 있다. 본래 프랑스어 rêver는 '꿈을 꾸다' 외에 '방랑하다'로도 쓰였다고 한다. 그러니까 랭보에게서 '숲으로 간다'거나 '자연 속으로 간다'는 것은 '꿈을 꾸듯이 몽상의 세계로 간다' '방랑의 삶을 꿈꾼다'와 거의 일치하는 표현으로 볼 수 있다. 물론 숲의 산책길에서 사랑을 만날 수도 있다. 이 시에서 "매혹적인 귀여운 얼굴의 아가씨"가 부르주아의 옷차림 뒤에 가린 아름다운 모습으로 표현되는 것은 매우 인상적이다.

골짜기에 잠자는 사람

그건 초록색 구덩이, 그곳엔 강물이 은빛
누더기를 걸친 잡초에 미친 듯이 매달려
노래하고, 태양은 우뚝 솟은 산에서 반짝인다,
그건 햇빛으로 거품이 이는 작은 골짜기.

젊은 병사가 입을 벌리고, 모자는 벗겨진 채,
푸르고 신선한 물냉이 속에 목덜미를 담그고,
잠잔다, 그는 누워 있다, 풀섶에, 하늘 아래
빛이 쏟아지는 초록색 잠자리에서 창백한 얼굴로.

두 발은 글라디올러스꽃 속에 잠그고, 잔다
병든 아이가 미소 짓듯이, 웃음 지으며 그는 잠들어 있다.
자연이여, 그를 따뜻하게 품어주어라, 그는 추워하니까.

꽃향기에도 그의 콧구멍은 떨림이 없다.
그는 햇빛 속에서 잔다, 손은 흔들림이 없는 가슴 위에 얹어
놓고,
그의 오른쪽 옆구리엔 두 개의 붉은 구멍이 있다.

Le dormeur du val

C'est un trou de verdure où chante une rivière,
Accrochant follement aux herbes des haillons
D'argent; où le soleil, de la montagne fière,
Luit: c'est un petit val qui mousse de rayons.

Un soldat jeune, bouche ouverte, tête nue,
Et la nuque baignant dans le frais cresson bleu,
Dort; il est étendu dans l'herbe, sous la nue,
Pâle dans son lit vert où la lumière pleut.

Les pieds dans les glaïeuls, il dort. Souriant comme
Sourirait un enfant malade, il fait un somme:
Nature, berce-le chaudement: il a froid.

Les parfums ne font pas frissonner sa narine;
Il dort dans le soleil, la main sur sa poitrine,
Tranquille. Il a deux trous rouges au côté droit.

이 시의 1행에서 "구덩이"로 번역한 프랑스어 명사는 '구멍 le trou'이다. 그러니까 이 시는 '구멍'에서 시작하여 '구멍'으로 끝나는 완결성을 보여준다. "초록색 구덩이"는 잡초가 무성한 땅의 움푹하고 깊게 파인 곳을 의미한다. 그 근처에 죽은 병사가 누워 있다. 그의 오른쪽 옆구리의 "두 개의 붉은 구멍"은 두 개의 총알이 박혀 있음을 알려준다. 이렇게 '구멍'은 두 번 반복되고, '잠잔다'는 동사는 세 번 되풀이된다. 또한 이 동사와 비슷한 뜻의 숙어 '잠들어 있다faire un somme'도 덧붙어 있다.

죽은 병사가 잠자듯이 누워 있는 반면, 햇빛이 맑은 하늘 아래에서 주변의 꽃들은 활짝 피어 향기를 뿜어낸다. 골짜기에 흘러내리는 강물은 햇빛으로 "은빛/누더기를 걸친 잡초" 사이로 거세게 흘러내리는 듯하다. 이 시의 화자는 죽은 병사의 머리, 발, 웃음, 코, 가슴, 옆구리 등을 세밀하게 관찰한다. 그는 신체 각 부분의 기능이 정지되었음을 묘사하면서, 그것과는 대조적으로 자연의 아름다움과 영원한 생명력을 표현한다. 이러한 대조법은 8행의 "빛이 쏟아지는 초록색 잠자리에서 창백한 얼굴로"라는 시구에서 더욱 극명하게 드러난다. 자연은 초록색, 푸른색, 글라디올러스꽃의 노란색으로 마치 점묘화처럼 그려지고, 자연의 고요함은 다양한 색깔로 나타난다. 국어사전에 의하면, 글라디올러스는 "붓꽃과에 속하는 다년생 알뿌리 화초"이고, "잎은 활 모양이고, 여름에 잎 사이에서 1미터가량의 긴 꽃줄기가 나와 많은 꽃이 달려 차례로 밑에서 위로 꽃이 핀다." 이 꽃은 품종에 따라 빨간빛, 흰빛, 노란빛 등 종류가 다양한데, 랭보의 이 시에서는 노란빛의 글라디올러스라는 해석이 지배적이다. 또한 글라디올러스라는 이름은 꽃의 형태가 작은 칼과 같다는 의미의 라틴어에서 유래했다고 한다. 민속 전통에 의하면 이 꽃은 종려나무 잎처럼 승리와 영예를 상징하는 것으로서 순교와 관련된다. 시인은 어쩌면 이름 없는 병사의 죽음을 순교와 동일시했을지 모른다.

이 시는 1870년 10월에 쓴 작품으로 알려져 있다. 1870년은 보불전쟁이 시작된 해이다. 죽은 병사는 보불전쟁의 희생자일 수 있다. 이 시에서는 이러한 역사적 사실이 전혀 드러나 있지 않다. 그러나 분명한 것은 시인이 병사의 죽음을 통해 전쟁의 무모함과 비참함을 고발한다는 점이다.

초록빛 선술집에서
—오후 5시

일주일 전부터 내 반장화는 길의 조약돌에 부딪쳐
찢어졌네. 샤를루아로 들어가던 길이었지.
—*초록빛 선술집에서* 버터 바른 빵과
적당히 차가운 햄을 주문했네.

매우 행복하다는 생각으로 초록빛 식탁 아래로 다리를
뻗었지. 타피스리의 소박한 그림을
바라보았네. 그러자 기분이 유쾌해졌지.
마침 젖가슴이 풍만하고, 눈빛에 생기가 도는 여자가,

—그 여자는 입맞춤을 해도 놀라지 않을 것 같은데!—
웃음을 지으며, 버터 바른 빵과
미지근한 햄을 채색 접시에 담아 가져왔는데,

장미색과 흰색의 햄은 마늘쪽 냄새가 향긋했고,
커다란 맥주잔을 가득 채웠을 때,
거품엔 늦은 햇살이 금빛으로 물들어 있었으니까.

Au Cabaret-Vert

— cinq heures du soir

Depuis huit jours, j'avais déchiré mes bottines
Aux cailloux des chemins. J'entrais à Charleroi.
— *Au Cabaret-Vert*: je demandai des tartines
De beurre et du jambon qui fût à moitié froid.

Bienheureux, j'allongeai les jambes sous la table
Verte: je contemplai les sujets très naïfs
De la tapisserie. — Et ce fut adorable,
Quand la fille aux tétons énormes, aux yeux vifs,

— Celle-là, ce n'est pas un baiser qui l'épeure! —
Rieuse, m'apporta des tartines de beurre,
Du jambon tiède, dans un plat colorié,

Du jambon rose et blanc parfumé d'une gousse
D'ail, — et m'emplit la chope immense, avec sa mousse
Que dorait un rayon de soleil arriéré.

플레야드판 랭보 전집의 앙투안 아당Antoine Adam에 의하면, 이 시는 랭보가 1870년 10월 가출하여 벨기에를 여행했을 때 쓴 작품이고, "초록빛 선술집le cabaret-vert"은 여행자들이 주로 이용하는 도로변의 간이식당이다.* 그러니까 이 집은 술집이라기보다 술도 마실 수 있는 여인숙의 식당인 셈이다. 랭보의 전기를 쓴 피에르 프티피스에 의하면, "이 초록빛 선술집은 내부의 벽과 가구들은 물론 외관까지 모두 초록색이었다."** 또 다른 랭보 전집의 편집자인 쉬잔 베르나르에 의하면 "여인숙은 랭보에게서 행복과 자유의 진정한 상징"*** 이다.

이 시는 「나의 방랑Ma bohème」과 비슷하다. 「나의 방랑」의 화자는 "단벌 바지"에 "커다란 구멍"이 뚫린 옷차림이지만, "하늘 아래 돌아다녀" "큰곰자리"를 자신의 여인숙이라고 노래한다. 「초록빛 선술집에서」 시인은 "내 반장화는 [……] 찢어졌"지만 "버터 바른 빵과/적당히 차가운 햄"을 주문하며

---

   * A. Rimbaud, *Œuvres complètes*, Gallimard, 1972, p. 870.
   ** P. Petitfils, *Rimbaud*, Julliard, 1982, p. 83.
   *** A. Rimbaud, *Œuvres de Rimbaud*, Éditions Garnier Frères, 1981, p. 383.

"행복하다는 생각"을 한다. 또한 「나의 방랑」이 하늘과 땅의 구별이 없는 점에서 초현실적인 자유의 세계를 떠올리게 한다면, 「초록빛 선술집에서」는 빵과 맥주를 즐길 수 있는 일상의 행복을 이야기한다. 그 행복의 순간은 반복적인 일상의 현실이 아니라, 여행길에서만 경험할 수 있는 특별한 휴식의 시간이다. 그러나 "커다란 맥주잔"의 거품에서 저녁의 "늦은 햇살이 금빛으로 물들어 있"는 것을 발견한 시인의 행복감은 우주적으로 무한히 확대된 느낌을 준다.

나의 방랑

나는 떠났네, 터진 주머니에 주먹을 쑤셔 넣고
내 외투 역시 관념적이 되었지.
하늘 아래 돌아다녔지, 뮤즈여 난 그대의 숭배자였으니,
아아! 나는 얼마나 화려한 사랑을 꿈꾸었던가!

내 단벌 바지에는 커다란 구멍이 나 있었네.
—꿈꾸는 엄지 동자처럼 난 걷는 길에서
시구를 줍기도 했지. 내 여인숙은 큰곰자리였지.
—하늘의 내 별은 정답게 살랑거리는 소리를 냈다네

나는 길가에 앉아, 귀를 기울여 들었지
9월의 상쾌한 저녁나절, 이마에서는
이슬방울이 마법의 술처럼 느껴졌고

환상의 어두움 속에서 시의 운율에 맞추어
칠현금이라도 켜듯, 한 발을 가슴 가까이 들어 올려
찢어진 신발의 고무줄을 잡아당겼네!

Ma bohème

Je m'en allais, les poings dans mes poches crevées;
Mon paletot aussi devenait idéal;
J'allais sous le ciel, Muse, et j'étais ton féal;
Oh! là! là! que d'amours splendides j'ai rêvées!

Mon unique culotte avait un large trou.
— Petit-Poucet rêveur, j'égrenais dans ma course
Des rimes. Mon auberge était à la Grande-Ourse.
— Mes étoiles au ciel avaient un doux frou-frou

Et je les écoutais, assis au bord des routes,
Ces bons soirs de septembre où je sentais des gouttes
De rosée à mon front, comme un vin de vigueur;

Où, rimant au milieu des ombres fantastiques,
Comme des lyres, je tirais les élastiques
De mes souliers blessés, un pied près de mon cœur!

이 시는 「감각」과 밀접한 연관성을 갖는다. 「감각」이 방랑의 의지를 미래형으로 나타낸다면, 「나의 방랑」은 그 의지가 실현되었음을 과거형으로 표현한다. 또한 「감각」의 시간적 배경이 "여름날"인 반면, 「나의 방랑」의 시간은 "9월의 상쾌한 저녁나절"이다. 가을이 '방랑'의 계절이기 때문일까? 「감각」이 자연의 풍경과 자아의 일치를 감각적으로 표현하면서 '오솔길'과 '밀밭' 같은 외부의 공간을 다양하게 보여준다면, 「나의 방랑」에서 화자의 시선은 상당 부분 그 자신의 내면에 기울어져 있다. 그만큼 시인은 방랑 생활에서 누릴 수 있는 내면의 자유와 기쁨을 노래하고 싶은 것이다.

또한 외모나 옷차림과 같은 겉모습을 중시하는 부르주아 사회의 가치관을 무시하듯이 "단벌 바지에는 커다란 구멍이 나 있었"고, "주머니"는 터져 있었고, "신발"은 찢어지고, "외투"는 낡아서 얇아진 상태이지만, 얇아진 것을 "관념적"이라고 표현하는 구절에서 시인의 정신과 마음의 여유가 엿보인다. '관념적'이란 형용사 대신에 '이상적'이란 형용사로 번역할 수도 있다. 그러한 여유를 누릴 수 있는 시인은 "하늘 아래 어디나 돌아다"닐 수 있는 자유에서 시인은 "화려한 사랑을 꿈꾸"고, "걷는 길에서 〔……〕 시구를 줍"는 기쁨을 누린다. 여기서 "화려한 사랑을 꿈꾸었"다고 할 때의 화려한 사랑이 무엇인지는 중요하지 않다. 「감각」에서 "무한한 사랑이 내 영혼에 가득 차오르"는 것처럼, 방랑자의 내면에는 사랑에 대한 무한한 꿈이 가득할 것이기 때문이다. 사실 프랑스어에서 '꿈을 꾸다'를 뜻하는 'rêver'는 본래 '떠돌아다니다, 방랑하다 vagabonder'라는 뜻으로 쓰였다. '꿈을 꾸다'는 시적 주제에 대한 몽상과 시적 상상력을 의미하는 것일 수도 있다.

자크 플레상Jacques Plessen의 『산책과 시』는 랭보의 시에 나타난 산책과 방랑과 여행을 주제로 한 연구서이다. 그는 랭보의 시에서 시와 산책 혹은 시와 방랑이 혼동될 만큼 밀접한 관계를 갖는다고 주장한다. 가령 「나의 방랑」은 시인이 "걷는 길에서" "시구를 줍기도 했"다거나, 방랑자의 옷차림을 암시하는 "찢어진 신발의 고무줄을 잡아당"기면서 "시의 운율에 맞추어/칠현금이라도 켜듯" 한다는 구절에서처럼, 시와 방랑이 밀접한 상호 관련성을 갖는다는 것이다. 또한 "하늘 아래" 어디나 돌아다니는 시인은 노숙자 생활을 하면서도 전혀 위축됨이 없이 "내 여인숙은 큰곰자리"라며 마치 하늘을 이불 삼아 누운 듯이 대범한 생각과 우주적인 시각을 보여준다. 그는 밤하늘을 보면서 자기의 별을 '큰곰자리'라고 상상하며, 꿈을 꾼다. 그의 자유로운 정신은 페로의 동화에 나오는 "엄지동자"처럼 어떤 무서운 식인귀食人鬼라도 물리칠 수 있을 듯하다.

일곱 살의 시인들

그리고 어머니는 성경 책을 덮으며,
아주 자랑스럽고 만족한 표정으로 나갔다
푸른 눈동자 속의, 이마가 불쑥 튀어나온 얼굴에
반항심이 가득 찬 아이의 영혼은 보지도 않고.

하루 종일 아이는 복종하느라 진땀을 흘렸다. 매우
총명하지만, 얼굴을 찡그리는 버릇이 있고, 어떤 표정은
마음속의 괴로운 위선을 나타내는 듯했다.
곰팡 슨 벽지의 어두운 복도를
지나가면서 그는 혀를 내밀거나 두 주먹을
사타구니에 넣고, 눈을 감으면 어른거리는 점들을 보았다.
저녁을 향해 문이 열리는 시간엔, 램프 불빛의
위층 난간 위에서, 지붕에 드리워진
저녁 햇살의 만灣 아래에서 그가 우는 모습이 보였다.
여름엔 특히 패배감과 멍청함으로 그는
변소의 서늘한 공기 속에 고집스럽게 틀어박혀 있곤 했다.
그는 거기서 조용히 콧구멍을 내맡긴 채 생각에 잠겼다.

겨울엔 햇빛의 향기로 깨끗해진, 집 뒤쪽의

Les poètes de sept ans

Et la Mère, fermant le livre du devoir,
S'en allait satisfaite et très fière, sans voir,
Dans les yeux bleus et sous le front plein d'éminences,
L'âme de son enfant livrée aux répugnances.

Tout le jour il suait d'obéissance; très
Intelligent; pourtant des tics noirs, quelques traits
Semblaient prouver en lui d'âcres hypocrisies.
Dans l'ombre des couloirs aux tentures moisies,
En passant il tirait la langue, les deux poings
A l'aine, et dans ses yeux fermés voyait des points.
Une porte s'ouvrait sur le soir: à la lampe
On le voyait, là-haut, qui râlait sur la rampe,
Sous un golfe de jour pendant du toit. L'été
Surtout, vaincu, stupide, il était entêté
À se renfermer dans la fraîcheur des latrines:
Il pensait là, tranquille et livrant ses narines.

Quand, lavé des odeurs du jour, le jardinet

작은 뜰이 밝게 빛났을 때, 그는
담장 밑에 누워 석회 점토에 묻혀서
취한 눈을 짓누르는 환영幻影을 좇다가
더러운 갤리선의 조절 조수들이 노 젓는 소리를 들었다.
가엾구나! 그와 가까운 친구들이라고는 허약하고
이마가 훤히 드러나고, 뺨 위의 눈빛은 흐릿한 아이들,
때가 끼어서 노랗고 거무스름한 색깔의 가느다란 손가락을
더러운 똥 냄새 나는 아주 낡은 옷 속에 감추면서
바보 같은 이야기를 나누는 아이들뿐이었으니!
그리고 그가 불결한 연민에 빠져 있는 것을 간파하고
어머니는 경악했다, 그리고 어린아이의 깊은
애정 표현이란 이러한 경악에 뛰어드는 몸짓이었다.
그건 당연했다. 어머니의 푸른 눈,ㅡ거짓말하는 눈빛!

일곱 살에 그는 소설을 만들었다, 황홀한 자유가
빛나는 넓은 사막, 숲과 태양과 강기슭과
대초원에서 지내는 삶에 관한 소설을! 그는
삽화가 들어 있는 잡지의 도움으로 스페인 여자들과
이탈리아 여자들이 웃는 모습을 보기도 했다.
갈색 눈에, 날염 옥양목 옷을 입고, 아주 명랑한
ㅡ여덟 살의ㅡ옆집 노동자의 딸, 그 당돌한 애가
다가와, 구석진 곳에서 머리채를 흔들며

Derrière la maison, en hiver, s'illunait,

Gisant au pied d'un mur, enterré dans la marne

Et pour des visions écrasant son œil darne,

Il écoutait grouiller les galeux espaliers.

Pitié! Ces enfants seuls étaient ses familiers

Qui, chétifs, fronts nus, œil déteignant sur la joue,

Cachant de maigres doigts jaunes et noirs de boue

Sous des habits puant la foire et tout vieillots,

Conversaient avec la douceur des idiots!

Et si, l'ayant surpris à des pitiés immondes,

Sa mère s'effrayait; les tendresses, profondes,

De l'enfant se jetaient sur cet étonnement.

C'était bon. Elle avait le bleu regard, — qui ment!

A sept ans, il faisait des romans, sur la vie

Du grand désert, où luit la Liberté ravie,

Forêts, soleils, rives, savanes! — Il s'aidait

De journaux illustrés où, rouge, il regardait

Des Espagnoles rire et des Italiennes.

Quand venait, l'œil brun, folle, en robes d'indiennes,

— Huit ans, — la fille des ouvriers d'à côté,

La petite brutale, et qu'elle avait sauté,

그의 등 위로 뛰어오르면, 그는 밑에 깔려서
여자애의 엉덩이를 물어뜯었다, 왜냐하면
그 애는 한 번도 속바지를 입은 적이 없었기 때문이다,
―그러곤 그 애의 주먹질과 발길질에 상처를 입고는
자기 방에 그 애의 살결 맛을 가져오곤 했다.

그는 12월의 어슴푸레한 일요일을 두려워했다.
일요일마다 포마드를 바른 채, 조그만 마호가니 원탁 위에
초록 양배추 색깔의 단면이 있는 성경을 읽었고,
온갖 꿈은 벽감 침대에서 밤마다 그를 숨 막히게 했다
그는 하느님을 사랑하지 않았다, 하지만
엷은 황갈색의 저녁, 거무스름한 얼굴의 작업복 차림으로
도시의 변두리 쪽을 향해 돌아가는 노동자들을 좋아했다.
거기서 관원들은 북을 세 번 울리고
칙령을 발표하며 모인 사람들을 웃기거나 분노하게 한다.
―그는 사랑스러운 초원을 꿈꾸었다, 빛의
물결과 건강한 향기와 황금빛 솜털들이
조용히 흔들리다가 날아오르는 곳!

그리고 그는 특히 어두운 이야기를 즐길 때처럼
덧창을 닫아두고 가구가 없는 방,
지독하게 습기가 찬, 높고 푸른 방에서

Dans un coin, sur son dos en secouant ses tresses,
Et qu'il était sous elle, il lui mordait les fesses,
Car elle ne portait jamais de pantalons;
— Et, par elle meurtri des poings et des talons,
Remportait les saveurs de sa peau dans sa chambre.

Il craignait les blafards dimanches de décembre,
Où, pommadé, sur un guéridon d'acajou,
Il lisait une Bible à la tranche vert-chou;
Des rêves l'oppressaient chaque nuit dans l'alcôve.
Il n'aimait pas Dieu; mais les hommes, qu'au soir fauve,
Noirs, en blouse, il voyait rentrer dans le faubourg
Où les crieurs, en trois roulements de tambour,
Font autour des édits rire et gronder les foules.
— Il rêvait la prairie amoureuse, où des houles
Lumineuses, parfums sains, pubescences d'or,
Font leur remuement calme et prennent leur essor!

Et comme il savourait surtout les sombres choses,
Quand, dans la chambre nue aux persiennes closes,
Haute et bleue, âcrement prise d'humidité,
Il lisait son roman sans cesse médité,

끊임없이 생각하고 자기가 만든 소설을 읽었다,
황톳빛 무거운 하늘과 과육이 있는 꽃에서
항성恒星의 숲까지 물에 젖은 산림이 가득 차 있어
도취, 붕괴, 패배, 연민이 느껴졌다!
—그럴 때, 저 멀리서 거리의 소음이 들려왔다.
—그러면 천연 삼베 천 위에 홀로 누웠지,
항해의 출발을 열렬히 예감하면서!

Plein de lourds ciels ocreux et de forêts noyées,

De fleurs de chair aux bois sidérals déployées,

Vertige, écroulements, déroutes et pitié!

—Tandis que se faisait la rumeur du quartier,

En bas,—seul, et couché sur des pièces de toile

Écrue, et pressentant violemment la voile!

랭보의 작품 중에서 가장 자전적인 시로 알려진 이 시는 주어가 일인칭이 아니라 삼인칭으로 전개된다. 이것은 랭보가 자신의 이야기를 주관적으로 서술하지 않고 객관화하려는 의도에서 비롯된 것으로 보인다. 시인이자 비평가인 이브 본푸아는 이 시를 경탄할 만큼 "뛰어난 시l'admirable poème"로 평가하고, 시인의 어린 시절에 대한 "진실한 묘사le tableau véridique와 반항적인 정신의 힘이 생생하게"* 표현된 작품으로 해석한다. 또한 쉬잔 베르나르와 앙드레 기요가 공동 편집한 『랭보의 작품들』에 의하면, "이 시는 어머니의 이해성 없는 성격이 어떻게 랭보의 반항심을 불러일으키게 되었는지를 깨닫게 해주는 동시에, 어머니 때문에 아들이 위선적이 될 수밖에 없었음을 알게 해주는"** 작품이다. 어머니와 아들의 대립적인 관계는 1행부터 7행까지의 내용으로 충분히 짐작된다. 독자는 어머니가 "반항심이 가득 찬 아이의 영혼은 보지도 않고" 외출했으며, "하루 종일 아이는 복종하느라 진땀을"

---

* Y. Bonnefoy, *Rimbaud par lui-même*, coll. "Ecrivains de toujours," 1962, p. 14.
** S. Bernard et A. Guyaux, *Œuvres de Rimbaud*, Éditions Garnier Frères, 1980, p. 595.

흘리면서 "마음속의 괴로운 위선"만 쌓여갔음을 알 수 있기 때문이다. 이런 의미에서 1행의 '숙제 책le livre du devoir'을 "성경 책"으로 번역했다. 숙제 책이라고 하면 학교에 입학하지도 않은 아이에게 웬 숙제 책인가 의아하게 느껴질 뿐 아니라, 마치 아이의 학교 숙제를 자상한 어머니가 도와준 것처럼 잘못 해석할 수도 있기 때문이다. 그러나 성경 책이라면 억압적인 어머니가 아이에게 교리 문답을 숙제처럼 부과했을 것이라는 이해가 가능하다.

기독교 신자인 어머니의 독선적인 교육으로 고립감에 빠진 아이가 취할 수 있는 태도는 대략 네 가지이다. 친구를 사귄다거나, 성적 본능에 일찍 눈을 뜨고, 하느님을 사랑하기보다 민중과 노동자를 사랑하게 되었으며, 많은 책을 읽고 자유로운 시적 상상력에 빠지게 되었다는 것이다. 물론 친구를 사귀는 일이 쉽지는 않았을 것이다. 친구들이라곤 "허약하고" 손가락에는 "때가 끼어서 노랗고 거무스름한 색깔"을 보이거나, "더러운 똥 냄새가 나는 아주 낡아빠진 옷"을 입고, "바보들이나 재미있어하는 이야기를 나누는" 아이들뿐이었으니, 랭보의 어머니가 그 아이들을 관대하게 받아들이지 않았을 것이 분명하다. 또한 랭보가 시적 상상력에 빠진 것을 암시하는 대목에서 "소설을 만들었다"는 구절은 '소설을 썼다'기보다 소설 같은 이야기들을 머릿속에서 지어냈다고 해석하는 것이 낫다.

또한 3연 끝에서 어머니의 "경악"에 아이가 "뛰어드는 몸짓"을 취했다는 것과 "거짓말하는 눈빛!"으로 끝나는 구절의 의미는 모호하다. '뛰어든다se jeter'가 무슨 뜻이고, '거짓말하는 눈빛'이 누구의 것인지가 분명치 않기 때문이다. 우선 '달려든다'는 것은 애정의 표현일 수도 있고, 공격적인 행동일 수도 있다. 그러니까 아이가 어머니를 안심시키려는 의미에서 어머니의 품에 뛰어든다고 해석할 수도 있고, 아이를 야단치려는 어머니를 보고 아이는 자기가 잘못한 일이 없다는 것을 표현하기 위해서 반항적인 몸짓을 할 수도 있다는 것이다. 여하간 이러한 두 가지 해석의 가능성 때문에 "거짓말하는 눈빛"은 아이의 눈빛일 수도 있고, 아이가 보는 어머니의 눈빛일지도 모른다.

5연에서 "그는 12월의 어슴푸레한 일요일을 두려워했다"는 것은 일요일이면 반드시 어머니와 함께 성당에 가야 했기 때문이다. 그는 교회의 규범과 속박을 싫어했다. "사랑스러운 초원을 꿈꾸었다"는 것은 「감각」에서 보여지듯이, "방랑자"가 되어 "자연 속으로" 가고 싶었기 때문이다.

이 시의 끝부분에서 감탄부호가 찍혀 있는 두 구절은 "도취, 붕괴, 패배, 연민이 느껴졌다!"와 "항해의 출발을 열렬히 예감하면서!"이다. 첫째는 두 가지로 해석된다. 하나는 겨울에서 봄으로 계절이 변화하면서 추위에 얼어붙었던 것이 녹는 현상을 나타내거나, 보불전쟁의 패배를 표현한 것으로 볼 수 있다. 둘째는 "끊임없이 생각하고 자기가 만든 소설을 읽었다"가 암시하듯이, 실제적이건 상상적이건 여행을 꿈꾸었다는 것이다. "항해의 출발"은 '취한 배'를 연상케 한다.

모음들

A 흑색, E 백색, I 적색, U 녹색, O 청색: 모음들아,
나는 언젠가 너희들의 은밀한 탄생을 말하리라.
A, 끔찍한 악취 주변에서 윙윙거리며
번쩍이는 파리들의 털이 많고 시커먼 코르셋,

어둠의 만灣. E, 안개와 천막의 순수성,
용감한 빙하의 창들, 백색의 왕, 산형화들의 떨림.
I, 자줏빛 외투, 토한 피, 분노 혹은 속죄의
도취로 아름다운 입술의 웃음,

U, 순환, 초록빛 바다의 신성한 떨림,
동물들이 흩어져 있는 방목장의 평화, 연금술이
학구적인 넓은 이마에 새긴 주름살의 평화,

O, 이상한 쇳소리로 가득 찬 최고의 나팔,
사람들과 천사들이 가로질러가는 침묵,
—오 오메가, 그녀의 보라색 눈빛!

Voyelles

A noir, E blanc, I rouge, U vert, O bleu: voyelles,
Je dirai quelque jour vos naissances latentes:
A, noir corset velu des mouches éclatantes
Qui bombinent autour des puanteurs cruelles,

Golfes d'ombre; E, candeurs des vapeurs et des tentes,
Lances des glaciers fiers, rois blancs, frissons d'ombelles;
I, pourpres, sang craché, rire des lèvres belles
Dans la colère ou les ivresses pénitentes;

U, cycles, vibrements divins des mers virides,
Paix des pâtis semés d'animaux, paix des rides
Que l'alchimie imprime aux grands fronts studieux;

O, suprême Clairon plein des strideurs étranges,
Silences traversés des Mondes et des Anges:
— O l'Oméga, rayon violet de Ses Yeux!

랭보의 유명한 시 「모음들」에 대해서는 다양한 해석이 가능하지만, 대략 두 가지 해석으로 정리할 수 있다. 하나는 그림이 있는 알파벳 배우는 책을 이용해서 랭보가 이 시를 만들었을 것이라는 가설이다. 그러나 이것은, 글자 A로 시작하는 단어가 abeille(꿀벌), araignée(거미), arc-en-ciel(무지개), astre(별)이고, 이것을 그림으로 보여주는 책과 랭보의 모음들의 이미지가 일치하지 않는다는 점에서 설득력이 부족해 보인다. 또 다른 가설은 이 시를 공감각 이론으로 설명하는 것이다. 이 이론에 의하면, 랭보의 머릿속에서는 모든 모음의 소리가 어떤 색깔의 이미지를 떠오르게 한다는 것이다. 보들레르의 「상응」은 상이한 감각들의 일치성을 통해서 "향기와 색채와 소리가 어울려 퍼지는" 현상을 시적으로 형상화한 작품이다. 그러니까 랭보의 「모음들」은 상응의 시학이자 상징주의 시의 논리를 시적으로 창조한 것으로 볼 수 있다. 이러한 해석의 관점에서, 다음과 같은 설명은 매우 흥미롭다. "A가 흑색인 것은 랭보가 검은색 글자로 A를 보았기 때문이고, 이 글자로 삼각형이 여자의 성기를 환기하기 때문이다. E가 백색인 것은 랭보가 이 글자를 엡실론(그리스 문자의 다섯째 자모)으로 쓰고, 이것의 이중적 곡선(ε)이 여자의 젖가슴을 연상케 하기 때문이다. I가 적색인 것은 이 글자가 입술을 그린 것이기 때문이다. 글자와 색의 이러한 연결의 힘은 지금까지 설명되지 않은 단어들을 새로운 시각으로 이해하게 한다. 우리는 결국 A가 왜 털이 많고, 시커먼 코르셋이고, 어둠의 만濟인지를 이해하게 된다. 성관계의 체위에서 여자는 누워 있는 자세이기 때문에, 우리는 여자의 젖가슴을 가리키는 E가 어떤 이유로 순수성이고, 창이고, 백색의 왕인지를 알 수 있다."*

또한 쉬잔 베르나르에 따르면 "랭보가 색깔에 상징적 가치를 부여하여, 검은색은 죽음에 대한 생각을, 흰색은 순수성에 대한 생각을, 그리고 녹색은 평온함에 대한 생각을 떠올린 것은 있을 법한 논리라고 생각한다. [……] 그러나 색깔에 부여한 이 상징적 가치와 모음들의 관계는 우연적일 뿐이다. [……] 가령, 'U 녹색'이라는 표현과 관련해서, 랭보는 U로 시작하는 단어이건 U를 포함한 단어이건 어떤 단어도 사용하지 않는 것을 보면, 이런 생각은 더욱 분명해진다."**

연구자들의 이런 다양한 견해는 이 시에 대한 완전한 해석은 불가능하다는 것을 보여준다. 다만 모음들을 정의할 수 있는 방법이 소리가 아니라 글자의 형태라고 보는 관점에서, 플레야드 전집의 편집자인 앙투안 아당의 이 시에 대한 해석을 정리하면 다음과 같다.

* J. Plessen, *Promenade et poésie*, Mouton et Cie, 1967, p. 288.
** A. Rimbaud, 같은 책, p. 409.

A는 오물 주위를 날아다니는 파리를 연상케 한다. A의 삼각형 형태는 "파리들의 털이 많고 시커먼 코르셋"을 일깨운다. 또한 그것은 여자의 '어둠의 만'을 떠올리게 한다. 신비주의자들의 이론에 의하면, A는 검은색이다.

E는 이 글자를 수평으로 돌려놓았을 때, 강 위의 안개, 하얀 천막, 빙하의 정상, 여자의 젖가슴, 산형화를 연상케 한다. 그러니까 E의 색깔은 당연히 흰색일 것이다.

I는 가느다란 형태이므로 한 줄기 피 또는 입술을 상기시킨다. 이 글자는 빨간색일 것이다. U는 랭보의 필체와 관련지어 볼 때, 양쪽이 꾸불거리는 모양의 글자로서 가운데가 움푹 파인 형태이다. 그러므로 이것은 바다의 물결, 바람이 부는 초원, 연금술사 이마의 주름살 등을 떠오르게 한다.

U의 색깔은 초록색이다. 그런데 늙은 연금술사의 주름진 살갗이 초록색일까? 아마 그럴지도 모른다. O는 나팔에서 입을 대고 부는 동그란 부분과 같은 모양이라고 할 수 있다. 그런데 이 글자가 왜 푸른색일까? 아마도 여자의 눈빛을 상징하는 오메가가 등장하기 이전 단계의 색깔로서 푸른색이라고 했을지 모르겠다. 푸른색과 보라색은 비교적 가까운 색이기 때문이다. 물론 이것은 어디까지나 짐작과 추정이다.

랭보는 이 「모음들」을 쓰고, 2년 후에 『지옥에서의 한 철 Une saison en enfer』의 「헛소리 II: 언어의 연금술Délires II: Alchimie du verbe」이란 산문시에서 "나는 모음들의 색깔을 창조

했노라!"라고 말한다. 그의 이러한 진술은 시인으로서의 자부심을 나타내기 위한 것이 아니라, 모음들의 색깔을 창조한 것이 덧없는 시도였음을 고백한 것이다. 그는 "침묵을 언어로 쓴다"는 시도도 실패했고, '견자'의 모험도 좌절로 끝났음을 토로한다. 그러나 시인이 자신의 시적 모험이 실패했다고 하는 말을 그대로 믿을 필요는 없다. 설사 그것이 실패라 하더라도, 그것은 위대한 실패일 것이기 때문이다.

별은 장밋빛으로 울었네……

별은 그대의 귓속에서 장밋빛으로 울었네,
그대의 목덜미에서 허리까지 흰빛으로 굴러간 무한
바다는 그대의 진홍빛 젖꼭지에서 다갈색으로 방울졌고
그대의 완벽한 허리에 검은 피를 흘린 남자.

L'étoile a pleuré rose......

L'étoile a pleuré rose au cœur de tes oreilles,
L'infini roulé blanc de ta nuque à tes reins
La mer a perlé rousse à tes mammes vermeilles
Et l'Homme saigné noir à ton flanc souverain.

이 짧은 시에 대해서는 두 가지 해석이 가능하다. 하나는, 비너스 별과 무한과 바다가 비너스 탄생에 기여했다는 로마 신화의 주제를 시로 형상화했다는 것이다. 다른 하나는 여성의 육체에 대한 묘사를 장밋빛 별 같은 귀, 무한한 백색의 우주 같은 등, 바다 같은 가슴으로 표현했다는 것이다. 이 관점에서 이해하자면, 귀 대신에 별을, 허리에서 무한을, 젖가슴에서 바다를 연상한 것이라고 할 수 있다. 그렇다면 "그대의 완벽한 허리에 검은 피를 흘린 남자"는 누구일까? 예수 그리스도의 죽음을 떠올릴 수 있다. 이런 관점에서 "그대의 완벽한 허리"는 육체적인 것이 아니라 정신적인 것, 즉 여성의 포용성으로 이해할 수 있을 것이다. 이 모든 것에서 우리는 견자見者 시인의 환각적인 세계를 자유롭게 상상해본다.

이 4행시를 형식적인 측면에서 보자면, 1행과 3행에서는 주어 다음에 복합과거가 연결되어 있고, 2행과 4행은 복합과거의 조동사가 생략된 것을 알 수 있다. 이것은 과거분사를 형용사처럼 해석할 수 있다는 것이다. 그렇다면 이 두 가지 문장 형태가 어떤 시적 효과의 차이를 가져오는가? 이것은 단정적으로 말하기는 어렵다. 그러나 (프랑스어 원문에서) 1행과 3행의 시작이 '별'과 '바다'이고 2행과 4행의 시작이 '무한'과 '인간'이라면, 무한과 인간의 대립에서 인간의 유한성을 초월할 수 있는 방법이 무엇일지 생각해볼 수 있을 것이다. 또한 이 4행시를 여성의 육체에 대한 찬양으로 해석하는 관점도 있다. 그러나 피에르 브뤼넬은 이러한 해석이 "기껏해야 '이합체의 시acrostiche'*를 구성할 뿐, 견자의 이론을 고려한다면" 중요도가 떨어진다고 비판한다.** 그럼에도 불구하고 각 행의 첫 단어를 순서대로 추출해보면, 별, 무한, 바다, '그리고 인간'으로 나열해볼 수 있다. 여성의 육체에 대한 이러한 연상은 과장된 것일지 모르지만, 여성의 모성이나 여성성이 인간을 구원할 수 있다는 관점에서 본다면, 이러한 해석이 터무니없는 것은 아니다. 앞에서 말했듯이 인간의 유한성을 극복하는 차원에서 생각해본다면, 왜소한 인간이 위대한 삶과 죽음을 실천함으로써 밤과 무한, 그리고 바다와 같은 영원한 자연 세계에 동화되리라는 희망도 가져볼 수 있다.

---

* 각 줄의 첫 글자를 붙이면 그 시의 주요 단어나 작가의 이름이 되는 시를 말한다.
** P. Brunel, 같은 책, p. 125.

취한 배

무심한 강물을 따라 내려갔을 때, 나는 어느 순간
배 끄는 사람들의 운전으로 가고 있다는 느낌이 없었다.
인디언들은 소리치며 울긋불긋한 기둥에
그들을 발가벗겨 묶은 다음, 과녁으로 삼았다.

플랑드르 밀이나 영국 목화를 운반하는
나는 승무원들에 대해서는 아무런 관심이 없었다.
강은 배 끄는 사람들과 한바탕 소동을 벌인 후,
내 마음대로 떠내려가도록 내버려두었다.

성난 물결이 출렁거리는 소리에 휩싸여서
지난겨울 어린아이의 지능보다 더 아둔한 나는
달려갔다! 밧줄이 풀린 반도 형태의 육지도
더 이상 기고만장하며 소란을 피우지 않았다.

폭풍우는 바다에서 내가 깨어난 것을 축복했다.
코르크 마개보다 더 가볍게 나는 춤추었다.
조난자들의 영원한 운반자로 불리는 파도 위에서
열흘 밤을 지새워도 바보 같은 등대의 눈동자를 그리워함이

Le bateau ivre

Comme je descendais des Fleuves impassibles,
Je ne me sentis plus guidé par les haleurs:
Des Peaux-Rouges criards les avaient pris pour cibles,
Les ayant cloués nus aux poteaux de couleurs.

J'étais insoucieux de tous les équipages,
Porteur de blés flamands ou de cotons anglais.
Quand avec mes haleurs ont fini ces tapages,
Les Fleuves m'ont laissé descendre où je voulais.

Dans les clapotements furieux des marées,
Moi, l'autre hiver, plus sourd que les cerveaux d'enfants,
Je courus! Et les Péninsules démarrées
N'ont pas subi tohu-bohus plus triomphants.

La tempête a béni mes éveils maritimes.
Plus léger qu'un bouchon j'ai dansé sur les flots
Qu'on appelle rouleurs éternels de victimes,
Dix nuits, sans regretter l'œil niais des falots!

없이!

아이들에게 시큼한 사과의 과육보다 더 부드러운
푸른 물결은 내 전나무 선체로 스며 들어와
키와 닻을 흩어져버리게 하고
푸른 포도주의 얼룩과 토사물을 씻어냈다.

그때부터 나는 바다의 시에 몸을 담갔다.
별들이 우러나오는 우윳빛의 그곳은
녹색의 창공을 탐욕스럽게 삼키고
때로는 생각에 잠긴 익사자가 떠내려가기도 한다.

그곳은 갑자기 푸르스름한 빛을 물들이는 열광과
느린 리듬이 햇빛의 광채 아래
알코올보다 강하고 칠현금보다 큰
사랑의 쓰라린 적갈색 상처를 발효한다!

나는 안다, 번갯불이 터지는 하늘과 회오리 물기둥을,
파랑과 돌풍을. 나는 안다, 저녁에,
비둘기 떼처럼 높이 솟아오르는 새벽을,
그리고 나는 이따금 보았다, 인간이 본다고 생각한 것을!

Plus douce qu'aux enfants la chair des pommes sûres,
L'eau verte pénétra ma coque de sapin
Et des taches de vins bleus et des vomissures
Me lava, dispersant gouvernail et grappin.

Et dès lors, je me suis baigné dans le Poème
De la Mer, infusé d'astres, et lactescent,
Dévorant les azurs verts; où, flottaison blême
Et ravie, un noyé pensif parfois descend;

Où, teignant tout à coup les bleutés, délires
Et rhythmes lents sous les rutilements du jour,
Plus fortes que l'alcool, plus vastes que nos lyres,
Fermentent les rousseurs amères de l'amour!

Je sais les cieux crevant en éclairs, et les trombes
Et les ressacs et les courants: je sais le soir,
L'Aube exaltée ainsi qu'un peuple de colombes,
Et j'ai vu quelquefois ce que l'homme a cru voir!

J'ai vu le soleil bas, taché d'horreurs mystiques,

나는 보았다, 신비로운 공포로 낮은 태양이
먼 옛날 고대의 연극 배우들 같은 모습의
기다란 보랏빛 응고물 비추는 것을,
멀리서 파도가 덧문이 떨리는 소리를 내며 구르는 것을!

나는 꿈꾸었다, 눈부신 하얀 눈 같은 초록색 밤을,
바다의 눈앞에서 느리게 떠오르는 입맞춤을,
놀라운 향기가 감도는 것을,
노래하는 발광 물질의 노랗고 푸른 빛의 깨어남을!

나는 쫓아갔다, 몇 달 동안 줄곧 극도로 흥분한
소 외양간처럼 암초를 공격하는 거친 물결을,
마리아 같은 여자들의 빛나는 발이 숨 가쁜
대양의 콧등을 무너뜨릴 수 있다는 생각도 하지 않은 채!

당신은 알겠지, 내가 인간의 피부를 지닌 표범들의
눈알을 꽃에 뒤섞는 경이로운 플로리다에 부딪친 것을,
바다의 수평선 아래 청록색 가축들의
고삐처럼 단단하게 걸려 있는 무지개들이여!

나는 보았다, 거대한 늪이 발효하는 것을,
등심초 속에서 리바이어던이 썩어가는 그물을

Illuminant de longs figements violets,
Pareils à des acteurs de drames très antiques
Les flots roulant au loin leurs frissons de volets!

J'ai rêvé la nuit verte aux neiges éblouies,
Baisers montant aux yeux des mers avec lenteurs,
La circulation des sèves inouïes,
Et l'éveil jaune et bleu des phosphores chanteurs!

J'ai suivi, des mois pleins, pareille aux vacheries
Hystériques, la houle à l'assaut des récifs,
Sans songer que les pieds lumineux des Maries
Pussent forcer le mufle aux Océans poussifs!

J'ai heurté, savez-vous, d'incroyables Florides
Mêlant aux fleurs des yeux de panthères à peaux
D'hommes! Des arcs-en-ciel tendus comme des brides
Sous l'horizon des mers, à de glauques troupeaux!

J'ai vu fermenter les marais énormes, nasses
Où pourrit dans les joncs tout un Léviathan!
Des écroulements d'eaux au milieu des bonaces,

평온한 바다 한가운데에서 물결이 붕괴하는 것을,
그리고 심연을 향해 먼바다가 폭포처럼 쏟아지는 것을!

빙하들, 은빛 태양들, 진주모 빛 물결들, 잉걸불의 하늘을!
빈대들에게 파먹힌 거대한 뱀들이
뒤틀린 나무에서 악취 풍기며 떨어지는 곳,
갈색의 만灣 깊은 곳에 좌초한 배들을!

나는 아이들에게 보여주고 싶었다, 푸른 물결의
만새기들을, 금빛 물고기들을, 노래하는 물고기들을,
—꽃 모양의 거품들은 나의 출범을 달래주었고,
형언할 수 없는 바람은 때때로 내 몸의 날개가 되었다.

이따금, 극지와 한계 상황에 지친 순교자 같은
나를 위해 오열하며 부드럽게 흔들어주던 바다는
나에게 노란 흡반이 달린 어둠의 꽃등을 올려 보냈고,
나는 무릎 꿇은 여자처럼 가만히 있었다……

거의 섬처럼 된 나의 뱃전에 시끄럽게 지저귀는
황금빛 새들의 싸움과 똥이 요동치는 상태로
나는 항해했다, 나의 약한 밧줄 너머로
익사자들이 뒷걸음질 치며 잠자러 내려갔을 때에도!

Et les lointains vers les gouffres cataractant!

Glaciers, soleils d'argent, flots nacreux, cieux de braises!
Échouages hideux au fond des golfes bruns
Où les serpents géants dévorés des punaises
Choient, des arbres tordus, avec de noirs parfums!

J'aurais voulu montrer aux enfants ces dorades
Du flot bleu, ces poissons d'or, ces poissons chantants.
— Des écumes de fleurs ont bercé mes dérades
Et d'ineffables vents m'ont ailé par instants.

Parfois, martyr lassé des pôles et des zones,
La mer dont le sanglot faisait mon roulis doux
Montait vers moi ses fleurs d'ombre aux ventouses
jaunes
Et je restais, ainsi qu'une femme à genoux......

Presque île, ballottant sur mes bords les querelles
Et les fientes d'oiseaux clabaudeurs aux yeux blonds.
Et je voguais, lorsqu'à travers mes liens frêles
Des noyés descendaient dormir, à reculons!

그런데 나, 작은 만灣들의 머리털 아래에서 길을 잃고
새 한 마리 없는 하늘에 폭풍우로 떠밀려간 작은 배,
소형 군함들과 한자 동맹의 범선들이라도
물에 취해 뼈대만 남은 나의 몸을 건져 올리지 못했을 나,

자유롭고, 거침없이, 보랏빛 안개 속에서 솟아올라
태양의 태선苔癬들과 창공의 콧물들을
훌륭한 시인들에게 맛있는 잼처럼 전달하며,
벽처럼 붉은빛이 감도는 하늘에 구멍을 뚫은 나,

7월들이 몽둥이를 휘둘러
불타는 협곡들의 군청색 하늘을 무너뜨렸을 때,
몸은 활 모양의 전깃불로 더러워지고
검은 해마들의 호위를 받고 미친 널빤지로 달려가던 나,

발정기의 베헤못들처럼 두꺼운 파도의 소용돌이에
50해리 밖에서도 신음 소리가 느껴져 몸을 떨던 나,
푸른빛의 정지된 순간들을 영원한 실타래처럼 만들며
나는 그리워한다, 지난날의 유럽의 난간들을!

나는 보았다, 항성의 군도들을! 광란하는 섬들의

Or moi, bateau perdu sous les cheveux des anses,
Jeté par l'ouragan dans l'éther sans oiseau,
Moi dont les Monitors et les voiliers des Hanses
N'auraient pas repêché la carcasse ivre d'eau;

Libre, fumant, monté de brumes violettes,
Moi qui trouais le ciel rougeoyant comme un mur
Qui porte, confiture exquise aux bons poètes,
Des lichens de soleil et des morves d'azur;

Qui courais, taché de lunules électriques,
Planche folle, escorté des hippocampes noirs,
Quand les juillets faisaient crouler à coups de triques
Les cieux ultramarins aux ardents entonnoirs;

Moi qui tremblais, sentant geindre à cinquante lieues
Le rut des Béhémots et les Maelstroms épais,
Fileur éternel des immobilités bleues,
Je regrette l'Europe aux anciens parapets!

J'ai vu des archipels sidéraux! et des îles

하늘이 항해자에게 길을 열어주는 것을

—그대가 잠든 채 유배된 곳이 바로 이 바닥 없는 어둠 속
인가?

백만의 황금빛 새들이여, 오 미래의 활력이여

그러나 정말 나는 너무 많은 눈물을 흘렸다! 새벽은 침통하
고,

모든 달은 잔인하고, 모든 태양은 가혹하다

쓰라린 사랑은 황홀한 마비로 나를 부풀어 오르게 했다.

오 나의 용골이여, 부서져라! 오 나는 바다로 가리라!

만일 내가 유럽의 물을 원한다면, 그건

향기로운 황혼 무렵, 슬픔이 가득 차서

웅크리고 있는 어린아이가 5월의 나비처럼

연약한 배를 띄우는 어둡고 차가운 물웅덩이겠지.

오 파도여, 나는 그대의 우울감에 잠겨

이제 더는 목화 운반선의 항적을 없애지 못하고,

군대와 깃발의 오만함을 헤치고 나아갈 수도 없고,

거룻배들의 무서운 눈 앞에서 항해할 수도 없구나.

Dont les cieux délirants sont ouverts au vogueur:
—Est-ce en ces nuits sans fonds que tu dors et t'exiles,
Million d'oiseaux d'or, ô future Vigueur?

Mais, vrai, j'ai trop pleuré! Les Aubes sont navrantes.
Toute lune est atroce et tout soleil amer:
L'âcre amour m'a gonflé de torpeurs enivrantes.
Ô que ma quille éclate! Ô que j'aille à la mer!

Si je désire une eau d'Europe, c'est la flache
Noire et froide où vers le crépuscule embaumé
Un enfant accroupi plein de tristesse, lâche
Un bateau frêle comme un papillon de mai.

Je ne puis plus, baigné de vos langueurs, ô lames,
Enlever leur sillage aux porteurs de cotons,
Ni traverser l'orgueil des drapeaux et des flammes,
Ni nager sous les yeux horribles des pontons.

랭보의 시 중에서 가장 유명하다고 할 수 있는 「취한 배」는, 그가 가출하여 파리에 가기 전, 1871년 샤를빌에서 쓴 시이다. 그때 그의 나이는 열일곱 살이었다. 어린 나이에 그가 이런 시를 썼다는 것도 놀랍지만, 더욱 놀라운 것은 바다를 한 번도 보지 않고, 오직 독서 체험에 의존한 상상력으로 바다에서의 모험을 쓸 수 있었다는 점이다. 랭보의 전문가들은 샤토브리앙과 미국 작가들의 소설에 나타난 대륙과 바다의 풍경, 인디언들의 주거지에 가까운 강들과 석양의 묘사가 그의 기억 속에서 상상력으로 변형되었을 것이라고 추론하기도 한다. 또한 이 시가 발표되기 전에 나온 쥘 베른의 『해저 2만 리』도 시인에게 바다의 풍부한 이미지를 표현하는 데 도움을 주었을 것으로 해석하기도 한다.

이러한 그의 독서 체험과 함께 우리가 주목해야 할 것은 그의 '견자' 시론이다. 이 시론에 의하면, 시인은 '모든 감각의 이성적 착란Un raisonné déréglement de tous les sens'에 의해서, 미지의 세계를 꿰뚫어 볼 수 있는 투시력le voyance을 가져야 한다는 것이다. 그는 '이성적 착란'이라는 모순어법을 통해, 이성과 광기의 경계를 넘어서 또는 이성의 한계를 초월한 광기의 정신으로 시를 써야 한다고 주장한다. 「취한 배」는 이러한 시론이 반영된 작품이다. 이 시의 주인공인 "취한 배"는 모든 관습과 정신의 구속을 부정하고, 험난한 모험의 길을 떠난 '자유인'의 상징이자, 새로운 시적 언어를 모색하고 창조하려는 '예시자' 시인의 상징이기도 하다. 다시 말해서 이 시는 새로운 인간으로 탄생하려는 자유인의 정신적 모험이자 동시에 '모든 감각의 이성적 착란'과 환각의 체험을 통해 새롭고 창조적인 글쓰기를 시도한 젊은 시인의 시적 모험인 것이다.

『랭보의 신화』를 쓴 르네 에티앙블은 이 시에 대한 견해를 이렇게 말한다.

> 랭보가 이 시에서 자신의 모든 영혼과 마음속의 깊은 비밀을 모두 쏟아 넣었는지는 알 수 없다. 그러나 그의 시가 하나의 상징이거나, 보다 정확히 말해 성공한 모든 시가 그렇듯이 여러 상징성을 갖는 것은 분명하다. 칼이 군대를 상징하듯이, 오늘날 법복이 사법관을 상징하듯이, 「취한 배」는 솔직하게 말해서 아르튀르 랭보를 상징한다.*

에티앙블의 이러한 확언은 「취한 배」의 시적 성취를 높이 평가하면서 이 시에 나타난 예언자적 통찰력을 주목했기 때문이다.

---

* R. Etiemble, *Le mythe de Rimbaud*, Éditions Gallimard, 1961, p. 70.

「취한 배」의 1연부터 5연까지는 배를 운전하는 승무원들이 인디언들의 공격을 받고 죽은 후, 자유로운 배가 강의 흐름을 따라 바다로 떠내려가는 과정이 서술된다. 바다에 이르러서 "코르크 마개보다 더 가볍게 나는 춤추었다"거나 "푸른 물결은 내 전나무 선체로 스며 들어와/키와 닻을 흩어져버리게" 했다는 구절들은 바다의 무한함에 동화된 '배=시인의 자아'가 누리는 해방의 기쁨을 역동적으로 표현한다. 6연부터 17연까지는 바다에서의 다양한 모험과 발견을 통해 자유로운 정신이 부닥칠 수 있는 모든 체험이 서술된다. 특히 6연에서 "나는 바다의 시에 몸을 담갔다"는 구절은 자유인의 정신적 모험이라기보다 시인의 상상적 모험을 연상시킨다.

18연부터 25연까지는 이러한 모험의 과정에서 발견한 아름답고 환상적인 이미지들과 함께 정신의 혼란 상태에서 떠오르는 위험한 징후들이 나타나면서 이 모험이 결국 실패로 끝나게 되었음을 보여준다. 시인의 피로와 권태, 좌절과 절망의 상황은 "새벽은 침통하고/모든 달은 잔인하고, 모든 태양은 가혹"한 상태에서, "오 나의 용골이여, 부서져라! 오 나는 바다로 가리라!"와 같은 죽음과 소멸의 의지로 표현된다.

시인은 정신적 모험이 좌절하게 되어도, 더 이상 유럽의 세계로 돌아가고 싶지 않다. 그에게 "유럽의 물"은 "어린아이가 5월의 나비처럼/연약한 배를 띄우는 어둡고 차가운 물웅덩이"와 같다. 절망의 우울감에 빠진 화자는 유럽 제국주의를 암시하는 "목화 운반선의 항적" "군대와 깃발의 오만함"에 대항할 수 없고, 어른들 혹은 기성세대의 지배 체제에 맞설 수 없다는 것을 안다. 그렇다면 이 시에서 절망을 확인할 뿐, 희망을 찾는 것은 불가능한 것일까? 그렇지 않을 것이다. 인간은 어떤 절망의 상황에서도 희망을 찾는 존재이기 때문이다. 인간에게 절망은 끝이 아니라 과정일 것이다. 그러므로 이 시에서 펼쳐진 자유로운 정신의 모험은, 아무리 절망으로 끝나더라도, 또는 절망을 무릅쓰고라도 당연히 시도해볼 가치가 있다.

눈물

새들과 양 떼와 마을 여자들에게서 멀리 떨어져
나는 부드러운 개암나무 숲이 둘러싸인
히드가 무성한 나무들 사이에 웅크리고 앉아 마셨네,
오후의 포근한 초록빛 안개가 끼어 있었지.

소리 없는 느릅나무들, 꽃이 없는 잔디밭, 흐린 하늘,
이 활기찬 우아즈강에서 어떻게 마실 수 있었던가,
토란색 호리병에 담긴 황금빛 술
맛은 없이 진땀 나게 하는 그 술을 어떻게 마셨을까?

이런 식이라면, 나는 주막집의 나쁜 간판이나 다름없겠지.
그 후엔 폭풍우 몰아쳐 저녁까지 하늘은 달라져버렸네.
그건 어두운 마을, 호수, 가늘고 긴 막대들,
푸른 밤의 주랑들, 선착장들이었지.

숲의 물은 순결한 모래밭 위로 스며들고
하늘의 바람은 늪에 얼음 조각을 던졌네……
그때로구나! 나는 황금이나 조가비 채취꾼이 되어
놀랍게도 술 마실 생각이 없어졌다네!

Larme

Loin des oiseaux, des troupeaux, des villageoises,
Je buvais, accroupi dans quelque bruyère
Entourée de tendres bois de noisetiers,
Par un brouillard d'après-midi tiède et vert.

Que pouvais-je boire dans cette jeune Oise,
Ormeaux sans voix, gazon sans fleurs, ciel couvert.
Que tirais-je à la gourde de colocase?
Quelque liqueur d'or, fade et qui fait suer.

Tel, j'eusse été mauvaise enseigne d'auberge.
Puis l'orage changea le ciel, jusqu'au soir.
Ce furent des pays noirs, des lacs, des perches,
Des colonnades sous la nuit bleue, des gares.

L'eau des bois se perdait sur des sables vierges,
Le vent, du ciel, jetait des glaçons aux mares......
Or! tel qu'un pêcheur d'or ou de coquillages,
Dire que je n'ai pas eu souci de boire!

「눈물」이라는 이 시는 두 가지 판본이 존재한다. 하나가 이 시라면, 다른 하나는 『지옥에서의 한 철』에서 「헛소리 II」라는 산문시와 함께 수록된 시이다. 두 판본은 부분적인 표현의 차이가 있지만, 무엇보다 큰 차이는 4연에 있다. 「헛소리 II」에 수록된 시에서는 4연이 "울면서, 나는 황금을 보았네─그래서 술을 마실 수 없었지"라는 문장의 한 행으로 끝난다. 다른 연과는 달리 한 행으로 급격히 끝나는 이 시는 얼핏 미완성의 작품이라는 인상을 갖게 한다. 그러나 언어의 연금술사가 시도한 실험의 결과라는 점에서, 이 시의 제목이 왜 「눈물」인지를 알 수 있게 한다. "울면서"는 그러한 언어 실험이 실패로 끝났음을 의미하는 표현이기 때문이다.

이 시의 첫 행에서 "새들과 양 떼와 마을 여자들에게서 멀리 떨어져" 있다는 것은 그들에게 관심을 갖지 않는다는 의미로 해석된다. 또한 "히드가 무성한" 숲의 한가운데쯤 "웅크리고 앉아 마셨"다는 것은 자기의 내면에 몰두한 모습을 암시한다. 여기서 '마시다boire'라는 동사는 보어 없이 '물(술)을 마시다'라는 뜻이다. 그러니까 1연에서 마셨다는 것이 무엇인지는 분명치 않다. 2연에서 비로소 "황금빛 술"을 마셨다는 진술이 나오지만, 그 술이 리쾨르 술인지, 맥주인지, 아니면 주막집에서 담근 과실주인지는 알 수 없다. 다만 3연의 "나는 주막집의 나쁜 간판이나 다름없겠지"가 술꾼처럼 술을 잘 마셨다는 뜻이 아님을 짐작게 한다. 여기서 "좋은 술에는 간판이 필요 없다A bon vin point d'enseigne"라는 프랑스 속담을 참고할 필요가 있다.

3연과 4연은 "폭풍우 몰아쳐" 날씨는 흐리거나 어두워지고 "하늘의 바람은 늪에 얼음 조각을" 던지는 듯 차가운 대기가 느껴질 때, 견자見者 시인의 환각적 체험이 보이는 듯하다. "어두운 마을, 호수, 가늘고 긴 막대들,/푸른 밤의 주랑들, 선착장들"의 환각적 풍경과 함께 "하늘의 바람은 늪에 얼음 조각을 던졌네"라는 문장이 이어진다. 그렇다면 "나는 황금이나 조가비 채취꾼이 되어/놀랍게도 술 마실 생각이 없어졌다"는 것은 어떻게 이해할 수 있을까? 쉬잔 베르나르는 다른 판본에서 "울면서, 나는 황금을 보았네─그래서 술을 마실 수 없었지"를 관련시켜서, "이 황금은 분명히 상징적 가치를 갖는다"*는 점을 강조한다. 다시 말해서 언어의 연금술사가 황금 같은 시어를 만들지 못함으로써 비탄에 빠지게 되었다는 것이다.

* A. Rimbaud, 같은 책, p. 432.

카시스강

카시스강은 낯선 골짜기를 향해
　　　　아무도 모르게 굴러간다,
수많은 까마귀 소리가 따라간다.
　　　　천사들의 진실하고 상냥한 목소리로
몇 줄기 바람이 물속에 뛰어들 때,
전나무 숲이 크게 흔들리는 모양으로.

모든 것이 굴러간다, 그 옛날 시골 마을의
　　　　역겨운 종교 의식도
유명한 성의 큰 탑도, 거대한 공원들도.
　　　　방랑하는 기사들의 죽은 정념의 소리가
강변에서 들려온다
　　　　그런데 바람은 얼마나 상쾌한가!

길을 걷는 사람에게 저 성당의 격자창을 보게 하라,
　　　　그는 더 용감해질 것이다.
주님이 파견하신 숲의 병사들,
　　　　사랑스럽고 즐거운 까마귀들아!
오래된 나무뿌리의 술잔으로 건배하는

La Rivière de Cassis

La Rivière de Cassis roule ignorée
En des vaux étranges:
La voix de cent corbeaux l'accompagne, vraie
Et bonne voix d'anges:
Avec les grands mouvements des sapinaies
Quand plusieurs vents plongent.

Tout roule avec des mystères révoltants
De campagnes d'anciens temps;
De donjons visités, de parcs importants:
C'est en ces bords qu'on entend
Les passions mortes des chevaliers errants:
Mais que salubre est le vent!

Que le piéton regarde à ces claires-voies:
Il ira plus courageux.
Soldats des forêts que le Seigneur envoie,
Chers corbeaux délicieux!
Faites fuir d'ici le paysan matois

교활한 농부를 멀리 떠나게 하라.

Qui trinque d'un moignon vieux.

카시스강은 지도에 없는 강이다. 랭보의 연구자들은 이 강이 랭보의 고향에서 멀지 않은 곳에 있는 세무아semois강일 것으로 추정한다. 그렇다면 왜 카시스강일까? 카시스는 까막까치밥나무 또는 그 열매를 가리키는 말이다. 그러니까 이 나무 열매가 보라색이 감도는 검은 색깔이라는 점에서 랭보는 이 강의 이름을 카시스강이라고 명명했을 것이다. 그런데 이 시에서 특이한 것은 강이 '흐르다couler'나 '흘러들어가다se jetter'와 같은 동사와 연결되지 않고 '공 따위가 구르다' '바퀴 달린 차가 달리다'와 같은 뜻의 동사 rouler로 이어진다는 것이다. 그 이유가 단순히 강의 빠른 흐름을 표현하기 위해서인지, 산업화가 본격적으로 이루어지는 시대에서 자연의 풍경을 걸맞게 묘사하기 위해서인지는 확실치 않다.

그러나 2연에서 "모든 것이 굴러간다"는 짧은 문장은 산업화로 인한 빠른 시간의 흐름 속에서 모든 것이 빠르게 변화한다는 의미로 해석된다. 2연에서 상상할 수 있는 중세의 분위기는 그 시절에 대한 그리움이 아니라, 아직도 남아 있는 중세의 유산도 사라질 것이라는 뜻으로 보인다. 이러한 생각은 "바람"이 "상쾌"하게 부는 것과 연관된 해석이다. 또한 "시골 마을"로 번역한 프랑스어는 'campagnes'이다. 이것은 전쟁터나 야전장을 뜻하기도 한다. "방랑하는 기사들"과 관련 지어서 이것을 전쟁터로 번역할 수도 있겠지만, 이것보다는 "시골 마을의/역겨운 종교 의식"과 이 시의 마지막 행에 나오는 "교활한 농부"와의 관련성을 중시했기 때문에 위와 같이 번역한 것이다. 랭보에게 농촌이 긍정적으로 이해되지 않듯이, 농부 역시 순박하고 지혜로운 사람으로 인식되지는 않는 것 같다.

3연에서 "길을 걷는 사람"으로 번역한 프랑스어는 'piéton'이다. 불한사전에는 대부분 '보행자'로 번역되어 있다. 랭보는 종종 자기 자신을 le piéton으로 불렀다고 한다. 그렇다면 "길을 걷는 사람에게 저 성당의 격자창을 보게 하라"에서 그는 자신에게 하느님과 성사의 신비를 생각하며 용기를 얻고 싶었을지 모른다. 또한 "까마귀들"을 "주님이 파견하신 숲의 병사들"로 표현하면서, 그들에게 "교활한 농부를 멀리 떠나게 하라"는 명령문으로 이 시를 끝낸 것은 폐쇄적인 농촌의 풍습이 바뀌기를 바란다거나, 농부 역시 마음이 열려 있는 인간적인 사람으로 변화하기를 원하는 시인의 마음이 반영되었기 때문으로 보인다.

아침에 떠오른 좋은 생각

여름날, 아침 4시에
사랑의 잠은 여전히 계속된다.
작은 숲 아래서 새벽은
　　축제의 밤 냄새를 사라지게 한다.

하지만 저 아래 거대한 작업장에서
헤스페리데스의 태양*을 향해
목수들은 벌써 윗도리를 벗고
　　분주히 몸을 움직인다.

이끼 긴 황량한 곳에서 조용히
그들은 정교한 실내 장식판을 준비하는데,
거기엔 도시의 부자들이
　　가짜 하늘 아래서 즐겁게 놀고 있으리.

아! 바빌로니아 어느 왕의 신하들 같은
그 쾌활한 노동자들을 위해

---

* 그리스 신화에서 헤스페리데스는 밤의 여신 닉스의 딸이다. "헤스페리데
　스의 태양"은 어둠에서 태어나는 여명의 태양을 의미한다.

Bonne pensée du matin

À quatre heures du matin, l'été,
Le sommeil d'amour dure encore.
Sous les bosquets l'aube évapore
    L'odeur du soir fêté.

Mais là-bas dans l'immense chantier
Vers le soleil des Hespérides,
En bras de chemise, les charpentiers
    Déjà s'agitent.

Dans leur désert de mousse, tranquilles,
Ils préparent les lambris précieux
Où la richesse de la ville
    Rira sous de faux cieux.

Ah! pour ces Ouvriers charmants
Sujets d'un roi de Babylone,
Vénus! laisse un peu les Amants,
    Dont l'âme est en couronne.

비너스여! 영광스러운 영혼의

　　연인들을 잠시라도 내버려두어라.

　　오 목동들의 여왕*이여!
그 노동자들에게 화주火酒를 갖다 주시기를,
그들의 체력이 편안히 유지될 수 있도록
정오의 바다에서 물놀이하기를 기대하며.

* 성모 마리아로 해석할 수 있다는 견해가 있지만, 금성을 뜻하는 비너스
　vénus로 보는 것이 타당하다.

Ô Reine des Bergers!

Porte aux travailleurs l'eau-de-vie,

Pour que leurs forces soient en paix

En attendant le bain dans la mer, à midi.

랭보가 1872년 5월에 쓴 이 시는 새벽 4시쯤에 일어나 "저 아래 거대한 작업장에서" "목수들〔이〕 벌써 윗도리를 벗고" 일하는 모습을 생각하면서 만든 작품이다. 파리 코뮌에서 노동자들을 지지했던 랭보의 관심과 애정은 「대장장이Le forgeron」에서 확연하게 드러난다. 이 시뿐 아니라 여러 시에서 그는 노동자들의 근면한 생활 태도와 정력적인 힘을 찬미하는 한편, 안일하고 자기만족적인 부르주아들을 비판적으로 묘사한다.

이 시의 4행에서 "축제의 밤"으로 번역한 부분은 정확히 한다면 '축하연이 열리는 밤'이라고 할 수 있다. 그 축하연은 모든 사람의 축제가 아니라 부자들의 잔치이다. 하루 종일 일하는 노동자들은 집에 돌아가 쉬거나 일찍 잠잘 준비를 해야 하기 때문이다. 이 시의 3연에서 노동자들과 부르주아들의 세계는 대립적으로 표현된다.

　　이끼 긴 황량한 곳에서 조용히
　　그들은 정교한 실내 장식판을 준비하는데,
　　거기엔 도시의 부자들이
　　　　가짜 하늘 아래서 즐겁게 놀고 있으리.

목공들이 만드는 실내 장식판의 그림에 "도시의 부자들이 / 가짜 하늘 아래서" 놀고 있는 풍경을 그린 이 시구에서 '가짜 하늘'이라는 표현은 부자들에 대한 시인의 경멸을 드러낸다.

오 계절이여, 오 성城이여

오 계절이여, 오 성이여,
결함 없는 영혼이 어디 있으랴?

오 계절이여, 오 성이여,

나는 어느 누구도 피하지 않는
행복의 마술적 연구를 했노라.

오 행복이여 만세, 갈리아
수탉이 울 때마다.

하지만! 나 이제 어떤 욕망도 갖지 않으리,
행복이 나의 삶으로 가득 차 있으니까.

이 마력이여! 어느새 나의 몸과 마음을 사로잡아
온갖 노력을 무산시켜버렸네.

내 언어를 어떻게 이해할 수 있을까?
마력은 내 언어를 쏜살같이 사라져버리게 하는데!

Ô saisons, ô châteaux

Ô saisons, ô châteaux,
Quelle âme est sans défauts?

Ô saisons, ô châteaux,

J'ai fait la magique étude
Du Bonheur, que nul n'élude.

Ô vive lui, chaque fois
Que chante son coq gaulois.

Mais! je n'aurai plus d'envie,
Il s'est chargé de ma vie.

Ce Charme! il prit âme et corps,
Et dispersa tous efforts.

Que comprendre à ma parole?
Il fait qu'elle fuie et vole!

오 계절이여, 오 성이여!

[그리고 불행이 나를 끌어간다면,
나에게 불운이 확실한 것이지.

불행의 경멸이, 슬프게도!
나를 가장 빠른 시간의 죽음으로 몰아가겠지!

―오 계절이여, 오 성이여!]

Ô saisons, ô châteaux!

[Et, si le malheur m'entraîne,
Sa disgrâce m'est certaine.

Il faut que son dédain, las!
Me livre au plus prompt trépas!

— Ô Saisons, ô Châteaux!]

이 시의 1행과 2행은 랭보의 시 중에서 가장 유명한 시구라고 할 수 있다. 이것이 널리 알려진 것은, 사르트르의 『문학이란 무엇인가』에서 산문과 시의 다른 점을 구별하는 근거의 예로 인용되어 있기 때문이다. 사르트르의 논리를 따르면, 산문은 말을 도구로 사용하지만, 시는 말을 도구로 삼지 않고 오히려 말이 사물처럼 대상화된다. 시인은 "말들이 사물들을 위해서 존재하는 것인지, 아니면 반대로 사물들이 말들을 위해서 존재하는 것인지"* 모를 만큼, 말을 사용하기보다 말을 섬기는 사람이기 때문이다.

> 오 계절이여, 오 성이여,
> 결함 없는 영혼이 어디 있으랴?

사르트르는 이 시구를 예로 들어, 이 물음은 시인이 질문하는 것도 아니고 대답하는 것도 아니어서, 물음 자체가 대답이라고 해석한다. "랭보가 누구에게나 결함이 있다는 것을 '말하려 했다'고 생각하는 것은 터무니없는 일이다. 〔……〕 그는

---

* 장 폴 사르트르, 『문학이란 무엇인가』, 정명환 옮김, 민음사, 1998, p. 21.

오직 절대적 질문을 던진 것이다. 그는 영혼이라는 아름다운 말에 의문적인 존재성을 부여했다."* 사르트르의 이 견해에 동의하건 동의하지 않건 간에, 대부분의 한국 독자들은 "결함 없는 영혼이 어디 있으랴?"를 기억하고, '결함'을 '상처' '과오' '결점' 등으로 바꿔가면서 말장난을 하곤 했다.

이 시에서 "오 계절이여, 오 성이여"는 네 번이나 반복된다. '계절'은 랭보가 가장 좋아하는 시간이고, '성'은 도달해야 할 이상적인 공간을 의미한다. 인간은 시간과 공간을 초월할 수 없다. 시간과 공간 속에 피동적으로 존재하는 인간은 불완전한 존재일 수밖에 없기 때문에 '결함'과 한계를 갖기 마련이다. 시인은 자신의 시적 작업에 만족하지 못하고, 실패와 좌절을 깨닫고, "결함 없는 영혼이 어디 있으랴?"라고 탄식을 토로한다.

랭보의 시에서 '걷기'와 '이동'의 주제를 연구한 자크 플레상은 이 시의 흐름에 따른 상상적 도식을 4단계로 나눈다. 그것은 '세계의 깨어남' '어렴풋이 느낀 행복' '행복의 위태로움' '나의 좌절'이다.** 다시 말해서 세계가 깨어나는 아침에 행복을 붙잡은 것처럼 느꼈지만, 어느 순간 그 행복은 떠나버렸기 때문에 화자는 패배감을 갖게 되었다는 것이다. 이런 점에서 독자는 시의 행복이 지속되지도 못하고, 소유할 수도 없는 것

* 같은 책, p. 25.
** J. Plessen, 같은 책, p. 171.

이라는 시인의 비관적 생각을 읽을 수 있다.

행복은 무엇일까? 행복의 정의는 사람마다 다를 것이다. 랭보에게 행복은 무엇보다 좋은 시를 쓰는 일이다. 그러니까 시인에게는 시를 쓰는 작업에 밤새도록 몰두한 후, 새벽에 닭이 우는 소리를 듣는 때가 가장 행복한 순간일 수 있다. 랭보는 이 시를 독립된 형태로 만들기 전에 「헛소리 II」에 미완의 형태로 이 시의 원고를 삽입했다. 「헛소리 II」에서 이 시와 관련된 구절에 나오는 행복은 이렇게 정의된다. "행복은 나의 운명이었고, 나의 후회였고, 나를 파먹는 벌레였다. 나의 삶은 힘과 아름다움에만 몰두하기에는 지나치게 긴 것일지 모른다."* 랭보의 이 글에서 흥미로운 것은 '행복'이 '힘'과 '아름다움'으로 정의된다는 점이다. 그러므로 이 시의 4~5행에서 "나는 어느 누구도 피하지 않는/행복의 마술적 연구를 했"다는 것은 '힘'과 '아름다움'을 만들어내는 시적 작업을 했다는 의미로 해석된다.

또한 6~7행에서 "오 행복이여 만세, 갈리아/수탉이 울 때마다"는 그러한 밤샘 작업 끝에 어느새 새벽이 되었다는 것으로 볼 수 있다. 여기서 '수탉'을 새로운 삶의 상징으로 본다면, 이 구절은 새벽의 시간이 아니라, 새로운 삶의 의지가 솟구칠 때를 가리키는 것으로 이해할 수 있다. 그러나 시인은 행

---

* S. Bernard et A. Guyaux, 같은 책, p. 233.

복에 대한 믿음과 충만감뿐 아니라 행복에 빠져드는 마력 속에서 자신의 "온갖 노력"이 수포로 돌아갔음을 깨닫는다. 행복은 시인의 언어로 포획되거나 일치되는 상태에 머물지 않고, 시인의 "언어를 쏜살같이 사라져버리게" 했기 때문이다. 행복의 자리에 불행이 들어서는 것은 인간사의 당연한 이치일지 모른다. 이런 점에서 "결함 없는 영혼이 어디 있으랴?"라는 구절이 저절로 떠오른다.

돌이켜 생각해보면, 오래전에

돌이켜 생각해보면, 오래전에 나의 삶은 축제였다네, 모든 마음은 열려 있었고, 모든 술은 흘러넘쳤지.

어느 날 저녁, 나는 무릎에 '아름다움'을 앉혀놓고 보았네. ―그러자 몹시 씁쓸한 느낌이 들었지.―그래서 나는 욕설을 퍼부었고 정의에 대항하여 무장을 했네.

나는 달아났지. 오 마녀들이여, 오 불행이여, 오 증오여, 내 보물을 맡길 수 있었던 것은 그대들뿐이라오!

나는 머릿속에서 인간의 모든 희망을 소멸시켰네. 그 희망을 목 졸라 죽이는 모든 기쁨을 향해 사나운 짐승처럼 소리 없이 껑충 뛰어올랐지.

나는 사형집행인들을 불러서 죽을 지경이 되어서도 그들의 총자루를 물어뜯었네. 나는 재앙을 불러서 모래와 피로 숨이 막혀 죽을 듯했네. 불행은 나의 신神이었지. 나는 진창 속에 쓰러졌네. 나는 범죄의 바람에 몸을 말렸고, 열광적으로 온갖 재주를 부리기도 했네.

그러자 봄은 나에게 백치의 소름 끼치는 웃음을 보여주었지.

그런데, 아주 최근에 꽥 소리를 지르고 죽을 뻔한 찰나에 어쩌면 식욕을 되찾을지 모르는 오래된 향연의 열쇠를 찾아볼

Jadis, si je me souviens bien

Jadis, si je me souviens bien, ma vie était un festin où s'ouvraient tous les cœurs, où tous les vins coulaient.

Un soir, j'ai assis la Beauté sur mes genoux. — Et je l'ai trouvée amère. — Et je l'ai injuriée.

Je me suis armé contre la justice.

Je me suis enfui. Ô sorcières, ô misère, ô haine, c'est à vous que mon trésor a été confié!

Je parvins à faire s'évanouir dans mon esprit toute l'espérance humaine. Sur toute joie pour l'étrangler j'ai fait le bond sourd de la bête féroce.

J'ai appelé les bourreaux pour, en périssant, mordre la crosse de leurs fusils. J'ai appelé les fléaux, pour m'étouffer avec le sable, le sang. Le malheur a été mon dieu. Je me suis allongé dans la boue. Je me suis séché à l'air du crime. Et j'ai joué de bons tours à la folie.

Et le printemps m'a apporté l'affreux rire de l'idiot.

Or, tout dernièrement m'étant trouvé sur le point de faire le dernier *couac*! j'ai songé à rechercher la clef du festin ancien, où je reprendrais peut-être appétit.

생각을 했지.

자비가 그 열쇠라네.—이런 영감이 드는 건 내가 꿈을 꾸었다는 증거이지!

"너는 하이에나로 남아 있거라……" 나에게 멋진 양귀비꽃 화관을 씌워준 악마가 다시 소리친다. "너의 모든 욕망, 너의 이기주의, 너의 중대한 범죄로 죽음을 이겨보아라."

아! 나는 과도하게 죽음을 공격하며 싸웠네.—하지만 사탄이여 제발 간청하오니, 덜 화난 표정을 지으시라! 늦게라도 나의 하찮고 대수롭지 않은 작품을 기다리면서, 작가에게 교훈적이고 묘사적인 요소가 없는 것을 좋아하는 당신, 나는 당신에게 저주받은 자의 수첩에 쓴 보기 흉한 것들 몇 장을 떼어서 주겠소.

La charité est cette clef. —Cette inspiration prouve que j'ai rêvé!

«Tu resteras hyène, etc......», se récrie le démon qui me couronna de si aimables pavots. «Gagne la mort avec tous tes appétits, et ton égoïsme et tous les péchés capitaux.»

Ah! j'en ai trop pris: —Mais, cher Satan, je vous en conjure, une prunelle moins irritée! et en attendant les quelques petites lâchetés en retard, vous qui aimez dans l'écrivain l'absence des facultés descriptives ou instructives, je vous détache ces quelques hideux feuillets de mon carnet de damné.

이 시는 『지옥에서의 한 철』의 서시이자, 브뤼셀에서 베를렌이 쏜 총에 맞아 죽을 뻔한 사건을 겪은 후에 쓴 시이다. "아주 최근에 꽥 소리를 지르고 죽을 뻔한 찰나에"라는 표현은 이 시를 쓴 시기를 가리켜준다. 쉬잔 베르나르의 설명에 의하면, "무엇보다 중요한 이 시에서, 랭보는 우선 자신의 정신적, 문학적 과거의 핵심적인 변화 단계를 서술한 다음, 자신이 최근에 겪은 내면의 위기와 가짜 개심fausse conversion을 에둘러 말한"*다.

"오래전에Jadis"로 시작하는 이 시의 서두는 화자가 지난날의 "삶[이] 축제"였던 시절, 사람들의 모든 마음이 열려 있고, 모든 술이 흘러넘치도록 풍성했던 시간을 회상하는 장면을 보여준다. 물론 이러한 회상은 그 시절을 그리워하는 것이 아니라, 그 이후에 경험한 지옥과 대립적인 시간을 묘사하기 위한 것이고, 또한 화자가 지난날의 자신을 객관화하여 보기 위한 것이다. "무릎에 '아름다움'을 앉혀놓고 보았"다는 것은 축제의 흥겨운 분위기에서 사랑스러운 여자를 화자의 무릎 위에 앉혀놓고 보았다는 말처럼 생각된다. 그러나 이러한 행위의

---

* S. Bernard et A. Guyaux, 같은 책, p. 417.

표현은 사랑에 매혹되었다는 의미가 아니다. 이것은 그 시대에 통용되는 '아름다움'을 꼼꼼히 들여다보면서, 그 아름다움을 새롭게 재평가하자는 뜻이다. 다시 말해서 이것은 아름다움을 부정하려는 반항적인 태도의 반영이다. 또한 "정의에 대항하여 무장을 했"다는 것은 정의와 싸우는 악마적 태도를 취했다는 뜻이 아니라, 그 정의가 진정한 것이 아니고 권력에 종속된 가짜 정의이기 때문에, 그러한 위선적 정의와 싸웠다는 의미이다.

　"오 마녀들이여, 오 불행이여, 오 증오여"는 화자가 기독교의 미덕으로 찬미된 것들과는 반대되는 존재를 떠올리면서 기독교의 부정과 억압에 대항하는 방법을 떠올리는 것이다. 또한 "내 보물"은 랭보가 강조하는 견자 시인의 시적 능력 또는 투시력으로 생각된다. 그러니까 시인은 악과 불행, 증오와 반항의 체험이나 정신 또는 그것들에 열린 마음을 갖고 있어야 '견자'가 될 수 있다는 것이기도 하다. 또한 "인간의 모든 희망을 소멸시켰"다는 구절에서 동사가 단순과거라는 것에 주의할 필요가 있다. 화자는 '소멸시켰다'는 행위가, 오래전에 또는 오랫동안 노력한 끝에 이루어진 결과임을 나타내기 위해서 다른 동사들의 복합과거와는 다르게 단순과거를 사용했기 때문이다. 기독교는 믿음이 희망과 행복을 가져다준다고 강조한다. 그런데 랭보는 기독교에 대해서 "희망을 소멸시켰다"고 하거나 "불행은 나의 신이었다"고 말하는 것이다. 이러한 반항적 행위는 "사형집행인" "죽음" "재앙" "모래와 피" "범죄의 바람" 등, 죽음과 파멸의 이미지들로 표출된다. "열광적으로 온갖 재주를" 부렸다는 것은 기독교에서 금기시하는 마술과 곡예에 빠지기도 했다는 것이다.

"그러자 봄은"에서 '봄'은 두 가지 뜻을 내포한다. 하나는 랭보가 이 시를 포함하여 마지막으로 시를 쓰던 1872년 봄을 가리키는 것일 수 있고, 다른 하나는 희망이 부활하는 계절을 상징할 수도 있다. 또한 "자비가 그 열쇠"라는 것은 깨어 있는 상태에서의 인식이 아니라, 꿈에서의 기억임을 보여준다. 시인은 계속 악마의 소리에 귀를 기울인다.

이 시의 마지막 문단은 "아! 나는 과도하게 죽음을 공격하며 싸웠네"라는 문장으로 시작한다. 이것은 죽음과의 싸움에서 심신의 피로가 극심해진 상태를 인정하는 것이다. 그럼에도 불구하고 이 문장 이후의 "하지만"이란 부사는 화자가 환상에서 깨어나 악마를 향하여 결론적으로 진실을 말하겠다는 의지의 표현으로 해석된다. 이러한 해석은 사탄에게 예의를 갖춰 공손히 말하는 방식, 즉 "제발 간청하오니je vous en conjure"에서 동사인 conjurer의 상반된 두 가지 뜻, 즉 '쫓아버리다'와 '간청하다'가 동시에 포함되어 있다는 점에서이다. 다시 말해서 화자는 사탄을 쫓아버리고 싶어 한다. 여기서 사탄은 베를렌으로 해석할 수 있다. 물론 이러한 해석은 '지옥'에서의 체험을 협소한 의미로 만든다는 위험이 따른다. 그러나 "하찮고 대수롭지 않은 작품을 기다리면서, 작가에게 교훈적이고 묘사적인 요소가 없는 것을 좋아하는 당신"이라는 구절에서 '당신'이 베를렌을 가리킨다고 보는 것은 자연스럽다. 베를렌은 시에서 "웅변을 붙잡아서 목을 비틀어야 한다"(「시학」)고 말했을 만큼, 사실적이고 교훈적이고 묘사적인 작품에 대해 비판적인 태도를 취했기 때문이다.

랭보는 자신의 작품을 "하찮고 대수롭지 않은 작품"이라거나 "보기 흉한 것들"이라고 폄하해서 말한 바 있다. 여기서 "보기 흉한 것들"을 "떼어서 주겠소"라고 표현한 동사 détacher의 명사가 무관심이나 초연을 뜻하는 détachement이란 것은 유념해야 할 점이다. 독자는 이 부분을 천상이나 지옥에서 벗어난 초연한 삶의 의지로 해석할 자유가 있기 때문이다.

지옥의 밤

나는 지독한 독약을 한 모금 삼켰다.―나에게 그런 충동이 생긴 것이 세 번의 축복받을 만한 일이었다니!―배 속이 뜨겁게 달아오른다. 강렬한 독성 때문에 사지가 뒤틀리고, 몸이 균형을 잃고 그만 쓰러지고 말았다. 갈증이 극심하고 질식할 듯했는데, 소리칠 수가 없다. 영원한 형벌의 지옥이다! 보세요, 불길이 얼마나 활활 타오르는지를! 내 몸은 굉장히 뜨겁게 달아오른다. 사라져라, 악마야!

나는 전에 어렴풋이 선善과 행복과 구원으로의 전환을 예감한 적이 있었다. 지금 내가 본 것을 제대로 묘사할 수 있을까, 지옥의 분위기는 어떤 찬가도 허용하지 않는 법! 수많은 매력적인 인간들, 감미로운 종교음악회, 힘과 평화, 고귀한 야망, 이것들을 내가 어찌 알 수 있으랴?

고귀한 야망이라니!

그런데 이것 또한 삶이로다!―만일 영벌이 영원히 계속된다면! 자신의 신체 일부를 손상하려는 사람은 영벌을 받은 자이다, 그렇지 않은가? 나는 지금 지옥에 있는 기분이다, 그러므로 나는 지옥에서 존재한다. 이건 교리 문답의 실행이군. 나는 세례의 노예이다. 부모님, 당신들이 나의 불행을 만들었고, 당신들이 당신들의 불행을 만들었지요. 불쌍한 바보!―지

Nuit de l'enfer

J'ai avalé une fameuse gorgée de poison. —Trois fois béni soit le conseil qui m'est arrivé! —Les entrailles me brûlent. La violence du venin tord mes membres, me rend difforme, me terrasse. Je meurs de soif, j'étouffe, je ne puis crier. C'est l'enfer, l'éternelle peine! Voyez comme le feu se relève! Je brûle comme il faut. Va, démon!

J'avais entrevu la conversion au bien et au bonheur, le salut. Puis-je décrire la vision, l'air de l'enfer ne souffre pas les hymnes! C'était des millions de créatures charmantes, un suave concert spirituel, la force et la paix, les nobles ambitions, que sais-je?

Les nobles ambitions!

Et c'est encore la vie! —Si la damnation est éternelle! Un homme qui veut se mutiler est bien damné, n'est-ce pas? Je me crois en enfer, donc j'y suis. C'est l'exécution du catéchisme. Je suis esclave de mon baptême. Parents, vous avez fait mon malheur et vous avez fait le vôtre. Pauvre innocent! —L'enfer ne peut attaquer les païens. —C'est la vie encore! Plus tard, les délices de la damnation seront

옥은 이교도들을 공격할 수 없겠지.─이것 또한 인생인데! 시간이 지날수록 영벌의 즐거움이 훨씬 더 깊어지기를. 죄를 저지르면 빨리 허무에 빠지는 것이 인간의 법칙이지.

입 다물어, 입 다물라니까!⋯⋯ 여기서 그런 건 치욕이고, 비난받을 만한 일이야. 불이 더럽다고 말하거나 나의 분노가 끔찍히 어리석은 짓이라고 말하는 사탄이 있으니까.─그만해, 이젠 지긋지긋해!⋯⋯ 사람들이 나에게 은밀히 알려주는 이런 잘못들, 마법, 가짜 향수, 유치한 음악들.─내가 진실을 파악하고, 정의를 알게 되다니. 나의 판단은 정상적이고 분명하다, 나는 완전한 사람이 되려고 한다⋯⋯ 이건 오만한 생각.─내 머리의 살갗은 바싹 마른다. 자비를 베푸소서! 주여, 저는 두렵습니다. 저는 목이 말라요, 몹시 목이 말라요! 아! 어린 시절, 풀, 비, 암석 위의 호수, *12시 종이 울릴 때의 달빛*⋯⋯ 그 시간에 악마는 종루에 있다. 마리아여! 성모 마리아여!⋯⋯─나의 어리석음에 대한 두려움.

지옥에서 이들은 내가 잘되기를 바라는 정직한 사람들이 아닌가⋯⋯ 와 보세요⋯⋯ 내 입이 베개에 눌려 있어요, 그들은 내 말을 듣지 못해, 그들은 유령이지. 그 후에 아무도 다른 사람을 생각하지 않아. 사람들이 가까이 오지 않도록 해. 나는 이단자 같아. 그건 확실해.

무수히 환각들이 떠오르네. 오래전부터 나에게 익숙한 환각들, 가령 역사에 대한 불신, 원칙에 대한 무관심, 더 이상 말하

plus profondes. Un crime, vite, que je tombe au néant, de par la loi humaine.

Tais-toi, mais tais-toi!...... C'est la honte, le reproche, ici: Satan qui dit que le feu est ignoble, que ma colère est affreusement sotte.—Assez!...... Des erreurs qu'on me souffle, magies, parfums faux, musiques puériles.—Et dire que je tiens la vérité, que je vois la justice: j'ai un jugement sain et arrêté, je suis prêt pour la perfection...... Orgueil.—La peau de ma tête se dessèche. Pitié! Seigneur, j'ai peur. J'ai soif, si soif! Ah! l'enfance, l'herbe, la pluie, le lac sur les pierres, *le clair de lune quand le clocher sonnait douze*...... le diable est au clocher, à cette heure. Marie! Sainte-Vierge!......—Horreur de ma bêtise.

Là-bas, ne sont-ce pas des âmes honnêtes, qui me veulent du bien...... Venez...... J'ai un oreiller sur la bouche, elles ne m'entendent pas, ce sont des fantômes. Puis, jamais personne ne pense à autrui. Qu'on n'approche pas. Je sens le roussi, c'est certain.

Les hallucinations sont innombrables. C'est bien ce que j'ai toujours eu: plus de foi en l'histoire, l'oubli des principes. Je m'en tairai: poètes et visionnaires seraient jaloux. Je suis mille fois le plus riche, soyons avare comme la mer.

지 않겠네. 시인과 환각에 빠진 사람들이 질투할 테니까. 내가 제일 부자이니, 바다처럼 아껴야지.

기가 막혀! 삶의 시계가 좀 전에 멈춰 섰군. 난 이제 이 세상 사람이 아니야.─교리는 진지하게 말하지, 지옥은 *아래에* 있고─하늘은 위에 있다고,─황홀, 악몽, 불길이 타오르는 둥지에서의 잠.

시골에서 살려면 얼마나 많은 잔꾀를 부려야 하는지⋯⋯ 악마 페르디낭은 야생 식물 종자를 들고 뛰어간다⋯⋯ 예수는 자줏빛 가시덤불을 구부리지도 않고 그 위로 걸어간다⋯⋯ 예수는 분노하는 바다 위로 걸어갔다. 에메랄드 빛 파도 옆구리에서 백인이고 갈색의 머리를 세 갈래로 땋아 늘인 채 서 있는 그의 모습이 램프불에 드러났다⋯⋯

나는 모든 신비의 베일을 벗길 거야. 종교적이거나 자연적인 신비들, 죽음, 탄생, 미래, 과거, 우주 생성 이론, 무無. 나는 마음대로 마술 환등기를 조종할 수 있지.

들어보세요!⋯⋯

나는 모든 재능을 갖고 있노라!─여기는 아무도 없고 누군가는 있는 곳이야. 나는 내 보물을 폭로하고 싶지 않다.─흑인들의 노래를 원하는가, 천상의 미녀들의 춤을 원하는가? 내가 사라지기를 원하는가, *반지*를 찾으러 잠수하기를 원하는가? 사람들이 원할까? 난 금과 약을 만들 거야.

그러니까 나를 믿으라고, 믿음은 구원이고, 안내자이고, 치

Ah ça! l'horloge de la vie s'est arrêtée tout à l'heure. Je ne suis plus au monde. — La théologie est sérieuse, l'enfer est certainement *en bas* — et le ciel en haut. — Extase, cauchemar, sommeil dans un nid de flammes.

Que de malices dans l'attention dans la campagne...... Satan, Ferdinand, court avec les graines sauvages...... Jésus marche sur les ronces purpurines, sans les courber...... Jésus marchait sur les eaux irritées. La lanterne nous le montra debout, blanc et des tresses brunes, au flanc d'une vague d'émeraude......

Je vais dévoiler tous les mystères: mystères religieux ou naturels, mort, naissance, avenir, passé, cosmogonie, néant. Je suis maître en fantasmagories.

Écoutez!......

J'ai tous les talents! — Il n'y a personne ici et il y a quelqu'un: je ne voudrais pas répandre mon trésor. — Veut-on des chants nègres, des danses de houris? Veut-on que je disparaisse, que je plonge à la recherche de *l'anneau*? Veut-on? Je ferai de l'or, des remèdes.

Fiez-vous donc à moi, la foi soulage, guide, guérit. Tous, venez, — même les petits enfants, — que je vous console, qu'on répande pour vous son cœur, — le cœur merveil-

료제이니. 모두들 오세요,—어린아이들도,—여러분을 위로해
주고, 여러분을 위해서 사랑을 나누어 주겠어요.—경이로운
사랑을!—불쌍한 사람들, 노동자들이여! 나는 기도를 요구하
지 않겠어요. 오직 당신들의 믿음만으로, 만족할 테니까.

　—그리고 나를 생각하세요. 그러면 나는 사람들이 섭섭해
하지 않게 만들겠어요. 나는 더 이상 고통을 겪지 않아도 되니
다행이지요. 나의 삶은 대단치 않은 어리석음뿐이었으니, 그
게 유감이지요.

　자! 마음껏 얼굴을 찡그려봅시다.

　정말이지, 우리는 이 세상 바깥에 있어요. 아무런 소리도
들리지 않아요. 내 재주란 것도 사라져버렸어요. 아! 나의
성, 나의 작센 자기, 나의 버드나무 숲이여. 저녁, 아침, 밤,
낮…… 난 이제 지쳤어!

　나의 지옥은 분노 때문에 생긴 것이고 오만 때문에 생긴 것
이지.—애무의 지옥, 지옥의 콘서트.

　나는 지쳐서 죽을 지경이야. 이건 무덤이지, 나는 공포 중의
공포인, 나의 시를 향해 떠날 거야! 악마여, 장난꾸러기여, 그
대는 마법으로 나를 없애버리고 싶겠지. 나는 간청하노라. 나
는 간청하노라! 쇠스랑으로 내리치기를, 불길에 타오르기를!

　아! 삶으로 거슬러 올라가자! 우리의 보기 흉한 모습을 똑
바로 보자. 이 독약, 수많은 저주의 이 입맞춤! 나의 허약함
을, 세상 사람들의 잔인함을! 나의 하느님, 자비를 베푸소서,

leux!—Pauvres hommes, travailleurs! Je ne demande pas de prières; avec votre confiance seulement, je serai heureux.

—Et pensons à moi. Ceci me fait peu regretter le monde. J'ai de la chance de ne pas souffrir plus. Ma vie ne fut que folies douces, c'est regrettable.

Bah! faisons toutes les grimaces imaginables.

Décidément, nous sommes hors du monde. Plus aucun son. Mon tact a disparu. Ah! mon château, ma Saxe, mon bois de saules. Les soirs, les matins, les nuits, les jours...... Suis-je las!

Je devrais avoir mon enfer pour la colère, mon enfer pour l'orgueil,—et l'enfer de la caresse; un concert d'enfers.

Je meurs de lassitude. C'est le tombeau, je m'en vais aux vers, horreur de l'horreur! Satan, farceur, tu veux me dissoudre, avec tes charmes. Je réclame. Je réclame! un coup de fourche, une goutte de feu.

Ah! remonter à la vie! Jeter les yeux sur nos difformités. Et ce poison, ce baiser mille fois maudit! Ma faiblesse, la cruauté du monde! Mon Dieu, pitié, cachez-moi, je me tiens trop mal!—Je suis caché et je ne le suis pas.

저를 숨겨주소서, 저는 너무나 행실이 나쁜 사람이니!―저는
숨으려 하는데, 숨을 수가 없네요.

　이건 영벌을 받은 사람에게 솟구치는 불길이구나.

C'est le feu qui se relève avec son damné.

『지옥에서의 한 철』에 수록된 이 작품은 랭보가 베를렌이 쏜 총에 맞아 병원에서 치료를 받은 이후, 1873년 7월과 8월 무렵에 쓴 시로 알려져 있다. 플레야드판 랭보 전집의 앙투안 아당에 의하면, 이 시는 앞뒤가 다르게 잘 연결되지 않는 문장들과 외침을 통해서 "진실에 대한 믿음과 환각들" "삶을 길들이려는 꿈과 삶으로부터 도피하려는 꿈, 비웃는 악마의 목소리, 그리고 어린 시절부터 주입된 죄의 개념이 모든 악의 원인이라는 생각"*을 보여준다는 것이다. 또한 쉬잔 베르나르에 의하면, 이 시는 「나쁜 혈통」과 비교할 때, 다음과 같은 차이를 갖는다. "「나쁜 혈통」의 화자는 이교도이고 흑인이기 때문에 지옥이 그들을 공격할 수 없는 반면, 「지옥의 밤」에서 시인은 세례를 받은 사람이므로 영벌을 받아 지옥에 갈 운명이라는 강박적 생각에 사로잡혀 있다."** '지옥의 밤'은 그러므로 죄를 짓고 회개하지 않는 모든 죄인이 죽음 후에 가야 할 곳이고, 뜨거운 불길이 끊임없이 솟아오르는 곳이다.

시인의 극단적인 절망의 상태를 보여주는 이 시는 마치 지옥의 불길 앞에서 정신을 잃고 횡설수설하는 사람의 독백처럼

* A. Rimbaud, *Œuvres complètes*, Gallimard, 1972, p. 961.
** S. Bernard et A. Guyaux, 같은 책, p. 464.

전개된다. 이 시의 앞부분은 알코올 도수가 아주 높은 독약 같은 술을 마신 후에 지옥의 환각 체험을 이야기한다. 첫 문장의 "독약을 한 모금 삼켰다"와 "그런 충동이" 생겼다고 할 때의 충동은 '충고le conseil'를 번역한 것이다. 이 명사는 충고 외에 (경험에 의한) 지침이나 교훈, (감정에 의한) 충동이라는 뜻을 갖고 있기 때문이다. 또한 지옥은 상징적 지옥이자 주관적 지옥이고, 인간이 만들어낸 기독교의 지옥이다. 화자는 이러한 지옥의 환각 체험을 이야기하면서 "나는 지금 지옥에 있는 기분이다, 그러므로 나는 지옥에서 존재한다"고 진술한다. 이것은 데카르트의 "나는 생각한다, 그러므로 나는 존재한다"는 경구를 패러디한 것이다. 이 구절이 나오기 전에, 지옥에서의 형벌은 현재형으로 서술되고, 지난날에 지옥보다는 천국을, 악보다는 선을, 지옥의 형벌보다는 천국의 구원을 꿈꾸거나 생각했던 것은 반과거나 대과거로 서술된다. 화자는 천국의 구원을 꿈꾸었던 것은 먼 과거이고, 세례를 받은 것이 자신을 불행하게 만들었다고 단정함으로써 부모를 원망한다. 그는 지옥에서 지내는 생활도 "인생"이기 때문에, "영벌"이 고통이 아니라 "즐거움"이 되기를 기대하기도 한다. 그다음에 "진실" "정의" "판단" "완전" 등의 명사는 기독교인의 모럴과는 다른 시민사회의 개념이다. 그것들은 하느님의 존재와는 상관없이 완전한 인간으로 성장하기 위해서 필요한 가치 개념이기 때문이다.

이 시의 중간쯤이라고 할 수 있는 "지옥에서 이들은 내가 잘되기를 바라는 정직한 사람들이 아닌가……"의 문장부터 화자의 관점은 전환된다. 화자는 환각 체험을 "나에게 익숙한 환각"이라고 명명할 만큼 지옥에서의 환각과 거리를 둔다. 또한 "내 입이 베개에 눌려" 있는 것은 꿈속에서 말을 하지 못하는 상태, 즉 다른 사람들과 소통하지 못하는 자폐성의 상태를 암시한다. 그러므로 이 환각은 랭보가 주장하는 '견자'의 체험이다. 견자는 시인으로서 다른 사람들이 보지 못하는 것을 보는 사람이다. 견자의 환각은 무수히 많다. 이런 점에서 견자는 "가장 부유한 사람"일 수 있지만, 가진 것을 모두 보여주려고 해서도 안 되고, 자기 과시적이 되어서도 안 된다. "바다처럼 아껴야지"는 바다 속에 무수한 보물이 있어도 그것을 드러내려고 하지 않는다거나, 바다는 해안에 파도치는 소리만 내고 침묵을 지킨다는 뜻으로 해석할 수 있다. 견자는 이 세상에 살고 있는 사람이지만, 그의 "삶의 시계"는 작동하지 않는다. 그는 하늘과 지옥 사이에서 산다. 그에게 "지옥은 *아래에* 있고" "하늘은 위에 있"는 것이다. 화자는 견자의 이미지를 악마와 예수의 영상과 관련시켜 묘사한다. 견자는 "악마 페르디낭"이 "야생 식물 종자를 들고 뛰어"가는 모습을 보거나 예수가 "분노하는 바다 위로 걸어"가는 것을 보면서, "나는 모든 신비의 베일을 벗길" 것이라는 의지를 표명한다. 어떤 의미에서 견자는 사탄의 영향을 받거나 예수의 영향을 받는 사람이라고 할 수 있다.

"자! 마음껏 얼굴을 찡그려봅시다"부터 이 시의 끝까지는 견자인 시인이 극도로 지친 상태에서 "시를 향해" 떠나겠다는 의지를 보여준다. 그 의지가 표명되기 전에, 시인이 "나의 지옥"을 갖겠다고 하면서 "애무의 지옥"과 "지옥의 콘서트"라는 모순어법을 사용한 것은 의미심장하다. '애무'가 자비와 사랑의 표현이고, 콘서트 역시 천상의 음악을 연상시키기 때문이다. 견자와 예수와 악마의 경계는 명확하지 않다. 견자는 예수의 마음을 갖기도 하고, 악마의 정신을 갖기도 한다. 그의 생각은 천상에 있기도 하고, 지옥에 떨어질 각오로 이어지기도 한다.

랭보가 시를 향해 떠나겠다고 선언한 다음에, "쇠스랑으로 내리치기"와 "불길"을 간청한 것 역시, 지옥의 형벌과 지상의 형벌을 연결한 시인의 의지로 해석된다. "아! 삶으로 거슬러 올라가자! 우리의 보기 흉한 모습을 똑바로 보자"는 구절은, 시인이 지옥의 밤을 보낸 후 자기를 정확히 보고, 자기를 객관적으로 판단하려는 의식의 깨어남을 보여준다. 그 결과로 "나의 허약함"과 "세상 사람들의 잔인함"을 깨달을 수 있었을 것이다. "행실이 나쁜 사람"이고, "영벌을 받은 사람"인 '견자' 시인은 지옥의 불길을 외면하지 않고 그것을 의식하면서 고통스럽게 살아야 하는 '저주받은 시인'이다.

불가능

아! 내 소년 시절엔 어느 때나 먼 여행을 떠났지, 신비할 정
도로 검소했고, 거지 중의 상거지보다 돈에는 관심이 없었지.
나라도 없고 친구도 없다는 것을 자랑스러워하기도 했지, 이
것이 얼마나 어리석은 생각이었는지,—이제서야 그걸 깨닫게
되다니!

—나는, 여자들의 재산과 건강에 기대어 기생충처럼 살면
서 한 번의 애무할 기회도 잃지 않겠다는 욕심쟁이 어른들을
당연히 경멸했지. 물론 요즈음에는 여자들이 우리의 이런 생
각에 동의하지 않겠지만.

나는 우리의 모든 경멸이 옳다고 생각했어, 나는 이제 사라
지면 그만이야!

나는 사라져야지!

나는 내 생각을 밝혀야겠어.

어제만 해도 나는 한숨을 지었지. "제기랄, 이 세상에는 나
쁜 놈들이 너무나 많아! 나는 그들과 같은 무리 속에 그처럼
많은 시간을 보냈기에 그들을 아주 잘 알지. 우리는 서로 잘
알면서 서로 미워하지. 우리는 이웃 사람이란 것을 모르면서
예의는 잘 지킨다네. 우리와 사람들의 관계는 만족스럽지."
이 말이 놀라운가? 사람들! 장사꾼들, 바보들!—우리는 체면

L'impossible

Ah! cette vie de mon enfance, la grande route par tous les temps, sobre surnaturellement, plus désintéressé que le meilleur des mendiants, fier de n'avoir ni pays, ni amis, quelle sottise c'était. — Et je m'en aperçois seulement!

— J'ai eu raison de mépriser ces bonshommes qui ne perdraient pas l'occasion d'une caresse, parasites de la propreté et de la santé de nos femmes, aujourd'hui qu'elles sont si peu d'accord avec nous.

J'ai eu raison dans tous mes dédains: puisque je m'évade!

Je m'évade!

Je m'explique.

Hier encore, je soupirais: «Ciel! sommes-nous assez de damnés ici-bas! Moi, j'ai tant de temps déjà dans leur troupe! Je les connais tous. Nous nous reconnaissons toujours; nous nous dégoûtons. La charité nous est inconnue. Mais nous sommes polis; nos relations avec le monde sont très-convenables.» Est-ce étonnant? Le monde! les marchands, les naïfs! — Nous ne sommes pas déshonorés. — Mais les élus, comment nous recevraient-ils? Or il y a des

이 깎일 일이 없어.—하지만 저 엘리트 양반들은 우리를 어떻게 인정하겠어? 그런데 세상에는 심술궂은 성격으로 즐겁게 지내는 사람들, 가짜 엘리트들이 있는 법이야, 그런 자들에게 말을 걸려면 대범하거나 공손하거나 해야 해. 그런 사람들은 엘리트뿐이야. 그들은 진정한 엘리트가 아니지!

나의 얼마 안 되는 이성을 갖고 생각하다가—이런 시간은 빨리 지나가버리지만,—나의 불안은 우리가 서양에 있다는 것을 생각하지 못했기 때문에 생기는 병이라는 걸 알게 되었어. 서양은 늪이야! 빛은 변질되었고, 모양은 나빠졌으며 변화의 방향성도 없지. 좋아! 벌써 내 정신은 동양의 종말 이후 정신이 따를 수밖에 없었던 모든 발전의 문제들에 몰두하게 되었지…… 그러나 내 정신은 의욕이 너무 앞서서 문제야!

……나의 얼마 안 되는 이성은 이제 끝났어!—정신은 권력이어서, 내가 서양에 있기를 원하지. 내가 원하는 대로 결론지으려면 정신을 입 다물게 해야겠지.

나는 순교의 영예, 예술의 빛, 창조자들의 자부심, 약탈자들의 열정,* 이 모든 것을 화가 나서 쫓아버렸네. 나는 동양으로, 근원적이면서 영원한 지혜로 되돌아갔네. 조잡한 무위의 꿈이라고 말하겠지!

그런데 나는 현대의 온갖 고통을 피해 가는 것이 즐거운 일

---

* 랭보는 서양의 이러한 네 가지 특성들을 부정적인 시각으로 표현한다.

gens hargneux et joyeux, de faux élus, puisqu'il nous faut de l'audace ou de l'humilité pour les aborder. Ce sont les seuls élus. Ce ne sont pas des bénisseurs!

M'étant retrouvé deux sous de raison — ça passe vite! — je vois que mes malaises viennent de ne m'être pas figuré assez tôt que nous sommes à l'Occident. Les marais occidentaux! Non que je croie la lumière altérée, la forme exténuée, le mouvement égaré...... Bon! voici que mon esprit veut absolument se charger de tous les développements cruels qu'a subis l'esprit depuis la fin de l'Orient...... Il en veut, mon esprit!

......Mes deux sous de raison sont finis! — L'esprit est autorité, il veut que je sois en Occident. Il faudrait le faire taire pour conclure comme je voulais.

J'envoyais au diable les palmes des martyrs, les rayons de l'art, l'orgueil des inventeurs, l'ardeur des pillards; je retournais à l'Orient et à la sagesse première et éternelle. — Il paraît que c'est un rêve de paresse grossière!

Pourtant, je ne songeais guère au plaisir d'échapper aux souffrances modernes. Je n'avais pas en vue la sagesse bâtarde du Coran. — Mais n'y a-t-il pas un supplice réel en ce que, depuis cette déclaration de la science, le christian-

이라고 생각하지 않았네. 나는 코란의 조잡한 지혜*를 염두에
두고 있지는 않았지. 하지만 과학의 다음과 같은 선언 이후에
인간이 스스로를 *농락하고*, 기독교는 자신의 명증성을 증명하
면서 이러한 증거를 반복하는 재미에 자만하여, 그런 식으로
만 살아간다는 것에 극심한 고통이 있는 것이 아닐까? 이것은
이해하기 어렵고 어리석은 고통이고, 내 영혼의 횡설수설의
원천이기도 하지. 자연은 지긋지긋해할 수 있겠지, 아마 그럴
지도 모르겠네! 프뤼돔 씨**는 그리스도와 함께 태어났지.

　우리가 안개를 경작하기 때문이 아닐까! 우리는 수분이 많
은 야채의 흥분제를 먹는다. 그리고 음주벽! 그리고 담배! 그
리고 무지! 그리고 남에게 헌신이라니!—이 모든 것은 원시
적인 나라, 동양의 지혜 사상과는 아주 거리가 먼 것일까? 그
와 같은 독성 물질이 발명된다면, 왜 현대 세계인가!

　성직자들은 말할 것이다. 알겠노라고. 하지만 당신들은 에
덴동산을 말하겠지요. 당신들에게 동양인의 역사는 아무것도
없겠네요.—사실 그렇지요. 내가 생각한 것은 에덴동산입니
다! 고대인의 이 순수성이야말로 얼마나 내가 꿈꾸는 것인지!

　철학자들은 세계에 나이는 없다고 말하지. 인류는 단지 이
동할 뿐이라고. 그러한 당신은 서양에 있으면서 당신에게 필
요한 어떤 오래된 집이 있으면, 그 동양의 나라에서 자유롭게

---

*　랭보는 코란의 지혜를 동양의 운명론의 변형이라고 생각했다.
**　프뤼돔은 앙리 모니에Henry Monnier가 창조한 부르주아의 전형이다.

isme, l'homme *se joue*, se prouve les évidences, se gonfle du plaisir de répéter ces preuves, et ne vit que comme cela? Torture subtile, niaise; source de mes divagations spirituelles. La nature pourrait s'ennuyer, peut-être! M. Prudhomme est né avec le Christ.

N'est-ce pas parce que nous cultivons la brume! Nous mangeons la fièvre avec nos légumes aqueux. Et l'ivrognerie! et le tabac! et l'ignorance! et les dévouements! —Tout cela est-il assez loin de la pensée de la sagesse de l'Orient, la patrie primitive? Pourquoi un monde moderne, si de pareils poisons s'inventent!

Les gens d'Église diront: C'est compris. Mais vous voulez parler de l'Éden. Rien pour vous dans l'histoire des peuples orientaux. —C'est vrai; c'est à l'Éden que je songeais! Qu'est-ce que c'est pour mon rêve, cette pureté des races antiques!

Les philosophes: Le monde n'a pas d'âge. L'humanité se déplace, simplement. Vous êtes en Occident, mais libre d'habiter dans votre Orient, quelque ancien qu'il vous le faille, —et d'y habiter bien. Ne soyez pas un vaincu. Philosophes, vous êtes de votre Occident.

Mon esprit, prends garde. Pas de partis de salut vio-

살고,—그것도 아주 잘 살 수 있겠지요. 패배주의자가 되지 마세요. 철학자들이여, 당신들은 당신들의 서양에서 사는 사람들이라네.

나의 정신이여, 주의하라. 급격한 구원의 방법은 없다. 너 자신을 단련하라!—아! 과학은 우리를 위해서 아주 빠르게 발전하지 않는구나!

—하지만 나의 정신이 졸고 있는 것을 알아차렸어. 만약 지금 이 순간부터 계속 깨어 있다면, 우리는 머지않아 진리에 도달하겠지, 어쩌면 진리는 울고 있는 천사들과 함께 우리를 에워싸고 있을지 모르네!⋯⋯—만약 지금 이 순간까지 정신이 깨어 있었다면, 그건 내가 절대로 잊을 수 없는 시기에 나쁜 본능에 굴복하지 않았기 때문이지!⋯⋯—만약 정신이 언제라도 계속 깨어 있다면, 보다 성숙한 지혜로 노를 저어 가리라!⋯⋯

오 순수성이여! 순수성이여!

지금 나에게 순수성의 환영幻影을 보게 한 것이 바로 각성의 순간인 것을!—정신의 힘으로 우리는 하느님을 향해 가노라!

비통한 불행이여!

lents. Exerce-toi! — Ah! la science ne va pas assez vite pour nous!

— Mais je m'aperçois que mon esprit dort.

S'il était bien éveillé toujours à partir de ce moment, nous serions bientôt à la vérité, qui peut-être nous entoure avec ses anges pleurant!...... — S'il avait été éveillé jusqu'à ce moment-ci, c'est que je n'aurais pas cédé aux instincts délétères, à une époque immémoriale!...... — S'il avait toujours été bien éveillé, je voguerais en pleine sagesse!......

Ô pureté! pureté!

C'est cette minute d'éveil qui m'a donné la vision de la pureté! — Par l'esprit on va à Dieu!

Déchirante infortune!

『지옥에서의 한 철』에서 「지옥의 밤」과 「헛소리 I」「헛소리 II」 다음에 수록된 이 시는 "지옥의 밤"에서 빠져나온 화자가 소년 시절을 돌아보고, 자신의 행동이나 생각이 자랑스럽기는커녕 얼마나 어리석었는지를 토로하는 장면에서 시작한다. 그의 이러한 고백은, 신神이 없는 세계에서 새로운 삶과 새로운 도덕을 만들기 위한 첫번째 작업으로서 인간의 이성과 정신을 객관화하여 보려는 의도에서 비롯된 것이다.

랭보는 자기 자신의 과오와 어리석음을 비판한 다음에 지난날 "욕심쟁이 어른들ces bons hommes"을 경멸했던 것은 후회하지 않는다는 듯이, '옳다'와 '당연하다'는 뜻으로 'avoir raison de'라는 표현을 사용한다. 여기서 내가 bons hommes을 '욕심쟁이 어른'으로 번역한 것은 지나친 의역일 수 있겠지만, 불한사전에서처럼 '착한 사람, 호인, 단순한 사람'이라는 의미로는 시인의 의도가 전달될 수 없을 것 같았기 때문이다. 또한 그는 어른들에 대한 경멸뿐 아니라 자신의 "모든 경멸이 옳다고 생각했"다고 말한 다음에 "내 생각을 밝혀야겠어m'expliquer"라고 진술하면서 바로 사회의 지배 계층을 비판한다. 여기서 '심술궂고 즐거운 사람들'이란 다른 사람을 생각할 줄 모르는 이기적이고 속물적인 사람들, 부자나 권력자를 가리키는 것으로 보인다. 이들은 모두 자기중심적인 사람들이다.

랭보는 서양의 문제가 모든 것을 자기중심적으로 생각하는데 있다고 본다. "서양은 늪"이라는 표현은 서양인의 관점이 '서양이라는 늪'에 빠져 있다는 점에서 위험하다는 것과 함께 침체와 무기력 상태를 벗어나지 못했다고 비판하는 것이다. 또한 "빛은 변질되었고, 모양은 나빠졌으며 변화의 방향성도 없"다는 것은 그리스 문화에서 출발한 서양의 문화와 정신적 가치가 발전하지 못하고 쇠퇴했다는 것을 말한다.

랭보는 서양의 문화적 가치들을 "순교의 영예, 예술의 빛, 창조자들의 자부심, 약탈자들의 열정"으로 요약한다. 이 네 가지는 랭보의 다른 시에서도 알 수 있듯이, 기독교와 서양 예술에 대한 비판, 과학과 산업의 발전에 따른 문제, 제국주의 유럽 국가들의 식민지 경영과 약탈에 대한 비판의 의미를 함축한 것이다. 사실 서양의 모든 역사는 기독교의 영향으로 이루어졌다는 점에서 기독교의 책임이 무엇보다 큰 것임을 부정하기 어렵다. 랭보는 이렇게 서양의 문명과 문화를 비판하면서 동양의 지혜를 높이 평가하기도 한다. "나는 현대의 온갖 고통을 피해 가는 것이 즐거운 일이라고 생각하지 않았네"라는 구절은 현대의 온갖 고통을 감당하고 살아왔다는 의미로 해석된다. 그렇다면 "프뤼돔 씨는 그리스도와 함께 태어났지"는 무슨 뜻일까? 프뤼돔은 부르주아의 전형적 인물로서 살이 찌고 배가 많이 나온 사람이다. 화자는 그리스도와 대립되는 이 인물을 같은 해에 태어난 것으로 연결 지으면서 기독교와 부르주아 사회를 동시에 희화한 것이다.

이 시에는 '현대'라는 표현이 두 번 나타난다. 하나는 앞에서처럼 "현대의 온갖 고통"에서이고, 다른 하나는 중간 부분에서 "그와 같은 독성 물질이 발명된다면, 왜 현대 세계인가!"에서이다. 여기서 '독성 물질'이란 '음주벽' '담배' '무지' '남에 대한 헌신'을 가리킨다. 그렇다면 이것들이 왜 '독성 물질'이 될 수 있을까? 음주벽이나 담배 같은 것은 현대 문명과 상관없이 동양에서도 존재하는 풍속일 수 있다. 어쩌면 랭보는 음주나 흡연보다 마약과 환각제 같은 중독성 있는 약이나 사람들의 성정이 점점 더 이기적이고 탐욕스러워진다는 것을 말하고 싶었을지 모른다. 이런 점에서 '남에 대한 헌신'은 자기희생이 아니라 남에게 희생을 강요하는 이기적인 태도의 문제점을 의미하는 것으로 해석된다.

이 시의 끝부분에서는 "나의 정신이여, 주의하라, 급격한 구원의 방법은 없다"는 구절이 보인다. 사람들은 누구나 구원을 원한다. 또한 구원의 희망이 빨리 이루어지기를 원한다. 그러나 랭보는 참다운 구원을 위해서는 "너 자신을 단련"하고, "정신이 깨어" 있어야 한다는 것을 강조한다. 정신이 깨어 있어야 "나쁜 본능에 굴복하지 않"을 수 있고, "보다 성숙한 지혜로 노를 저어" 갈 수 있기 때문이다. 여기서 노를 저어 간다는 것은 「취한 배」의 주제를 연상케 한다.

인간은 정신과 육체, 이성과 신앙, 과거와 미래 사이의 갈등에서 벗어날 수 없는 존재이다. 인간의 이러한 운명을 외면한 구원은 불가능하다. 결론적으로 말해서 랭보의 「불가능」은 인간의 이성과 깨어 있는 정신으로 새로운 삶을 만들어가야 한다는 것을 역설한 시라고 할 수 있다.

섬광

인간의 노동이여! 이건 때때로 나의 심연을 비추는 빛의 폭발이군.

"헛된 것은 하나도 없다. 과학을 위해 앞으로!" 현대의 전도사, 말하자면 *모든 사람이* 이렇게 외친다. 하지만 악독한 사람들과 게으른 사람들의 시체가 다른 사람들의 가슴 위로 쓰러진다…… 아! 빨리, 좀더 빨리, 저세상으로, 밤의 저편에서 미래의 영원한 보상들…… 우리는 그것들을 피해 갈 수 있을까?……

—나는 여기서 무엇을 할 수 있는가? 나는 노동을 안다. 과학은 너무 느리다. 기도는 질주하고 빛은 포효한다는 것을 나는 잘 알고 있다. 그건 너무 단순하고 그곳은 너무 덥다. 사람들은 나 없어도 잘 지내겠지. 나는 나의 의무가 있고 그 의무를 여러 가지 방식으로 자랑스러워하면서도 의무의 수행을 보류하겠지.

나의 삶은 쇠약해졌다. 자! 우리의 속생각을 감추자, 게으름 부리자, 오 연민이여! 우리는 즐기면서, 괴물 같은 사랑과 꿈같은 세계를 꿈꾸면서, 눈물을 흘리면서 세계의 허상과 싸우며 살 것이다, 곡예사, 걸인, 예술가, 깡패,—사제여! 나의 병원 침상에는 향냄새가 강하게 되살아났다. 신성한 향료의

L'éclair

Le travail humain! c'est l'explosion qui éclaire mon abîme de temps en temps.

«Rien n'est vanité; à la science, et en avant!» crie l'Ecclésiaste moderne, c'est-à-dire *Tout le monde*. Et pourtant les cadavres des méchants et des fainéants tombent sur le cœur des autres...... Ah! vite, vite un peu; là-bas, par delà la nuit, ces récompenses futures, éternelles...... les échappons-nous?......

— Qu'y puis-je? Je connais le travail; et la science est trop lente. Que la prière galope et que la lumière gronde...... je le vois bien. C'est trop simple, et il fait trop chaud; on se passera de moi. J'ai mon devoir, j'en serai fier à la façon de plusieurs, en le mettant de côté.

Ma vie est usée. Allons! feignons, fainéantons, ô pitié! Et nous existerons en nous amusant, en rêvant amours monstres et univers fantastiques, en nous plaignant et en querellant les apparences du monde, saltimbanque, mendiant, artiste, bandit, — prêtre! Sur mon lit d'hôpital, l'odeur de l'encens m'est revenue si puissante; gardien des

보관자, 고해자, 순교자……

나는 어린 시절의 내가 받은 더러운 교육을 인정한다. 그리고 뭐라고!…… 다른 사람들이 스무 살이 되면, 내 나이도 스무 살이 되겠지……

아니다! 아니다! 지금 나는 죽음에 맞서 반항한다! 노동은 나의 자부심에 비해 너무 가벼운 것 같다. 세상에 대한 나의 배반은 아주 짧은 형벌이리라. 마지막 순간에 나는 오른쪽, 왼쪽을 공격하리라……

그러면,―어쩌나!―사랑스러운 불쌍한 영혼이여, 영원은 우리를 위해 사라지지 않으리!

aromates sacrés, confesseur, martyr......

Je reconnais là ma sale éducation d'enfance. Puis quoi!...... Aller mes vingt ans, si les autres vont vingt ans......

Non! non! à présent je me révolte contre la mort! Le travail paraît trop léger à mon orgueil: ma trahison au monde serait un supplice trop court. Au dernier moment, j'attaquerais à droite, à gauche......

Alors, — oh! — chère pauvre âme, l'éternité serait-elle pas perdue pour nous!

『지옥에서의 한 철』에서 「불가능」 다음에 수록된 이 시는 '불가능'이라는 어둠과 절망의 문제보다 희망을 연상케 하는 '섬광'을 말하는 것부터 시작한다. "인간의 노동이여!"라는 돈호법의 표현은 노동에 대한 시인의 관심을 첨예하게 드러낸다. 실제로 랭보는 이 시를 구상했을 때 '인간의 노동'에 참여하려는 생각을 했었다고 한다. 그러나 노동이나 과학에 대한 그의 믿음은 지속되지 못했다. 그는 파리 코뮌의 내전이 있었을 때, 코뮌파를 구성하는 많은 노동자를 응원하고 노동자들 편에서 시인이 되려고 했다. 그의 '견자' 시론은 그런 의지의 결과라고 할 수 있다. 그러나 파리 코뮌이 미완의 혁명으로 끝나버리면서 노동의 미래에 대한 그의 믿음 역시 좌절된 것으로 보인다. 그렇기 때문에 '인간의 노동'에 참여하려는 생각을 그가 했다 해도 그것이 지속될 수는 없었을 것이다.

나는 여기서 무엇을 할 수 있는가? 나는 노동을 안다. 과학은 너무 느리다. 기도는 질주하고 빛은 포효한다는 것을 나는 잘 알고 있다.

이 인용문 앞에는, "과학을 위해 앞으로!"라고 외치며 문명의 발전을 주장하는 "현대의 전도사"와 "빨리, 좀더 빨리" 믿음을 갖도록 설교하는 성직자들의 두 그룹을 암시하는 구절들이 있다. 시인에게 과학은 너무 느리고, "기도는 질주하"듯이 빠르다. 신앙의 빛은 영벌과 지옥의 위협으로 짐승의 포효처럼 무서운 소리를 낸다. 또한 "그곳은 너무 덥다"는 것은 지옥의 불길을 암시한다. 이렇게 '지옥의 불길'을 상상하다가, 화자는 현세의 삶과 의무를 생각하면서, 모든 희망을 포기하고, 어떤 책임도 지지 않겠다고 토로한다.

이 시의 후반부는 "나의 삶은 쇠약해졌다. 자! 우리의 속생각을 감추자, 게으름 부리자, 오 연민이여!"라는 구절로 전개된다. 여기서 "속생각을 감추자"와 "게으름 부리자"는 신앙인의 의무인 고해 성사와 부르주아의 근면한 생활에 대한 화자의 반항심을 드러낸 것으로 보인다. 그러나 그다음에 "우리는 즐기면서, 괴물 같은 사랑과 꿈같은 세계를 꿈꾸면서, 눈물을 흘리면서 세계의 허상과 싸우며 살 것"이라는 의지를 드러낸다. 여기서 시인은 "곡예사, 걸인, 예술가, 깡패"와 동류 의식을 갖는다. 이들에 이어서 "사제"를 돈호법으로 부르는 것은, 병원 침상에서 잠시나마 종교에 헌신하려고 한 랭보가 사제에게 공감을 표현한 것으로 보인다. 그러나 사제에게 시인은 공감과 거부라는 양가감정을 갖는다고 할 수 있다. 또한 "나는 어린 시절의 내가 받은 더러운 교육을 인정한다"는 구절은 교회의 성스러운 의식과 그리스도의 사랑에 대한 가르침을 '더러운' 사랑으로 조롱한 시「첫 성체배령Les premières communions」을 연상케 한다.

이 시의 끝부분에서 화자는 "죽음에 맞서 반항한다"고 초인적인 저항의 의지를 표명한다. 이러한 죽음의 문제가 '스무 살'의 나이를 의식하는 젊은이에게 떠올랐다는 것은 의외로 보인다. 젊은이가 미래를 꿈꾸지 않고 죽음이라는 인간 조건을 생각한다는 것은 자연스럽지 않기 때문이다. 그러나 어쨌든 랭보는 이 시에서 인간 조건의 죽음을 의식한다. 죽음은 인간의 불행을 초래하는 원인이다. 그것은 구원의 문턱일 수도 있고, 영벌의 문턱일 수도 있다. "마지막 순간에 나는 오른쪽, 왼쪽을 공격하리라"는 것은 죽음과의 대결에서 패배 의식을 갖지 않고 싸우겠다는 각오이다. 이것은 죽음과의 싸움에서 지지 않겠다는 다짐이 아니라, 죽음에 대한 두려움으로 절망하지 않겠다는 뜻으로 해석된다. 그러나 두려움과 패배 의식을 갖지 않고 죽음에 대한 초인적인 저항 의지를 보인다는 것은 과연 사실일까?

> 그러면,—어쩌나!—사랑스러운 불쌍한 영혼이여, 영원은 우리를 위해 사라지지 않으리!

이 시구는 연약한 인간이 신의 영원성을 잃을지 모른다는 두려움을 나타낸 것으로 보인다. 죽음과의 싸움에서 물러서

지 않겠다는 다짐도 순간적일 뿐이다. '인간의 노동'에 대한 희망도 섬광처럼 사라진다. 그렇다면 이 시는 시인의 모든 반항적 의지가 '섬광'처럼 끝났다는 것일까?

아침

내 청춘 *단 한 번*이라도 금박 입힌 종이 위에 글을 쓰면서 만족스럽고 영웅적인 꿈같은 시절은 없었네,—그런 건 지나친 행운이겠지! 어떤 죄 때문에, 어떤 잘못 때문에, 지금 이렇게 허약한 모습으로 대가를 치르는 것일까? 짐승은 슬퍼서 울부짖는 소리를 내고, 병자는 절망하고, 죽은 이들은 악몽을 꾼다고 주장하는 당신, 나의 추락과 잠이 어떤 것인지를 이야기 좀 해주세요. 내 생각을 말하자면, 난 끊임없이 *하느님*과 *아베 마리아*를 부르며 도움을 구하는 걸인일 뿐. *더 이상은 말하지 못하겠어요!*

그렇지만 오늘 나는 지옥의 견문기를 끝냈다고 생각해요. 그야말로 지옥이었어요. 인간의 아들이 문을 열었던 그 옛날의 지옥.

변함없는 사막에서, 변함없는 밤까지, 언제나 지쳐 있는 나의 두 눈은, 은빛 별을 보고 깨어나지요, 언제나, 생명의 왕이자 동방 박사 세 사람, 마음과 영혼과 정신은 감동하지 않았지요. 우리는 언제쯤 사막의 모래밭과 많은 산을 넘어서, 최초로 새로운 노동의 탄생, 새로운 지혜, 폭군과 악마의 도주, 미신의 소멸을 환영하고,—최초로—지상에서 진정한 크리스마스를 맞이할 수 있을까!

Matin

N'eus-je pas *une fois* une jeunesse aimable, héroïque, fabuleuse, à écrire sur des feuilles d'or,—trop de chance! Par quel crime, par quelle erreur, ai-je mérité ma faiblesse actuelle? Vous qui prétendez que des bêtes poussent des sanglots de chagrin, que des malades désespèrent, que des morts rêvent mal, tâchez de raconter ma chute et mon sommeil. Moi, je ne puis pas plus m'expliquer que le mendiant avec ses continuels *Pater* et *Ave Maria*. *Je ne sais plus parler!*

Pourtant, aujourd'hui, je crois avoir fini la relation de mon enfer. C'était bien l'enfer; l'ancien, celui dont le fils de l'homme ouvrit les portes.

Du même désert, à la même nuit, toujours mes yeux las se réveillent à l'étoile d'argent, toujours, sans que s'émeuvent les Rois de la vie, les trois mages, le cœur l'âme, l'esprit. Quand irons-nous, par delà les grèves et les monts, saluer la naissance du travail nouveau, la sagesse nouvelle, la fuite des tyrans et des démons, la fin de la superstition, adorer—les premiers!—Noël sur la terre!

하늘의 노래, 민중의 행진! 노예들이여, 인생을 저주하지
맙시다.

Le chant des cieux, la marche des peuples! Esclaves, ne maudissons pas la vie.

이 시의 제목인 '아침'은 지옥의 밤이 지난 후에 맞이하는 진정한 새날의 아침을 의미한다. 랭보는 이제 지옥에서 나와 새로운 세계의 탄생을 기대한다. 이러한 아침을 기다리면서 쓴 이 시는 화자가 지난날을 회한의 감정으로 돌아보는 것으로 시작한다. 첫 문장에서 "단 한 번"이라고 번역한 une fois 는 흔히 옛날이야기를 할 때 서두에서 쓰는 말이다. 그러니까 시인은 자신의 과거를 현재와 단절된 먼 옛날의 이야기처럼 회상하는 것이다. 그 과거는 실제의 경험이 아니라, 과거의 사실과는 다른 비현실적 과거이다. 그러니까 시인은 "만족스럽고 영웅적인 꿈같은 시절"을 가정하면서, 만일 그런 때가 있었다면 그것은 자기에게 어울리지 않는 "지나친 행운"이었을 것이라고, 아이러니가 섞인 감정을 토로한다. 그것은 에덴 동산에서 하느님의 명령을 따르지 않은 아담이 추락했을 때의 심정과 같다고 할 수 있다. 그는 이러한 진실을 독백으로 표현하지 않고, 마치 대화의 상대편이 있는 듯, "짐승은 슬퍼서 울부짖는 소리를 내고, 병자는 절망하고, 죽은 이들은 악몽을 꾼다고 주장하는 당신"이라고 호소하는 듯하다. 짐승, 병자, 죽음, 사후의 악몽이라는 주제는 『지옥에서의 한 철』에 실린 다른 시에서도 자주 발견된다. 이러한 주제들은 어떤 의미에서 시인을 지옥으로 이끌어간 문제들이었다고 할 수 있다. 짐승은 슬퍼서 인간과 똑같이 울부짖고, 인간은 병들면 죽음을 두려워하며 절망하고, 죽음 이후에 내세는 악몽으로 이어진다는 것, 이런 상식적인 말들이 가짜 믿음일 수 있다는 것을 시인은 알고 싶었을지 모른다. 시인은 사실 이러한 말들이 모두 하느님의 은총을 받아야 천국에 갈 수 있다고 하여 인간을 옥죄려는 이야기임을 말하려고 했다고 할 수 있다. 그러나 그는 자신을 "도움을 구하는 걸인"이라고 고백하고, "더 이상은 말하지 못하겠"다고 절망의 신음 소리를 내는 듯하다.

이 시의 중간쯤에서 시인은 지옥에서의 체험을 고백하고, 그러한 체험의 시를 끝내기로 했음을 밝힌다. 여기서 "인간의 아들이 문을 열었던 그 옛날의 지옥"이란 구절의 의미는 모호하다. 시의 앞부분에서 "하느님과 아베 마리아"라는 고유명사가 등장한 것과 관련시켜 본다면, '인간의 아들'은 예수 그리스도일 것이다. 그렇다면 "인간의 아들이 문을 열었던" 곳은 지옥이 아니라 천국이어야 하지 않을까?

그러나 다시 생각해보면, 천국과 지옥의 개념은 별개의 것이 아니라 상관관계 속에 존재한다는 것을 알 수 있다. 죄를 지은 사람은 지옥에 가고, 죄를 짓지 않거나 죄를 지었어도 하느님께 죄를 고백하는 사람이 천국에 간다는 것은 결국 같은 말을 다르게 하는 것일 뿐이다. 그러니까 예수 그리스도는 천국의 문을 열었으면서 동시에 지옥의 문을 열기도 한 사람이다.

　이 시의 후반부에서 시인은 인류의 희망, 즉 "새로운 노동의 탄생" "새로운 지혜" "폭군과 악마의 도주" "미신의 소멸"을 기원한다. 새로운 아침은 진정한 크리스마스의 아침이기를 기대하는 것이다. 물론 그 아침은 하느님의 선물처럼 떠오르지 않고, "사막의 모래밭과 많은 산을" 넘는 고행 끝에 나타날 수 있는 아침이다.

　이 시는 "노예들이여, 인생을 저주하지 맙시다"라는 의미심장한 구절로 끝난다. 이 구절은 인간이 자기의 삶을 불행하다고 생각하고 한탄하며 저주하는 한, 노예의 삶을 벗어날 수 없다는 뜻이기도 하다. 여기서 시인의 목소리는 영벌을 받는 한 사람의 입장이 아니라 모든 사람의 보편적 입장을 반영한다. 또한 반항과 저주의 외침이나 은총에 대한 불가능한 고백 대신에 체념과 자책의 어조를 보이기도 한다. 그러므로 인간 조건의 한계를 인식하고 자신의 불만스러운 현실을 받아들이는 것도 용기일 수 있다. 이러한 자각을 하게 된 아침은 슬픔의 오열과 절망이 담긴 악몽에서 깨어난 아침이자 '지옥'이 끝난 아침이기도 하다. 「아침」은 「오 계절이여, 오 성이여」처럼 회한과 체념의 쓸쓸한 목소리와는 달리, 미래의 새로운 세계를 향해 힘찬 발걸음으로 나아가겠다는 의지를 드러낸다. 모든 인간에게 공통된 찬란한 미래는 결국 인간 조건의 한계를 인식하고 받아들일 줄 아는 용기에서 나온다. 그러므로 아침은 누구에게나 찾아오는 반복적인 것이 아니라 그처럼 용기 있는 사람에게 태양처럼 떠오르는 것이다.

아듀

어느새 가을!—하지만 우리가 신성한 빛을 발견하는 모험에 뛰어든 사람이라면, 왜 영원한 태양을 아쉬워하겠는가?—계절의 변화에 따라 죽는 사람들과 멀리 떨어진 곳에서.

가을. 움직임이 없는 안개 속에서 우리의 배는 솟아올라, 불행의 항구, 불빛과 진창으로 더러운 하늘의 거대한 도시를 향해 돌아간다. 아! 썩은 누더기 옷, 비에 젖은 빵, 취기, 나를 고통에 빠뜨린 수많은 사람이여! 가을은 그러므로 죽어서 *심판을 받게* 될 수많은 영혼과 육체를 잡아먹는 저 여왕 같은 흡혈귀들을 결코 없애지 못하리. 나는 생각난다, 내 몸이 진흙과 전염병으로 썩어 들어가는 것을, 머리와 겨드랑이에는 벌레들이 들끓고, 심장에는 더 살찐 벌레들이 파고들어 나이도 모르고 감정도 없는 모르는 사람들 틈에서 누워 있던 때가…… 나는 그러다가 죽었을지도 모른다…… 끔찍한 기억이 떠오르네! 나는 불행을 증오한다.

그리고 나는 겨울이 두렵다, 왜냐하면 겨울은 안락의 계절이기 때문이지!

—가끔 나는 하늘에서 기뻐하는 백인종들로 뒤덮인 끝없는 바닷가를 본다. 금빛의 큰 배가 내 머리 위에서 아침의 미풍 아래 다양한 색깔의 깃발을 흔든다. 나는 모든 축제를, 모든

Adieu

L'automne, déjà! — Mais pourquoi regretter un éternel soleil, si nous sommes engagés à la découverte de la clarté divine, — loin des gens qui meurent sur les saisons.

L'automne. Notre barque élevée dans les brumes immobiles tourne vers le port de la misère, la cité énorme au ciel taché de feu et de boue. Ah! les haillons pourris, le pain trempé de pluie, l'ivresse, les mille amours qui m'ont crucifié! Elle ne finira donc point cette goule reine de millions d'âmes et de corps morts *et qui seront jugés*! Je me revois la peau rongée par la boue et la peste, des vers plein les cheveux et les aisselles et encore de plus gros vers dans le cœur, étendu parmi les inconnus sans âge, sans sentiment...... J'aurais pu y mourir...... L'affreuse évocation! J'exècre la misère.

Et je redoute l'hiver parce que c'est la saison du comfort!

— Quelquefois je vois au ciel des plages sans fin couvertes de blanches nations en joie. Un grand vaisseau d'or, au-dessus de moi, agite ses pavillons multicolores sous les brises du matin. J'ai créé toutes les fêtes, tous les tri-

승리를, 모든 드라마를 창조했다. 나는 새로운 꽃들을, 새로운 별들을, 새로운 육체를, 새로운 언어를 발명해보려고 했다. 나는 초자연적인 능력들을 획득했다고 생각했다. 아! 나는 지금 나의 상상력과 나의 추억들을 파묻어야 한다. 예술가와 이야기꾼의 멋진 영광은 사라져버렸네!

나! 자칭 모든 도덕에서 자유로운 마술사이자 천사라고 하는 이 내가 추구해야 할 의무가 있고, 껴안아야 할 꺼칠꺼칠한 현실이 있는데, 땅으로 돌아가게 되었네! 농부처럼!

내가 속은 것일까? 나에게 애덕은 죽음의 자매일까?

결국, 나는 거짓으로 살아왔기 때문에 용서를 빌어야겠다. 그리고 떠나자.

하지만 우정의 손길이 하나도 없으니! 어디서 구원을 이끌어 올 수 있을까?

———

그렇다, 새로운 시간은 어쨌든 매우 준엄한 것이다.

사실 나는 승리는 나의 것이라고 말할 수 있다. 이를 가는 일, 흥분의 휘파람 소리, 악취의 한숨은 가라앉았다. 더러운 기억은 모두 사라졌다. 나의 마지막 회한도 도망쳐버렸다. 거지들과 도둑들, 죽음의 친구들, 그 모든 낙오자에 대한 질투심도 마찬가지다.—지옥에 떨어져 영벌을 받은 자들, 내가 복수

omphes, tous les drames. J'ai essayé d'inventer de nouvelles fleurs, de nouveaux astres, de nouvelles chairs, de nouvelles langues. J'ai cru acquérir des pouvoirs surnaturels. Eh bien! je dois enterrer mon imagination et mes souvenirs! Une belle gloire d'artiste et de conteur emportée!

Moi! moi qui me suis dit mage ou ange, dispensé de toute morale, je suis rendu au sol, avec un devoir à chercher, et la réalité rugueuse à étreindre! Paysan!

Suis-je trompé? la charité serait-elle sœur de la mort, pour moi?

Enfin, je demanderai pardon pour m'être nourri de mensonge. Et allons.

Mais pas une main amie! et où puiser le secours?

———

Oui, l'heure nouvelle est au moins très-sévère.

Car je puis dire que la victoire m'est acquise: les grincements de dents, les sifflements de feu, les soupirs empestés se modèrent. Tous les souvenirs immondes s'effacent. Mes derniers regrets détalent, —des jalousies pour les mendiants, les brigands, les amis de la mort, les arriérés de

할 수 있으면 좋으련만!

완전히 현대적이어야 한다.

찬송가는 없다. 승리의 발걸음을 유지해야 한다. 견디기 힘든 밤이여! 말라가는 피가 내 얼굴 위에서 김이 나고 내 뒤에는 소름 끼치는 관목밖에 없다!…… 정신의 싸움은 인간의 전투처럼 난폭한 법이다. 하지만 정의의 시각은 오직 하느님만의 기쁨이다.

그러나 지금은 전야前夜다. 활력과 실제적인 애정의 유입을 모두 받아들이자. 그리고 새벽이 되면 우리는 뜨거운 인내심으로 무장을 하고 저 빛으로 가득 찬 도시로 들어가자.

우정의 손길을 내가 어떻게 말했던가! 하나의 유리한 조건이 있으니, 그건 내가 낡아빠진 허위의 사랑을 비웃고, 거짓을 말하는 부부들에게 창피를 줄 수 있다는 것이다.—나는 저 아래에서 여자들의 지옥을 보았다.—그리하여 *영혼과 육체 속에 진리를 소유할 수 있을 것이다.*

toutes sortes. —Damnés, si je me vengeais!

Il faut être absolument moderne.

Point de cantiques: tenir le pas gagné. Dure nuit! le sang séché fume sur ma face, et je n'ai rien derrière moi, que cet horrible arbrisseau!...... Le combat spirituel est aussi brutal que la bataille d'hommes; mais la vision de la justice est le plaisir de Dieu seul.

Cependant c'est la veille. Recevons tous les influx de vigueur et de tendresse réelle. Et à l'aurore, armés d'une ardente patience, nous entrerons aux splendides villes.

Que parlais-je de main amie! Un bel avantage, c'est que je puis rire des vieilles amours mensongères, et frapper de honte ces couples menteurs, —j'ai vu l'enfer des femmes là-bas; —et il me sera loisible de *posséder la vérité dans une âme et un corps.*

영원한 이별을 의미하는 '아듀adieu'는 누구를 염두에 둔 인사일까? 베를렌일까? 삶일까? 문학일까? 그 작별 인사의 대상이 무엇이건, 주목해야 할 것은 이 시의 전반적인 어조가 슬픔과 절망의 감정을 동반하지 않고, 새로운 출발을 다짐하는 강인한 의지를 담고 있다는 점이다.

"어느새 가을!"로 시작하는 이 시는 흔히 여름이 끝나고 가을이 다가왔을 때 떠올릴 수 있는 상투적인 감정 표현이 생략되어 있다. 이 시에서 "계절의 변화에 따라 죽는 사람들"은 보통 사람들이다. 그러니까 보통 사람들이라면 여름의 "영원한 태양"이 아쉽겠지만, 랭보처럼 "신성한 빛을 발견하는 모험에 뛰어든 사람"은 후회나 회한에 사로잡히지 않을 것이다. 여기서 원문으로는 복수로 표현된 "계절les saisons"은 "지옥에서의 한 철une saison en enfer"의 계절과는 다르다. 왜냐하면 '계절'은 시간의 흐름에 따라 수동적으로 살아가는 사람들의 계절이라면, '한 철'은 능동적인 모험의 삶을 사는 사람의 한정된 시간을 의미하기 때문이다. 물론 가을은 누구에게나 죽음을 연상케 한다. 랭보 역시 계절의 변화를 느끼면서 죽음을 생각했을지 모른다. 그러나 보통 사람들과는 달리, 지옥 같은 시간을 보낸 시인은 이제 죽음을 정면에서 바라보는 강인한 태도를 보인다. 그것은 새로운 삶의 의지를 확인하는 일이기도 하다.

이 시의 화자는 우선 "불행의 항구, 불빛과 진창으로 더러운 하늘의 거대한 도시"와 "썩은 누더기 옷, 비에 젖은 빵, 취기", 그리고 자신을 고통에 빠지게 한 "수많은 사람", 자신의 몸이 "진흙과 전염병으로 썩어 들어갈" 정도로 죽음에 가까운 체험을 했던 지난날을 돌아본다. 그런 후 그는 단호하게 '지옥에서의 한 철'과 같은 "불행을 증오한다"고 확언하는 것이다. 그러나 그가 비참한 삶을 증오한다고 해서 안락한 삶을 동경한다는 것은 아니다. 이것은 "겨울이 두렵다"고 진술하는 이유가 "겨울은 안락의 계절이기 때문"이라는 대목에서 확인되는 사실이다.

그다음 문단에서는 마치 「취한 배」의 환상적인 풍경이 전개되는 듯하다. "기뻐하는 백인종들로 뒤덮인 끝없는 바닷가"는 지옥의 어둠과 검은색의 죽음의 이미지들과 대립되는 것으로 보인다. 시인은 "금빛의 큰 배가 내 머리 위에서 아침의 미풍 아래 다양한 색깔의 깃발을 흔든다"고 하면서 '취한 배'가 바다 위에서 체험한 것과 바라본 것을 자유롭게 표현한다. 그 경험은 "모든 축제를, 모든 승리를, 모든 드라마를 창조했다"와 "새로운 꽃들을, 새로운 별들을, 새로운 육체를, 새로운 언어를 발명해보려고 했다"로 표명된다. 시인은 이렇게 '모든 것'과 '새로운 것'을 강조한다. 그러나 곧 시인은 자기만족보다 모든 경험과 시도가 실패와 좌절로 끝나게 되었음을 깨닫는다. 이러한 자기 인식은 "결국, 나는 거짓으로 살아왔기 때문에 용서를 빌어야겠다. 그리고 떠나자"로 이어진다. 이것은 반항적인 삶을 사는가 아니면 치욕의 삶을 사는가 하는 양자택일의 선택이 아니라, '거짓의 삶'을 인정하고 자신의 삶에 책임을 지겠다는 성숙한 태도로 해석된다. 그러므로 '떠나자'는 것은 다른 세계로 떠나자는 것이 아니라, 삶에 과감히 맞서려는 성숙한 인간의 결연한 의지를 드러낸다. 또한 "우정의 손길이 하나도 없"다는 것은, 인간은 결국 외로운 존재이고, 자신의 삶은 자기가 책임을 져야 한다는 것을 뜻한다.

"그렇다oui"로 시작하는 이 시의 후반부는 "새로운 시간", 즉 새로운 삶의 시간이 "매우 준엄한 것"을 인식한 화자가 "더러운 기억"이 모두 사라진 후, "완전히 현대적이어야 한다"는 것을 강조하는 대목이 중심을 이룬다. 이 구절은 단순히 모든 분야에서 '현대성'이 있어야 한다는 뜻이 아니다. 이것은 마거릿 데이비스의 말처럼 "과거에 대한 회한을 갖지 않고, 자기 자신과 현재를 일치시키고, 자신이 살고 있는 현재의 시간과 결합하며, 미래를 향해 용감하게 나아가자"는 의미에서, "미학적인 문제라기보다 도덕적이고 정신적인 문제"로 이해해야 할 것이다.* 이어서 "찬송가는 없다"는 단언은 모

* M. Davies, *Une saison en enfer d'A. Rimbaud*, Archives des lettres modernes, Minard, 1975, pp. 120~21.

호하다. 이것이 하느님을 부정한 것인지, 찬송가를 부르지 않겠다는 것인지 불확실하기 때문이다. 그러나 이 구절 다음에 "정의의 시각은 오직 하느님만의 기쁨"이라는 표현이 나온다는 점에서, 하느님을 부정한 것은 아니라고 생각된다.

이제 어두운 밤이 지나고, 새벽의 여명이 떠오르는 시간이 되었다. 시인은 떠날 준비를 마쳤다.

> 새벽이 되면 우리는 뜨거운 인내심으로 무장을 하고 저 빛으로 가득 찬 도시로 들어가자.
> 〔……〕 낡아빠진 허위의 사랑을 비웃고, 〔……〕 영혼과 육체 속에 진리를 소유할 수 있을 것이다.

이 끝부분에서 중요한 표현들은 "빛으로 가득 찬 도시" "비웃고" "영혼과 육체 속에 진리를 소유"이다. 이것들을 이해하기 쉽게 연결 짓는다면, 인간의 꿈이 실현되는 찬란한 미래의 도시에서는 사람들이 허위를 비웃고, 정의를 지키며, 진리는 육체와 정신이 결합된 상태에서 인정되어야 한다는 것이다.

대홍수 이후에

대홍수에 대한 생각이 가라앉자마자 곧,

한 마리 산토끼가 잠두와 흔들리는 방울꽃이 우거진 곳에
멈춰 서서 거미줄 사이로 보이는 무지개*를 향해 기도를 했다.

오, 숨겨져 있었던 보석들,─어느새 꽃들은 쳐다보고 있었
건만.

지저분한 대로에 정육점들이 들어섰다, 그러자 사람들은 배
를 끌어내어 판화 위에 풍경처럼 저 위쪽에 높이 있는 바다를
향해 갔다.

피가 흘렀다,** 푸른 수염*** 가게에서─도살장****에서─하느님
의 보증으로 창이 희미하게 밝아오는 서커스장*****에서. 피와 우
유가 흘렀다.******

주택조합원들이 집을 지었다. 마자그랑 커피가 있는 카페에
서 김이 피어올랐다.

유리창에 빗물이 흘러내리는 큰 건물에서는 상복을 입은 아

---

* 대홍수 이후에 하느님이 살아남은 사람들과 맺은 언약을 상징한다.
** 파리 코뮌파에 대한 유혈 진압을 의미한다.
*** 유혈 진압의 책임자들.
**** 코뮌파 수천 명이 총살되었다.
***** 죄수들의 시체가 쌓여 있었던 교회를 의미한다.
****** 커피와 술(화주)을 섞은 것.

Après le Déluge

Aussitôt que l'idée du Déluge se fut rassise,

Un lièvre s'arrêta dans les sainfoins et les clochettes mouvantes et dit sa prière à l'arc-en-ciel à travers la toile de l'araignée.

Oh! les pierres précieuses qui se cachaient, — les fleurs qui regardaient déjà.

Dans la grande rue sale les étals se dressèrent, et l'on tira les barques vers la mer étagée là-haut comme sur les gravures.

Le sang coula, chez Barbe-Bleue, — aux abattoirs, — dans les cirques, où le sceau de Dieu blêmit les fenêtres. Le sang et le lait coulèrent.

Les castors bâtirent. Les «mazagrans» fumèrent dans les estaminets.

Dans la grande maison de vitres encore ruisselante les enfants en deuil regardèrent les merveilleuses images.

Une porte claqua, — et sur la place du hameau, l'enfant tourna ses bras, compris des girouettes et des coqs des clochers de partout, sous l'éclatante giboulée.

이들이 경이로운 그림들을 바라보았다.

문에서 소리가 났고, 작은 마을의 광장에서 어린아이는 팔을 돌리는 동작을 취하고, 눈부신 소나기 아래 풍향계와 종루의 닭이 어디에나 있는 것을 알았다.

마담 ***은 알프스산에 피아노를 설치했다. 미사와 최초의 성체배령이 대성당의 수많은 제단에서 거행되었다.

카라반이 출발했다. 화려한 호텔이 극지의 얼음과 어둠의 혼돈 상태에서 지어졌다.

그때부터 달은 백리향 나무가 있는 사막에서 자칼들이 우는 소리를 들었다, 그리고 과수원에서는 나막신을 신은 목가牧歌들이 투덜거리는 소리도. 그 후 보라색 나무 숲에서 싹트기 시작하는 유카리스*나무가 봄이라고 말했다.

—솟아올라라, 연못이여,—거품이여, 다리 위에서 숲을 넘어서 굴러라—검은 침대 시트와 파이프오르간들—빛과 천둥—올라오라 그리고 굴러라—물과 슬픔이여, 올라와서 홍수를 일으켜 세우라.

사실 홍수가 끝난 이후에,—오오 보석들은 땅속에 파묻히고 꽃들은 활짝 폈네!—이건 난처한 일이지! 그리고 토기 항아리 속에 숯불을 피우는 마녀** 여왕은, 자기는 알고 우리는 모르는 것을 결코 우리에게 이야기하지 않으리.

---

* 그리스어로 '은총grace'을 의미한다.
** 환각제나 마약에 대한 비유적 표현으로 해석할 수 있다.

Madame ✳✳✳ établit un piano dans les Alpes. La messe et les premières communions se célébrèrent aux cent mille autels de la cathédrale.

Les caravanes partirent. Et le Splendide-Hôtel fut bâti dans le chaos de glaces et de nuit du pôle.

Depuis lors, la Lune entendit les chacals piaulant par les déserts de thym, — et les églogues en sabots grognant dans le verger. Puis, dans la futaie violette, bourgeonnante, Eucharis me dit que c'était le printemps.

— Sourds, étang, — Écume, roule sur le pont, et par dessus les bois ; — draps noirs et orgues, — éclairs et tonnerres, — montez et roulez ; — Eaux et tristesses, montez et relevez les Déluges.

Car depuis qu'ils se sont dissipés, — oh les pierres précieuses s'enfouissant, et les fleurs ouvertes ! — c'est un ennui ! et la Reine, la Sorcière qui allume sa braise dans le pot de terre, ne voudra jamais nous raconter ce qu'elle sait, et que nous ignorons.

『구약성서』「창세기」에 의하면, 하느님은 사람의 죄악이 세상에 가득함을 보고 한탄하여 홍수를 일으켰다. 대홍수 이후에 노아와 그와 함께 방주에 있는 들짐승과 가축만 살아남게 되자, 하느님은 노아와 그 아들들을 축복하고, 새로운 인간 세계를 창설하도록 했다는 것이다. 랭보의 「대홍수 이후에」는 「창세기」에서 영감을 얻어 쓴 시이다. 그렇다면 '대홍수'는 무엇을 의미하는가? 앙투안 아당은 이 문제와 관련하여 다음과 같이 추론한다. "이 홍수는 그 당시 전쟁의 대참사가 아닐까? 랭보는 평화가 돌아온 다음에, 프랑스를 지배한 우울한 사회적 분위기를 환기하려 하지 않았을까? 〔……〕 그리고 시인은 파리 코뮌과 그 이후 부르주아 권력의 재집권을 생각한 것이 아닐까?"* 아당의 추측처럼 랭보는 파리 코뮌을 열렬히 지지한 젊은이로서 코뮌에 희망이 컸던 만큼, 이 미완의 혁명으로 인한 좌절감이 깊었던 것이 사실이다.

이런 관점에서 이해하자면, 이 시의 첫 문장에 나오는 "한 마리 산토끼"는 비겁한 부르주아의 상징으로 보인다. 부르주아는, 파리 코뮌이 '피의 주간'을 거쳐서 진압되고, '질서'가 회

* A. Rimbaud, 같은 책, p. 978.

복되자 하느님의 도움으로 구제되었다고 생각한다. "산토끼가 [……] 거미줄 사이로 보이는 무지개를 향해 기도를 했다"는 것은 그런 의미일 것이다. "숨겨져 있었던 보석들"은 은폐되었던 진실로 해석된다. 진실은 밝혀질 기회를 가졌다가 다시 어둠 속에 파묻히게 되었기 때문이다. 파리 코뮌 이후에 파리에서 재건 작업이 시작된 것은 "주택조합원castor들이 집을 지었다"로 표현된다. castor는 비버를 뜻하기도 하는데, 비버는 부지런한 동물이므로 열심히 일하는 근면한 사람들을 가리키는 것으로 볼 수 있다.

"마자그랑 커피가 있는 카페"는 내란이 끝나고 사람들이 정상적인 사회 활동을 재개하게 되었다는 뜻이다. "유리창에 빗물이 흘러내리는 큰 건물"은 학교를 의미한다. 닫혀 있던 학교 문이 열리게 되면서 학생들은 학교로 돌아가게 되었지만, 그 무렵 랭보는 학교를 완전히 떠난다. "문에서 소리가 났"다는 것은 학교 문을 닫고 떠났다는 의미로 해석할 수 있다. "어린아이" "풍향계" "닭"은 유추적인 관계로 연결되어 어린아이의 꿈과 종루의 상징성은 일치할 수 있다.

이 시의 끝부분, 즉 "유카리스나무가 봄이라고 말했다" 이후에는 삼인칭으로 서술하는 서사적 문체가 사라지고, 화자가 돈호법으로 자연이나 사물을 부르면서 간곡하고 절박하게 기원이나 호소를 명령형으로 표현한다. "솟아올라라" "굴러라" "올라오라" "일으켜 세우라"는 물의 흐름이 하늘에서 땅으로 내려오는 것이 아니라, 땅에서 하늘로 수직 상승하는 역동적인 운동성을 암시한다. 이것은 하느님이 '대홍수' 이후의 세계를 설계한 것과는 달리, 인간이 "홍수를 일으켜" 새로운 세계를 창조하자는 시민의 절실한 소망을 표현한 것으로 볼 수 있다. 그러나 이 시의 마지막 문단은 모호하다. 특히 "토기 항아리 속에 숯불을 피우는 마녀 여왕"이 무슨 뜻인지 알 수 없다. 쉬잔 베르나르의 설명은 다음과 같다. "어떤 사람들은 랭보의 어머니를 표현한 것이라고 말하고, 미슐레 같은 역사학자는 중세의 마녀가 불을 피워서 속죄하는 최종적인 의식이 그와 같았다고 추정하기도 한다. 〔……〕 그러나 (안데르센의 동화에 나오는 마녀 이야기를 읽었다는 전제에서) 시인은 인간에게 행복을 되찾게 하고 땅에 파묻힌 보석들을 발굴할 수 있는 마법의 의식을 환기하는 동시에 인간에게 그 비밀은 완전히 밝혀지지 않았음을 암시하려 한 것이다."*

또한 피에르 브뤼넬은 이 시의 첫 구절과 둘째 구절을 중심으로 이렇게 해석한다. "「창세기」의 무지개는 대홍수가 끝났음을 나타내고, 한편으로는 하느님과 피조물 사이 또 다른 한편으로는 피조물들 사이의 연대감을 의미하는 징표가 된다. '산토끼가 잠두와 흔들리는 방울꽃이 우거진 곳에 멈춰 서서 거미줄 사이로 보이는 무지개를 향해 기도를 했'을 때는 은총

* S. Bernard et A. Guyaux, 같은 책, p. 483.

의 행위가 아니라면 신앙의 행위를 연상케 한다. 하지만 이 기도의 결과는 생략되고 다시 피가 흐르는 것으로 이어질 뿐이다. '하느님의 보증'(「창세기」 9장의 무지개처럼)은 분노와 원한의 표시처럼 '창이 희미하게 밝아오는' 것으로 나타난다. 그것은 무지개 색깔을 잃어버렸다. 〔……〕 그러니까 대홍수는 다시 시작해야 하는 것이다."*

---

* P. Brunel, *Arthur Rimbaud ou l'éclatant désastre*, Champ Vallon, 1978, pp. 176~77.

삶

I

오오 신성한 나라의 거대한 가로수길이여, 사원의 테라스들이여! 나에게 잠언서*를 설명해준 바라문승은 어떻게 되었는가? 그 당시, 거기서** 만난 할머니들이 아직도 눈에 선한데! 나는 기억한다, 내 어깨 위에 들판***의 손을 얹어두고 강물을 향해 가는 은빛과 태양의 시간들을, 후추 냄새 가득한 들판에서 우리가 서로 애무하던 것을.—주홍빛 비둘기들의 비상이 나의 생각 주변에서 천둥소리를 낸다.—이곳에 유배된 나는 모든 문학 중에서 가장 감동적인 작품들을 공연할 수 있는 무대****를 가졌다. 나는 당신*****에게 놀라운 재산을 보여줄지 모른다. 나는 당신이 찾아낸 보물의 역사를 지켜본다. 나는 그

* 솔로몬의 유명한 「잠언」이 아니라 인도의 베다Veda라는 바라문교의 경전을 말한다.
** 동양Orient.
*** '들판'은 campagne이고, '여자친구'는 compagne이다. 두 단어의 둘째 철자가 a와 o이므로, a를 잘못 표기해 o가 되었을 것이라는 추론이 가능하다.
**** 이 무대는 랭보의 상상 속에서 만들어진 것이다.
***** '당신'이 단수이건 복수이건 일반적인 유럽인의 대명사로 이해할 수 있다.

Vies

I

Ô les énormes avenues du pays saint, les terrasses du temple! Qu'a-t-on fait du brahmane qui m'expliqua les Proverbes? D'alors, de là-bas, je vois encore même les vie- illes! Je me souviens des heures d'argent et de soleil vers les fleuves, la main de la campagne sur mon épaule, et de nos caresses debout dans les plaines poivrées. — Un envol de pigeons écarlates tonne autour de ma pensée. — Exilé ici, j'ai eu une scène où jouer les chefs-d'œuvre drama- tiques de toutes les littératures. Je vous indiquerais les richesses inouïes. J'observe l'histoire des trésors que vous trouvâtes. Je vois la suite! Ma sagesse est aussi dédaignée que le chaos. Qu'est mon néant, auprès de la stupeur qui vous attend?

II

Je suis un inventeur bien autrement méritant que tous

후속 편을 알고 있으니! 나의 예지는 카오스처럼 무시된다. 당신을 기다리는 경악에 비해, 나의 허무는 어떤 것일까?

II

나는 나보다 앞서간 모든 사람보다 공로가 많은 발명가이다. 사랑의 열쇠* 같은 것을 발견한 음악가이기도 하지. 지금, 소박한 하늘에 어느 시큼한 시골의 한 신사로서 나는 거지 같은 어린 시절과, 수련 과정 또는 나막신을 신고 도착하던 때, 여러 번의 논쟁, 대여섯 번의 독신 생활**을 생각하거나, 나의 강한 성격 때문에 친구들과 어울려 지내지 못했던 어떤 방탕의 시간들을 생각하며 마음의 동요를 느껴보려고 한다. 나는 더할 나위 없이 즐거움을 느꼈던 지난날의 내 모습이 그립지 않다. 이 시큼한 시골의 소박한 분위기가 매우 적극적으로 나의 끔찍한 회의주의를 키워준 셈이니까. 그러나 회의주의가 이제는 쓸모없이 되고, 더욱이 내가 새로운 어려움에 처하게 되었으므로,—나는 아주 보잘것없는 광인이 되기를 기다린다.

---

* 열쇠clé, clef는 '음자리표'라는 뜻도 있다.
** 이것은 랭보가 베를렌뿐 아니라 다른 친구들과의 관계도 있었을 것이라고 추정하게 한다.

ceux qui m'ont précédé; un musicien même, qui ai trou-
vé quelque chose comme la clef de l'amour. À présent,
gentilhomme d'une campagne aigre au ciel sobre, j'essaye
de m'émouvoir au souvenir de l'enfance mendiante, de
l'apprentissage ou de l'arrivée en sabots, des polémiques,
des cinq ou six veuvages, et quelques noces où ma forte
tête m'empêcha de monter au diapason des camarades. Je
ne regrette pas ma vieille part de gaîté divine: l'air sobre
de cette aigre campagne alimente fort activement mon
atroce scepticisme. Mais comme ce scepticisme ne peut
désormais être mis en œuvre, et que d'ailleurs je suis
dévoué à un trouble nouveau, — j'attends de devenir un
très méchant fou.

III

Dans un grenier où je fus enfermé à douze ans j'ai con-
nu le monde, j'ai illustré la comédie humaine. Dans un cel-
lier j'ai appris l'histoire. À quelque fête de nuit dans une
cité du Nord, j'ai rencontré toutes les femmes des anciens
peintres. Dans un vieux passage à Paris on m'a enseigné les
sciences classiques. Dans une magnifique demeure cernée

III

　나는 열두 살 때 갇혀 지냈던 다락방에서 세계를 알았고, 인간 희극에 삽화를 넣어 이해하기도 했다. 북쪽의 어느 도시에 밤의 축제에서는 옛날 화가들의 그림에 나오는 모든 여자를 만났다. 파리의 어느 오래된 길에서, 누군가 나에게 고전학을 가르쳐주었다. 완전히 동양풍으로 둘러싸인 어느 화려한 저택에서 나는 엄청난 작품을 완성하고, 눈부신 은둔 생활을 보냈다. 나는 나의 피를 뒤섞었다. 나에게는 맡겨진 의무가 있었다. 이제 더는 그 문제를 생각하지도 말아야 한다. 나는 정말로 사후의 존재이므로 위임의 권한이 없는 것이다.

par l'Orient entier j'ai accompli mon immense œuvre et passé mon illustre retraite. J'ai brassé mon sang. Mon devoir m'est remis. Il ne faut même plus songer à cela. Je suis réellement d'outre-tombe, et pas de commissions.

"삶"으로 번역한 이 시의 원제는 '삶들vies'이다. 흔히 한 사람의 일생을 말할 때 '일생'은 복수가 아니라 단수이다. 그런데 랭보는 자신의 삶을 돌아보면서 복수의 삶을 말한다. 『지옥에서의 한 철』에 실린 「헛소리 II」에서 랭보는 "모든 사람이 그렇듯, 나에게는 여러 개의 다른 삶이 있는 것 같았다"고 쓴다. 그리고 이 인용문의 바로 앞에서 그는 "모든 사람은 행복할 운명을 갖는다"는 생각을 밝힌다. 이것은 "누구나 행복을 추구할 권리가 있다" 또는 "행복의 권리를 위해서는 여러 개의 삶을 가질 수 있다"는 말과 다름없다. 물론 행복과는 상관없이 인간의 삶은 여러 개로 나뉠 수 있는 것이다.

랭보가 자신의 서로 다른 삶을 주제로 한 이 시는 III부로 구성되어 있다. I부는 동양에서 살다가 유럽의 어느 시골로 돌아온 사람이 지난날의 여행 경험을 돌아보는 이야기이다. 그러니까 이 이야기를 랭보의 삶과 일치시켜서 시를 이해하기는 어렵다. 그러나 랭보가 이 시에서 자신의 과거와 관련된 몇 가지 특징을 말했다면, 그것은 랭보를 이해하는 데 중요한 자료가 될 수 있을 것이다. I부와는 달리 II부는 시인의 어린 시절과 직접적으로 관련된 표현들이 많다. 또한 I부와 II부는 같은 종이에 썼지만 III부는 다른 종이에 썼기 때문에 III부를 쓴 시기가 다를 수도 있다는 것이 연구자들의 일반적인 견해이다.

I부에서 "내 어깨 위에 들판의 손을 얹어두고 강물을 향해 가는 은빛과 태양의 시간들"은 '들판'이 '여자친구'의 오식이 아닌가 하는 논의도 있지만, '들판'이 의인화된 것으로 보고, "은빛과 태양의 시간들"은 서로 다른 두 시기의 시간들로 해석한다면 큰 무리가 없어 보인다.

II부의 화자는 자신을 "발명가"이자 "음악가"라고 말한다. 발명가와 음악가는 전혀 상관성이 없지만, "사랑의 열쇠 같은 것을 발견한" 사람이라는 점에서 '발명'과 '발견'의 연결 고리를 찾을 수는 있을 것이다. 랭보에게서 새로운 사랑의 발명가나 음악가의 모습을 유추해볼 수 있기 때문이다. 그러나 랭보와 "신사"와의 관련성은 전혀 없어 보인다. 화자는 어린 시절을 회상하면서 지난날의 자기 모습을 그리워하지 않고, 다만 어린 시절을 보냈던 "시골의 소박한 분위기"가 자신의 "회의주의"를 키워주었다는 것을 긍정적으로 생각할 뿐이다.

III부의 화자는 열두 살 때 "인간 희극에 삽화를 넣어 이해하기도 했다"고 말한다. 여기서 '인간 희극'이 발자크의 소설을 의미하는지는 확실치 않다. 그러나 그 나이에 다락방에서 수많은 책을 읽고 인간과 세계, 역사와 문학 또는 예술을 깊이 있게 이해한 그의 천재성은 놀라울 뿐이다.

출발

충분히 보았다. 어느 하늘에도 환각은 있었다.

충분히 경험했다. 도시의 소음을, 저녁에 그리고 낮에도 언제나.

충분히 알았다. 삶의 정지. ─오 소음과 환각이여!

새로운 감정과 소리를 향해 떠나자!

Départ

Assez vu. La vision s'est rencontrée à tous les airs.

Assez eu. Rumeurs des villes, le soir, et au soleil, et tou-
jours.

Assez connu. Les arrêts de la vie. — Ô Rumeurs et Vi-
sions!

Départ dans l'affection et le bruit neufs!

『일뤼미나시옹*Les Illuminations*』에 실린 이 시는 『지옥에서의 한 철』의 「아듀」와 마찬가지로 모든 작별과 새로운 출발을 다짐한다. 짧고 응축된 언어로 구성된 이 시에는 "충분히 assez"가 세 번 반복되고, "환각vision"과 "소음ruméurs"이 각각 두 번씩 나타난다. 프랑스어에서 '충분히'는 '지나칠 정도로'와 비슷한 의미이다. en avoir assez de는 '싫증이 난다'거나 '진저리가 난다'는 뜻의 숙어이다. '환각'은 시각적이고, '소음'은 가까운 거리의 소음이건 멀리서 들려오는 소리이건 청각적이다. 이처럼 과거의 모든 상투적인 '환각'과 '소음'을 버린다는 것은 '삶의 정지'를 의미한다. 정지에 대한 조급함은 떠남에 대한 조급함과 일치한다. 그러므로 "새로운 감정과 소리를 향해 떠나자!"는 의지 표명에서 매우 힘차고 단호한 어조가 느껴진다.

이처럼 랭보는 과거의 모든 경험에 종지부를 찍고, 새롭게 출발하겠다는 의지를 드러낸다. 앙투안 아당은 랭보가 이 시를 쓴 시기가 언제인지를 밝히고, 그 시기를 랭보의 결심과 일치시켜 보려는 모든 시도는 신중하지 못한 태도라고 말한다. 그는 이런 주장을 뒷받침하는 논거로 랭보에게서 '출발' 혹은 '떠남'의 의지 표명은 한 번이 아니라 수없이 많았다는 점을 강조한다.

　그러나 피에르 브뤼넬은 앙투안 아당의 견해와는 다르게 이 시를 랭보의 첫 작품 「감각」과 비교하면서 마지막 작품이라고 해석한다. 그는 이 텍스트를 그대로 이해하는 문제보다 이 텍스트의 어떤 점이 독자를 당황케 하는지 우선적으로 생각해야 한다는 것이다. 이런 관점에서 그는 전통적인 운율과 각운을 따르지 않고 파격적으로 단숨에 써내려간 듯한 거친 문체, 이 시를 10음절 시구로 구성된 것이라고 한다면 각 행에서 음절에 따른 구분이 4+6이 아니라, 반대로 6+4라는 점, 각 행마다 매우 짧은 문장으로 시작한다는 점 등이 랭보의 어떤 시와도 다르다는 것을 지적한다. 또한 '출발'은 새로운 세계를 향한 떠남이 아니라, 새로운 세계 속으로의 떠남이고, "랭보의 출발은 절대적으로 새로운 시작un absolu commencement"이라는 것이다.* 그렇다면 '출발'을 선언하는 시인에게 필요한 것은 '감각'이 아니라 새로운 감정affection일 것이다.

---

* A. Rimbaud, 같은 책, p. 987 참조.

도시

    나는 비대해진 근대적 대도시에서 별로 큰 불만 없이 사는 하루살이 같은 존재이다. 여기서는 집 안의 가구나 건물의 외장뿐 아니라, 도시의 설계 도면에서도 그 옛날의 유명한 양식은 사라져버렸다. 미신적인 유적의 어떤 자취도 전혀 볼 수가 없게 되었다. 도덕이나 언어는 지극히 단순한 표현들이 되고 말았다. 서로 알고 지낼 필요가 없는 수백만 인구는 천편일률적으로 동일한 교육과 직업과 노년을 갖게 됨으로써 이러한 인생은 터무니없는 통계표에 의하면 대륙의 사람들보다 몇 분의 일이나 단축되었다. 그리하여 나는 창 너머로 하염없이 바라본다. 끊임없이 두껍게 피어오르는 석탄 연기 사이로 흘러가는 새로운 유령들을—우리 숲의 그늘이여, 우리의 여름밤이여!—나의 고향인 나의 오두막집 앞에서 그리고 모든 것이 닮은꼴인 나의 모든 사랑 앞에서 새롭게 떠오르는 복수의 신들을, 우리의 부지런한 딸이자 하녀인 눈물 없는 죽음을, 절망적인 사랑을, 그리고 거리의 진흙길에서 징징거리며 우는 한심한 범죄를.

Ville

Je suis un éphémère et point trop mécontent citoyen d'une métropole crue moderne parce que tout goût connu a été éludé dans les ameublements et l'extérieur des maisons aussi bien que dans le plan de la ville. Ici vous ne signaleriez les traces d'aucun monument de superstition. La morale et la langue sont réduites à leur plus simple expression, enfin! Ces millions de gens qui n'ont pas besoin de se connaître amènent si pareillement l'éducation, le métier et la vieillesse, que ce cours de vie doit être plusieurs fois moins long que ce qu'une statistique folle trouve pour les peuples du continent. Aussi comme, de ma fenêtre, je vois des spectres nouveaux roulant à travers l'épaisse et éternelle fumée de charbon, — notre ombre des bois, notre nuit d'été! — des Érinnyes nouvelles, devant mon cottage qui est ma patrie et tout mon cœur puisque tout ici ressemble à ceci, — la Mort sans pleurs, notre active fille et servante, et un Amour désespéré, et un joli Crime piaulant dans la boue de la rue.

랭보의 『일뤼미나시옹』에는 '도시'라는 제목의 시가 세 편이나 수록되어 있다. 이 시처럼 단수명사 도시ville는 한 편이고, 복수명사 도시villes가 두 편이다. 그가 이렇게 도시를 주제로 세 편이나 쓴 것은 그만큼 도시에 관심이 많았음을 보여주는 근거이다. 랭보는 종종 자신의 고향인 샤를빌을 작고 답답하고 '숨 막힐 듯'하다고 말하기도 했다. 그가 두 번이나 가출한 것은 다른 세계에 대한 열망 때문이겠지만, 어떤 의미에서 '숨 막힐 듯'한 고향을 떠나 현대의 대도시에서 살고 싶다는 욕망 때문이라고 추론해볼 수도 있다. 물론 그 도시가 실제의 도시인가 아니면 상상의 도시인가는 별개의 문제이다. 이 시에서 "도시"는 런던을 가리키는 것으로 보인다. 그 이유는 "비대해진 근대적 대도시"로 표현되는 이곳ici을 "대륙의 사람들"이 사는 도시와 대비되는 도시라고 말한다는 점에서이다. 시인은 세계에서 최초로 산업혁명이 이루어진 나라의 수도에서 대도시의 단순한 삶과 획일적인 생활방식을 예리하게 통찰한다.

이 시의 첫 문장에서 화자는 자신을 "별로 큰 불만 없이 사는 하루살이 같은 존재"라고 표현한다. 이것은 인구가 많은 대도시에서 왜소한 모습으로 살아가는 소시민들의 일반적인 자기 인식을 반영한다. "그 옛날의 유명한 양식"이 모두 사라진 이 도시는 대중화되고 세속화한 도시라고 할 수 있다. 또한 "도덕이나 언어는 지극히 단순한 표현들"로 환원된 이 도시에서 삶은 단순하고 획일적으로 되었다. 사람들은 모두 동일한 교육을 받고, 기능적 존재로서 생존을 위한 직업을 갖고, 늙어갈 뿐이다. 벤야민이 보들레르의 시 「지나가는 여인에게」에서 환기한 것처럼, 이런 도시에서 사람들은 "서로 알고 지낼 필요"가 없다. 그들은 저마다 고립된 존재로 살아갈 뿐이다. 지극히 단순한 삶, 자유로운 모험도 없고 신비로울 것도 없는 단조로운 삶은 인간적인 깊이와 두께가 없는 삶이다.

이 시를 두 부분으로 나눈다면, "그리하여Aussi"라는 부사로 시작되는 문장 이전과 이후로 나눌 수 있을 것이다. 이러한 구분으로 분명해지는 것은 전반부의 서술이 평이하게 전개되는 반면에, 후반부의 서술은 훨씬 복잡하고 역동적으로 전개된다는 점이다. 랭보에 관한 많은 연구서에서 이 작품이 논의될 때, 주로 후반부에 비중을 두는 것은 후반부에서 진술된 도시의 시적 통찰이 갖는 중요성 때문이다. 후반부는 대체로 도시의 부정적 현상이 언급된다. "눈물 없는 죽음" "절망적인 사랑" "징징거리며 우는 한심한 범죄"는 도시에서 빈번히 발생하는 비정한 죽음, 미래에 대한 약속과 희망이 없는 일시적 사랑, 신문의 사회면에 일상적인 사건처럼 보도되는 범죄 등을 의미한다.

나는 후반부의 첫 문장인 "Aussi comme, de ma fenêtre, je vois 〔……〕"를 "그리하여 나는 창 너머로 하염없이 바라본다"로 번역했다. 창밖으로 보이는 "석탄 연기fumée de charbon"는 산업화된 도시의 은유이기도 하지만, 창 안쪽 세계와 창밖 세계의 투명한 소통을 방해하는 요소의 은유이기도 하다. 후자의 은유로 해석하자면, "석탄 연기"의 도시적 현실은 인간과 자연 혹은 인간과 인간 사이의 관계를 불투명하게 만드는 것으로 보인다.

> 끊임없이 두껍게 피어오르는 석탄 연기 사이로 흘러가는 새로운 유령들을―우리 숲의 그늘이여, 우리의 여름밤이여!―나의 고향인 나의 오두막집 앞에서 그리고 모든 것이 닮은꼴인 나의 모든 사랑 앞에서 새롭게 떠오르는 복수의 신들을

여기서 "새로운 유령들" "새롭게 떠오르는 복수의 신들"과 "숲의 그늘" "우리의 여름밤" "나의 고향인 나의 오두막집"은 대립적이다. 전자가 산업화된 도시의 새로운 신화를 연상케 한다면, 후자는 자연적이고 목가적인 풍경을 떠올리게 하기 때문이다. 매연으로 오염된 도시는 비인간적인 삶을 암시한다. 도시를 비판적으로 바라보는 시인은 은연중에 목가적이고 인간적인 삶을 그리워한다. 다시 말해서 시인은 목가적

이고 인간적인 분위기를 환기하면서 현대 도시의 비인간적인 양상을 상상적으로 파괴하려 한 것이다. 시에서 파괴와 죽음은 새로운 창조의 삶을 암시하기 때문이다.

방랑자들

불쌍한 형! 나는 형 때문에 얼마나 많은 불면의 밤을 보냈던가! "내가 그 기획을 적극적으로 추진하지는 않았어. 나는 형의 의지 박약을 무시했으니, 내 잘못으로 우리가 유배되어 노예처럼 된 것이겠지." 형은 나의 불운과 매우 이상한 순진성을 생각하고 걱정스럽다는 이유를 덧붙였지.

나는 비웃으며 악마 같은 사람의 말에 대꾸하고 창가에 이르렀지. 그러자 희귀한 음악대가 가로질러가는 들판 너머로, 밤에 처음 보는 호화로운 유령들을 떠올리게 되었어.

막연히 건강에 좋을 것 같은 오락을 한 후, 짚을 넣은 매트 위에 누웠지. 그런데 거의 매일 밤, 불쌍한 형은 잠든 지 얼마 되지도 않아서 입은 더럽고 눈은 튀어나온 모습으로 일어나더니—마치 꿈을 꾸는 듯했지!—울부짖으면서 자기의 바보 같은 슬픈 꿈을 방 안에 이끌어내는 듯했지.

나는 사실 아주 솔직하게 말해서 형을 태양의 아들의 원초적인 상태로 만들어주겠다고 약속을 한 바 있었지,—그래서 우리는 여행지의 술과 여정에 필요한 간식 비스킷을 먹으면서 떠돌아 다녔지, 나는 여행의 장소와 방법을 찾느라고 정신없었고.

Vagabonds

Pitoyable frère! Que d'atroces veillées je lui dus! «Je ne me saisissais pas fervemment de cette entreprise. Je m'étais joué de son infirmité. Par ma faute nous retournerions en exil, en esclavage.» Il me supposait un guignon et une innocence très bizarres, et il ajoutait des raisons inquiétantes.

Je répondais en ricanant à ce satanique docteur, et finissais par gagner la fenêtre. Je créais, par delà la campagne traversée par des bandes de musique rare, les fantômes du futur luxe nocturne.

Après cette distraction vaguement hygiénique, je m'étendais sur une paillasse. Et, presque chaque nuit, aussitôt endormi, le pauvre frère se levait, la bouche pourrie, les yeux arrachés,—tel qu'il se rêvait!—et me tirait dans la salle en hurlant son songe de chagrin idiot.

J'avais en effet, en toute sincérité d'esprit, pris l'engagement de le rendre à son état primitif de fils du Soleil,—et nous errions, nourris du vin des cavernes et du biscuit de la route, moi pressé de trouver le lieu et la formule.

이 시의 제목인 "방랑자들"은 베를렌과 랭보이다. 그러니까 첫 구절에서 "불쌍한 형"으로 불리는 사람이 베를렌일 것이라는 독자의 생각은 당연하다. 랭보는 베를렌과 함께 방랑생활을 했던 시절을 돌아보면서 "형 때문에 얼마나 많은 불면의 밤을 보냈"는지를 고백하듯이 말한다. 또한 "기획"은 '견자'의 계획이라는 해석과, 이 시의 끝부분에 나오는 말처럼 베를렌을 "태양의 아들의 원초적인 상태로 만들어주겠다"는 계획이라는 해석으로 양분된다. 베를렌에 대한 랭보의 기억은 "의지 박약"의 성격과 "꿈을 꾸는 듯" 잠자다가 일어나 "울부짖으면서 자기의 바보 같은 슬픈 꿈" 이야기를 하는 모습이다. 그렇다면 베를렌에게 랭보는 어떻게 기억되었을까?

랭보, '악의 천사'의 모습을 한 랭보에 대한 추억이 감옥에서 베를렌을 계속 따라다녔다. '악의 천사'는 랭보가 「사랑의 죄악」에서 멋지게 해낸 역할이다. 아! 그 미친 녀석이 교만에서 나오는 허영심과 고집불통의 어리석음을 깨달을 수 있으면 좋으련만! [……] '절대'가 머릿속을 떠나지 않고 있는데, 랭보는 무지 때문에 그 '절대'에 '시' 또는 혁명의 얼굴을 부여한 것이지. 멍청한 녀석! 시나 혁명이 신神의 노여움에서 인간을 구원할 수 있다고 생각하다니! 예수 그리스도는 다른 사람들뿐 아니라 그를 위해서도 십자가에 못 박히신 것이야.*

베를렌에게 랭보는 어린 악마 또는 악의 천사였다.

이 시의 마지막 문단에서 "나는 〔……〕 그를 태양의 아들의 원초적인 상태로 만들어주겠다"는 "약속"은 무슨 뜻일까? '태양의 아들'은 '자연의 아이'이고, 원시인과 다름없이 햇볕에 노출되어서 '순수한 삶의 기쁨'을 누릴 수 있는 사람이다. 랭보가 베를렌에게 한 '약속'에서 알 수 있듯이, 두 사람의 방랑 생활은 여행을 통해 햇볕과 바람에 몸을 맡기고 자유로운 삶의 즐거움을 누리자는 랭보의 제안으로 이루어진 것이다. 랭보는 방 안에 칩거하고 지내기를 좋아하는 베를렌을 창밖의 세계와 들판의 풍경 속으로 이끌고 나오기를 원했다. 물론 랭보의 그러한 생각과 '계획'은 실현되지 않았다. 이 시를 근거로 추측해보면, 랭보의 권유가 있을 때마다 혹은 있기도 전에 베를렌의 '의지 박약'과 불면증 또는 악몽의 습관으로 결국 두 사람의 동행과 의견 일치는 실패로 끝난다.

* P. Petitfils, *Verlaine*, Julliard, 1981, p. 211.

새벽

나는 여름의 새벽을 껴안았다.

궁전 앞에는 아직 아무것도 움직이지 않았다. 물은 죽은 듯했다. 어둠의 야영부대는 숲길을 떠나지 않았다. 나는 생기 있고 부드러운 숨결을 깨우며 걸어갔다. 보석들이 쳐다보았고, 날개들은 소리 없이 일어났다.

이미 서늘하고 희미한 빛으로 가득 찬 오솔길에서 첫째로 유혹하고 싶었던 것은 나에게 자기 이름을 말하는 꽃이었다.

나는 전나무들 사이로 머리를 헝클어뜨리고 있는 금발의 폭포를 보고 웃었다. 은빛의 꼭대기에 있는 여신을 발견했다.

그래서 나는 베일을 하나씩 걷어 올렸다. 오솔길에서는 팔을 흔들기도 하면서. 들판을 지날 무렵, 나는 그녀의 정체를 수탉에게 알렸다. 대도시에서 그녀는 종탑과 둥근 지붕들 사이로 도망쳤고, 나는 대리석 둑길 위에서 거지처럼 뛰면서 그녀를 쫓아갔다.

도로 위쪽 월계수 숲 근처에서 나는 두툼한 베일들을 두른 그녀를 감싸 안았고, 그녀의 거대한 육체를 어느 정도 느끼게 되었다. 새벽과 아이는 숲 아래에서 쓰러졌다.

깨어나자, 정오였다.

Aube

J'ai embrassé l'aube d'été.

Rien ne bougeait encore au front des palais. L'eau était morte. Les camps d'ombres ne quittaient pas la route du bois. J'ai marché, réveillant les haleines vives et tièdes, et les pierreries regardèrent, et les ailes se levèrent sans bruit.

La première entreprise fut, dans le sentier déjà empli de frais et blêmes éclats, une fleur qui me dit son nom.

Je ris au wasserfall blond qui s'échevela à travers les sapins: à la cime argentée je reconnus la déesse.

Alors je levai un à un les voiles. Dans l'allée, en agitant les bras. Par la plaine, où je l'ai dénoncée au coq. A la grand'ville elle fuyait parmi les clochers et les dômes, et courant comme un mendiant sur les quais de marbre, je la chassais.

En haut de la route, près d'un bois de lauriers, je l'ai entourée avec ses voiles amassés, et j'ai senti un peu son immense corps. L'aube et l'enfant tombèrent au bas du bois.

Au réveil il était midi.

「새벽」은 『일뤼미나시옹』에 수록된 시들 중에서 가장 유명한 시라고 할 수 있다. 이 시가 많은 독자의 사랑을 받는 것은 단순한 어휘들과 아름다운 이미지들로 구성되어 다른 시들보다 이해하기 쉽기 때문일 것이다. 「감각」과 「나의 방랑」과 마찬가지로, 이 시의 화자는 자연과의 직접적인 일체감을 느끼기 위해서 길을 떠난다. 그가 자연 속에서 찾으려는 대상은 '새벽'이다. '새벽'은 신비로운 여인처럼 의인화되어 나타난다. 화자는 일인칭 주어를 빈번히 사용하면서, 새벽에 대한 사랑과 추구의 진정성을 강조하는 듯하다.

이 시의 첫 문장은 "나는 여름의 새벽을 껴안았다"이고, 끝 문장은 "깨어나자, 정오였다"이다. 그러므로 이 두 문장을 연결해서, '여름의 새벽을 껴안고 잠을 잔 후, 깨어나니 정오가 되었다'는 것으로 볼 수 있다. 그렇다면 이 두 문장 사이에 삽입된 다섯 단락의 이야기는 여름의 새벽을 껴안고 잠을 자기까지 전개된 모험의 과정이 아닐까? 이러한 추측이 가능한 것은 화자가 '새벽'을 붙잡기 위해서 숲길과 오솔길, 대도시의 "종탑과 둥근 지붕들 사이"를 달려가다가 드디어, "도로 위쪽 월계수 숲 근처에서" 그녀를 붙잡고 "숲 아래에서 쓰러졌다"는 구절이 다섯째 단락의 끝 문장이기 때문이다.

여하간 첫 문장과 끝 문장을 제외한 다섯 단락의 이야기에서, 첫째 단락의 "어둠의 야영부대는 숲길을 떠나지 않았다"는 것은 빛과 어둠의 싸움에서 '어둠이 점령지를 떠나지 않았다'는 의미로 해석된다. 또한 "보석들이 쳐다보았"다는 것은 나뭇잎이나 풀잎 위의 이슬방울들을 눈이 있는 생명의 존재로 표현했기 때문으로 볼 수 있다. "날개들"은 새벽과 함께 비상하려는 자연의 움직임을 암시한다.

둘째 단락에서 주의해야 할 부분은 "첫째로 유혹하고 싶었던 것"이라고 번역한 "La première entreprise"이다. 본래 'l'entreprise'는 명사로서 기획, 계획, 시도 등을 뜻한다. 이 단어를 명사로 번역할 경우, '이것이 꽃이었다'는 문장은 논리적으로 잘 이해가 되지 않는다. 그렇기 때문에 이 단어의 동사 원형인 entreprendre의 '착수하다' '시도하다' '유혹하려 하다' '공격하다'의 뜻을 고려해서 이 동사의 과거분사가 명사화된 것으로 본다면, 이것은 '나의 유혹을(공격을) 받는 대상'으로 해석할 수 있다. "나에게 자기 이름을 말하는 꽃"은 '나'를 반기는 꽃의 인사를 암시한다. 그러므로 그러한 '꽃'에 대해 화자가 유혹의 욕망을 갖는 것은 당연할지 모른다.

셋째 단락에서 주목되는 것은 시인이 "폭포"를 프랑스어의 la chute d'eau가 아닌 독일어의 wasserfall을 사용했다는 점이다. 랭보의 전문가들은 독일어의 이 단어에 담긴 a, l, r의 음성적 특징이 폭포의 물줄기가 빛과 함께 튀어 오르는 느낌을 나타내기 때문이라고 분석한다. 또한 "나는 전나무들 사이로 머리를 헝클어뜨리고 있는 금발의 폭포를 보고 웃었다"에서, 웃음은 새벽의 자연 속에서 소년의 황홀한 도취감이 표현된 것으로 해석할 수 있다. 소년의 시선은 폭포에 반사된 빛 때문에 자연스럽게 은빛 전나무 꼭대기로 올라간 것이다.

그다음 단락에서는, 달아나는 새벽의 비너스 여신을 붙잡기 위한 소년의 질주가 서술된다. "나는 베일을 하나씩 걷어올렸다"는 것은 새벽의 안개가 사라지면서 신비로운 세계의 정체가 드러나는 시간을 의미한다. 또한 "대리석 둑길 위에서 거지처럼 뛰면서"는 풍요로운 도시에서 시인이 「나의 방랑」에서처럼 "커다란 구멍이 나 있"는 단벌 바지를 입고서도 "화려한 사랑을 꿈꾸었던" 모습을 연상시킨다. 끝 단락에서 화자는 결국 "월계수 숲 근처에서" "두툼한 베일들을 두른 그녀를 감싸 안"게 된다. 이 대목에 이르러서 화자는 일인칭 주어 대신에 "아이"라는 삼인칭 단어를 사용한다. 그 이유는 이 시의 마지막 문장, "깨어나자, 정오였다"와 관련지어 생각해볼 수 있다. '깨어남'의 반대는 '잠'일 수도 있고, '꿈'일 수도 있다. 비너스 여신 같은 '새벽'을 사랑하는 소년이 '새벽'을 집요하게 따라다니다가 그 '새벽'과 드디어 사랑을 나누게 되었다면, 그것은 '잠'보다 '꿈'에 가깝다. 그렇다면 그 '꿈'은 순수한 '아이'의 꿈이 더 어울릴 것이다.

쉬잔 베르나르는 이 시를 단순히 새벽의 빛을 따라가면서

빛과 풍경의 변화로 읽기보다 '미지의 것l'inconnu'을 추구하는 주제의 알레고리로 읽는 방법을 제안한다. 그는 이 시의 끝부분에서 "두툼한 베일들을 두른 그녀를 감싸 안았"을 때 화자가 '깨어났다'는 진술에서 보듯이, '미지의 것'을 정복하려는 인간의 노력은 실패로 끝날 수밖에 없으며 "미지의 것에 대한 추구는 실망을 갖게 한다"라고 자기 견해를 밝힌다.*

* S. Bernard et A. Guyaux, 같은 책, p. 511.

염가 판매

판매 품목은 유대인들이 팔지 않은 것,* 귀족이건 범죄자건 누구도 누리지 못한 것, 저주받은 사랑과 대중의 참을 수 없는 정직성 때문에 무시된 것, 시대나 과학의 인정을 받지 않아도 되는 것입니다.

재생된 목소리들, 합창과 오케스트라의 모든 에너지의 우애 있는 깨어남 그리고 그것들의 즉각적인 열의, 우리의 감각을 이끌어낼 수 있는 유일한 기회도 판매합니다!

모든 민족과 모든 세상 사람, 모든 성별과 모든 혈통을 넘어서 값을 매길 수 없는 육체를 판매합니다! 인류의 발걸음이 있을 때마다 솟아오르는 부富를 판매합니다! 다이아몬드를 무제한 할인 판매합니다!

대중을 위해서 무정부 상태를, 우수한 구매자를 위해서 억누를 수 없는 만족을, 독실한 신자들과 연인들을 위해서 잔인한 죽음을 판매합니다!

주거와 이민을, 스포츠와 환상의 세계 그리고 완벽한 안락을, 소음과 변화와 그것들로 만들어진 미래를 판매합니다!

계산의 응용과 새로운 조화의 급변을 판매합니다. 독창적인

---

* 유대인들은 모든 것을 상품으로 판 민족으로 유명하다. 그들은 심지어 그리스도를 팔았던 사람들이기도 하다.

Solde

À vendre ce que les Juifs n'ont pas vendu, ce que no-
blesse ni crime n'ont goûté, ce qu'ignorent l'amour maudit
et la probité infernale des masses; ce que le temps ni la
science n'ont pas à reconnaître;

Les Voix reconstituées; l'éveil fraternel de toutes les
énergies chorales et orchestrales et leurs applications in-
stantanées; l'occasion, unique, de dégager nos sens!

À vendre les Corps sans prix, hors de toute race, de
tout monde, de tout sexe, de toute descendance! Les rich-
esses jaillissant à chaque démarche! Solde de diamants
sans contrôle!

À vendre l'anarchie pour les masses; la satisfaction ir-
répressible pour les amateurs supérieurs; la mort atroce
pour les fidèles et les amants!

À vendre les habitations et les migrations, sports,
féeries et comforts parfaits, et le bruit, le mouvement et
l'avenir qu'ils font!

À vendre les applications de calcul et les sauts d'harmo-
nie inouïs. Les trouvailles et les termes non soupçonnés,

생각과 의심할 수 없는 표현들, 즉각적인 소유를 판매합니다.

보이지 않는 광채와 느낄 수 없는 희열의 무한하고 무분별한 충동을,─모든 악덕에 필요한 어마어마한 비밀을─그리고 군중에게 불안스러운 즐거움을 판매합니다.

육체, 목소리, 이론의 여지 없는 거대한 호사, 사람들이 절대로 팔 수 없는 것을 판매합니다. 판매원들에게는 할인 판매 상품들이 아직 많이 남아 있습니다! 관광객들은 너무 일찍 서둘러 주문하시지 않아도 됩니다!

possession immédiate,

Élan insensé et infini aux splendeurs invisibles, aux délices insensibles, —et ses secrets affolants pour chaque vice —et sa gaîté effrayante pour la foule.

À vendre les Corps, les voix, l'immense opulence inquestionable, ce qu'on ne vendra jamais. Les vendeurs ne sont pas à bout de solde! Les voyageurs n'ont pas à rendre leur commission de si tôt!

이 시의 해설을 위해서 우선 앙투안 아당의 설명을 인용해본다. "「염가 판매」라는 제목의 이 시는 랭보의 위대한 시도의 실패를 강한 충격으로 표현한다. 랭보는 자기의 모든 시도를 바겐 세일로 청산하려는 것이다. 랭보는 모든 에너지가 조화로운 힘 속에 결합할 수 있고, 모든 세상 사람이 하나의 위대한 목소리를 낼 수 있는 인간의 본성을 꿈꾸었다. 그는 민족과 성별의 구속을 벗어난 새로운 인간의 탄생을 꿈꾸었다. 그는 민중을 위해서 사회 계급이 소멸하고, 예술가를 위해서 억누를 수 없는 기쁨이 이루어지기를 꿈꾸었다. 그는 거대한 인구 이동을 꿈꾸었고, 계산의 응용과 과학의 새로운 발견으로 인류가 안락하고 풍요로운 삶을 살 수 있는 세상을 꿈꾸었다. 그것은 기상천외하고 무한한 비약, 광채와 환희, 모든 악을 해결할 수 있는 대단한 비결을 모두 포함한 생각이었을지 모른다. 그 꿈은 이제 사라졌다. 이제 그에게 남은 일은 이 모든 것을 염가 판매하는 일이다."*

흔히 백화점에서 상품을 염가 판매하는 것은 재고를 정리하고 신상품을 진열하기 위해서다. 그러나 랭보의 '염가 판매'는

* A. Rimbaud, 같은 책, p. 1006.

새로운 꿈을 위해서 과거의 꿈을 포기하겠다는 것이 아니라 모든 꿈을 버리고 떠나기 위해서다. 그의 본래 야심과 희망은 이제 철 지난 상품처럼 되었다는 것이 이 시를 썼을 때 품었던 생각으로 보인다. 이 시의 끝부분에서 "육체, 목소리, 이론의 여지 없는 거대한 호사, 사람들이 절대로 팔 수 없는 것을 판매"하겠다는 구절은 극도의 절망감을 드러낸다. 이 시에서 대문자로 표기된 단어들이 유대인les Juifs 같은 고유명사를 제외하고 목소리Voix와 육체Corps뿐이라는 것은 랭보가 "모든 민족과 모든 세상 사람, 모든 성별과 모든 혈통"의 구별이 없는 세상을 꿈꾸었다는 사실을 반영한다.

이브 본푸아는 이렇게 말한다. "이 시는 랭보의 마지막 시라고 할 수 있을 것이다. 냉소적인 어조의 이 시에서 그에게 남은 우직한 정신과 열정의 힘이 모두 소진되었음을 느낄 수 있다."*

---

* Y. Bonnefoy, *Rimbaud par lui-même*, aux Éditions du Seuil, 1967, p. 146.

꿈처럼 아름다운

엘렌을 위해, 순결한 어둠 속의 장식용으로 만든 향기와 천체의 침묵 속의 냉정한 빛이 공모를 했다. 여름의 열정은 말없는 새들에게 맡겨진 일이었고, 필요한 무감각은 죽은 사랑과 쓰러진 향기의 작은 만灣을 지나가는 무한한 가치의 장례용 배에 요구할 수 있었다.

―숲의 벌채된 나무들 아래쪽의 급류와 골짜기에 메아리치는 가축들의 방울 소리, 초원의 외침들이 시끄러운 소리를 내는 중에 나무꾼 아내의 노랫소리가 잠시 들려온 이후에.―

엘렌의 어린 시절을 위해 모피와 어둠은 전율했다―그리고 가난한 사람들의 가슴과 하늘의 전설도.

그녀의 눈과 그녀의 춤은 고귀한 광채와 냉정한 지배력, 독특한 배경과 시간의 기쁨, 그 모든 것을 능가했다.

Fairy

Pour Hélène se conjurèrent les sèves ornementales dans les ombres vierges et les clartés impossibles dans le silence astral. L'ardeur de l'été fut confiée à des oiseaux muets et l'indolence requise à une marque de deuils sans prix par des anses d'amours morts et de parfums affaissés.

—Après le moment de l'air des bûcheronnes à la rumeur du torrent sous la ruine des bois, de la sonnerie des bestiaux à l'écho des vals, et des cris des steppes.—

Pour l'enfance d'Hélène frissonnèrent les fourrures et les ombres—et le sein des pauvres, et les légendes du ciel.

Et ses yeux et sa danse supérieurs encore aux éclats précieux, aux influences froides, au plaisir du décor et de l'heure uniques.

이 시에 대해서는 다양한 해석이 가능하다. 무엇보다 고유명사인 엘렌Hélène이 누구인가 또는 무엇을 상징하는가 하는 문제 때문이다. 앙투안 아당은 이렇게 설명한다. "그녀(엘렌)는 초자연적인 존재이다. 대지의 따뜻한 활력과 천체의 차가운 빛이 엘렌의 탄생에 공모를 했다. 이 두 가지 주제는 그다음 문장에서 다시 나타난다. 삶의 풍요로움은 열대 지역의 숲에서 말 없는 새들의 이미지를 태어나게 한다. 냉정한 무감각의 주제는 '죽은 사랑과 쓰러진 향기의 작은 만'에서 미끄러지듯 움직이는 전설적인 배의 신화를 연상시킨다. 그다음의 이미지들은 마법의 춤을 본 랭보의 상상력으로 만들어진 것이다."

또한 쉬잔 베르나르의 해석은 다음과 같다. "랭보는 (춤에서 영감을 얻은) 시각과 청각의 인상을 자기가 읽은 책의 기억과 연결해서 화려함과 초자연적인 아름다움의 시적 분위기를 만들어내려고 했다. '엘렌'은 여자의 아름다움을 종합적으로 구체화한 최고의 아름다움을 상징하는 이름일 수 있다(가령 트로이의 헬레네Helene가 여성의 아름다움을 상징하는 이름이었듯이)."

아틀 키탕은 이 시를 두 가지 주제로 읽을 수 있다는 견해를 밝힌다. 하나는 엘렌의 마음에 들도록 그녀를 위해 어떤 일이 이루어졌는지를 상상하는 관점이고, 다른 하나는 이 시가 엘렌을 창조하기 위해서 또는 엘렌이 존재할 수 있도록 한 탄생과 출현의 과정을 보여주었다는 관점이다. "아름다움의 상징에게 바치는 선물의 행위le geste d'offrande와 아름다운 존재의 형성 과정에 대한 주제"*가 공존한다는 것이다.

이러한 연구자들의 해석을 종합해서 이 시를 이해한다면 해석에 무리가 없을 것이다. 덧붙이고 싶은 말은 이 시의 셋째 문단, "엘렌의 어린 시절을 위해 모피와 어둠은 전율했다"에서 '모피'가 여자에게 사치품을 상징하고, 그다음 문장의 "가난한 사람들의 가슴"과 대립된다는 것이다. 또한 전율은 바람이 불어 크게 자란 나무숲이 흔들리는 모양으로 해석할 수 있다.

마지막 문단에서 "냉정한 지배력les influences froides"은 고통스러운 감정이나 감상을 절제한다는 의미의 '무감동l'impassibilité'과 같다. 다시 말해서 진정한 시인 혹은 예술가는 나약한 감정에 흔들리지 않고 냉정함을 유지해야 한다는 것이다.

---

* A. Kittang, *Discours et jeu*, Presses universitaires de Grenoble, 1975, p. 273.

민주주의

"깃발은 더러운 풍경을 향해 가고 시끄러운 원주민 언어 때문에 북소리*는 들리지 않았다.

"중심가에서 우리는 가장 난잡한 매춘을 제공할 것이다. 우리는 합리적인 반항**들을 학살할 것이다.

"후추를 재배하고 땅은 침수된 나라를 위해!—산업과 군대의 거대한 착취***를 위해서.

"여기서건 어디에서건 다시 만나자. 자원병으로 입대한 우리는 잔인한 철학을 가질 것이다. 학문에는 무지하고, 오직 안락을 찾아 나선 사람들로서. 세계의 파멸을 향해. 이것이 진정한 행진이다. 앞으로 가자, 출발!"

---

* 북소리는 원주민들이 북을 치는 소리로 추정된다.
** 식민주의자들의 착취가 불러일으킨 원주민들의 저항을 의미한다.
*** 식민주의의 추악한 형태.

Démocratie

«Le drapeau va au paysage immonde, et notre patois étouffe le tambour.

«Aux centres nous alimenterons la plus cynique prostitution. Nous massacrerons les révoltes logiques.

«Aux pays poivrés et détrempés! — au service des plus monstrueuses exploitations industrielles ou militaires.

«Au revoir ici, n'importe où. Conscrits du bon vouloir, nous aurons la philosophie féroce; ignorants pour la science, roués pour le confort; la crevaison pour le monde qui va. C'est la vraie marche. En avant, route!»

형태적으로 특이한 이 시는 모두 네 문단으로 구성된다. 문단의 길이는 일정하지 않아 첫째 문단에서 넷째 문단까지 점점 더 늘어난다. 또한 네 문단 모두 인용부호가 열려 있고 시의 끝에서만 닫혀 있다. 인용부호의 표시는 이 시가 인용문 형태로 만들어졌다는 것이다. 다시 말해서 이 시는 시인의 담론이라기보다 누군가의 담론을 옮겨 적었다는 뜻을 함축한다. 그 '누군가'는 단수 일인칭이 아니라 복수 일인칭이다. 복수 일인칭은 담론의 주체가 복수일 수도 있고 단수일 수도 있다. 단수 일인칭일 경우, 흔히 연사는 청중과의 일체감을 나타내기 위해 '우리'라는 대명사를 사용한다. 또한 복수 일인칭 대명사는 모두 단순미래의 동사와 연결되어 있다. 여기서 단순미래는 미래의 사실을 나타내기보다 확고한 의지나 태도를 표현한다. 시인은 '민주주의'라는 정치적 문제를 시인의 개인적 입장보다 집단적 입장을 취해서 강력히 비판하는 것이다.

이 시는 제목과는 달리 군대를 앞세워서 원주민을 착취하는 식민주의의 횡포를 이야기한다. 랭보는 유럽 제국주의 국가들이 민주주의라고 부르는 것을 신랄하게 비판한다. "우리는 합리적인 반항들을 학살할 것"이라거나 "산업과 군대의 거대한 착취"라는 진술은 식민주의의 실체를 잘 드러낸 것이다.

"학문에는 무지하고, 오직 안락을 찾아 나선 사람들"은 무식한 식민주의자와 맹목적인 이기주의자들을 가리킨다. 짧은 문장과 길지 않은 문단으로 구성된 이 시는 식민주의에 대한 시인의 통찰력을 간결하면서도 힘찬 어조로 보여준다.

덧붙여 "세계의 파멸을 향해"로 번역한 구절은 직역하면 '(앞으로) 나아가는 세계를 위한 죽음la crevaison pour le monde qui va'이다. 이것은 문명의 진보에 대한 근본적인 질문이자 회의의 표현이라고 할 수 있다. 지도자가 발전에 따른 모순을 외면하고 "앞으로 가자"는 주장만 고집한다면, 그 사회는 결국 파멸과 죽음으로 끝날 수 있음을 시인은 경고한 것이다. 여기서 "앞으로 가자"는 군대의 제식 훈련에서 사용되는 용어, "앞으로가!"이다.

프랑스 현대 시 155편 깊이 읽기
2 그리고 축제는 계속된다

목록

구역

한 사람이 집 앞을 지나가며 노래한다

자크 프레베르
그리고 축제는 계속된다
장례식에 가는 달팽이들의 노래
절망이 벤치에 앉아 있다
내 사랑 너를 위해
열등생
깨진 거울
바르바라
행렬
고래잡이

프랑시스 퐁주
굴
빵
생선 튀김 요리
고리바구니

앙리 미쇼
어릿광대
거대한 바이올린
투사投射
태평한 사람

르네 샤르
바람이 머물기를
소르그강
자크마르와 쥘리아
내 고향 영원하기를!